宁肯文集
VOL.6 散文

我的
二十世纪

宁肯

上海文艺出版社

目录

第一辑　北京：城与年

审美散文与工具散文　　002

我的二十世纪　　005

漂来的房子　　012

我与北京　　019

记忆之鸟　　023

城墙　　027

火车　　029

化石　　034

父亲，母亲　　036

猫　　040

屋顶上的梦　　045

哨音　　050

探照灯　　054

1969年的冰雹　　059

自行车　　065

防空洞　　069

穿过七十年代的城	076
裂口子	097
曹全碑	101
照相馆	108
胡同	112
琉璃厂小学	116
阁楼	121
管桦或刘哲英	126
跳级	130
乒乓球	133
空间	138
春天	141
乡村	145
民间	151
动物凶猛	161
1976年冲击波	165
北京图书馆	174

新华书店 　　　　　　　　　181

红塔礼堂 　　　　　　　　　185

第二辑　行路

虚构的旅行 　　　　　　　　194

美国之行 　　　　　　　　　216

布拉格精神 　　　　　　　　239

文明的墓地 　　　　　　　　262

冲动的河流 　　　　　　　　264

克里斯蒂 　　　　　　　　　267

沙漠之蓝 　　　　　　　　　270

雅加达之鸟 　　　　　　　　273

矮岭温泉构图 　　　　　　　277

上海之行 　　　　　　　　　279

雨中雁荡山 　　　　　　　　282

雨中，世博园 　　　　　　　287

乌镇与西塘 　　　　　　　　292

慈溪三日	*296*
穿黄	*301*
泰州·答问	*305*

第三辑 肖像

世纪老人冰心	*318*
1979 年的巴金	*320*
等待莫言	*322*
于是之的远虑与近忧	*332*
大地守望者苇岸	*336*
还乡	*343*
记忆，北岛，一次未谋面的造访	*346*
张艺谋、王朔及其他	*349*
卡琳印象	*352*
陈村去找史铁生	*355*
余华：一种可能	*357*
独行者	*360*

黑梦	*365*
咀嚼八十年代	*368*
日常物品与中年写作	*371*
危险的美感	*374*
静之的戏	*376*
祝勇印象	*382*
邱华栋的世界	*386*
禅如何观照	*390*
超越现实的"巨兽"	*394*
从头说起	*398*
转动所有的经筒	*401*
最后一个乡村诗人	*405*
如意的书写	*408*
凸凹的乡村哲学	*411*
词语与心灵的道场	*415*
形体与叙事	*419*
乔伊斯与卡夫卡	*422*

贾晓淳印象	*426*
习习如水	*429*
德温特先生	*432*
1999 年自画像	*434*
后记	*436*

第一辑

北京：城与年

审美散文与工具散文

在我看来，散文就两种，一个是工具散文，一个是审美散文。工具散文有审美性，审美散文有工具性。这是我对散文基本的分类，也反映了我对散文的认识。何为工具散文？工具散文是散文的本义，就像语言是传达思想的工具一样，在这点上散文为语言天然而生，作为文体最接近语言的本义。换句话说，散文是传达思想的工具，这里包括意义、意思。这些意义或思想或者有一个中心——其他表达都是围绕这一中心的，无论叙事散文还是抒情散文还是政论文，还是杂文随笔札记散记日记书信，无论方式上是托物言志，还是直抒胸臆，有多少种修辞手段，是比兴、象征，还是旁征博引，无外乎都有一个共同的特点，即你要或明确或有力地表达一个什么意思，有一个主题，一个中心思想。当然，各种实用文体就不用说了。

审美散文与工具散文正相反，它反对自身的工具性，它不是一事一议，不是通过什么表达了什么，不是托物言志，不是围绕着一个中心思想，不是一二三条分缕析说明什么，它最主要的特征是无中心思想，是多元、分散、不确定，强调的是思想的过程而非思想，是流动的、多变的、在场的，是生命与情感和智性无时无刻的介入，一切都和心灵相关。心灵是审美散文唯一的或最大的母题。在心灵的意义上，散文与诗、小说、戏剧获得了同样的创造性的地位。传统上，当我们谈论创造一词时，很少把它同散文联系起来，但当我们读到像鲁迅的《野草》时，我们又会毫不犹豫地使用创造这个词。散文与诗歌小说的某种不言而喻的不平等性就在于散文在整体上心灵的（动态与在场的心灵）缺席，个体的心灵，一个如此巨大的母题，散文却视而不见，或简单处理，散文的心灵性主观性一直被它的强大的工具性压制着，始终没有得到真正的释放。

所幸有《野草》，鲁迅的伟大就在于他的文本提供了许多可能（可惜我们并没有用好）。我们拿鲁迅的杂文和《野草》相比，会清晰地发现前者是毫无疑问的工具散文，后者是典型的审美散文。《野草》通过什么表达什么了吗？中心思想是什么？托物言志了吗？是像《白杨礼赞》《茶花赋》整个这一脉的散文？不。《野草》呈现的是鲁迅的黑暗之心，是心之状态、场阈、过程。

当然，审美散文也有工具性，它不可能天马行空、脱离大地而存在，它的局部的工具性是显而易见的，是审美散文的大地，但不可否认它的主要部分是在天空的。然而这天空不是虚空，而是心灵，内宇宙。同样，工具散文也有审美性，而且在高手那里常有着很高的审美性。比如朱自清，他的《背影》《荷塘月色》，如此优美，情感的流动如此准确、幽微，堪称艺术散文。却非审美散文，《背影》《荷塘月色》表达的东西是确定的，有可总结出来的鲜明的主题。有人把艺术散文区别于其他散文，我部分地同意，但根本上不同意。在传统散文的语境中，艺术散文也是工具散文的一种，这里"艺术"有确定性、中心性，有一套功利的修辞，而审美是发散的，不确定的，是以心灵为本体的，在世界观与方法论上与"艺术"有根本的不同。

　　需要说明的是，我完全无意贬低工具散文，我只是在划分，我只是觉得过分对散文的划分总是说不清，不够科学，没从最根本的功能界定。另外，工具散文是散文的常态，大树，主河，审美散文不过是支流，是散文大世界的一个还在发展中的品种，其未来就像其本身一样是不确定的。比如散文与心灵到底是一种什么关系？心灵真的是散文的主要表达对象吗？表达心灵，散文真的是最合适的文体吗？散文看上去与心灵挨得最近，天然要表达心灵，但真的以心灵为本体来表达又会侵入小说的领域，像《追忆流水年华》，散文总是存在着越界的危险，小小的越界还不妨，过度的越界就会失去自己，散文与心灵存着某种悖论的关系。

　　另外，我虽然写了一些审美散文，但就数量而言更多还是工具散文，仅就我自己而言，审美散文的写作缺乏持久性，倒是工具散文越来越多地伴随自己。那么审美散文是否有一个恰当的空间，恰当的边界呢？

　　但无论如何，我认为写一点纯粹的审美性质的散文还是必要的，进入这样的写作心灵的高度不一样。如果说散文的门坎低，甚至没有门坎，谁都可以写，但审美散文是有门坎的，对于混子，冒牌货，附庸风雅者，钓誉者，沽名者，让他写篇审美散文试试，一试便会现形。

我的二十世纪

1959 年

世纪中叶,一个被希望是女孩的婴儿诞生。那时男孩多,颜色差不多,大大小小,模模糊糊,满街筒子滚土豆,也分不清谁是谁家的。女孩也有,少,或者不怎么出来?我们家邻居,12345678 只有 4 和 5 是女孩,剩下的全是男孩,他们的爹是蹬三轮的,每天出车,后面一帮一帮的。院里有个叫"二轴子"的是他们家姨夫,整天骂"我操你结结(姐姐)",我们都挺怕他。小七子小八子跟我差不多大,声音尖尖的,一身胎毛,就差四脚儿走路,其实也真差不多了。别说,小七子小八子后都人模狗样的,开公司,当了什么老板。外国人没法理解中国,一来二去,怎么就成了?

我也是男孩。我在母体中一直是女孩,一落地,真够讨人厌的。街上去吧。我也不喜欢我自己,就多了个小东西。我对那小东西又厌烦,又恐惧,有一次参观收租院,看了那些大斗进小斗出后,我做了个怪梦,梦见我那小二突然长得像一条蟒蛇那样长,我不知怎样处置,害怕极了,就缠在身上,缠呀缠呀,我要死了。此后长达十年,我一直担心小二长得像梦中那样长,想起来就担惊受怕。我喜欢看女伴撒尿,特别是她们穿着小花裙子撒尿,我不敢离太近,怕滋一脸,她们尿尿就像泉水一样,无忧无虑,我还得掏出来,扶着,常不小心尿一裤,冬天凉,我的棉裤结过冰,硬邦邦的特不舒服。我梦见自己有了一条花裙子,高兴极了,梦醒后看见自己的破黑裤衩,上面有盐碱地似的尿碱。为什么男孩不能穿裙子?我跟我妈要,说得我稀里糊涂,总之是不行,我多了些东西,一切就都不一样。我长得像那种最脏的土豆,女孩们常蔑视我,动不动就不理我了,说我姥姥死了该!我姥姥刚死,就不愿她们提这事,一提这事我就气得没话说。我上学时同桌是个女孩,可恶极了,我拿她一点办法也没有,她偷别人的橡皮铅笔说是我干的,她做证明人,不仅如此还和前后的男女生合起伙儿来陷害我,告到老师那里。我有口难辩。她想出各种花样捉弄我,我怕她真是怕极了,很长时间她是我最大的恐惧。她的东西掉到地上都是我给她捡,小心翼翼地给她,那时每周各小组给每个人评优良中差,评到我她总是第一个发言,"中!",没有差,"中"就是全班最差的了。无论我做得多好,打扫卫生,手背后跟上刑似的坐一个星期,捡她掉的东西,但总是"中",她说"中"就是"中"。她如此歧视我,老师听之任之,不闻不问,五年级了我才加入红小兵,差不多班里最后一名,比我闹得多的人早就入了。我觉得老师是不可思议的,我是特老实的孩子,想得到帮助,可老师在我最初的记忆里是与不公正、无是非标准、不负责任连在一起,我对老师这行一直不大恭敬大概就源于此。我搞不清是不是我因为是男孩的缘故，可我的同桌对别的男孩也不这样，有厉害的男生，她也常哭哭啼啼的。我不知道我是怎么了，自卑，愤愤不平。别的男孩也挺棒的，这教育了我，使我无法再把自己的自卑与无能归结为是男孩。我不再喜欢女孩，也不做女孩的梦了。我是男孩。你要像个男孩。这就是我的童年，迷雾般的童年。

1969年

我们几个凑了不到一毛钱，到商店买了七支烟，八达岭，或者红叶的，我记不太清了，总之是那两个牌子中的一个。我们在上学路上，在西琉璃厂的铁胳膊胡同吞云吐雾，我们练习吐烟圈儿，我吐得不是最圆的。有一次A说，你丫臭大粪，现在女的才吐烟圈儿呢，男的应该吐烟棍儿，穿女的烟圈儿。这是最新的说法，我们欣然接受，从此不再吐烟圈儿，改吐烟棍儿，可烟棍儿实际上更难，别说再穿烟圈儿了，我们谁也没做到，后来不了了之了。我剃了光头，我们几个都剃了，叼着烟大摇大摆地在街上走着。新换了班主任，是个老太太，姓管，这"姓"就让我们不高兴。我们喜欢十七岁的女班主任，喜欢她骂我们，手指点我们的脑门儿，气她，她留下我们还给我们糖吃，高一高二的学生骚扰她，听说要"拍"她，我们要跟他们玩命。姓管的老太太挺厉害，从小学来的，上来就想震住我们。我们几个光头在大门口堵住所有的男生，连班长、中队长、大小干部一网打尽，一起迟到，到教室门口一起喊："老管！"震得四邻教室的老师都出来看。反师道尊严，教室玻璃都砸了，没几张课桌盖子不是掉的，冬天，糊着报纸上课，暖气让我们敲打漏了，一地的水，桌子盖漂起来。老管率女生向外扫水，我们就堵，向里扫，老管一脚踩在桌子盖上，像小车似的滑在水里。老管原来赌气不信教不了我们班，这回她一气之下绝望地走了。想想那时我们真"生",怎么那么生?心中的"魔鬼"一旦出来,人类有时就难以辨认自己。

　　初三时班里从农村转来个学生,姓关,我们叫他"关农",关农家住大栅栏附近,有一次关农说胡同里几个小子劫了他,我们一听火冒三丈,立刻出动,带了家伙儿,一帮人就去了他们家,到了挑头的那小子家把那小子臭揍一顿,还砸了他们家。打架斗殴是经常的,争强斗狠,满嘴黑话。我们班连续换班主任,后来一个东北兵团回来的家伙儿接了我们班,一米八几的个子,往讲台上一站,不像老师,出言不逊,姓星名旭,我们叫他腥鱼。我们掂量了半天,第一天没动。第二天我们的L被这家伙儿找茬儿训了一顿,让L滚出教室,L不出去,他动了手,我说了一声"上,×××的!"我们五个狼似的扑上去,扒在了他高大的身躯上,他一个转身我们全倒了,爬起来又冲上去,特猛,又倒了一片,教室大乱,女生鬼哭狼嚎,腥鱼的衬衫被我们扒下来,我们终于搬倒了他,一场恶战,直到学校教育组来人方才平息。之后他把我们留下来谈判,说黑话,讲起哥们儿义气,还要请我们吃饭,始料不及,受宠若惊,都傻了。老师与我们从来是不可调和的,现在居然和了,我们不知如何是好,政策对我们十分优待,爱来不来,想走就走,不用交作业,只要平安无事,课能上下去,怎么都成。我们踏实了很多天,来来去去,挺没劲的。腥鱼抓紧时间做瓦解工作,找我谈了几次话,平起平坐,讲一些特浅的道理,我觉得也对,还夸了我几句,最后以班里"军体委员"一职相邀,我简直不相信自己的耳朵,我是破罐破摔的人,小学时别说当干部,红小兵都一直都不让入,现在我要成班委了!凭什么?如此器重我,肝脑涂地无以报效!就这样,我被轻而易举地"招安"了。

　　那时正评水浒批宋江,我成了宋江,可当时没觉得。我真的管起了弟兄们,谁上课捣乱我先不干了,都知我狠,我呢也是又打又拉,官面我弹

008

压他们，底下我们又混做一团，抽烟，外面打架。我不能失了他们，我拥兵自重，贼性难改，后来反了好几回，都被腥鱼哄好了。课我上不下去，就开始看闲书，三国水浒让我入迷，剑侠公案，说唐隋唐，西汉演义，虽说是闲书，传奇中的英雄却也让我雄心勃勃，不知天高地厚。还多亏了这些闲书，1978年我高考死里逃生，翌年二月以313分上了分校，摇身一变，一个玩闹成了大学生，事情来得非常突然，弟兄们聚首，举杯豪饮，满嘴脏话，好学生坏学生殊途同归，人们惊异。我报名高考时老师拒绝了我，以为我起哄，我一瞪眼，他给了我报名表。

1989年

我来到一条大的湍急的河边，沉思良久。放弃吧，我对自己说。

我决定接受报社对我的安排，去办广告公司。别无选择，放下诗歌，我成了一个广告人。我一点也不为自己的诗歌语言变成广告语言而感到无耻，诗人枯萎，长出广告人的大脑袋。后来想想，其实也没什么不好。更深刻的变化发生着，更多的事物需要我们去理解或加深。1998年当我把公司的车、手机、各种财务报表、账目、资产、全套设备、公章以及与职务相关的一切便利移交给别人时，我意识到什么东西回到我身上。其实它早就敲我的门了，我用了两年的时间才退出公司舞台，我干得不错，甚至可以说很出色，为单位创造了千万计的效益，退下来哪那么容易？可笑的竟是一个谁能接我的问题拖了我两年，而且人们觉得我不可思议，多好的差使，总经理，市场经济的潮头。但我必须退出了。转眼我已是沧桑之人，我已不再年轻，四十岁了，一种呼唤让我回去。从哪儿来，回哪儿去。并非我要对历史负责，但我必须对自己负责。世事变迁，历史不再是一辆古代战车的轮子，个人化时代的到来让历史已不可逆转，个人将构成历史。做自己想做的事情吧。

1997年的一天,我驱车去一家饭店谈一笔广告生意。车在建国门桥堵了很久,到了长安街仍是一尺一尺地蜗行。长安街宽广但却是一条让所有驾车者都望而生畏的行车路线。我驾驶的是一辆米色的法国雪铁龙车,这种流线型、可升降的车型原本为高速路预备的,现在却陷于塞车的泥淖。挨到东单,进入银街,九十年代的饭店、写字楼,玻璃幕墙极尽人们所能想象的梦幻与奢华,车流堵得一塌糊涂。还有一刻钟时间,饭酒已近在咫尺,可我仍不能保证五点钟以前能到达。事情就发生在这最后不到十分钟的时间里。我的车经过一家装潢考究的音像商店,左近还有一两家,同时放着嘶声、哭泣或歌唱,那时我对街头商店的音乐麻痹的程度已到了充耳不闻境界,但这一次不同,我听到了不同的东西。从嘈杂的音响和交通噪声中我听到一缕高远的清音若隐若现。车几乎停顿下来,我听得很清楚:

  我的阿姐从小不会说话
  在我记事的那年离开了家
  从此我就天天天天地想
  阿姐啊

  一直想到阿姐那样大
  我突然间懂得了她
  从此我就天天天天地找
  阿姐啊

一种迷失,完全是个人的迷失。许多年了,遥远的我在呼唤我。我是那离家之人，迷失之人。我好像回到了童年，回到我那梦想成为女孩的幼年。西藏，我曾经为了诗歌一直追寻到那里，在西藏高原整整隐居了两年。那是1984—1986年，巨大的孤独和自然界的伟岸真正磨洗了我，就好像一个人在冷水里整整浸泡了两年。二十五岁的我，像淬火一样，身体发蓝，定型于冰雪高原。《阿姐鼓》穿越时空，十分偶然在商海人潮中一举照亮我，我觉得自己身体透明，闪闪发光。那一时刻我找回了自己，或者说神召回了我。世纪末叶，我重新拿起了笔，仿佛孩提学步，回到世纪中叶我出生的时候。新世纪与我无关，我将依然活在二十世纪。

漂来的房子

说吧，漂来的房子是一种隐喻，还是现实？

漂来的房子最早叫没有窗子的房子，它出自四十年后我哥哥同我的一次谈话。四十年前我父亲乘一列小火轮把我们全家从乡下接到北京，先到了天津码头然后转道北京。我哥哥在形容那列小火轮时说它像一间没有窗子的房子，当时他十岁，我还没有出生。我显然不在船上，但我始终认为我是在船上的，乡村的小火轮像在我哥哥脑海一样一直也在我的脑海里。不同的是我认为是漂来的房子。我认为我们所有人都是漂来的。没有窗子的房子，漂来的房子，前者大概是一种隐喻吧，它暗示了我哥哥五十岁以后一种无以名状的状态。就算是没有窗子，我想大概总应该有个窄门吧。我想门是开着的，能看到河上的风景。

哪一条河，是运河么？

不，是半截河，河北省的一条古老的河，四十年前甚至三十年前还可以通航，但现在像它通往的著名的白洋淀一样，如今河已经干了，现在它只是一个村子的名字。半截河的邻村宁庄儿是我的故乡。另一个邻村叫诗经村，我不知道它和《诗经》有着怎样的关系，但肯定有关系。我虽然并不出生在宁庄儿、半截河或诗经村，但我认为我来自那里。也许我在另一条船上。漂来的房子或没有窗子的房子里坐着我城里人的父亲，乡下的母亲，以及我十岁的二哥，七岁的姐姐，十三岁的大哥。我大哥水性好，受不了船上的闷热，一直站在船尾的窄门处。后来我二哥也站在了那里。两个乡村少年对于未来感到不安，他们要永远离开他们的河流和村子了。他们的父亲一直在教育他们，城里人有哪些规矩，他们应该如何如何。我母亲听烦了，同我父亲吵起来，以致行前发生了到底还去不去北京的危机。我母亲说他们并不稀罕北京。北京是我父亲的梦想，他为终于就要实现这一梦想非常自豪。一次不安的不愉快的航行是他始料不及的。船到白洋淀时起风了，我父亲叫我两个哥哥回来。他们回来了，坐在黑暗里。

他们不想离开？

一直想离开，但到了船上他们开始感觉不安。事实上我父亲也同样感到了某种不安。离开故土总是让人不安的。我父亲十三岁离开故乡，正好是我大哥这时的年龄。虽然我父亲与我大哥离开的背景如此不同，但同样具有背井离乡的性质。也许我父亲理解了孩子的不安，因此起风之前他一直站在他们身后，不再教训他们。我哥哥在向我描述那次航行时说，父亲在他们回到船内后，再次讲起1925年他的离开，以及我们这个家族更早的离开。由于我父亲的讲述（一代代的讲述），我和我哥哥从记事起就感到我们来到这个世界不是偶然的，我们一直生活在遥远的记忆里，几乎没有真正意义上的童年。我们的年龄似乎远远大于我们实际的年龄。我们不是七岁，十五岁，二十四岁，从一生下来就可能是五十岁，七十岁，源远流长，一直甚至可以追溯到山西省洪洞县的大槐树下。我父亲说，几百年前，我们宁氏先祖四兄弟在山西洪洞县大槐树下背井离乡。我们的祖籍是山西人，是历史上最早加入最大一次移民行列的家族。几百年前，天下一统，连年战火，中原人口锐减，新朝皇帝下令相对安定的山西人向内地移民，山西各地移民集中在洪洞县大槐树下，向河北、山东、安徽、江浙进发。

据笔录，你哥哥后来曾重返山西。

是。几百年后另一次大规模的移民。那是1968年，我哥哥从北京出发，宿命般踏上了先祖的移民之路。那年他二十二岁。我哥哥说1968年的北京站站前广场一如当年古老的大槐树下，成为亲人送别和哭声的海洋。我母亲、姐姐、父亲，还有我，我那时十岁，在站前挥动着手臂。我们还有更多像我们一样的人，至今不会忘记那最后时刻一声尖厉的汽笛声："哭，哭——"，火车叫送行的人哭，本来多数人都还忍着，这下叫哭，所有人都一齐哭起来。母亲儿子扶车牵手而行，汽笛撕心裂肺。杜工部有"感时花溅泪，恨别鸟惊心"之句，那时没有汽笛。鸟都惊心，汽笛又该如何？

三十年后我读到后来疯了的诗人食指当时写的《这是四点零八分的北京》，像杜甫的《春望》一样，我认为《这是四点零八分的北京》同样是我们诗歌史的不朽之作，同样是一个时代的重要证词：

这是四点零八分的北京
一片手的海浪翻动
这是四点零八分的北京
一声尖厉的汽笛长鸣

我的心骤然一阵疼痛，一定是
　　妈妈缀扣子的针线穿透了心胸
　　这时，我的心变成了一只风筝
　　风筝的线就在妈妈的手中

　　线绳绷得太紧了就要扯断了
　　我不得不把头探出车厢的窗棂

　　我再次向北京挥动手臂
　　想一把抓住她的衣领
　　然后对她亲热地喊
　　永远记住我，妈妈啊北京

　　这首诗写于1968年12月20日。我部分地引了这首诗。食指是那个时代的天才、代言人，他记录了我们时代的离乱与惊心。1998年我在沙河精神病院见到了大诗人食指，像我哥哥一样他已不再年轻，老了，但神志不错。离乱仍刻在他脸上。像历史见证。随着时间推移，我后来在更多人脸上看到了1968年，1925年，1957年，1851年，直至我的海门先祖离开山西大槐树下的明代初年。我父亲说，我的先祖宁海门当时只有十四岁，与宁江门等三位兄长被绳索牵着，与更多人捆在一起，玄衣青裤，离开大槐树下，走在长长的黄烟四起的移民队里。

　　你能确认海门是十四岁？

　　是一代代传下来的。家谱上也有记载。我父亲听我太祖父说，移民官员为防止中途有人逃跑，把所有人用绳索串联起来。我们这一门是海门。海门是四兄弟中最小的一门。最小一门最先与大哥二哥三哥在现在的河

—— 我的二十世纪　**015**

北省河间县城被强行分离。十四岁的少年宁海门得到了大哥宁江门的一套"四书""五经"和一副纸墨笔砚，我父亲说，江门要海门不忘读书写字，记下家世，将来太平，每门提一部家谱重返山西故里。

据对县志的了解，这一想法始终没有实现。不过，你是否扯太远了？

如果我的年龄无法确定，就没有称得上远的事物。四百年算什么？对于每一个中国人四百年都不算什么，一千年也不算什么。你们说的县志我不信任，如果你们据县志裁定事物，你们会像县志一样荒谬。随你们便吧。真正的记载在民间，在心灵，在代代离民的血液，在母亲和祖母的夜晚，在刚出世的婴儿的摇篮里。事实是，江门的想法部分地实现了。我母亲说，1951年春天或者秋天吧，一个中国近代史罕见的和平年景，江门后人出现在河北境内。他们一行七人，从安徽过来，骑着马，一路寻访，为首的是一个干部装束的人，五十多岁。我母亲说看上去是个不小的干部。那时我父亲不在家，他在北京，已经有一份产业，开了一家织布厂。我父亲不在家我母亲抱着我姐姐，牵着我四岁和六岁的哥哥出来迎接江门的人。县上早就有报信儿的来，说安徽江门后人千里迢迢去山西祭祖，先到河北来探望海门后人，这件事在我们村子引起了轰动。数百年来这个村子没有一天不在谈论当年大槐树的事，即使日本人占领了这个村子，四十五次烧过这个村子，杀了数十名族人，但人们甚至在地道里用土枪瞄准日本人的时候，还在谈论江门和海门。江门的人来了，据说为首的人也是个抗战英雄，宁庄儿全村的人出来隆重迎接，我大伯把江门一行迎请到了宁氏家谱祠堂。江门先祖牌位赫然在目，我大伯把一部完整的海门近二十代宁氏家谱交给了江门的人，江门的人施大礼跪接了。江门的人说，江门的家谱只记了几代，很早就中断于战火，但他们的子孙牢牢记住了他们是大槐树下的人，他们的先祖是宁江门。他们寻访过另两门的踪迹，没有一点音信。现在他们看着一代一代一支一支大树般的海门总谱，不禁热泪纵横,他们说,还去山西干嘛,不去山西了,就认这儿是祖了,说罢大哭。

你父亲当时没有赶到?

我父亲在北京,非常后悔没能参加这百年一遇的隆重大礼。江门一行到了河间县城,村里人才得到信,通知我父亲为时已晚。后来我父亲问了详情。我父亲说江门与海门有特别的恩情,当年江门把四兄弟中仅有的一部书和一套纸墨笔砚留给了十四岁的海门,显然是把希望寄托给了最小的弟弟海门,事实上也尽其可能把更多的财物、钱留给了海门。海门最小,最先与兄长分手,生离死别,无依无靠,情之所至,江门长兄如父,义薄云天,不顾未卜的前程,倾其所有,给了海门所能给的一切,三位兄长毫无异议,前景因此更加难料。血浓于水,大义凛然,这是我们这个民族中最古老也是最优秀的文化传承。我父亲是五个兄弟中海门情结最重的一个,由于生活所迫,像海门先祖一样他也是十四岁时走向了异乡,十六岁开始挣钱养家,他走南闯北,义字当先,在外无论多苦,只要有一点钱就寄回老家我的祖母手中。我祖父在我父亲七岁那年离开了人世,后来差不多是我父亲在外挣钱支撑起了乡下一大家人,不仅供养了他的两个弟弟在三十年代的河间县城念完了初中,后来还买了地产,盖了三处院子。我父亲一直有一种悠远的无以名状的感恩思想,或许他认为他就是海门。1972年他的长孙出世,家人为长孙的名字争论不休,我父亲虽没多少文化,但他早已想好长孙的名字,他一锤定音,为长孙取名宁海鹏。按理说先祖"海"字发端,后人应当避讳,但我父亲执意如此。多年以后我们兄弟才猜度到了我父亲当年多少有些可笑的深意:海门的人要重新开始,鹏飞天下。

海门二十代家谱传下来是个奇迹,请出示给我们一份。

我想不能,或者以后可能。1978年、1989年以及1997年我分别三次问过我母亲关于家谱庙和家谱的下落,我母亲说六百年的家谱庙毁于"文革",它被强行拆除后砖瓦檩木遭哄抢一空,被族人盖了猪圈或院墙。宁氏家族总谱毁于年轻人的大火。我母亲说村里的年轻人疯了,不但拆了邻村民国大总统冯国璋的坟,也拆了自家的庙,造了六百年的反。所幸的是一些分支谱系被一些顽固不化的老人收藏起来,幸免于火。那时千年文化,命若游丝。1968年我母亲回乡了一次,送我外祖母的骨灰,在一些老乡亲那里她看到了部分族人收藏的分支家谱,完整的已经没了。我母亲说,现在大家要是凑一凑兴许也能凑出一套——这已是1997年,我母亲临终前一年最后一次提到家谱。我想做收集的工作,但我母亲说村里已有人在做这件事。我哥哥对此不以为然,他说,即使收集起来,又有多大意义?已经分崩离析。至少心灵上的谱系已难以收集。浩劫之后的风化是难以避免的,而且还会进一步风化。我哥哥是悲观的,他说没有哪个古老文明最后能逃出分崩离析的历史命运。他的悲观让我不寒而栗。

关于"漂来的房子",你是否还要补充?

我曾提到我母亲上船之前同我父亲吵了一架。母亲在农村妇女中是个具有独立品格、敢作敢为的人。一方面与她的天性有关,另一方面也与抗击日本人的那场战争有关。我母亲比我父亲小近十岁,他们是完全不同的人。1987年我姐姐返乡,在中共河间县委档案室查到了母亲在抗日战争中珍贵的历史资料。作为那个时代敌后抗战的传奇人物、一个拥有短枪的劳动妇女,她被载入冀中抗战史册是必然的。母亲"红莲"的名字许多年来被故乡人传诵。但事实上她光辉的历史早在1945年就结束了,到她上了我父亲的船,算是正式画上了句号。

我与北京

城市意味着记忆、成长、开始、结束，或重新开始，总之城市是时间的容器（乡村就不是，乡村是时间本身）。1957年一艘小火轮穿过白洋淀，经天津把我们一家从乡下带到北京。小火轮上坐着我城里人的父亲，乡下的母亲，大哥，二哥，姐姐。哥姐分别是十二岁，十岁，六岁。我没在那条船上，我还没出生。两年后，1959年，我出生了，带着出生前的记忆与北京开始了某种关系。一个人和一个城市很难说有一种确定的关系，唯有局部或者碎片或者某一个视角能相对地确定一下我们自己。

北京，那时从空中看就是一大片四合院，一望无际的灰色屋顶。屋顶空旷如波浪，上面通常是猫、鸽子的世界。通常猫看着鸽子飞，在角落或枯草中，一动不动。一般没什么办法，或者永远也没办法。但是看，永远看。偶尔，会有个小孩爬上屋顶，探头探脑，与猫、鸽子构成另一种空间关系。这更为罕见,你就是坐多少次飞机也未必能看见一次。那时飞机也少,看见的情况就更少。当然,现在飞机多了,但也基本上看不见北京了。

现在,无论何时一想起自己小时一个人独自坐在房顶上,对猫和鸽子视而不见,就觉得有一个梦始终没做完,就总想回到屋顶看看那一片遥远的北京。现在,我已经比北京老,我充满回忆。以前,我很少意识到自己是北京人。我还记得第一次意识到自己是北京人是在中学历史课上,历史老师有一次讲"北京人",我惊讶自己的老家竟然在周口店,稍后才知道此"北京人"非彼"北京人",或者说简直毫无关系。尽管如此,两者的重合还是烙印在心里。我甚至觉得失踪的"北京人"头盖骨故事对我也有种莫名的影响。我不想夸大这种影响,但所有特殊事物都有投射功能,有时仅仅一个词都会对一个人产生影响。另外,在北京这样的地方,经历的东西太多了,历史常常就在身边非常具体地展开,某种镜像、心理叠加对人的影响化为无形。夸大这种影响是形而上学,但完全无视也不符合实际。2010年我的西藏题材长篇小说《天·藏》问世,责任编辑王德领先生有一天对我说他在《天·藏》里读出了北京。我非常意外,两者毫无关系。我曾在西藏生活过几年,那是很年轻的二十郎当岁儿的时候,我记得我离开北京的时候是想竭力忘掉北京的。但真的忘掉了吗?我没问王德领从《天·藏》里读出了什么,不必问,一问就形而上学了。换句话说,有些东西是不能简单说出的,我与北京,或者北京与我,能简单说出吗?

我喜欢神秘、巨大而又敞开的事物,喜欢这类事物带给我的一种无法言说的感觉。去西藏之前我二十四岁,那是我青春年华中最迷惘的一段时光,记得我曾一个人去故宫,在红墙下散步,在斑驳的地上徘徊,在荒草中停留。我并不喜欢故宫,但喜欢故宫构成的纯粹的空间。一切都和历史无关,我不走进故宫的任何大殿,不想知道任何历史掌故包括传说,我就是喜欢一个人和一种巨大的空间,和荒草,颓砖,天空……在台阶上,在门下,在黄昏的阴影中凝视远方。我蔑视历史,从不感觉在历史面前自己渺小,仅就抽象的空间而言,故宫这样的地方抽象未知的东西太多了,一如我那时青春的迷惘与神秘。后来,我的另一部书《沉默之门》中写到了故宫的外景与周边,写到那一年筒子河边的雪地上一个疯掉的诗人。这个诗人与一个有"九命而不死"的老人散步,两人相护搀扶,踱步。冬日的阳光在那年非常清冽、干净,好像是对血的一种自净行为。河岸空无一人,只有我的主人公挽着有"九命而不死"的老人走在风或雪后的阳光中。老馆长腰弯得厉害,但在深度的弯曲中却昂着头,目光直视,像一尊铜像。故宫筒子河畔始终没放置一些铜像,始终少了一些真正人文的东西。石狮子、铜狮子,固然是艺术,甚至也算人文,但究竟还是近似图腾,不如人。

我曾在南长街34号居住,这条街过了西华门是北长街,南北长街分布着中南海、故宫、中山公园、福佑寺,直至北海,街边有不少深灰色的深宅大院,一般只能看见里面的树和方形烟囱,却很少见到冒烟,好像空宅。同样也有不少普通居民小院,或三五户或七八户,街边有菜店、副食店、粮店、垃圾桶,包括修车铺。两所中学,北京六中,北京一六一中,如果算上长安街上的二十八中就是三所中学,它与北京六中事实上不过一墙之隔。另有南长街小学与北长街小学。这样密集的几所学校,一到下学,人流如潮,追跑打闹,大呼小叫,堪比赛事散场。不过尽管这么多人流,不一会儿这条街仍是北京最安静的街。夜晚,绿树红墙,华灯映照,仿佛久远的古代时光。我住的34号与中山公园仅一墙之隔,从后窗能看见筒子河、城墙、角楼。只是时光荏苒,这些年南长街面貌大变,街上的菜店、副食店、粮店、照相馆、修车铺,都失去踪影了。没有垃圾桶。空空荡荡,干干净净。没有下学的人流,学校都迁走了取消了,民间的院子所剩无几，大多都经过了深度改造，变成很新的灰色深宅，烟囱还是见方的，墙体簇新，完全没了时间含量。除了新就是新，新得不可思议，甚至恐怖。都拆了，换了新的，却几乎无人。

一切我都接受。经历得太多了。在北京还有什么没经历过的？因此一切也都没什么了不起的。有人不喜欢北京的新潮建筑"鸟巢""巨蛋""大裤衩"，也没什么了不起的，我甚至莫如说喜欢。我说过我喜欢巨大的事物，喜欢超现实的东西，故宫在"巨大"这一点上在全世界也是超一流的、超想象的。北京的新潮建筑至少在"超想象"上继承了北京的传统，如果说以前的"巨大"有着严整性、确定性，如故宫、历史博物馆、人民大会堂，那么以"鸟巢""巨蛋""大裤衩"为代表的新兴建筑又增加了北京的不确定性、不可把握性、怪诞性，它们昭示了北京不仅是中国的，也是世界的，甚至是世界之外的。对，世界之外。我不知这些新的不确定性的巨大建筑再加上古老的确定性的建筑，对后世北京人有何种影响，反正北京越来越复杂，越来越不可把握，越来越怪诞、立体却不透明。如果把北京比作一面历史与现代甚至后现代的镜子，那么在这面镜子中，我越来越看不清自己。

我无法说喜欢还是不喜欢这种看不清，这不是我能选择的，但是有一点我知道：比起那些一眼能看清自己的地方，比如风景地的海边、山中、河畔，我还是接受这个看不清自己的北京。

北京给予了我太多无形的东西，如果这不是一种天赐，也是一种宿命。无论什么，作为一个写作者，我都照单全收，一切都在我的写作范围之内。我不仅仅是一个个人，我比北京老，我为写作而来。当然，我早晚会住到海边的：一个人和大海，和一面澄澈的镜子。那时在镜子里再看一个更加超现实的北京，而这个北京已经与我无关。

记忆之鸟

……实际上人并不总是向前走的……到一定程度就开始往回走,会寻找自己的来路、起点,对起点的好奇超过对未来的好奇。为什么有考古学?因为人类有回望的冲动。个人也一样,从某种意义上说,"我们来自哪里"这样一个命题不是一个由他者比如父母能回答的问题,也不是一个科学比如染色体的问题,而纯是一个自我意识的问题。在这个意义上说生命并非始于诞生,而是始于记忆。如果时光可逆,我的记忆的尽头是什么?

接近尽头的是两只死鸟。应该是在我三岁或四岁的时候,现在如果拿着放大镜定睛细瞧,这两只鸟像化石一样清晰嵌在早期岩石的记忆中,等待被发掘、考古。两只死鸟的后面,也就是尽头,还有没有记忆?当然有,但是太渺茫了,太昏暗了。只是一些碎片,很难拼出完整的"陶器",

更多只有地质学意义。无疑早期记忆接近无明，就像岩石或个人的史前时期。事实上探访早期记忆也一如古生物学家在岩石中提取生命痕迹，如果可能，通过DNA复活生命。但似乎现在还没做到，那么我能做到吗？

我不知道。

为什么记忆的尽头是两只死鸟而不是别的？在类似催眠或记忆考古的方式中，在记忆的自然博物馆，进一步深度地问自己：为什么记的不是一只鸟而是两只？两只有什么不同？两只类似青铜时代？具有划时代意义？"一"不是真正的记忆？正如碎片不是陶器？

现在，两只死鸟，穿越五十年光阴，在我四岁的视窗上，如同在霜花玻璃上哈一口气——慢慢显现、复活，还原出青铜时代。两只棕色的麻雀从岩石中飞到我的床前。当然，不是自己飞来的，无疑是父母或别的什么叔叔送给我的。岩石到床，床的出现至关重要。床与我如此切近，足以呈现更多记忆：我看到我坐在很大的床上，两只棕色的鸟没放在一起，分别放在了两个纸盒里。我被告知一只属于我，另一只属于"别人"。

"别人"对于幼小的我是一个重要概念，之前我是没有别人这个概念的，正是两只鸟区分了我和别人，这对我是第一次。这点，对一个四岁孩子来说怎么强调其意义都不过分……是的，我在父母亲宿舍里，因没人照看被一条绳子拴着，不能走远，不能下地。

父母走前总会放点什么供孩子玩，那次是鸟，是两只而非一只。两只非常关键，因此才有"故事"，记忆。是两只小麻雀，刚长出一些翅膀，还不会飞，几乎一模一样。但慢慢地，却清楚地知道了哪一只是"我的"。自然喜欢属于我的那只，也开始无视另一只。因为被绳拴着，我非常安静，我长时间把属于我的那只鸟捧在小手心上，盯看，看黄色的小嘴，圆圆的眼睛，看完这边眼睛看那边。我的时间太漫长了，有了鸟，时间过得很快。

因为被缚，我养成了慢，一切都如此之慢，养成了盯视的习惯，看什么都会看得时间很长，眼睛有时几乎成了放大镜。这个性格很重要，这个性格可以看作"我"的某种"摇篮"。我看到了非常细微的东西，甚至不妨说梦幻的东西。如是一块石头或一个什么小玩艺也就罢了，顶多被我攥出汗来，但如果是一只鸟非常不同……鸟是活物，有生命的东西，一如我自身的镜像，是最好的潜移默化，引发最重要的成长。

果然，黄口小麻雀的眼睛被我看得闭上了，不过又睁开了。但过了会儿又闭上了，接着半睁半闭，颤，闪……开始我还觉得好玩，但是"颤与闪"突然像某种无形的闪电划过我黑暗的意识，本能地不安……本能地觉得这鸟"不好了"，于是打开另一个盒子，里面鸟的眼睛圆圆的，一眨不眨，非常精神，而我手上的鸟蔫头耷脑。我没任何犹豫，就把"我"的鸟放入盒子，把"别人"的鸟拿出来，换了个个儿。

没人教我这样做。是一只快死的鸟让我产生了区分意识，换的意识，而"自我"就是这样诞生的吗？我以为是的。捧着"别人"的，当然现在变成自己的鸟，不安消失了，又高兴起来。重新将自己的鸟捧在手心盯视，抚摸，玩，这一段是记忆空白，推出来的，事实上紧接过来的记忆是第二只鸟再次眨眼，颤，闪……不是梦境……完全不是……这只刚换过的鸟像上一只鸟一样，先是一只眼闭上又睁开，半睁半闭，颤，闪，不一会儿另一边的一只眼也开始重复……

第一次没有难过，只有不安，因为立刻想到另一只鸟。这一次没有不安而是难过，某种真正的东西觉醒了……又赶快打开盒子，看到自己原来的鸟，又有了一丝高兴，因为这只鸟仍只是一只眼闭着，另一只眼还睁得圆圆的，于是再次换回……但是很快，又开始颤，闪——不用思考，这已是明白无误的死亡征兆。我哭了，非常委屈，我甚至看到自己哭的样子——嘴慢慢撇着。

事实上,哭是一种祈求,即使没人也好像旁边有人,我祈求鸟的眼睛别再闭上,求它了,"别闭上,为什么要闭上……"我看到我把鸟放在了嘴边,嘴对嘴对鸟说。它还是闭上了,闭上了还在颤!

我把鸟放到盒子里,它勉强站了一会儿,倾斜,站不住,有一刻又睁开了眼,但再闭上时一下子躺下,两腿慢慢伸直。

两只鸟都死了,整整齐齐躺着。

非常悲伤!且不可知,不可思议。

四岁,我目睹了死亡的全过程,看到了每一个细节,一点点变化。整个过程充满了不安、悲伤、委屈、无助,却又什么也说不出来,唯有抽泣。特别是换过来之后依然丧失,让有些东西太无明了,黑色,不可知。有人说孩子没有自我,因此也没有悲伤、自怜性的心理学意义的记忆,我不能同意。可以说没有欢乐的记忆,但悲伤是有的,还有同情,还有自怜,还有无助。事实上无论多小的孩子,心里都埋藏着一切,在记忆的尽头,记忆的起点,每个人都有一个自己的"青铜时代"。

你为什么记住了一些早期东西?一定是因为悲伤,同情,是心理上留下了深刻的东西。孩子说不出,无明,不等于无。

孩子的无明世界是个富矿。当然,挖掘非常困难。

因此记忆考古学也才有意义。

城墙

坐在无轨电车上,窗外就是高大城墙——这是我早期清晰而又梦幻的北京印象,具有记忆考古的价值。什么时候只要我一闭上眼,就能映现出这幅窗墙的画面。事实上记不清是有轨电车,还是无轨电车,我倾向于后者,但也许是前者,这需要考古。印象中,电车几乎贴着高大城墙行驶,城墙有巨大阴凉,阴气仿佛不是来自阴凉而是来自城墙内部。使劲向上看才能看到城墙顶部,锯齿形的城垛,特别不解。记得宣武门、和平门、前门,这些有着城墙的城门离我家近,常走,一个个城门洞掠过,可清晰地看到砖缝。出了门洞仍是贴着墙走,有时刚一出门洞就有一棵小树从墙上滋出来,像跟你招手一样,其实树已很老,就是永远也长不大。

这已是最后的城墙,1965年的城墙,我六岁时的城墙。事实上那一年城墙已开始拆,只是巨大的城墙一时半会儿不能拆完,印象中到处是露出黄土的豁口，感觉很新鲜，很快乐，一点儿不觉得那是毁坏，相反感到一种一成不变中的变化。孩子都喜欢变化，喜欢自己和周围一同成长。常常可以随处登上城墙摘酸枣、逮蜻蜓、粘唧鸟。城墙中间是土路，生有野菜，哥哥们说三年自然灾害院里孩子全去城墙挖野菜，我却没一点印象。事实上我也不记得摘酸枣逮蜻蜓的事，许多记忆是说出来的，后来总说便仿佛真的记得自己在城墙上玩耍。这种说出来的记忆像梦一样不实，真正坐实的印象是窗外固定的城墙。就算进行记忆考古，也依然飘忽。

记忆考古考的是情绪，没有情绪便没有记忆。

欢乐不是情绪，唯有悲伤、不安才是。

以及无明、不可知，比如城墙。

火车

"一列放置了八年的火车,慢慢地启动,驶向远方,往昔的乘客纷纷跳上来……"这是几年以前随手写的一段话,放在了自媒体上,马上有人问我是不是一部小说的开头?有人评论:很玄幻,上车,上车。

当然,都不是。与别人无关,只与记忆有关。

如果把我的早期记忆比作博物馆,那么火车无疑应处在最重要的入口位置,即使不是正中,也会是左侧或右侧。通常最早的应放在最前面,但也不一定,事实上能放在一进门位置的并不多,因为许多都处在黑暗中。许多记忆自己从没碰过,比如前面提到的两只死鸟,如果不是记忆考古发掘,已经完全不知它们的存在。但火车不同,是我早期记忆最明显的标志。

我在母腹中便开始了旅行。那时许多工厂下马,父母亲所在的工厂还算幸运,没有下马,但是迁到了远郊的房山,不能天天回家,甚至也不能每周回家,要两周才能回家一次,叫"休大礼拜"。由于路途远,无法坐长途汽车只能坐火车。就如同现在人们坐地铁上下班,我们那时挺超前的。

但那可不是地铁,就是十足的火车。

不记得每次的归来,却总是记得离开。因为每次离开都紧张、不安,每次离开都要去永定门坐火车。永定门在我幼小的心灵里已够远,但那儿还只是起点。每次都起得特别早,每次都是被尖锐的闹铃惊醒,一醒就是打仗似的忙碌,快,快,快,听到最多的就是这个字。

因为两周后才会回来,要带些吃的用的东西,包括给邻居带的东西。大包小袋,父母拖着我,或抱着我从前青厂胡同深处走出来,穿过琉璃厂,至十字路口,右拐到"厂甸",坐14路汽车头班车。

多年以后我才知道"厂甸"庙会与琉璃厂齐名,或者不可分割,已有四百多年历史。厂甸与我关系密切,但我却对它毫无记忆。厂甸庙会全盛时期,据载北起和平门,南抵梁家园,西到南北柳巷,过南北柳巷路口就是前青厂。也就是说,厂甸庙会最盛时甚至一度延伸到了我的家门口。庙会的核心是海王邨,现在逛琉璃厂的人还必到这里。因与琉璃厂事实上完全重合,厂甸庙会是北京最重要的庙会。庙会停办于1965年,这一年开始拆城墙,我记得拆城墙,却不记得庙会,搜遍记忆博物馆也没有厂甸庙会的位置。历史一旦断裂,便会相当的虚无,2003年,厂甸庙会恢复,我没有任何心动,倒是记得早年一次次从厂甸的离开。

记得凌晨胡同里昏黄的路灯。

当年无论前青厂还是琉璃厂,电线杆上都是那种特别小的黄灯泡,大约也就是十五瓦,唯到了琉璃厂十字路口,当中才有一盏暗红的灯。暗红来自于灯罩,灯罩六角形。从胡同出来,远远就看见了暗红的灯罩,昏暗中的红色那样亲切,是生命最早的记忆之一。

那么早就赶火车,有些不安是肯定的,不安不仅来自于睡眠被突然摧毁,也来自父母亲这时的紧张的争吵。每次出门前总争吵,起因都是为了带东西:我们是城里人,回到郊区总要给厂里非城里的人带些吃的东西,没什么特别的,就是烙饼馒头之类,那时困难,吃的东西就是最好的了。通常父亲总是多拿,而往往母亲觉得已经不少了,争执即产生于此。"三年自然灾害",还有什么比食物更紧缺的?父亲是一个特别有尊严感的人,总要多拿一点再拿一点给邻人,才符合他那时已经千疮百孔的自尊。他从一个工厂的创办者,到公私合营,又迁出城里,变成了一个普通的工人,他的人生一直是下坡路。他当然想不到不久的路更下坡,那时"文革"已不远。

绝望地走在昏暗的胡同里,看到路口暗红色街灯有种说不出的感觉,很难说红色是消解了争吵带来的绝望感,还是增加了不安,所以印象特深。车站没人,只我们一家三口,无话,甚至直到车来了,母亲抱我上去,父亲提着大包小包,三口人坐好后,还是无话。车内空荡,只有司机、售票员,两三站后才陆续有人上来。夏天这时天已蒙蒙亮,若冬天基本始终是黑的。永定门汽车站与火车站那时是一体,无论何时,这里都熙熙攘攘,紧紧张张,过栏杆,上天桥,上上下下,大包小包,拉着孩子或者抱着,另一只手还提着东西。无法领着的孩子紧跟着大人,一切都是骚动的、匆忙的、不安的,直到上了月台,登上火车,找到了座位,大包在行李架上放好……坐好……

而记忆也就此中断,断片儿……

记忆总是与紧张不安有关,紧张消失记忆中断。欢乐是木质的,与记忆绝缘。催眠唤起的首先也不是记忆而是情绪,没有情绪便没有记忆。情绪唤醒图像,图像唤醒记忆,场景渐次展开:暗红色的街灯,混乱的车站，天桥，月台，大包小包，匆匆脚步，以至时到今日我一到火车站候车大厅仍忍不住地焦虑、不安，哪怕提前许多时间。

火车上的记忆差不多是抽象的记忆：我坐父亲或母亲的腿上，临窗，似乎再没什么。不，还是有什么，我看到了，每次车过永定河父亲腿上的我都很紧张——因此，这时又有了记忆。甚至每次都有预感：只要火车一接近卢沟桥，还没到呢，往往我就紧张起来。动物有这种直觉，人也有，其实动物身上许多东西人都有，只不过被压到意识下面了。果然，那片茫茫的总是遇到的可怕的大水迎面而来，火车快速驶到水里（在桥上但看不到桥，只能看到水），我抓住父亲的手，紧紧盯着河水，河水明晃晃的，布满细致的很快的动感波纹。一小片河中的沙洲会多少让我感到安慰，但转瞬即逝，又是无边的水……直到看见了草、岸、田野——火车又飞快驶上陆地。

我对绿皮火车上的全部记忆就是这种透过窗口的记忆，它不安，但不像离家时的不安，是一种抽象的，或者不如说有益的不安。这样的窗口无限重复，到我六岁那年戛然而止，我要上学了。

尽管1966年没招生，我还是留在了家里，与哥哥姐姐一起生活。那一年轰轰烈烈，到第二年冬，我八岁多快九岁了才上学。我已经玩野了，新生活完全覆盖幼年记忆，以至见到火车都新鲜，甚至一度在城外疯狂追火车。我已十一二岁，像五月的麻雀，一飞就是一群。我随着院里的小伙伴经常去永定门外的二道河畔逮蛐蛐、捞小鱼、抓蚂蚱、偷玉米。永定门我竟然也全不记得了。我在黑色枕木的铁道上疯跑，趴在铁轨上听火车——

听得很远，很静，像落下的麻雀。

火车近了，近了，我们一哄而起。跑，追，扔石头，喊，声音想超过火车，完全忘了小时候，忘了永定河，眼前只有护城河，或二道河。只有眼前的事物，没有记忆，什么也不记得。只是火车远去，偶尔望着远去的火车有点恍惚，发会儿呆。好像想起什么，但什么也没想起，只是把石头扔得远远的。

化石

铁路，麻雀，化石，它们在我的记忆博物馆中布满灰尘又十分清晰。那枕木是有沥青的老枕木，现在早就是水泥的，已很少见到过去的枕木。与枕木相对应的是铁轨，磨得铿亮，闪着过度的寒光，路基上的碎石布满陈年的风尘与油渍。显然，这是詹天佑的铁路，慈禧的铁路，光绪的铁路。但那时我们根本没有这些概念，没有历史，没有记忆，课文是语录，万岁，事实上我和路基上的碎石差不多。我们在铁路上捡化石。碎石中偶尔有化石，也有些发白的石头，我们都捡，捡完了回去在马路上画格子，跳房子。通常都用粉笔头画，有了化石会一下把烂粉笔头比下去。好的化石很少，也很小，通常只有小指头大小，多半是一些有点发白的石块，偶尔捡到一小块真正的化石会大喊大叫。真正的化石接近透明，像羊脂玉一般。

除了铁路，化石还有一个来源，那就是冬天里的运煤车。特别喜欢运煤车，远远的一听到，就从院子里跑出来看。那时胡同里很少见汽车，夏天基本没有，只到了冬天才有。我们与季节一同成长，知道运煤车的季节规律，每次运煤车来了才好像换季。运煤卡车驶进胡同动静很大，嗡嗡的声音震得门板直响，我们站在当街，或闻汽油味，或跟着跑，或大喊一声。煤运往煤铺，自动翻斗，倒下后会形成一个煤山。忘了最早谁发现煤里有化石，反正后来煤车一来便去捡。煤里的化石同样很小，和铁路上的差不多，不同在于煤里的化石真是雪白，铁路上的化石有点发红。事实上我们知道铁路有化石，还是听运煤师傅说的。运煤师傅见我们在煤堆上爬，弄得跟黑人似的，便告诉我们去铁路。铁路上有时货车会突然停下，像有什么事似的，有时正好是运煤车，这时我们就会扒上去。我个子小，从来没真正扒上去过，另外也担心火车一旦启动怕下不来。这种担心事实上多余，通常车只要一动我们便会像麻雀纷纷飞起，无论是扒在车上的，还是到了煤堆里的。

　　铁路的意义不仅在于给了我们麻雀，化石，奔跑，扔石头，喊，事实上还无形地提供着远方，我们去不了远方，也不想远方，但是我们站在通往远方的某个节点上，这同总是在院子里不一样。事物都不仅显在也潜在着什么，前者往往遮蔽后者，但后者往往更具有决定性。铁路提示着远方，很多年后我才意识到它对我的意义。为什么我的第一部长篇小说一上来就写到了铁路，几乎无意识地返回了童年？《蒙面之城》开始写道：他们追火车，扔石头，向火车吐痰，大吼大叫。或者沿铁路疯跑，捉迷藏，用一整天时间像麻雀似的从郊外铁路一直追逐到城里的西直门。没人沿铁路穿越这个庞大如迷宫的城市，但这是可能的。他们不知自己做了什么。铁路破败、荒芜，像上世纪时光，1910 年的麻雀在飞翔。

　　虽然没写到化石，但已隐含了化石。童年就是这样，虽然小但决定了许多事物。就像有些水流很小，却决定了远方。

父亲，母亲

父亲生于1912年，民国二年，差一点就赶上晚清。小时候一想到这个时间，我就觉得特别遥远，不可思议，1912年什么样？和我有什么关系？现在却觉得这个时间越来越近。时间不是绝对的，不仅向前走，也会向回走。

我出生时父亲已46岁，在乡村差不多已是隔代。1926年，父亲十三岁背井离乡，离开老家，到天津做了一名学徒。学艺有成，走南闯北，在关外营生，月月给家寄钱，到1949年解放前夕父亲寄的钱已使老家以我奶奶为中心的大家庭变成一个富裕人家。父亲的两个兄弟进入了河间县城中学读书，1947年两兄弟在北京办织布厂，不久父亲作为长兄也加入进来。

母亲生于1921年，比父亲小九岁，很早母亲就到了父亲家。父亲常年在外,每年过年才回来。抗日战争爆发,日本人占了河间,炮楼修到了邻村诗经村,一个古村。母亲秘密参加了抗日活动,1939年,她十八岁时背着家人,包括我远在关外的父亲,入了党。母亲姓王,叫王秀莲,因有一个"莲"字,在党内叫"红莲"。那时入了党会有化名,今天如果到河间市委组织部,还能查到这个名字。母亲宣传抗日,做军鞋,送情报……回忆那场战争,让母亲自豪的是有一次一队日伪军扫荡,开进了村里,看见满脸黑灶灰的母亲,问母亲看见八路军没有。母亲大胆地说看见了,刚朝东边去了。当时八路军一连人就住在村子地道里,母亲细致地报告了情况,八路军立刻从地道里出动,抄了鬼子的后路,打了一个胜仗,多有缴获。

母亲说自己天生胆儿大,什么也不怕,认准的事就做。母亲是把干活的好手,割麦子比村里的男人都快,做军鞋更是最快的,母亲做的军鞋是别人的一两倍,因为她有时竟然可以不睡觉,一天一宿地做。母亲对过年才回来的父亲说,不打败日本鬼子不生孩子。她差不多做到了。我大哥出生于1945年6月,好像预言抗战胜利一样。1944年日本人在我们老家已呈颓势,基本缩在炮楼里不再出来。除非有大的行动,那时也没什么大行动。母亲另一个让她骄傲的记忆是这一年她参加了冀中边区"抗日群众英雄大会",被边区政府授予"抗日群众英雄"模范称号。母亲是英雄,1944年晋察冀边区的英雄。可我许多年根本不知道她是英雄,直到听她晚年在病床上说起往事。

母亲说"群英会"的地点距村里很远,从村里出发,母亲由八路军专门护送,穿越了数百里的敌后,有时就从炮楼底下穿过。回忆起那段行程,母亲晚年失明的眼睛熠熠生辉,我几乎看到她年轻时大胆自豪的样子。我母亲也一定又看见了什么,母亲说,群英会回来后八路军动员她参加队伍,她也非常向往队伍,奶奶知道后赶快通知了我远在关外的父亲。

父亲回来了，这是件大事。村里的民兵怕父亲家暴，将我们家院子团团围住，只要一有动静就立刻冲进去将父亲抓起来。但是结果，围了几天几夜也没什么动静。母亲后来劝走了民兵。不过母亲并没改变参加队伍的决定，决意跟八路军走。母亲说服了父亲，父亲也不得不同意。最后我奶奶使出了"杀手锏"，请出了我姥姥。我姥姥也没二话，说我母亲前脚走她后脚就跳河。母亲就没走成，后来生了我大哥更走不了了。想想那时，父亲在日本人占领下的东北凭手艺谋生，闯荡江湖，我年轻的母亲在华北平原抗战，两种世界，在我们的家族史上堪称传奇。或者也是那个时代的传奇。

当然，事实上只有真实，没有传奇。随着1945年的胜利，我大哥的出生、二哥的出生、姐姐的出生，到了1957年举家迁往北京时，母亲已完全认同了和平年代的生儿育女生活。战争已远去，到了1959年我最后的出生，忙碌的母亲早已忘记那场战争，或者看上去忘记了。

我的两个哥哥性格中有我父亲的成分，更多我母亲的成分，他们都是强者，有着自己的传奇。1966年，我七岁，他们已经纵论天下，为领袖的观点彻夜辩论。我记得在昏暗灯光下他们目光炯炯，手臂挥舞，口若悬河，而我则像一个影子注视他们，好像不是他们的弟弟，好像我在时间之外。或者我属于灯，灯的影子。我听不懂他们说的什么，与纵论天下的他们完全无关、与"文革"无关。阴影中，我流着鼻涕，惊异地看着他们争论，恐怕他们会打起来。有时已经十六岁的姐姐给我擦擦，有时不，常常她也顾不上我。有一次我又问了姐姐：是大哥大还是爸爸大？

大哥比我大十四岁，二哥也大我一轮，十二岁，姐姐大我八岁，我记事时他们都已是大人。小时我记得我很费解：他们是大人，怎么又和父母不一样？特别大哥身材高大，非常威武，于是我第一次问了母亲"是大哥大还是父亲大"的傻问题。大哥是一名警察，比父亲高，一身制服，大皮鞋，大皮衣，大皮帽子，平时不回家，像父母一样大礼拜才回来，让我不解，不可思议。小时不可思议的事太多了，只能瞪大眼睛。大哥从没管过我，不过每次回来都会像抄起玩具一样抱起我，颠来颠去，"扔高高"。有几次扔得有点过高，把我弄哭了。二哥有时也扔我，感觉稍好一点，因为毕竟熟悉，但总的来说我不喜欢被扔。姐姐当然不扔我。我跟二哥和姐姐生活了两三年，1969年他们也离开了家。

猫

1969年,大人都走了,家里只剩下我和一只猫。它一身黄色波纹,我叫它大黄。大黄猫本来是哥姐养的,他们离家后留给了我。大黄的年龄比我大,正是青壮年,包括它的眼神儿都比我大。小时听过猫和老虎的故事,猫是老虎的师父,有三招绝活儿,蹿、扑、上树,教了老虎两招,留了上树一招没教,后来果真用上了。哥哥姐姐走前让我照顾好大黄,也交代了大黄照顾好我。一开始大黄还有点瞧不起我,对我爱搭不理,我有点气,也不理它。我自己做饭吃,我吃我的,不喂它,没两天大黄就扛不住了,开始蹭我,居然把我当成大人。我还是不理它,它拿尾巴扫我,扫过来,扫过去,然后扑的一下卧我的脚边。它打呼噜,噜噜噜,可响了。

喂它烙饼、馒头、米饭,它不吃,非得嚼了放在手上它才吃。一开始直接给它,它不吃,那样看着我,仿佛是提醒我要像以前哥哥姐姐那样。

我有点生气：爱吃不吃，这么大了还让人嚼着吃。就不嚼。它就真的不吃，饼就在嘴边，它闻也不闻，呼噜。

院里的耗子差不多让大黄逮光了，但偶尔我还能听见大黄在铺底下面折腾，那一定是逮着耗子了，我知道它可高兴了，且要玩呢，且不舍得吃呢。我往铺下看，它就冲我呜呜，要咬我，我一抬手它立刻跑了，把耗子叼到最里面我看不见的地方。玩，舞，且歌且舞，不管多饿，我有时都替大黄着急：再让耗子跑了！我高兴得不亚于大黄，觉得它逮了耗子回家来吃很认这个家，我看不见它但一直等着，大黄终于玩够吃完，出来后特认真特煞有介事地看着我，好像告诉我它吃完了，吃着好东西了。

有时看到大黄一边呼噜一边吃，心里就忍不住想，怎么给它找点肉？哪怕就是一根没有肉的骨头也行，想象副食店肉案的样子，排队的样子，一筐骨头，水沟里的一小块肉渣。因为猫的缘故我养成了爱想事儿的习惯，我知道大黄渴望的样子就是可怜的样子，无聊的呼噜就是责怪。一只猫会提示许多东西，这些东西混合起来构成了同情。同情是想象与认识事物最重要的发动机，因为同情就会敏感、锋利、捕捉性强，同情会在还没思想时就抵达事物的底部。反过来说一个人缺乏想象力，实际上是缺乏同情心，而一个缺乏同情能力的人一定是个迟钝的人。有时候我觉得一个迟钝的人比一个麻木的人还要可怕。

胡同西边有个武进会馆，1913年到1914年间鲁迅先生为办"京师图书馆分馆"曾来这里，那年4月，鲁迅先生的一则日记写道："晴，午后同夏司长、齐寿山、戴芦舲赴前青厂，观图书分馆新赁房屋。"那年6月京师图书馆分馆租妥了武进会馆夹道的十八间民房，作为馆舍。当年我哪里知道我住的前青厂胡同还有那么多历史掌故？不过话又说回来，北京的任何一个地方稍微刨一刨历史，哪儿又没有名人掌故？武进会馆对面有个副食店，门板上隐约可见"常发"二字，"发"为繁体，毫无疑问民国就有了此店，离得如此之近很难说鲁迅没来过此店。尽管"常发"二字"文革"时被涂黑，上面全是道子，店名也改为"前青厂副食店"，但"常发"的名字在日常语言中始终没变，大家还是"常发""常发"地叫。"文革"不能改变一切，甚至一些词语就是改变不过来。"常发"除了经营普通副食品，主要还有一个羊肉案，猪肉得到琉璃厂副食商店买，或许是两家的分工吧，但不管卖什么肉，对大黄来说这都是一个梦想之地，自然更是驻留之地。

　　卖肉的师傅年纪不小了，应该民国时就在这儿卖，戴着套袖，穿着厚厚的皮围裙，翻动着牛耳尖刀，时不时在油亮的铁棍儿杠上几声。每天一开门并不先卖肉而是先剔肉，一会儿便剔出一筐骨头。有时也边剔边卖，也只有这时才是我的机会。那时肉凭本供应，买肉的都是回民。我也去排队，随着人流排到筐那里是我最紧张的时候，不能犹豫，但也不能被发现，手慢慢往筐边上凑（想到大黄就要吃到骨头，紧张极了），摸到，抽手，闪身，一出店门便狂奔起来。每次不用想那时大黄在哪儿，只要在院里喊一声"大黄"，大黄就会像疯了的我一样不定从哪儿一下窜出来，如屋里、房上，如那时它在别的院的房上则要稍等一会儿，但不用急，几声之后就会听到它跑动中的"哼儿""哼儿"声，那是急得饿得才发出的像唱歌一样的声音。都说猫鼻子尖，我原来也以为是这样，但认真想想也不全是它鼻子尖，一定也是听到了我的叫声的不同。平时我叫它，我是说手里没东西的话，它要么慢吞吞，要么干脆懒得理我。这回听出什么不同，便蹿房越脊，连跳而下，经常把杂物上的什么东西蹬翻了，踹倒了，到了我跟前。我当然也要逗逗它，不马上给，它就拉着长声跟我转，然后我只好丢给它。它不会在我面前吃，三蹿两蹿又上了房，在青瓦的干草丛中吃。可肉太少，它的兴奋度随着吃不到多少肉慢慢降低，然后开始东张西望。后来每次再拿骨头我都要挑一挑,捡肉多的,可哪儿有肉多的,都差不多,师傅庖丁解牛,剔得干干净净,几乎不剩肉。

那个年代,仍有人用羊腰喂猫,是一些老人,老太太老头,那是真正的老北京,和后来移民来北京的人价值观不同:羊腰子怎么能喂猫?人还吃不上呢。但是就有一些不可思议的老人买——这些老头老太太里面藏龙卧虎,其中一位就是鲁迅的小舅子许功,他就住前青厂胡同周家大院三号,虽然挨了斗但还是来买,人长得有点像胡志明,也是山羊胡子。当然了,当年我并不知鲁迅是谁,也不知道许广平,事实上我什么也不知道,就知道那是一个买羊腰的白胡子老头——清癯的老人们边买还边谈论猫,我在后面排着,看着深色的羊腰有时也想:大黄要是吃上一个羊腰子不定怎么高兴呢。觑了无数次,终于,有一次不顾一切地下了手。羊腰可不是骨头,是摆在案上的,但是我拿了,几乎众目睽睽之下。居然没被抓,怎么拿的已记不清了,回忆起来脑子一片空白,但记得那一刻的紧张,那一刻就像杀了自己一样。没任何记忆。那次疯跑回家,没有任何高兴,始终紧张,给大黄吃的时候也没觉得特别幸福。事情就是这样,走向极致,便也走到头,走向了否定,不要说羊腰子,我后来甚至再没去拿一次骨头。

七十年代初的北京,冷,零下十几度二十度都有,屋里有火都冷,何况我屋里没火。家里人怕我太小,弄不好火中了煤气,晚上不让我封火,要我做完晚饭就让火乏着,自然灭掉,第二天早上再生。的确那时的北京一不留神就会有人煤气中毒,别说孩子,就是家里有大人的,一家子成人,每年也都有中煤气的。昏过去——灌醋醒来,还算好的,街上每年都有人气绝身亡。

晚上没有火——北风呼啸——屋子里零下——大黄任务很重,大黄就是火。我十二三岁,冬天,一个人和一只猫过差不多整个冬天。现在无论什么时候回忆起来,我都觉得当年自己伟大,那么小就开始明确地对抗

—— 我的二十世纪 **043**

死亡：面对死亡的时候，冬天算什么？冷算什么？那么小就知道死亡对自己是最高的律令。如果不是想到死，我何必每晚乖乖地自觉地把火灭掉？又没人管我监督我，全凭的是自觉。刚钻被窝时，脚底下最冷，冰凉冰凉，真的就像传说中的冰窖。大黄也冷，也愿钻被窝儿，可大黄不愿待在冰凉的脚底下，愿贴在我有热乎气的胸前。而我呢，认为大黄理所应当到"最艰苦"的地方去，于是每晚就有我和大黄的一番争斗。每次钻被窝前我都是先把大黄抱到被子那头，放进去，我呢从这头再钻，一般正好就会和大黄在冰凉的被子半途相遇，我就慢慢地把大黄踹回去。大黄呢也是只有肚子有热乎气儿，所以我就无情地把冰冷的脚板抵在大黄肚皮上。大黄不干，咬我，抓我，当然不是真的，有时就是含着我的大脚趾一动不动。就是说，只要我不动它就不再使劲。不过让我不解的是，有时它的两条后腿会无缘无故地使劲踹我两脚，好像发泄什么似的。这一切都不妨碍热气慢慢从脚底升起，通常这时大黄已睡着，我不让它睡，就把大黄提溜到上边来，因为上边还冷。大黄很不情愿，但一会儿也就又睡了。冬天，我的许多年的冬天，都是这样过来。没有大黄，那些冬天怎么过？从没想过这个问题，但有大黄是必然的，所以有些问题不用想。

屋顶上的梦

屋顶是小时离梦最近的地方，而且想做就做，随时随地，甚至有时随一只猫就做上。并非猫是一种暗示，一种引领，或去追猫，不，有时实际上与猫无关。但也必须承认，对某些孩子，猫又的确是一个引领，一种提示。比如家里没有大人，整天自己生活，非常孤独，猫是家庭一员，而且我家猫也很不喜欢在房上见到我，在房上总是那样看着我，好像问我什么。它竟然不让我抱，一抱它就躲，有时一溜烟跑了，远远地看着我。我其实也不是找它的，就是喜欢房顶。

上房的地方也有讲究，一般从房子之间连接墙上，不是哪儿都能上，这点连猫也一样。因为大人看见要骂，更多是从后院无人处上。说是后院，其实就是个稍宽一点的夹道，即两个院子之间的空隙。有时夹道那边的院子已是另一条胡同，去那个院子得出了院拐到另一条大街上，再由大街拐进一条小胡同，绕一个大弯儿。我们院就是这样，要是将我们院和后院打通，就能横跨两条街。这就是北京。胡同，院子，街，往往就这样构成。

北京有许多叫"×××夹道"的小胡同，有的很窄，有的则像大街一样宽，像有名的东直门夹道、仓夹道。夹道是最具北京特色的建筑，甚至也是中国的建筑特色，《红楼梦》中便有夹道的描写，如第四回便说："西南上又有一个角门，通着夹道子，出了夹道，便是王夫人正房的东院了。"

没有夹道便没有四合院、胡同，它既是街与街的连接，胡同与胡同的连接，也是院与院的连接。连接又区分，便是夹道的主要功能。夹道宽了就是街、巷、小胡同，窄了就是院与院的分隔，兼有采光功能。通常要是几十户上百户的大院子，自然院套院，院连院，夹道就很多，夹道尽头往往有个月亮门，讲究点的是垂花门，也有一点也不讲究的，就是一个角门。如果夹道那边不通另一个院，只是连接房与房的小夹道，尽头的墙上有时会有一副过去的模糊不清的对子，"生意兴隆通四海，财源茂盛达三江"之类。对子下面堆着生活杂物，煤箱子、碎砖头、木料、洗衣裳盆、竹车、麻包、棉花套、尿臊被之类。猫在这里三跳两跳便上了夹道上面的连接墙，再一跃就上了屋檐，最后站到了高高的房脊上。

一般院与院间夹道都十分的幽静，甚至幽暗、神秘。孩子天性都喜欢神秘，夹道这种地方常常是孩子的"神秘园"。说实在的，孩子都讨厌大人，而这里正好躲着大人，在"神秘园"尽情玩，疯，弹球、拍三角、种花、养鱼、掐蛐蛐、捉迷藏、上房。我们院的"神秘园"有两个上房的地方，一个是夹道的一进口，靠右边的连接墙上，我们堆了一些砖头杂物，可以很轻松地蹬着杂物上房。再一个是夹道尽头的屋檐处的"排水口"，"排水口"凸出来，跳起来，扒着水口的瓦檐一个引体向上翻上去，脚再一蹬就上了房。这种凸出的"排水口"就连故宫也有，不过人家那是琉璃瓦砌成，寻常百姓家就是普通砖砌成，且多有破损。逢到雨季，雨水会从两房之间通过排水口哗哗流下。"排水口"不是我一开始就能够到的地方，得到我上了初中以后才能像"吊死鬼儿"一样一下挂上去。

上房顶是一种神秘的经验，什么时候上去都觉得周围是一个全然陌生的世界，那种由隐蔽展开的天空，远方，俯视，让你觉得世界上还存在着另外一个世界，另外一个自己，世界的陌生让你感到自己的陌生。（生活中供潜意识发育的地方并不多，房顶是一个。潜意识苍白的人无论如何都是一个乏味的人，而有时候还有什么比一个乏味的人更可怕？很多东西都源于乏味。反之无论你多么艰难你都是一个自洽的人，给自己也给别人带来不同的人。特别是对一个孩子来说，当他站在一个近乎无垠的位置上，别人看不到他，他能看到别人，那种满足感不是一个孩子能定义的，他已不是一个孩子。当然，这一切都是回过头来看，当时完全惘然。问题就在这儿：没有当时的惘然怎么会有后来的回忆？考古发掘？必须感谢让人潜意识发达的时刻，感谢那整个无明惘然的童年世界。）

在房上，有时也会被人发现：看，他上房了！你立刻躲避，消失，这也同样很有趣。你居高临下监视发现你的人，看他们激动、茫然的样子，他们的背后部。因为空间不同，你们的某种关系也不同，在这个意义上说这是一种类似梦一样的权力，同时又是一种实际上的权力。你到了房顶，便意味着你获得了一种超越别人、观察别人的权力。你不再是孩子。此外，你不仅看见自己院子中的人，还看到别院的人。他们与你无关，你感到他们每个人都是木然的，被一个整体的什么东西操纵，整体地活动。没有个人，除非你认识那些个人，那一个个人才会从整体中分离出来。房顶是现实的，又是非现实的，如此日常，又充满奥义。

我一个人待在两个高高的有飞檐的房脊之间，谁也看不见我，连猫偶尔还有鸽子都回避我，我喜欢它们的回避，喜欢纯粹地一个人。我一个人面对强烈、温暖以至暴晒的阳光，享受着那种彻底的明亮的寂静，寂静与阳光让我如醉如痴。阳光如雨，似乎具有永恒性质。我看到许多更远的院子，更远的胡同，更远的街巷，放眼望去，那一格一格的青瓦，种种倾斜，院连着院，院中院，总是让我发呆、出神、忘我。我看到了炒菜、做饭、如厕、写作业、跳皮筋、追跑打闹——这些最熟悉的日常生活也让我陌生，就仿佛在电影中看到了自己，是的，我虽然在上面，但同时还在下面。

房上没有道路，但又有完全不同的道路，你可以沿着特殊的道路很神秘地走得很远，甚至感觉上可以在屋顶世界走遍北京。当然这也只是想想，我从来不会走出太远，最远也不过是穿过四五个院子，在一个叫"小西南园"的胡同拐角，抱着一棵电线杆子下来。电线杆下半截有水泥方柱，出溜到此站稳，一跳，就算完成了屋顶旅行。

小西南园是条很窄又很短的胡同，北口对着周家大院胡同，也就是鲁迅小舅子许功住的那个院子。那时鲁迅小舅子挨斗，平时他总是面墙蹬着小凳子在墙上抄语录，一笔一画，抄得整齐，真是好书法。老头的白胡子像齐白石又像胡志明，小时候齐白石与胡志明我总是分不清。或许就是因为白胡子所以才没把老头斗得太狠，反正，我们胡同斗人都不狠。别处有死人的，我们胡同没有，打肯定也打，不过没朝死里打，没失过手。

小西南园与周家大院之间的那条胡同，就是我一再提到的我住的前青厂胡同。40号是武进会馆，这儿有点说道。原是清著名经学家、金石学家孙星衍府邸，民国时期女子《白话旬刊报》报社社址也在此。民国二年（1913）鲁迅先生曾多次到会馆商议京师图书馆馆址，后办成图书馆分馆。55号为中央文史馆馆员、文史学者、诗人、词家夏仁虎故居，胡适、郭沫若、老舍曾至此。但我小时完全不知。不知，也没任何影响，非说有的话就是鲁迅小舅子用朱漆抄毛主席语录。也说不清是啥影响。

我顺着电线杆子爬下来，一溜烟钻出小西南园胡同，然后像小动物一样跑回我们院有时连喘息都不喘息就又上到房上，上到房上再大口喘。有时是我们一大帮孩子集体在房上野游，一大帮孩子通常走得更远，像一次房上的长征。因为人多动静大，难免被下面哪个院子的大人发现，会被骂死，甚至打将上来。但也正因为存在着这样的危险，也更吸引了孩子们一次次这么干。孩子的世界之所以和成年人世界不同，就在于超现实性，房顶世界刚好满足了这点。屋顶在下面看通常是压抑的，同时也带来了超越性，就如同有遮挡就总是想要打破遮挡。房顶鼓励了孩子们一种东西：世界除了是你看到的样子，还有另外的样子；可以做你不能做的，一旦做了是那么新鲜有趣。因此我们这个世界得给孩子一点破坏的空间，否则，所有的孩子都会是同一个孩子。

此外，房顶也是一个满足孩子孤独感的世界。多少年后当我读到意大利小说家卡尔维诺《树上的男爵》时，异常惊喜，觉得卡尔维诺小的时候一定没少上房，不禁感叹人类无论看上去多么不同也有共同的东西：《树上的男爵》写了一个孩子一生都生活在树上不愿下来，不正是我小时候的心境吗？卡尔维诺写出了我的东西。此外，更重要的是，放眼望去，屋顶是一个另外的世界，上面不再有胡同、院门、道路，世界是一个完整世界。

我看到了世界的完整性，这对孩子同样十分重要。

卡尔维诺洞悉了房顶上很多东西，正如洞悉了人类最内向的秘密。当然，也还有卡尔维诺没有写出的，事情不会止于一个人。比如一个孩子的无意识中有着怎样的历史？房顶上的孤独与历史的孤独是什么关系？好像没有关系。没有关系也是一种关系，或许更意味深长。

哨音

"有破鞋换洋火!"

或许买卖太小,或许破鞋换洋火是以物易物,或许喊叫的人衣衫褴褛和叫花子差不多,无法拿他怎么办,或许这是一些流浪的人,所以那时国家罕见地放过了那个时代的这一唯一的叫卖声。唯一的历史的声音。

那时街道干净,空气稀薄,没自由市场,没私人买卖,但容下了"有破鞋换洋火!"我没破鞋,有也会补补再穿,因此从没换过洋火。但每每听到声音都会飞跑出去,一是新鲜,听着就莫名地激动,二是看看还是不是上次那个人,如果是,简直像童话。当然不是。但我要说的还不是"有破鞋换洋火"这事,是那时的另一个例外:推车卖小鸡的。

应该是1969年后的几年,大规模人迁徙走了,每年春天,风和日丽,冰消雪化时候,都有乡下人进城推车卖小鸡。不吆喝,往往是一辆加固型的自行车，属自行车里的重装，大梁都是双层的，带着泥土。农人虽一身乡土打扮，但知道是进城，穿得很干净，有时还戴一顶皮帽子。帽边的毛与小毛鸡有种很难说的一致性，但两者看上去总让人说不出地喜欢。车两边往往各绑着一个大笸箩，笸箩里挤的是刚破壳的小鸡。一般卖鸡的地方是一个宽敞一点的胡同口，可以围很多人。不知道当时为什么不管这件事，或许就连现在我们的邻国也不管这事？春发秋收，万物繁衍，天经地义？

真的，当时没一个革命群众管此事。或许有人管过被更多人甚至全体抵住？我不知道。的确，这不是商品，是这个季节的生命，与钱无关。与季节有关，到这季节了就该出现它们。所以也就不管了？的确，哪怕是最铁石心肠的人，当看到季节中憨厚的农人掀开笸箩的一瞬，小毛鸡叽叽喳喳你挤我我挤你地整体地蠕动，谁不会有一种生命深处的牵动？农人远道而来，显然并不习惯走街串巷，因此也不吆喝，就是往胡同口一摆。不管挑，你自己拿，不负责挑公的母的，倒是买的人有懂行的，帮大家挑。整条胡同（反正我们院是这样）家家都买了，少则一只，多则十几只，多少钱一只已忘了，反正也就是几分钱，最多超不过五分钱一只。

刚买来的小毛鸡似乎仍眷恋着大笸，喜欢成群结队，你挨着我，我挨着你，像风吹水波一样一会儿波到这儿，一会儿波到那儿，在春日的阳光下会变幻出不同的光感。分不清谁家的，不过用不了几天就会分得清清楚楚，它们各回各的门前，各找各家。家家剁菜叶，拌棒子面，弄食盆，仿佛回到了过去的农村景象。春天的养小鸡，无异于一个古老的节日，基因里的习惯。其实说起来一点儿也不古老，北京，除了一些老北京人，那些提笼架鸟，即使"文革"中也用羊腰喂猫的人，大多以前都在乡村，很多习惯都是乡下习惯。我们院七八户人家，大多是河北老家的乡音，来北京早点的也不过就是解放前几年，日本投降是个小高峰，更多五十年代初才

—— 我的二十世纪 *051*

迁来。往往一个院的人原都一个村的，邻村的，说起来都是五服内的亲戚，有的大人是要管小孩叫叔的。当然到了城市了，也没人论了，越来越城市化，越来越街坊四邻化，往往越让北京增加着多元、多质、多向。比如每年的毛鸡，不是北京的，又是北京的。国外有些城市也是这样，有一年我去马德里，忽然繁华古老街道走来一街筒子羊，牧羊人坐在马车上，大摇大摆赶着羊走在城市中心大道上，后来一问，原来是马德里的赶羊节。羊本来和马德里无关，但又神奇地是马德里内涵的一部分，人们去马德里有时就是为城市的羊群。

的确，如同节日一样，胡同里养鸡就是一阵儿，热闹完新鲜完便绝大多数消失。有些死了，有些养着养着一看出是公鸡就炖了。毛鸡刚买时看不出是公鸡还是草鸡，稍大后才能慢慢看出，比如公鸡一开始不长尾巴，长翅膀长腿，往往又秃又壮，所谓秃尾巴鸡就指的这时。一看出是公鸡还养什么劲，但草鸡就不同了，草鸡温良、秀气，像小少女一样，非常可爱。但不知草鸡为什么特别少，十只里头有一只就不错了。

我从没买过鸡，但养过鸡，是小徒子给我的。小徒子是我叔的孩子，比我大几岁，七一届的，应该是1969年或1970年，那个春天他一下买了十几只小鸡，好像有什么梦想，但结果没多久就死的死，吃的吃，就全没了。倒是他送我的两只活了一只，而且竟然是草鸡！这让小徒子颇不平，本来没看好我，本来是同情我，怎么我倒比他强了？说实话我也没想到。

我也没怎么认真喂，我自己还不能很好地照顾自己怎么可能照顾好小鸡？但我的小草鸡真像天使下凡，出落得越来越好看，越来越苗条，它棕色，尾巴很长，翅膀也长，有时一抖翅甚至能飞出几米，甚至有一次还飞到房檐上。也因此，我的小草鸡就有了一种功效，就是据说可以用它招鸽子。

北京的天空，即便是"文革"闹得最厉害时也没断了鸽子与哨音。六十年代末七十年代初，北京人走的走，下乡的下乡，显出热情萧条的说不清的一种空落，这时鸽子便常常是人们或仰望或出神的对象。

早晨，黄昏，鸽子飞在霞光里，房脊上，身体倾斜的姿态，感光，倏忽之间的变化，重新感光，特别是还挂着哨，远远近近，高高低低，来来回回都让人有一种什么也没变的感觉。当然，出神是一回事，养鸽人又是另一回事，实际上在哨音与霞光之中，放鸽人是有竞争的。

其中一个很重要的竞争，就是谁能把别人的鸽子招到自己的鸽群里。比如鸽子有时会三五成群掠过我们院的上空，这时如果也养鸽子，就可以放鸽子，看能不能把飞翔的鸽子一下招下来。小徒子不养鸽子，但却有着不切实际的梦想：想用鸡把鸽子招下。因此我的漂亮的但比起鸽子还是显得笨得多的小草鸡便被小徒子派上用场，哨音临近，越来越近了，小徒子就死死抓住我的漂亮的小草鸡，说时迟，那时快，一下把我的小草鸡扔上天。我的小草鸡有时扑腾到房上，有时直接下来，虽然我很心疼我的小草鸡，但也真希望它招下一两只鸽子。但是这怎么可能呢？

越看越不可能，人家是鸽子，多么骄傲，况且鸽子飞得再低，相比草鸡也还是太高了。院里所有人，我是说孩子，特别是我，都看出了不可能，但小徒子不罢手，不仅不罢手，还把我的小草鸡越扔越高，有时我的小草鸡累了就直接摔在地上。鸽子连看也不看我们一眼，骄傲地、简直像掸着下面愚蠢人的嘴巴倏忽飞走了，让我们能感到一脸响亮的哨音。直到后来小徒子也不知从哪儿弄来俩鸽子，名叫野楼，才不再折腾我的美丽的小草鸡，而我也不再关心天上的鸽子，即使哨音再近也不。

有些记忆是断尾的，我完全不记得这只小鸡后来的命运，正如我不记得我的大黄后来怎么样了，事物常常总是只记得一部分。就像我说过的，早期记忆就像出土文物一样，有些是完整的，有些永远不可能完整。其实结局并不重要，重要的是我记住的部分：为什么记住了这些？那些还存在的残垣断壁，无疑是该存在的，有其理由，似乎永远也不会消失。

探照灯

康德一生有两个习惯，一是散步，一是仰望天空。海涅说，除了思想康德几乎没有生平。的确，康德没结过婚，也没离开过家乡，一生就是在大学教书。但就是这样一个没有生平的人，叔本华认为任何一个人在哲学上如果还未了解他，就只不过还是一个孩子。康德仿佛是上天派来让他或让人们通过他仰望天空的。"头顶上的星空，心中的道德律，是这世上最值得仰望的两样东西。"康德的墓碑上刻着他自拟的墓志铭。

仰望星空，当我还是一个孩子时就是我的习惯。当然和康德不同，甚至相反，我看星空是看探照灯，和星星无关，但无论如何天空是一个天空，仰望也是同样的仰望。那些年一到秋天，快"十一"了，我就会站在院子里的小凳子上，或是到房上，骑着两端飞起的屋脊看天空。并非我有多么特立独行，与我站在一起的还有许多孩子，我们高低错落，都在仰望,而且非常正式。我们不是看"星空",也不知"道德"是怎么回事,事实上对星星完全无知,也没什么兴趣,只待天空出现巨大光柱。

我们等待探照灯的出现。探照灯是我们仰望夜空的原因,本来想习惯地用"星空"这个词,但脑海里显现的没有星星,只有地上的光源与天上不断变幻交叉的光柱。星星在那样的晚上要么消失要么被照亮。那时每年九月一进中下旬,根据既往的经验我们便开始仰望,期待第一道灯光出现。尽管满天繁星,但我们毫无天文知识,我们不知道猎户星、天狼星、射手星,甚至牛郎织女星,只知道抽象的星星。1966 年,1968 年,1969 年,甚至 1972 年星星都是反动的,封资修,因此我们对星星视而不见。星星越看越多,越看越密,看得好烦,连月亮也看烦了。无论如何,我们还知道一点嫦娥,一点吴刚,有些东西还是无法打倒的,否则我们真是外星人了。尽管烦不胜烦,我们知道探照灯快出现了,也许就在今晚!最后甚至有的不在院里等了,干脆跑到了胡同宽敞的地方去看。结果,一天晚上,既在意料之中又在意料之外,突然就有人惊喜地大喊:探照灯出来了!

喊这话的孩子要么站在房上,要么站在凳子上,总之他站得高,看得也远,第一道探照光往往又远又弱,自然他看到了,他是那样的得意。于是我们也纷纷蹬上凳子,高高低低的凳子,错错落落,我们都仰着头,都好像是康德。如果能在脑海里拍照片,我想一定是永恒的艺术品。的确,我们也看到了,探照灯在远处虽然那么微弱,那么轻描淡写,但最初它虚幻得还是让我们激动万分。开始是一两根,后又有新的加入。因为距离太远,因为微弱、变幻不定,一会儿我们的眼睛看累了,而且也站累了,以至于最开始无比激动的心情也慢慢像天边活动的光柱一样,平淡、虚幻。

那时不知道探照灯一开始为什么那么弱,后来才知道探照灯以天安门为中心开始亮,然后渐次展开、增多,直到放礼花之前全部亮。我所住的前青厂胡同虽然离天安门不算远,但若是看探照灯还是远了点儿,要是家在天安门附近,比如和平门、前门,骤亮的七八根探照灯一起打在头顶上才叫震撼人心呢,每年那里的孩子的感受肯定与我们不一样。不过事情都有两面,他们大概体会不到那种最初的远、微弱、神秘、幻化,这种经验比突然的强烈照耀或许更重要、更持久。因为它深远,持久,具有想象空间,作为一个后来的小说爱好者,我内心的神秘感之所以积久不衰,我想与童年对微弱探照灯长久的注视不无关系。

我喜欢有变化的天空,不喜欢千篇一律的天空,探照灯虽然是政治性的,但也同时类似童话版康德的天空,因为我看到了伟大黑暗渺茫的星空被另一种力量分割、照亮、变幻,看到还有比星星、月亮、太阳还亮的事物。它是人的力量,节日的力量,深刻满足了我的童心,以致从小我就相信某些不可能的事物,相信就像后来人们说的:一切皆有可能。由此我也可以断定,一个有神秘感的人一定是一个好奇心强的人,而一个没有神秘感的人一定是一个缺乏好奇心的人。

随着"十一"国庆节越来越近,探照灯光柱的数量也越来越多,越来越近,因此一些光柱也越来越亮,明与暗,粗与细,同时晃来晃去。我数过探照灯到底有多少根,一共28根,和欢迎外宾的28响礼炮数目一样。

毫无疑问,在众多变幻的光柱中,我最喜欢的当是离我们院最近因而也最粗最亮的光柱,在我看来它就像孙悟空的金箍棒,它打败了其他所有的光柱。我们都知道这道最粗的光柱发源地在哪儿,在四十三中。四十三中在东南园胡同,与我所在的琉璃厂小学门对门,当然,对的是四十三中后门,它还有个前门,在后孙公园。我们院的人都是先读琉璃厂小学,接着便是四十三中,我的哥哥姐姐就是这样。

四十三中是个老校,建于1947年,前身为北京惜阴中学,创办人王耀庭为惜阴中学第一任校长,由当时的社会名流和军政要员、医学科学专家等组成了校董事会，确立了"救济失学青年，普及中等教育"的宗旨。1949年1月31日北平解放，人民政府接管了惜阴中学，成立了新一届董事会，推举张长序为第二任惜阴中学校长。1952年9月23日，北京市政府将惜阴中学收编为国有市立中学，并颁名为"北京市第四十三中学"，当时的彭真市长亲自任命张长序为北京市第四十三中学校长，张世龄为教导主任，1956年杨开英（网上说是杨开慧堂妹）为教导主任。网上查不到王耀庭的任何信息，张长序与张世龄也查不到。历史有时就是这样，像记忆一样不可考，尽管如此，时间还是透露出一些想象空间。这样也好，有些事不一定非要弄清楚，就像星空更多是未知也不错。

四十三中非常平民，但作为公共设施却是我们那一带最大最阔绰的公共空间，探照灯设置在这里也就成为必然。尽管当时在我们院四十三中的学生中流行着这样一句顺口溜儿"四十三中三座楼，破砖破瓦破墙头"，但比起我所在的琉璃厂小学的低矮空间，在我看来四十三中那三座青灰色的带木质走廊的教学楼已经很气派，堪称我们那一带低矮房屋中的贵族。特别是四十三中的操场特别大——也可能没那么大，只是在一个孩子眼里显着大——学校对着我们小学的那一侧是长长的围墙，整条胡同的北面都被它占据着，可见操场有多大。

平时四十三中随便进，倒是放探照灯期间禁止出入，当然这拦不住我们巨大的好奇心。既然是破墙就有地儿翻进去，但翻墙也并不容易，墙头布有铁丝网、碎玻璃，但就像有人扫过雷一样总有一些通道。因此翻墙者络绎不绝，而一旦翻入，可谓苦尽甜来，操场中央，那每天只能在天上看到的巨大光柱这会儿源头就在眼前，怎不让人激动，让人铤而走险！每次我都急匆匆穿过里三层外三层的围观人群，来到最前边，一睹巨大神奇的光源。

探照灯由军人控制，越发增加了其神秘性。它一般由两部分组成，首先是直径两米多的圆状的巨大的灯罩,其次是一部汽车发电机,两部分之间还有一段距离,由电缆连接,差不多有一个班的战士控制,简直就像控制一架高炮。发电机的声音轰轰隆隆,非常大,也像战地一样。探照灯打在深空的强大光柱,也的确配得上那强大得让人想到空袭警报或者战争的声音。

探照灯与一年一度国庆节前的防空有关,据说就是要照照天上是否有敌机,怕敌人趁夜晚偷袭。我不知道1969年珍宝岛事件以前的"十一"前是否放探照灯,反正探照灯事实上烘托的不是节日气氛,而是紧张氛围。然而紧张气氛事实上又是最好的节日气氛,没有这种紧张,节日还有意思吗?而且再没有比紧张更能刺激想象力的了,简直就是狂想——我记得每次我都顺着巨大而又转动的光柱使劲往天上看,试图发现苏联敌机出现的可能,我想这么亮的光我再看不到敌机简直说不过去。当时也没想想探照灯真的能防飞机吗?等飞机都飞到北京上空了,探照灯照见还来得及应对吗?探照灯是保卫天安门毛主席的,为什么非等到敌机进了天安门上空呢?那时也疑惑过,担心过,不明白过,可也从未找大人问过,因为既然探照灯那么巨大地存在着就用不着怀疑。当然,这只是一个孩子道听途说的民间话语,至少探照灯是否真的为防空,到现在我也没搞清。

我想我也不必搞清,即使不是,也构成不了否定。

我又何必搞清?

1969 年的冰雹

1969 年北京下了场冰雹，有许多年我认为是 1968 年，或 1971 年，或 1970 年。最近查了一下才惊讶发现确切时间是 1969 年 8 月 29 日晚 6 点 11 分，如果没有网络，很难找到确切的时间。时间一旦确切，生命也开始确切，只是我怎么也记不清 1969 年 8 月 29 日傍晚 6 点，我是奔跑在街上，还是守在窗前？两种确定的记忆好像是并置的：既在街上奔跑，又守着窗。

那个早已消失的黄昏，非常热，虽已是秋天可仍热得出奇，西边的云几乎突然就上来，黑白分明，两种色度上下扯动，互相追跑，都是大手笔。不仅黑云吓人，白云也吓人，两者相互映照，整个胡同都恍恍惚惚。看上去所有人都恍恍惚惚。人像动物一样有对自然的本能，穿过记忆我看到自己像两种云一样分裂地奔跑，恐惧，又快乐，混乱的云激起了我身体的混乱,不光是我自己在乱跑,还有周围的许多孩子。没有大人跑,孩子眼中只有孩子。一帮孩子被云刮着,欢呼、兴奋、疯跑,来来回回地跑,这点也像是云。就是那天我感到了自己与天空有一种关系。

关于那天后来的景象是:我们守着窗——不是我一个人,是一帮孩子堵在我们家门口,你挤我,我挤你。雹子下来时,一会儿你冲出去,一会儿我冲出去,大家捡雹子。我家没人,平时有什么事儿院儿里的孩子都跑到我们家分享,像一个公共场所。有时我想控制一下都不行,更多时候我求之不得。小时候北京经常下雹子,不过一般都黄豆大小,最大也不过卫生球大。雹子一点儿也不可怕,大家捡回来往往互相比,看谁的大。门口冲出去的大都是男孩,女孩一般就是看、品,对小的不屑一顾,对大的发出尖叫。被轻视的孩子憋足了一口气,眼睁得大大的,身体像猫一样弓着,随时把自己弹射出去。有时几个孩子不约而同弹出去,发生争抢。

孩子与动物,有时是十分接近的,特别是在古色古香小院下雨的时候。哪怕后来建了防空洞,院当中豁开一条大口子,小院格局完全被破坏,但雨幕让所有事物成为整体,所有孩子成为完整的定格。也有女孩去捡,一般是院里的疯丫头了,那些个院好像都有这样的疯丫头,有的疯丫头比男孩子还猛,而且多数男孩子很多时候还被疯丫头欺负。据说现在女生欺负男生特盛,其实历来就存在女生欺负男生现象,当然是在小学,我就常挨女生欺负。不知为何小学女生有性别优势,男生好像个个特傻,缺心眼似的。当然,到了中学完全不同,男生成群结队,有时像动物迁徙似的。

(不知道现在的中学是不是这样。)

下雹子是一大乐趣,如果一场雨没有伴着雹子,我们这些守着门口的孩子会很失望。后来我们甚至都有了一定的直觉的经验,知道什么样的雨会下雹子。但1969年8月29日下午六点那场雹子我们完全不知道,主要是风太大,云太邪,天抖得吓人。雨好像还没下一下雹子就下来了,一下就像卫生球那么大!开始几秒钟我们还傻乐呢?将身体弹射出去,不用抢,雹子遍地乱蹦,落在脑袋上也不知道害怕,但玻璃的第一声碎响把我们吓住了,接着就是第二声第三声,"叮!""当!""噗!""哗!"

是大雹子,有的像小鸡蛋那么大!不是单个乱蹦,而是倾盆而下,乱飞乱撞。已不是下雹子而是往下倒雹子,玻璃碎的基本是东房,我们家正好在西房,我们在门口看得一清二楚。始终没有雨,就是雹子,东房的玻璃全碎了。东房千疮百孔。尽管玻璃上还贴着"备战备荒为人民"的米字条,也都给砸碎了。时间并不长,才十几分钟,院子里一片白,一下进入了冰天雪地的寒冬。还捡雹子吗?院里的雹子已堆了半尺厚。

世界为之一变,像北极一样。

那时没有灾难片,没有末日想象,没有《2012》《阿凡达》,只能看着突如其来的冰雪世界发呆。没有想象力,大自然本身变成了想象力。也没有了毛泽东思想,至少是暂时没有了。就是发呆。

没有精神,既不能合掌,也不能画十字。

雹子渐渐变小,后来完全停了,我们这些仍堵在门口的孩子——被边缘化的人类——像小动物一样试探着来到冰雹世界。再次捡雹子,但已和之前完全不同。认真地不解地端详,好像研究它们究竟是怎么来的。

人类面对自然有时会一下回到早年,回到史前。

真的像经历了一场白色的战争,像核冬天,许多地方像白色的弹孔一样被白色子弹击穿。地上的雹子有半尺厚,水从雹子下面流。我们回屋加了衣服,来到胡同看看外面是否也像院里一样,结果发现更广阔的白色世界,冰河一样。老北京,胡同,冰河,那是一种怎样的景象?

1969年是这样的:珍宝岛,黑龙江与乌苏里江中心线,备战备荒,提高警惕,保卫祖国,准备打仗,防空洞,防空演习,清理阶级队伍,遣返

"地富反坏右",清理混进党里政府里军队里的一切反动派,知青上山下乡,五七指示,下放劳动,"我们也有两只手,不在城里吃闲饭"。

城市空寂。国庆二十年大庆在即,空寂的校园并不空寂,如同在天上有人提线一样中学生穿上了义和团的灯笼裤,练队,正步,大幅摆臂,吼"一不怕苦,二不怕死!""提高警惕,保卫祖国,要准备打仗……""人不犯我,我不犯人,人若犯我,我必犯人!"

但是在雹子面前也傻了。

这场冰河期般的冰雹把北京冻住了。

没有任何报道,极少的报纸像无事一样出版。也没有统计财产损失,人员伤亡,一切只是小道消息,什么虎坊桥砸死了人,校场口死了人,那儿的雹子比鸡蛋还大。夸张了。没有公共层面,多大的灾难相对个人都是局部的,只有原子意义上的人。

甚至气象局也没记载。现在网络这么发达,但你要搜索那场雹灾,信息自然少得可怜,我高级搜索,才在一些论坛中偶然搜到一些描述,有一篇叫《70届》的网文描述了天安门的景象:

> 雹子过后,街上的树木全被剃了光头,上午还雄伟壮丽的天安门广场好似散场后的巨大露天电影院,满地狼藉、满世界玻璃碎屑,所有的华灯灯罩破碎殆尽,连同东西长安街上的街灯统统都没了脑袋,只剩下一些金属的灯口部分还在孤守残灯。顾佳生出了一种国破家亡的痛惜,他强烈地感觉到——要出大事了! 又突然听到后面传来一阵毫无节制的哭声,边哭边说:完了! 二十年大庆吹了,我们再也见不到毛主席了! 呜、呜!

另一则写道:

诸位战友们,有谁还记得1969年北京城下了一场大雹子吗?是8月29?30?还是31来着?偶就是那天晚上下决心不当老泡去兵团的。大雹子降下来后,天已黑了,偶也没有开灯,然后,突然,猛地,把望着窗外的头扭了过来,伴着隆隆的雷声向身边的老人,我的外祖母,大声地宣布:算啦!去东北吧!

前段文字可以看到当时天安门的景象。

一种怎样重大的景象?历史性的景象,全世界都应关注的景象,但是被寂静的历史遮蔽了。比起野史中的天安门叙事,我觉得后一段小叙事更有不同的意义:个人抵住了一个时代,更深楔入了历史。前者还带着真实的谎言——谎言的真实是时代最大的悖论——后者再无半点谎言,完全直言。虽只是一个细节,但却像匕首一样放在了历史界面上。

"老泡"是红卫兵之后的一个词,1969年实际上很多东西已是明知的谎言,"老泡"是一种消极的觉醒,与红卫兵是一个完全相反的词。冯小刚拍的《老炮儿》儿那个"炮"字不对,我太知道"老泡"了,因为我哥哥就是个老泡,他不想插队,嘲笑"广阔天地""接受再教育",私下很早就看穿了,一直耗着不走,最后是我母亲替他报了名才悻悻而去。

上面小文中的"老泡"耗得是够晚的,多数人那年3月离开,他耗到了8月,国庆节前,非常不易。大概他是那个年代最虚无的人了。但是一场雹子击溃了他,从一个角度说他已脆弱至极,从另一个角度,他看到了什么?当然不仅是雹子,或许还有天启?默示?天已黑下来,他一直不开灯。

"然后,突然,猛地,把望着窗外的头扭了过来,伴着隆隆的雷声向身边的老人,我的外祖母,大声地宣布:算啦!去东北吧!"

历史有时就是这样一个姿势。一个动作的定格,构成瞬间的匕首。

其实,有时这样一把匕首就够了。

时间无论多严密,总会露出这样的匕首。

自行车

　　那年城市干净，孩子显得特别多，到处都是孩子。但孩子再多也构不成一个城市，相反事实上倒让城市显得更加空旷。一系列迁徙的奇观造成了孩子世界的奇观：我们成了城市的主角。无论街上还是学校，上面没有了年龄的阶梯、自然的秩序，没有了压抑，我们一下玩疯了。即使像我这样安静的经常待在房上的孩子，也会骑上自行车，疯上一阵。

　　那时一个孩子骑自行车不是件容易的事，一来自行车少——我们成为自行车王国还要等几年，要等到安东尼奥尼来华的时候——之前1970年或1971年人们主要还是步行，或坐公共汽车。甚至公共汽车都少。再有就是我们的身高还不能骑车，不到骑车的时候。但是哥哥姐姐们突然都去了农村，留下年龄阶梯的空当，我们当然要骑。那时只有两三个牌子，飞鸽、永久，后来有了凤凰。没有女车，反正我们院没有一辆，非但没有，就算上面提到的几种也没有。飞鸽、永久是解放后生产的，我们院的车还是解放前留下的，已经老掉牙，与各家祖辈传下来的大立柜、八仙桌、太师椅、老座钟差不多。好多年之后我才知道我们院那几辆老掉牙的自行车却都是名牌，飞利浦、凤头什么的。其实我很小就知道飞利浦，但是完全不解，不知飞利浦为何物，觉得比飞鸽、永久差多了，而且听上去怪怪的。后来听侯宝林的相声《夜行记》，里面说的那个"除了铃儿不响，剩下哪儿都响"的车，我觉得就是当时我们骑的飞利浦，没想到后来的八十年代，飞利浦那样有名。

匮乏年代，自行车是神奇之物。事实上有很多年自行车对整个中国都是神奇之物，故宫里的小皇帝对自行车比对钟表着迷多了，皆因它虽是现代性，机械的，与传统不合，但是直通人的天性，也就是说它既是物质的，又是精神的——它带来了人的主动，自由感，不必再借助牲口——仅凭人力就可以飞起来，这是人本身就诉求的神奇。为什么叫自行车？并不是自行呀？但是到了中国它就有了自行的味道，反映了中国人特有的认知。

严格地说座钟也是机械的，但显然过于机械了，机械得与让人无动于衷的木鱼差不多。而且座钟意味着命令，早起，催促，和老奶奶反复叫起床上学去一样的烦。某种意义上说，我们疯自行车就是潜在地在解对座钟的恨，是无视座钟、发泄座钟。每个老奶奶后面都有一个座钟，象征静止、时间，漫长的无可抗拒的时间，一如重复的机器本身。

但自行车不同，它是天性为自主而生的。

我十一岁，个子又小，甚至还没自行车高，但是骑。骑不上也骑，掏着自行车裆骑，俗称掏裆。根本不管有多难看，不管这是否一种残疾人飞翔的骑法，残就残了，我们"姿势优美，架势难得"。我已记不得我们这些孩子谁先发明了掏裆骑法，有可能是看了马戏团表演受到启发？但那时哪儿有马戏团，只有《红灯记》《沙家浜》《海港》八个样板戏，唯一可看的是《红色娘子军》——女生穿着短裤排练，小胸已经开始发育……

不，不是马戏团，或者我们自身就是马戏团？时代的马戏团？我们无师自通。没错，当我们把一条腿穿过自行车三角区，够到另一边脚蹬子飞快骑起来，我们就是那个时代的马戏团；我们的两只手像猴子一样吊在车把上，就是十足的无师自通马戏团。我们先用那边的脚"口吃"似的滑两下，然后，这边还在地上的脚猛地踩到脚蹬子上，瞬间身体外挂，而车却"飞"起来。是的，我们就是那个时代野生的马戏团。我们的姿势比批斗会上坐"土飞机"的人强不了多少，说实话就算是残疾人也比我们好看一点。然而这都不重要，时代也不重要，重要的是我们凭着自己小小的身体第一次让自己脱离地面"飞"了起来。有了这种飞我们知道再没有什么能拦住我们。

我们不仅一个人飞，还几个人同时骑着自行车飞，一队"身残志坚"的人挂在自行车一边，风驰电掣，如同一个时代的写照：畸形但什么也挡不住生长。然而，这只是后来对往事的一个浓缩的记忆，事实上一队自行车的情况很少，那时自行车太少了，平时摸到一辆已很不容易，只过年过节才可能发生，所以我得特别感谢儿时的伙伴七斤和秋良。

七斤和秋良是兄弟俩，相差两岁，我骑得最多的就是他们家的车，他们家就有辆老式的飞利浦，"除了铃不响，剩下哪儿都响"，据说他们的爹解放前买这辆车时就是旧车，到七十年代初得多少年了？我觉得那甚至是二三十年代的车。他们哥俩有时偷着把车推出来，院里的孩子秘密跟着，自然也要骑，不让骑不行，必须让骑。顶多是他们哥俩骑得多一些，我们骑得少一些，人家吃肉我喝汤，这是童年的规矩。

刚开始还骑不上，一般是先练滑轮能控制车了再掏裆骑。另外一种是掏着"裆"滑轮，比较费劲，但学得快，我就是这样的。但我身边没有哥哥或弟弟，没人给我扶着。摔倒就在所难免，而掏裆骑，摔得还特惨：人挂在一边，摔倒时，整个自行车会把人砸在底下，起来特别困难。其实摔着自己还不怕，最怕摔着车，每次倒下时心里的第一个念头：想保护的不是自己而是车。摔着车，人家就再不让你骑了。我就曾不让骑过很长时间，只能一边站着看，很无助的。

刚学会骑车，是多么渴望一辆车，因此最盼过年。一过年，院里就会有骑自行车的亲戚来拜年，车上挂着点心匣子，差一点的也是一包点心，包装纸上洇着食物油，尽管看得直流口水，但自行车还没停稳，我们的第一件事就是要车钥匙，亲戚有的犹豫，有的痛快，拿去吧！我们最喜欢那种痛快的愿意让孩子高兴的人，我后来也愿做这种痛快的人，真的，对孩子痛快一点吧，孩子会记你一辈子的好儿。过年时差不多每个孩子最后都能摊上一辆车，然后大家在院子门口排好队，一声令下，一起出动，一起掏裆，一起挂在一边，风驰电掣，你追我赶，春节在我们小时觉得就是春天了吧，我们这些孩子完全堪称那个年代的春天，我们浩浩荡荡，整条胡同仿佛有春水，就像电视里赵忠祥后来说的迁徙的动物一样浩荡。只是我们是一群撅着屁股类似残疾的动物。可惜那个年代没有赵忠祥，没有那解说员，也许已有外星人在主持一档节目，但我们不知道。

防空洞

　　以前北京没有大杂院概念，反正我不记得有。那时就算院子再大也有章法，几十户上百户的院，院套院，有独立单元，有考究或不考究的过道夹道连通，各院都有自己的门。就算没有门也有个门框，往往花草海棠掩映，看上去虽不规则但也不乱。而且上百户的大院并不多，多是三五户七八户十来户的院子。一般有着严实的院门，有门洞、影壁，讲究一些的院子还有前廊。房顶上通常有两头翘起的屋脊，非常漂亮，鸽子落在屋脊上简直像另一种居民。它们属于天上，又属于屋顶，和人很近，实际就是人养的。屋脊下面是一行一行青灰色的屋瓦，青草不必说了就是冬天荒草也好看。猫在瓦棱间或衔草或捯草或心态很好地在草里看鸽子飞，都是好景象。

　　不，那时院一点也不杂。而且院子通常都是青砖漫地，有简单构图，或几何或圆或阴阳鱼，到了墙根一般由小块青砖铺就。由于日久年深，历经明、清、民国，大的方砖多有裂缝、缺角、凹凸，这是拜时间所赐，也不杂，看上去依然古奥整饬。各家也没任意搭建小厨房。只是在门边拢一小圈，刚好放下炉火，谁也没想要盖间房。除了冬天，一年三季家家做饭炒菜都露在院子里，叮叮当当，乒乒乓乓，有一种亘古不变的生气，不像寺庙，或大户人家的院子，无论看上去还是听上去都空寂，缺少生活画面感。如果做油画，像炉子、铝壶、拔火罐、煤球、小孩车、绛红色的自行车内胎与黑色外胎都是少不了的，是小院画卷的魂系所在。

事实上直到1969年以前，尽管经历过了打砸但元气没伤，院子的筋骨都在，格局也在，原则还在。那时多是门墩毁了容，狮子没了鼻子眼睛，对子换成了"四海翻腾云水怒，五洲震荡风雷激"，再不就是影壁拆了，鱼缸砸了，砖雕花毁了，但都还无碍大局。可后来就不同了，东北的乌苏里江、黑龙江主航道上的一个小岛，让整个国家变得紧张、脆弱、神经质，电台里充斥着闪电战、突然袭击、原子弹的内容，北京的胡同院子一下好像进入了战时状态。防空演习，对空射击，一声令下，家家窗户上贴上了米字条，据说是防止原子弹爆炸震碎玻璃。飞机扔下的炸弹还好说，原子弹来了也管用？不是说冲击波一冲就什么都毁了？但是贴，让贴就贴，毛主席说贴就贴，毛主席是谁呀，一想到毛主席所有疑问都自行中止。不仅窗户贴米字条，有人把家里的大衣柜镜子墙上的镜子也贴上了，一个人站在镜子前好像有许多个人，倒是像那时代人们的形象，包括大脑深处的形象。

街上的广播车有时甚至钻进小胡同，高音喇叭反复播放夏青先生那庄严、浑厚、铿锵有力的声音："备战，备荒，为人民""提高警惕，保卫祖国，要准备打仗""深挖洞，广积粮，不称霸"。血就往上涌，小院不怕战争,甚至期待战争,随时准备上前线。那时别的都理解,什么备战呀,备荒呀,"不称霸"有点不太理解,干吗不称霸呢?但毛主席说不称霸就不称霸,后来还有什么"缓称王",有什么韬略吧,好像,反正没错。

有一天,突然听说 21 号在挖防空洞,就跑去看,到那儿一看 21 号不大的院子已经围得人山人海、水泄不通。我记得已是晚上,院子上空已拉出了灯,院当中豁开了一个大口子,男人们裸露着上身挑灯夜战,热火朝天,那肌肉真让人信心满满,相信刀枪不入(只要有这种肌肉,中国什么时候搞义和团都没问题,而且真的能抵挡一阵子)。当一锹一锹新鲜的黄土翻上来,当灯光照得黄土辉煌鲜亮,一种血液里的激动也是真实的、古老的。如果再挖出点什么,比如骨头,陶,剑,箭头,那就更让人激动,仿佛真的回到古代。

也不是没有理性,上面也有一些理性规定:比如多大的院才能挖洞,院太小了就不能挖。我们院就太小了,宽长都不过二十米,不适合挖洞,也从没被列入挖洞规划。那时也有规划,比如规划在哪儿挖洞,洞与洞如何相连,要是死洞不能相连就没有意义,不能转移有什么意义?这是明摆着的,可是小徒子不管这套,小徒子一定是在大衣柜前站久,有一天便突然撬开了他家屋门口的青砖,打响了我们院挖防空洞的第一枪。小徒子说大不大说小不小,十五六岁,正是某种季节。开始谁也没太在意,觉得是瞎闹,挖半天也不过是像耗子盗洞一样。谁也没想到十五六岁的小徒子挖着挖着就还真的挖开了,慢慢的五六块方砖被他撬开,竟然盗了一个洞,洞土在旁边都堆成了一座小山。院里大大小小的孩子都围过来看,又兴奋又紧张地看着小徒子挖,有的开始帮着挖,运土,钻到里面,其中就有我。

大人觉得事儿要闹大开始干预、制止小徒子。干预最厉害的是那时院里一个有点儿地位的人，叫张占楼。我们院多是河间人，张占楼不是河间人是衡水人，这就和院里人隔了一层，另外张占楼是五级木匠，脸白，有点文化，手上又有力道，这两点让张占楼对小徒子的行为非常不客气，几乎和小徒子动起手。但那个年代一方面盛行革命文化，另一方面盛行流氓文化，两种文化在当时并行不悖，事实上相得益彰，小徒子不仅在我们院我们胡同就是在我们整个那一片打架都有名，传说有人命，主要是手特黑，深通民间宝典"横的怕愣的愣的怕不要命的"，"一旋儿横两旋儿拧三旋儿打架不要命"。五级木匠虽臂肌发达，有成套的锐器，像刀、斧、凿、锯，但都是对付木头的，从没对准人。小徒子对准人，一手板儿砖，一手锤子，一种三棱刮刀。张占楼既不是革命文化，也不是流氓文化，是鲁班文化，面对眼前的锤子，不说话了。

小徒子率领我们这些群氓，把洞挖到一人多深时，开始横向盗洞，这是一种实质性的变化，就是说可以藏人了，我们真是激动得不得了。待掏到差不多已可以装下两三个人，感觉就像电影《地道战》。小徒子点上小小蜡烛，灯火越小我们越觉得安全。要是小徒子拿本书，就像高传宝，我们真的希望他是高传宝，喊"各小组注意"，但小徒子非但从不拿书，还说这洞只是他为自己挖的，别人管不着，"苏修"打进来他可以藏到里面，原子弹来了也不怕。小徒子的话让我们听了极其恐惧，我们都不同意就挖这么深，只装他一个人，希望继续挖。小徒子其实就想让我们恳求他，这样他的流氓性才能得到满足。他也就说说而已，当然还要继续挖。

洞子越挖越深，越掏越远，已可以藏下四五个孩子，点着蜡或土制小手电——就是用两节电池连上一个小灯泡那种，大家挤在一起，盼着原子弹扔下来。塌方的危险会随时发生，大人们怕埋了孩子，没办法，只好报请街道革委会，申请挖防空洞。当然，也的确有恐惧原子弹的原因。上面对我们院这种自发的革命行为给予了鼓励，还派来了技术人员，于是我们院像21号那样在一个晚上挑灯夜战，大干起来。男女老少，全民皆兵，一块块数百年的青灰方砖启开，下面的小虫子乱跑，很快院子开了膛，也就两三天工夫院子正中豁开了一个大口子，一道长方形的深坑。不多的几户人家每家的门前都堆上了三合土，即白灰、沙子、黄土，号称三合土。洞顶用了传统工艺发镟法，就是先扣上拱形木镟，然后在木镟上覆上三合土、砖，砌好后把木镟拿掉。这事儿我记得是多么清楚，主要觉得太神奇了。圆圆的洞顶，据说上面越压下面越结实，什么炸弹也炸不透。

一声不吭的张占楼一开始就没参与，到最后一直也没参与，本来木镟应该是他做，但是他拒绝。他有点特殊文化，就是木匠文化，我们谁也没意识到防空洞破坏了什么，他看到了。为了砌砖，院子里的老影壁墙拆了，过梁拆了，两头翘起欲飞的房脊拆掉了，拆出的砖都投入到了地下。那阵子我们拆得倒真是快乐，快乐得如毁坏自己的玩具。必须承认毁是人类的一种天性，文明的功用之一便是抑制这种天性，但我们有时好像正相反，总是申张毁坏的天性。此外，以张占楼对墓葬的理解（他是我们院那时唯一去过定陵的人，他讲起来我们难以置信）挖这样一个宽不过两米长不过十几米的死胡同，一颗炸弹下来，无异于全院人的坟墓。许多年后回忆张占楼那阴沉发白的脸，我觉得即使那时他没想到坟墓，他的脸上也写着。

防空洞落成，如同陵墓落成一样令人欢欣，按理应把拆下的方砖原样铺上，恢复小院地面原状，但一来是全部方砖已进入地下成为防空洞的镟顶的一部分，二来是两头有高出地面的洞口，不可能再完全铺上，即使铺上，两洞口挨得太近也没什么意义。这样一来，小院中间就是一条抹不去的伤痕，与边上没拆掉的百年老砖比越发触目惊心，小院怪异并面目全非，规整事实上隐含着不言而喻的规矩，打破规矩意味着制约人的秩序不再存在，于是家家开始挤占空间，建小厨房，圈地，储物，似乎反正院子毁了那就进一步地毁吧。有人不但占了公共空间还挤占了邻居的空间，邻里积怨、争吵，大打出手。相互怨恨、厌恶，满脸戾气，院子里除了生存、活着，就是争斗——如同争食，一切根基性的心灵秩序都消失了，正如那些百年老砖之消失。北京胡同与院子的破败、杂乱应该就是从挖防空洞开始的，以至后来无论大院小院都贫民窟化，大杂院概念开始流行，仿佛天经地义，自然而然。当然不仅是防空洞原因，但防空洞是导火索，到后来我们院连两辆自行车对面都过不去，1969年之前小院古色如画的样子已无从回忆。

的确，大杂院不宜居，非人，低矮混乱中人的心态阴沉、破碎、易怒，有许多精神乱码，看上去该拆。特别是越来越多的现代化高楼小区兴起，让仍生活在破碎大杂院里的人难以抬头。现在，或从进入新世纪以来，问题已比较彻底地解决，就是破字当头，拆，加速地拆，摧枯拉朽地拆，政府、开发商、杂院居民形成了历史共同体，用的是永恒的办法：推土机。很显然在开发商看来，推土机是蒸汽机发明以来最伟大的发明，推土机毫无疑问是现代图腾，人对推土机的崇拜绝对超过人类早年对鸟或龙的崇拜。推土机直接把胡同推了，院子推了，枣树、梨树、柿子树推了。连片的胡同院子变成连片的高楼，小区，家乐福，CBD，银行，加油站，证券交易大厅，肯德基，麦当劳。是，生存问题解决了，生活也方便了，但北京消失了。

这就是代价吗？必须付出的代价？

如今的北京，是一个全然陌生的没有记忆的北京，如同一个脱胎换骨的人，甚至也换了脑子，像一个强健而没有记忆的超人。但事实上人除了生存还有许多别的，有时还想回头看看自己，没有了老北京你怎么能看到你的过去。一切消失得真快，倏忽间就没了。老北京往往甚至就埋在自己的脚下，等于把自己童年青年都埋了。说到底，人是不愿自己比自己的城市老的。北京这么年轻，自己这么老，是一种怎样的时光？

穿过七十年代的城

1. 演习

那时午后北京的街上十分寂静,没什么行人,某个角度看上去好像就我们几个小孩走着。插队的插队,下干校的下干校,清理阶级队伍,"地富反坏右"都走了,街道干净,阳光几乎主宰了一切,我们走在街上几乎像幻觉。我们去永定门捞小鱼,可能的话还要到二道河逮蛐蛐。

从我们所住的前青厂胡同到永定门外是一段遥远的路程,不过我们已走惯了,这对我们没什么。那时没有坐公共汽车的概念,就是走着,到哪儿都是走。我们前青厂胡同往东走就是琉璃厂,衔接处是个有点繁华的小十字路口,由琉璃厂、前青厂、南柳巷、北柳巷构成,后来才知道《城南旧事》电影拍的就是我们这一带，当年林海音住在南柳巷，现在那儿还有她的故居。小时候许多掌故都不知道，就那么懵懵懂懂长着。

我们过了十字路口，穿过黑白影片一样的琉璃厂就到了南新华街。这儿是一个更大的十字路口，再往东可以走到大栅栏、前门，往左便是天安门。我们不过马路，而是拐弯向南，走上一站多地便到了虎坊桥。虽然只一站多地，但两边分布着北京密度最大的小胡同，有的胡同堪称迷宫，绕来绕去很容易迷路。但我们从来没迷过路，就像你不能想象鹿兔子之类会在森林迷路，就算偶然进入一个几百户人家的大杂院也不会。这种大杂院院中院，院套院，院中有胡同，胡同中有院，甚至还有一段小河，一个亭子，许多大树，走起来简直如入梦境，但总会走出迷境，最终出了大院或许会来到一处大街上。我们像若干小动物钻出，往南走向虎坊路、陶然亭、游泳池、永定门、护城河……这段路很长，对走路的孩子而言是一段单调且又酷热的路。这段路没有胡同，都是楼房，有公共建筑，也有简易住宅楼，楼虽不高但在那个年代已迥异于低平的胡同，感觉既新鲜，又单调，又异己。所以走起来特别累，不像胡同千变万化，又熟稔于胸，走起来不累。

虎坊桥到虎坊路不过一站地，陌生的高大建筑依次就有北京工人俱乐部、科技展览馆，然后是一长溜儿浅黄住宅楼，《诗刊》就在这片楼里。八十年代初我曾怀着朝圣的心情去《诗刊》投稿，编辑部一屋子人都吸烟，烟气腾腾，几乎看不清具体的人，放下稿子就走了，可以说所有人都接待了我，也可以说没任何人接待我，说了不超过两句话。《诗刊》对面是前门饭店、光明日报社。光明日报社是一座黄色大楼，正方形，有十层高，非常雄伟，是当时整个北京不多的几座高楼之一，周边也是那时不算多的居民楼，同样是浅黄色，不是后来的简易楼，不知什么人住那里。紧邻光明日报社大楼的是友谊医院,当时叫反修医院,也是一片苏式楼群。那时若有灾病,除了去琉璃厂的椿树小医院就是去友谊医院,在友谊医院的长廊与高旷的就诊大厅,总有一种到了另外一个国家的感觉。从虎坊桥到虎坊路,短短一站地,集中了如此多的公共建筑以及单元楼,在整个北京也不多见,使南城在那时的北京并不显落后,甚至倒有一种先进,一种贵气。这里离天桥不远,多是五十年代的建筑,应是对天桥的超越。时至今日这里格局变化也还不算太大,也堪称另一个老北京了,楼房的老北京。偶尔到这儿,充满回忆。

对孩子而言其实当时最显眼的还不是光明日报社大楼本身,而是大楼顶部的怪异的防空警报器。步行的我们,远远就能看到那闪光的在楼群之上最高楼上的警报器,如果不是那几乎在云端上的警报器,我对光明日报社大楼的印象也不会那么持久地尖锐、恐怖,警报器在珍宝岛之争后总是提示着轰炸,突然袭击,漫天飞过的敌机……警报器的样子本身就十分怪异,四个喇叭抱团分别朝四个方向,金属光波闪着环光,别说响,看着都觉得恐怖。

那时建筑物上的警报是分级别的,有的是区域性的,有的是全市的,光明日报社正方形黄色大楼上的警报是最高级别,它一响就说明整个北京甚至中国拉响了防空警报,反正据说整个北京都听得见。的确,一旦拉响,它的声音非常难听、恐怖,让人翻肠倒肚,恨不能把胃吐出来。据说不用机械而是人工手摇,开始慢,然后越摇越快,声儿也越来越长。那时区域性的防空演习比较多,是家常便饭,全市性的演习不多,时间主要在1969年后,或再晚些,因为晚些北京的防空洞已挖好。演习主要是有序地进防空洞,扶老携幼听从指挥。我们院很小,但也挖了个洞,只有两个洞口,相隔不过十米,由于和别的洞不连着,反倒觉得特不安全。像延安的窑洞一样,院子里家家玻璃都贴上了米字条,有人连屋里镜子都贴上了,照镜子跟精神分裂似的。

全市演习一般头天就通知下来,让下午谛听全市防空警报,做好一切准备,只要一听见光明日报社方向防空警报一响就立刻进洞。有的人还要演习卧倒,对空射击,大概是不同于普通百姓的民兵吧。意思是那样,手里并没有枪,或者找个扫帚代替,局部演习时我们都乐,但全市演习时没乐。下午三点我们院的人都屏息凝神坐家里,有人已弓起了腰,弓了好半天,简直像雕塑。谛听着,谛听着,甚至所有人都像雕塑了,每条街道,每个街区、工厂、商店、学校、幼儿园,全都谛听着。终于,来自虎坊路黄色大楼顶上的警报慢慢地拉响,不知谁发出了第一声叫:响了!响了!真的响了!响了!人们冲出屋子,掀开防空洞盖子,排着队,有人拿着枪(帚)负责指挥,并高喊口号:"大家不要慌,有毛主席保护我们,什么也不用怕,我们会打回来的!"警报器的尖叫声太瘆人了,指挥者的声音充满悲怆,一如电影《南征北战》撤退时赵玉敏对百姓说的。没人笑,尽管拿的是帚,但没人笑,主要是警报器的声音太让人难受了,因此大家听到铿锵的声音一时心里暖洋洋的。

战争,战争,那时北京战争的主题是那样鲜明,像家常便饭,做梦都会梦见原子弹氢弹下来,唐山地震北京也有隆隆响声,开始许多人以为是苏军坦克呢。反复的防空演习演练着,神经异常脆弱,因此从虎坊桥到虎坊路,几乎一直本能地盯着大楼之上的警报器,想不看做不到。午后又是那样静,很怕突然防空警报响了,因此我们走在黄色大楼下都静悄悄,仿佛怕碰了什么一下响起来。直到过了虎坊路、北纬路,到了太平路上的中央歌剧舞剧院,心才放下来。待走到绿莹莹的陶然亭公园,心已像腿一样奔跑起来,公园树上的鸟儿也不过如此。我们忘记了敌机、原子弹……

2. 鱼

从前青厂到陶然亭，还有一条小路，就是穿胡同，从一出门往南拐的东椿树走到西草厂，再穿过一系列胡同，像魏染胡同、果子巷、迎新街、南横街、南堂子、儒福里，就到了陶然亭。这条路与琉璃厂、虎坊桥、太平街、中央歌剧舞剧院这条路实际上平行，到了陶然亭自然汇合在一起，像小河与大河的汇合。在这儿继续向南，过游泳池到永定门，过桥，穿铁道，进入乡村，直到二道河。

那时一过护城河就是城外，城外就是乡村，是大片庄稼地，当时北京离乡村田野就是这么近，几个十来岁孩子走着走着就到了农村。为什么叫二道河？护城河在北京算一道河，但一般不这么叫，不过要从这儿论。过了护城河的下一条河就是二道河，三道河，当然还有四道河五道河，但太远了又不这么论了，而且这些河流已有了自己的名字。虽是远途，除了不坐车，甚至连水都不带，也不带吃的，渴了就到附近的院子、单位或工厂找自来水喝，饿了呢，就是饿着。通常要是捞小鱼到护城河就不走了，要是到二道河逮蛐蛐，还要走一大段乡野之路。

护城河两岸区别很大，对岸就是农田、乡村，这岸就是城市，排污口也主要在这岸，一河之隔的京城泾渭分明。只是捞小鱼我们通常就在这岸，对岸的烟树、庄稼地、农舍无论如何让我们感到陌生，仿佛另一个国家。有些陌生会进入梦，有些永远不会，也不知为什么。我们每人一个捞小鱼的瓶子，仿佛就是因为瓶子我们才在此岸，七斤还有个简单得不能再简单的小渔网，就是弯了细铁丝，缝了一块布；文庆虽然没网但也有块手绢，系上四个角也可捞。我就是一个瓶子，一双手，除此一无所有。家里没大人的孩子总是比别人缺什么,哪怕最普通的东西也往往没有。虽说春天小鱼儿特别多,一群一群的,不过用手抄也像打捞梦一样,总是两手空空。特别羡慕文庆、七斤,但我也只能更加聚精会神,他们用小网、手绢布在水底等鱼群过来然后突然抄起。我则把两手埋伏在水下,鱼群过来,动作不能太快,太快鱼和水一下就都散没了,慢了也不行,水虽在鱼早跑了。这样不断总结、调整,一次次失败,两手空空,不是水没了就是一条鱼也没有。事实上就算让鱼从手上经过已很不容易,要非常静,一动不动,鱼非常贼,常绕道而行,尽管如此极偶尔时我也能抄到一条。七斤抄的是最多的,其次是文庆,我最多一次抄过三条,更多时一条没有。

护城河边,七十年代,芳草萋萋,两岸尚未覆砖,还都是泥土,就这点而言这并非是城市与乡村泾渭分明的一条河,甚至此岸的排污口也统一在泥土上。排污口多是大小不一的洋灰管,也有红砖砌就年代更久的污水口,污水涌流,奇怪的是小鱼还能活,甚至更加活跃,在某种颜色的水中它们就像在云中。常常麻雀就在我们的专注的头顶上掠过,好像就因为我们是小孩,飞得特别低,呼呼一道风过去,简直欺负人。有时我们会看它们一眼,有时看也不看,视它们为无物,有种浑然的隔绝。世界或许就该是这样,人和自然物就应该没关系。水泥岸是愚蠢的,水与水泥是两种事物,但水与土不是,河没有了自然的泥土还叫河吗?就算植了树也像是假河。

七斤会分一些鱼给我,这样我的瓶子也不会空空如也,三个人的瓶子都很有内容。但捞鱼回来的路上并不轻松,主要是会挨劫。当然也是孩子劫孩子,这种事任何时代都会有,就连动物世界也是这样。别小瞧小孩劫小孩,孩子的世界也是小社会,也相当残酷,就感受而言,孩子残酷起来比成人世界还不留余地,还直截了当,所谓的童真世界,某种意义上并不存在。或者即使存在也绝非一面，尚有"童恶"一面。这种恶并非学来，而是与生俱来，劫钱、役使、威胁、恐吓，任何有兴趣的东西甚至没兴趣的东西他们都劫，就算实在没什么可劫的也要欺负你一下。弱肉强食，丛林法则，而且也像动物世界一样再小的动物也不会俯首就擒，会本能地警觉，逃，玩命地跑。因此有时我们远远地本能地就觉得前面有什么不对，并没发现什么，但会立刻停下，观察一下，确定没危险了才会再往前走，同时仍准备着随时奔逃。

有时判断不清，我们会在某个地方等上半天，有时干脆掉头而去，假装走另一条路，好骗过可能存在的危险。但其实没别的路，劫道的人也非常了解这一点，因此有时我们觉得已骗过"掠食者"，结果"掠食者"会突然得意地出现在我们面前。我们拼命地跑，挣脱，被抓住是实在没办法的事，虽然不会被吃掉，但和吃掉也差不太多，反正魂儿是没了。当然，通常逃生总是快于追击，且又是同类生物，因此我们真的被劫还是少，我们或是避开，或是骗过对方，或是飞也似的冲过封锁线。其实人在儿时就得有这样的训练，说得客观一点，童真有，丛林法则更有，这才是童年真实的世界。

3. 废品站

过了永定门护城河，对面有一个废品市场，由铁栅栏围着。路在这儿分成了两条，到前面不远又合在一起。透过栅栏可以看见里边成堆成山的废品，锈迹斑斑的大铁锅、水桶、自行车、三轮车，以及电线、破收音机、建材、铁器，什么都有，物质匮乏年代那儿的物质世界之丰富简直让人瞠目结舌，每每路过都感到一个不可思议的世界。我们很少进去过，一来我们的目的地不在这儿，二来也因为兜里没一分钱。没钱的人会对许多有兴趣的事物没兴趣，看看就走了，有种匮乏的冷漠，哪怕那儿是天堂或童话世界。一度这里因为卖二极管三极管电阻什么的，还有半导体喇叭等，对我们来说这些东西太神秘了，我们也进来过几回。类似这样的地方我们还去过校场口的车子营，那是城里胡同中的一个最大的废品市场，那时样板戏《杜鹃山》刚上演，学校组织唱，我们经常起哄地改词儿唱："老五叔，指航程，七姑走向车子营，车子营啊——"老五叔、七姑是电影《青松岭》里的落后人物，经典台词是"我那点榛子？""卖了"，我们经常学。

车子营与我所住的前青厂琉璃厂一样，明代已成巷，而且离得很近，不过几条胡同，走路用不了二十分钟。但车子营属于宣北坊，明嘉靖三十二年加筑北京外城，一共设了"七坊"，其中正西坊、正南坊、宣南坊、宣北坊、白纸坊等都在宣武区内，"宣南"一词也由此而来。至清代车子营多车马店，其时已开始称车子营。车马店，南来北往，交易自然活跃，这里最终诞生一个城内的废品市场也不是没有一点渊源。许多年后回忆，当年我会把城外的永定门市场与城内的车子营市场搞混，这就更有意味：以废品而论，其几乎无限的丰富性使得北京在这一角有了一种超前的自由的诗意。废品站给那时闭塞又同一的北京提供了很多异样的东西，大概因为是"废品"，在这儿买卖东西不算"资本主义"（我们唱"七姑走向车子营"不是没有道理），而事实上许多不是废品的东西，人们也借废品概念拿这儿来卖，这就形成了实际上的自由市场。自由借助了"废品"得以实现，一方面自由是人的根性，无孔不入；另一方面又是多么具有反讽意味：自由成为废品还成其为自由吗？

但不管怎么说，废品站是人们唯一能够享受自由的地方，所以来的人特别多，买卖非常活跃，可以把任何东西在这儿卖掉，这意味着在这儿也可以买到任何东西，废品嘛，"我买的是废品。""我买的是废品"，废品，一个绝对的理由。所以那时就连高科技的半导体元器件也可以借助概念卖，可想而知这里还有什么不能卖的。而我们这些孩子，之所以对半导体元器件感兴趣并不是因为科学，而是北京那时流行自攒半导体。老百姓自攒半导体也是管控的结果，因为当时商店卖的半导体只有两三个管，一个二极管两个三极管，或两个二极管一个三极管，收到的台数很少，而且主要是收不到"敌台"。"敌台"那时是一个诱人的概念，也是人们听到不同声音的渠道，虽说危险但也是人所共知，谁没听过"敌台"呢？因此又不算什么。而自攒的半导体可以是四个管的，五个管的，甚至七个管的。七个管的那时就可以称王了，有短波，能听到密度很大的许多外国台，许多语种，钮稍一旋就一个台，"敌台"不必说了，已是次要的，主要是可以倾听世界。北京人渴望了解世界，一个北京人如果不了解世界就觉得自己不是北京人，后来的改革开放、拥抱世界，在七十年代的民间就已萌芽，因为早已在倾听。

　　能攒半导体的人当然不是一般人，得是有点"水儿"的人，我们院一个邻居的亲戚在七机部工作，七机部在北京当时名气非常大，好像北京的知识分子（特指科技人员）都是七机部的。对我们七八户的小院而言来自七机部的人格外神秘，七机部又是保密单位因而更加神秘。七机部的那个亲戚在我们院一路领导新潮流，最开始他能自攒收音机我们已觉不得了，接着他攒了一台五个管的，且款式新颖，喇叭也特别讲究，声音清晰，质感悦耳，再后来他又攒了一台七个管的……我们院里有的人就跟着学，攒不了五个管七个管的就攒两个管的，他只有初中文化，我们开始都不相信他，他买了电烙铁、锡丝、烙铁油、二极管、电阻、电容、线路板、外壳——都是在永外、车子营买的。常从他们家窗户里飘出一股股电烙铁油味，有些呛人，但我觉得很好闻，这是我们这个小院从来没有过的味道，历史上也没有，和整个小院历史传统完全不相干。

  因为电烙铁，玻璃板也就应运而生，电路板要在玻璃板上焊接才行，否则易失火，而且有了玻璃板透着专业。当时不说别的，光是那套家伙就让我们佩服得不得了。我们觉得他疯了，有病，这是另一种感觉，不说它了。反正幸好有七机部的亲戚不时点拨他一二，有一天在七机部亲戚不在的情况下他的房间竟然发出了伟大的声音，所有人都熟悉的播音员夏青的声音。我们拥向了他的房间，就好像原子弹爆炸成功了一样。我们欢呼，有人激动得流下泪水，看到某种也事关自己的希望！没有文化也能干事。这就是民间——民间有巨大的活力，只要给出一点自由的空间，像永外车子营那样的空间民间就什么都会创造出来。当然了，只有极少人具有某种偏执的天赋，然而对民间而言也用不着太多这样偏执的人，有个别便足以激活民间。

  在攒半导体的影响下，当时有一阵最流行的实际是攒耳机子。攒耳机子很简单，人人可为，不用二极管三极管，也不要电烙铁、焊油、线路板，只有两个黑色的听筒，从车子营或永外买现成的，回家只要扯上根铁丝就能听了。铁丝拉得越长越高声音会越大，越清晰，听的台也越多，有时也还能听到"敌台"！最强大的敌台不是"美国之音"，那时好像根本没有"美国之音"，而是"莫斯科广播电台"——"莫斯科广播电台，我们现在开始广播……"说完这两句话会有一段像卸货一样"哐哐"的音乐，听上去非常不同，甚至很可怕。一般不敢多听，听上几句赶快拨掉。但过一会儿又会再听。

  我没攒过半导体，对我来说耳机子印象太深了，我记得有一次我把铁丝也就是天线连到了院里晾衣裳的粗铁丝，收听效果奇佳，声音一下大了很多，又正好听到"莫斯科广播电台，我们现在开始广播……"吓了我一跳。1996年我首次出国,俄罗斯远东第二大城市布拉戈维申斯克,一个黑龙江边漂亮的大学城,但是到了宾馆却让我大吃一惊。房间仄小,一张单人床,一套很小的桌椅,其他什么都没有,没有电视、电话、卫生间,没有拖鞋,没有牙刷,在一切都没有的情况下居然有一副耳机子,就挂在墙上!耳机子一下子把我拉回过去年代,想起自己当年听"敌台"情景。

"莫斯科广播电台,我们现在开始广播……"

1996年中国已发生了很大变化,不要说宾馆,就是各家各户也都是二十英寸的彩电,而这里的耳机子像停留在我们曾有的史前时期,曾有的车子营、永定门废品站的自由时期。我在房间听了好一会儿,只有一个台,永远是音乐,我真想在这儿听到:"莫斯科广播电台,我们现在开始广播……"

但是没有,是柴科夫斯基,老柴。

心静下来。

4. 冰

永定门外,有一处冰窖,总有三轮车从这儿往城里运冰。蹬三轮车非常吃力,一般车上要装四五块冰,死沉死沉的。有时冰上盖着黑麻袋片,有时盖了一半,一路走一路化,留下长长水渍。蹬三轮的人路上挥汗如雨,脖子上通常挂一条白毛巾,面红耳赤,脑门发亮,由于汗水的原因眼睛很黑,但眼白却很耀眼。冰运到京城各大菜市场副食店,那时副食商店没有冰柜,夏天的肉就靠这些冰镇着。

冰窖附近完全农村景象,除了黑色路面,两边是一望无际的麦田,茁壮的玉米、稻草人。几乎看不见村子,仿佛这一带就是冰窖区。路边分布一些高低不一的黄土墙、残垣断壁的土屋。没有门,只有门洞,每个门洞里面都有地下入口,三轮车从里面出来,一辆接一辆,一个夏天也不止。有时还有解放牌大卡车进入,拉出一大车冰,不知这么些冰拉向哪里,送往部队或有当兵站岗的大院?也像三轮车一样一路滴水。到二道河逮蛐蛐的我们路过这里会停下找些冰吃。别看上面残垣断壁,里面却如此巨大,完全是冰的世界,冰多了也有一种辉煌与震撼。特别是冰都处理过,有着人工痕迹,都被切割成统一大小,从下到上码放,每块冰都有一米见方。这里太凉爽了,里面的工人都穿着军大衣,我们则是小裤衩背心,一会儿就冻得不行。每次我们都是很快取些碎冰带到外面吃,不敢在里面多待。

这些冰来自哪儿?天然就在这地下?难道是冰矿?但当时我们想不到这些问题,我们太小了,一切对我们都是天然的无可置疑的存在。我们不知道以前的事,甚至也不知道当时的事,多年以后我才知道北京还有个冰窖口胡同,知道了清代富察敦崇所著《燕京岁时记》上说:"当年周成主命凌人掌冰,岁十二月,敕令斩冰纳于凌阴。凌阴者今之冰窖也——藏冰之制始此。"指出西周时期周成王就已指定专业储冰官员于每年12月份制冰,取冰,将其切开,储于冰窖之中。又查到《诗经》中有云:"二之日凿冰冲冲,三之日纳于凌阴。四之日其蚤,献羔祭韭。"

至少从最早的文字记载看,冰激凌起源于中国,前面提到周朝帝王为了消暑纳凉令人凿冰藏冰,消暑享受,到了唐朝已开始加糖入冰,长安街头已出现制售冰饮和冰食的商贩;宋代市场上冷食花样繁多,冰里已加水果或果汁;南宋已掌握用硝石放入冰水作为制冷剂,以奶为原料边搅拌边冷凝制作冰酪的方法。冰酪是现代冰激凌的最早起源,它的制作方法已经与现代冰激凌十分相似。公元13世纪马可·波罗把这种制造冰激凌的方法带回意大利,西方才有了冰激凌,逐步发展,流传世界。

当时我们什么都不知道，传统与传统文化都革了，我们哪里知道明清北京的冰业十分发达，不仅有冰窖口胡同，故宫内也有冰窖，盛夏时节皇帝会给大臣发"冰票"，大臣可以拿冰票到皇家冰窖买冰。明清两代，冰是一种宝贵资源，只许官采，不许民采。直到清末民初才逐渐允许普通平民百姓开采储冰。那时采冰人被称为冰户，卖冰的店铺称为冰局。采冰一般都是在北海、中南海、筒子河、护城河上进行。三轮车不仅夏天拉冰，事实上冬天也拉，只是我们见不到。甚至更忙，因为从河上拉到冰窖，码冰是一项力气活更是一项专业技术。达官贵人用的冰特别是皇家冰窖窖底要以柏木打桩，四周、底部铺砌石条，地面部分要用大城砖砌成一米多厚的围墙，无梁无柱，形成拱形结构。每年皇家伐冰、储冰工作在冬至以后就进行了，首先由工部知会步军统领衙门，在采冰河段下游闸口墩放闸板蓄水，然后由兵丁乘小舟清除河水中杂草污物，再提起下游闸口的闸板，放出去脏水，水平后再次墩放闸板蓄水。据说这个前期工程称为"涮河"，经过"涮河"，过冬至半个月，河面完全封冻，就开始伐冰了。这些我们当时能从哪里知道？都不知道，而且我们去的永外冰窖完全没那么讲究，我们不知道冰窖分为食用冰、冷藏冰，后者显然不必"涮河"，不必条石打桩，冰上大都沾着麦秸、稻草、边冰里面都有许多稻草。但我们照吃不误，有时还会吐掉麦秸，也没见有谁拉肚子，闹病。

  我们应该知道却不知道的东西太多了，事实上我们只是碰到什么知道一点什么，知道也是浅浅知道，有更多的不知道。看见运冰车我们最多追上去掰几根冰柱吃，被老头发现免不了被一顿骂。有的蹬三轮的老头常年走我们胡同，上学下学常见到，和老头都熟悉了，若再帮老头推一把，取一些冰柱，老头就不会说，还会高兴地说一句：冰棍败火，拉稀别找我。

5. 二道河

二道河不宽，水也不大，弯弯曲曲，时宽时窄，在杂草中它来自远方又流向远方。远看河流无论如何都好看，但这条河不同：远看也难看。远远的就是污泥浊水，恶臭扑鼻，一眼望去是黑的。幸有芳草分布其间。问题是芳草常常带着黑渍，远看整个岸都斑驳。若光水黑，远看河还是好看的，映着天，也有某种光感。城里来这儿的人很多，但都是成人，带着家伙，骑车，不为闻味只为捞线虫。线虫不像鱼虫长在污水里，而是长在污泥里，远道而来的人们下到水里，将一块块布满红色线虫的污泥挖下，装进口袋带回。那个年代京城的污水或许成分不复杂，甚至某种意义上很肥活，不然污泥中怎么生长着那么多活跃的密密匝匝的线虫呢？

在流行着自攒半导体、红茶菌、耳机子的时候，也流行着养热带鱼、金鱼，线虫是热带鱼最爱吃的，金鱼最爱吃的是水中的鱼虫，好像鱼边喝水边把鱼虫就吃了。胡同时有卖鱼虫的，几分钱给你抄一小网子，回家放进鱼缸，鱼可爱吃了，人的心情也会随之特别活跃。城里一场大雨之后就会有一些捞鱼虫的地方，鱼虫似乎喜欢积水、污水、死水，流动的水长不了鱼虫。城里积水地方有限，更多人们到郊外捞。捞鱼虫的人多了，郊外也不好捞，这时污水河的线虫就进入了人们的视野。线虫吃起来费劲，不像鱼虫一吞就到肚里，线虫得吞许多次，而且线虫事实上还在反抗。但也正因为反抗，张牙舞爪，红色的线虫在鱼缸里显得特别漂亮，一小块泥上往往飘舞着大团柔软的"红线"，鱼吃起来也好看。

二道河是我们的终点，也是许多成人的终点。

二道河是比较远的农村，我们"长征"到这里不是为捞鱼虫线虫，而是逮蛐蛐。金鱼和热带鱼都不是我们能玩的，我们只能捞点小鱼儿，因此在二道河我们会走得比捞线虫的人远一点，最好是深入到村边的豆子地、菜地、麦垛、玉米秸这些地方。蛐蛐也愿待在靠近人的地方，反倒是空空田野上蛐蛐很少，不知怎么回事。有时不知不觉已走出很远，等到再回二道河，感觉异常亲切，而到看到护城河了，就像到家一样。

两次过河，好像自己是来自河外边的人。

二道河，不知道现在还有没有。

6. 蛐蛐

逮蛐蛐除永定门外还有一个方向，是广安门外。出了广安门，近一点儿的地方是湾子、莲花池，远一点儿的是小井、大井。莲花池是那时唯一见过的乡野水面，非常的陌生，不觉得美，小时候哪懂美。现在想来水面不大，但当时觉得很大，水上有大片芦苇，偶尔的一两条船，芦苇连接着无边无际的乡野、天空、云，因为不懂美，看上去甚至觉得有点恐怖。或许因为这一大片广阔陌生的水域，那时感觉广外与永外，方向很是不同。不同还在于这个方向我们去得少，而且不再是走着，每次我们都是在果子巷坐6路汽车。坐车与走着的不同在于路途始终是陌生的，与大地总有一种断裂感，而且一下了车感觉像一个人到了自己体外，自己和周围世界都是陌生的。走路就不一样，每一步都是与大地联系着的，远远地你对终点就有熟悉，到了终点就像任何时候停下一样，大地仿佛专为你而设。永定门外是这样。

但广安门外不是。去永外我们是小学二三年级，去广外已是五六年级，仿佛二三年级不能坐车，五六年级可以像成人那样坐了。此外去广外逮蛐蛐工具也更专业，不光是用手，还有了蛐蛐罩子、纸筒、探子。蛐蛐罩子的做法是先用硬铁丝做成骨架，上尖下宽，状若窝头，然后用细铁丝一圈一圈缠，直至封住。有了蛐蛐罩子逮蛐蛐就方便得多，如果用光手一是不易抓住，二是抓住了容易伤着蛐蛐。纸筒是用报纸做的，中指一样粗细，一头捻住，罩住蛐蛐后将其握在手心，纸筒对准大拇指和食指留出的空间，往里一插，蛐蛐就会自动钻入纸筒，再捻上另一头，一个完整战利品才算完成。

尽管有蛐蛐罩子，逮着蛐蛐仍不容易。在庄稼地、菜地或陈年的柴垛，你得先谛听，慢慢地循声，蹑手蹑脚接近。尽管如此，一旦走近，叫声仍会戛然而止。只能慢慢等待。有时声音再起，已不在原地，移动或跳到了别处。蛐蛐极敏感，不知是否有嗅觉。除此，关于听还有讲究，不是任何叫声都值得你蹑手蹑脚、屏气凝神去抓的。有的蛐蛐一听就是小个儿，不值一抓，有的一听就不一般，声震四方，犹若天籁。这样的蛐蛐很可能是大红头儿，至少是小红头儿，掐架非常厉害。小红头儿个儿虽不大但是疯，性如烈火，不大的身子却足令对手眩晕，退避三舍。抗战神剧《雪豹》里的那个男演员文章的表演风格就像小红头儿，兴奋起来不得了，不知道他掐过蛐蛐没有，我觉得他掐过。

大红头儿就更不用说了，那种稳，体大力不亏，低牙，俗称地铲子，铲着地，简直不可一世。小红头儿再疯也不过是个演员，大红头儿这才是巨星。一般蛐蛐根本不敢跟大红头儿对峙，就算体量相当也难抵挡大红头儿稳稳的贴地的攻击，它不是掐，而是将对手铲起，完全不可一世。我没见过传说中的大红头儿，但见过小红头儿。小红头儿是我们院的孩子头小徒子抓到的，小徒子那时已上班，他说不是在莲花池抓到，也不是在永外，小徒子说农村根本没有小红头儿，得到山里才有。小徒子是七一届的，那年分到了石景山第二热力发电厂，他说是在石景山的岩缝里抓到的。确实，看上去小徒子抓到的小红头儿就不一般，瘦长，头部呈土红色，整个身子偏褐色，接近透明的感觉。一见对手就兴奋、疯，好像控制不住自己，三下两下就把对手掐出罐外。要么就是一口咬掉人家的大腿，让人家变成"一只趐"，主人心疼得恨不能哭，赶快把自己的抄走，恐怕慢了那另一只趐也被咬掉。那阵子小徒子的小红头儿掐遍了我们那一带的胡同，让对手闻风丧胆。

掐蛐蛐的地方在周家大院胡同口，这条胡同长不过五十米，但胡同口比较宽，正对着前青厂胡同，形成一个丁字路口。胡同另一头是周家大院3号与相邻的7号，两个院子都住着上百户人家，是我们宣南那一带最大的两个院儿。3号大院从正门进去后门出来差不多就到了宣武门，里面纵横的小巷就如同外面的胡同，小时我们去宣武门、校场口都是走3号。3号院套院藏龙卧虎，光是那时我们知道的就有许功——鲁迅小舅子，启功——那时他还不是特别有名，只是住在一个院中院，也算独门独院。不知道的还有什么人就更多了，也无从说起了。胡同口西北角有个半圆形的带玻璃的房子，那是我们那一带的理发店，从小到大我们都到那儿剃头，剃头的两位师傅都特别熟，一个长得像张军长，一个长得像李军长，就连性格都像。特别是李军长最像，秃顶，长脸，为人和蔼，对小孩也像对大人一样客气，我们都喜欢他。张军长总是沉着脸，不爱理人，但是李军长有时会和他开玩笑，两人一唱一和也很好玩。理发店玻璃窗下有一溜儿凸出来的台基，石质不好，是很糙的火成岩，从早到晚总有人在这儿闲坐、聊天，在附近弹球、抓冰棍棍儿、下棋、玩曲别针、拍三角、人山人海地撂跤。那时没社区概念，实际就是现在的社区，自然这儿也是每年掐蛐蛐之地。每每理发店下都围了许多人，孩子、大人、老头，没老太太，没有女孩，没有妇女，偶尔有个女孩也被叫成疯丫头，那时就是这样。那算传统吗？

我养的蛐蛐从来没拿到胡同口去掐,主要是我逮的蛐蛐都太小了,无论是从二道河还是莲花池逮的,一点也不厉害,只和院里的小伙伴文庆、七斤、秋良之类手里的凑合掐掐,或者是自己的几个蛐蛐之间掐一掐。我当然知道我养的蛐蛐哪个厉害,这样掐主要是一种训练,即用弱的蛐蛐逗主力蛐蛐,让它保持锐气,每次和别人掐之前一定得先把它逗疯了,见对手就冲上去才成。然而即使如此,我养的所谓主力蛐蛐一见对手也开牙了常常立刻就跑,跑得就像刚才的陪练一样。我想尽办法让自己的蛐蛐英勇善战,比如喂大蒜、辣椒,在蛐蛐罐里放尖锐的石头,可还是每每让我失望。有一次我的一只蛐蛐被别人掐掉了一条大腿,我也没特别可怜它,觉得它没出息,该。之后让它当了陪练,没想到这个"一只趔"在我的蛐蛐中仍是最棒的,照样称王称霸,简直气死我了,而我也毫无办法,再与别人掐也只能让"一只趔"上。

有一次,小徒子给了我一只长期不开牙但身高马大的大蛐蛐,为此我展开了疯狂的遐想。蛐蛐是个黑大个儿,长得跟"油葫芦"似的,两只大夯(大腿)往地上一戳,要是开了牙还不得天下无敌?小徒子说从逮着那天起它就没开过牙,怎么逗它也不开,喂什么也不开,我觉得这不要紧,万一,万一它哪天一高兴突然开了牙……我激动得不敢想下去。

我兴奋得睡不着,夜里一觉醒来还要爬起来看大黑。我觉得只要是蛐蛐迟早会开牙的,我给它好吃好喝的,让它吃鸡蛋黄,平时我都吃不着鸡蛋却给它弄了鸡蛋。给它吃辣椒、大蒜,不吃我就用蛐蛐探子蘸了辣椒大蒜探它的嘴,有一次它真的被辣得张开了大牙!它的牙多么漂亮,凶狠,像两只大铲子,别说掐,吓也得把对手吓死。当然了这只是我用探子探的,还不是战场,但据说就得经常这么探,这么训练!我有的是时间,有足够的耐心。现在我一探它就开牙,这真让我激动。想象中的成功常常让我浑身发抖,因为没有什么比成功更能激励一个孤单无助的孩子。有一天我觉得可以让大黑一试身手,决定用"一只趐"跟大黑掐一掐,逗一逗大黑。小心翼翼将大黑请到了专门用来掐蛐蛐的罐子,让它先适应一下战场,又探了它的嘴,激动万分!"一只趐"进了罐子,先开了牙,可能是看见大黑个儿太大有点害怕,开得不大,完全是试探性的。大黑稳稳的,一动不动,我觉得"一只趐"要是冲上来大黑会一口咬断它的脖子。一只趐真的冲上来了,大黑却不如我所料,掉头便走,"一只趐"立刻疯了,炸翅,吹哨,一边吹一边追大黑,把个大黑追得满罐跑。赶快用蛐蛐罩子把大黑提上来,怕它对失败印象太深,以后再不敢开牙。好几天不愿看大黑,希望大黑忘记"一只趐",我那么小心那么细,那么能体谅失败,抚慰失败,永不放弃。

有人说蛐蛐得闷才行,而最好的方法就是把蛐蛐埋地下。仿佛与生俱来天空和地下有神秘感,上天做不到便把梦给予地下。一旦有了"埋"的想法我立刻从失败中振作起来,感觉又有指望了,那天当我撬开了屋门口一块青砖,我的心是多么激动!不过砖下的虫子吓了我一跳,那是一种多足发黑有硬度的虫子。不是潮虫,潮虫我不怕,是火蝎子!不过转而又高兴起来,因为想到火蝎子陪伴,大黑说不定会厉害起来。现在回想起来,真是感叹小小的心灵原是那样活跃,生,希望,就如同根系是随时扎的。又起一块砖,那穴挖了差不多有一尺深,方方正正,把蛐蛐罐密封,放到最底下。

让它孤独,让它忘记,让它出世。把土覆好,压瓷实,再把撬开的两块砖盖好,扫净,勾上缝儿,弄得完全不露痕迹,和别的砖一模一样。做好这一切,我又难过又高兴,我还从来没有因做了一件什么事而产生了如此强烈的好奇心,看着埋了蛐蛐的方砖不想走。下面是一个自己埋下的秘密，这个秘密给我印象太深了，构成了我童年的心，少年的心，那时我对天空毫无想象对地下却不然，我被"地下"深深地攫住了。我觉得时间那么慢，每分每秒都那么慢，可以想象一个孩子心中若只有一件事，时间会过得多慢。

本来至少要埋一个星期，可只埋了一天便实在忍不住了，仿佛世界已因这一天一夜变了样。我无比兴奋地撬开了两块砖，将"久违"的蛐蛐罐小心翼翼地取出，打开密封，我看见了黝黑发亮的炯炯有神的大黑！多么的威风，完全像王，于是提出"一只趐"放入罐中，结果……梦是那么容易破灭。好在我没怨大黑而是怨自己，于是再次深深地埋入。不过经过那次也好，心理上的焦灼减弱了许多，知道急没用，急反而会损失宝贵的时间。

人就是这样自己成长的，抽象的教育没用，就得一个人这么经事，磕磕碰碰，自己说服自己，慢慢地长大。这次重置地下，真像安葬一样，非常安静，没有任何焦灼。开始每天仍是数着过来的，但数到一个星期后反而不着急了。时间本身在起作用，时间自身越来越强大，其间下了场大雨，整个地面都泡起来，新埋的砖明显与其他砖不同，雨顺着缝儿漏下去。但我也并不过分担心，蛐蛐罐封得很严，而且据说经过雷雨的天气蛐蛐会更厉害。这一次等了十天，或者十二天，我记不清了，或许有十五天。这次"出土"是决定性的，非常重大，时间好像过了几个世纪，中间有些天竟忘了这件事。没有比忘了再想起感觉时间更长了，这时出土大黑真有一种"出土"的感觉。正好那时刚刚出土了长沙马王堆汉墓一具千年女尸，里面尚有一部《孙膑兵法》，轰动世界！因此我觉得我这"出土"同样意义重大。

其他一切都正常，大黑更黑，更亮，更神秘，但就是沉默，不开牙，面对疯狂的"一只趔"只是躲闪,"一只趔"叫,哨,炸翅,疯狂地扑,大黑有些不理解地转身,动作缓慢,简直具有大象的风格。我想它只要开一下牙就可咬断了对方,但是它们仿佛不是同类,大黑一如既往木讷、麻木。

没有理由再埋。"一只趔"是高兴极了。

最终大黑成了"一只趔"的陪练,直到死去。

我不理解这件事。一直不理解。

裂口子

总是一入冬手就裂口子，不断地裂，结痂，又裂开，直到春暖花开。三九严寒，常常疼得咧嘴，只好吸冷气，用嘴呵。实际上呵气裂得更深，更疼，但呵气是本能，因为太疼了。裂的口子大小不一，中间大，两侧小。其实裂得大不一定更疼，相反那些小口子更刺心，蜇心。不知那时为什么很多人裂口子，当然食物匮乏毫无疑问是最大原因。最易裂的是手上的四个关节，每个关节都有口子，中间的裂得最大，见骨，骨与肉又红又白，日久边上发黑，几乎形成一个天然的肉十字架，边上黑色的纹理简直就像年轮。

冬季来临前，一般是先皴，一入冬，一场风之后，就出现许多像鳞一样的小口子。字典上"皴"有三种解释：皮肤因受冻或风吹而干裂；皮肤上积存的泥垢和脱落的表皮；中国画中涂出物体纹理之一种技法。显而易见,第三种解释是前两种的引申转喻,仍有联系。古人表现山石树木脉络、纹路、质地、阴阳、凹凸、向背也显然受到手背的启发,形成"皴",据说有披麻皴、乱麻皴、芝麻皴、云头皴、雨雪皴、大斧劈皴、小斧劈皴等"十八皴"。我不能说这些皴在我手上都能找到,但找到十八种是可能的,如果用放大镜或者显微镜来看那就不止十种,甚至不止十八种。特别是手背最高关节上那受难的地久天长的大口子已不是皴,而像一个古老的庙堂。

虽疼痛,但依然挡不住疯跑、折筋斗,撞拐、骑马打仗。男孩没这些游戏就过不了关,比如撞拐,无论你愿不愿意总会激你,把"拐"撞到你身上,有人骑在别人背上从你身边呼啸而过,手里挥舞着想象的鞭子,鞭子有时真的就落在你肩上。这时会忘了手疼,冲入阵中,做一匹"马"或"马"上的骑手。在寒风中,在雪中,在雨中,童年,少年,只要构成了群体,争强好胜就是必不可少的。

最残酷的游戏还不是骑马打仗、撞拐、砸驴而是拍三角,在寒风中,在冰冷的大门口的石阶上,简单而冷酷。烟盒已久经沙场,边上泛白,快要开绽,开绽就要退出游戏。一摞三角,开始得非常用力拍,三角一下散开,会有许多扣过来,凡扣过来的是你的胜利果实。就像桌球的开球一样,开栏就有进球。每次一掌下去小口子都会张开,血珠渗出,最大关节处的大口子更不用说,血真的会淌出来。但是照拍,不怕,拿张破纸擦擦,继续。散开后拍单张用劲小就好多了,有时会非常轻,像呵气一样。也不能太轻了,太轻翻不过来,一种高度的拿捏。这是个微妙的技术活儿,非常锻炼人,事实上很多课下的游戏都比课堂给人带来更多东西,比如勇气、耐力、孤注一掷、轻巧、微妙,在冬日的北风中,是另一种天人合一。疼,疼死了,疼得像火像燃烧,因而又构成了抵御,对寒冷与北风,不感冒着凉或许正是这种能量所致。那时不知为什么,就是有一种邪性,一种"不怕"。大概与那个时代"一不怕苦,二不怕死"的口号有关。没有没关系的事物,有些看起来无关,实际有着更深的关系。但往往你又说不清楚,许多东西就是不能说才存在。对于不能说的应保持沉默,我很同意维特根斯坦这个说法。

比较起来我裂的口子还不是最大的,常来我们院的一个孩子叫"刚果",他裂的口子才叫大。"刚果"因为黑,厚嘴唇,手大,肩膀厚,不仅样子像非洲人,憨憨的神态也像,甚至头发有点鬈,太像"刚果"了,我们那时跟刚果关系也特好,好像送芒果的就是刚果,反正差不多吧。"刚果"因为手厚,裂的又黑又大的口子跟小孩嘴似的,每次我们院大人孩子表示惊讶时他就嘿嘿地笑,有时还用手扒一扒,吹口气,迟钝地笑,麻木地笑。大口子外缘已基本像腊肉一样,骨头则像他的牙。没有刚果时我曾也拿出血的口子显摆给别人看,看到别人的惊讶我也很得意。

整个冬天不穿棉鞋,就是一双解放鞋过冬。而且一下大雪就出去滑雪去了,前青厂胡同和琉璃厂都窄,不便滑,因此常常就跑到南新华街、和平门一带的大马路去跑去滑。汽车、电车轧过的雪特别滑,因为雪天得慢有时还扒着车滑,非常危险,但还是滑。穿着不到 30 码的解放鞋在车辙印上跑、滑。别看手上裂得全是口子,脚从来没冻过,连一点红也没有。晚上脱了鞋,脚丫子就是白,那种无血色的白,无温度的白。冬天脚也出汗,因为疯跑,脚总是咸臭咸臭的,还特别爱闻自己的臭脚丫子,几乎上瘾,也不知为什么。

也不穿棉裤,一条绒裤过冬,肚子里还没什么油水,就那么扛着,也扛过来了。一度大冬天北风呼号我只穿了一条小裤衩到街上跑,几乎跟裸奔差不多。营养不良，瘦得像唐·吉诃德似的，飘飘荡荡，但就是不倒，也不真的飞起，仿佛梦境里一般。的确，童年就如同一场漫长的梦境，或像在一种不自知的邪教里。我无法评价童年那种几乎变态的自虐精神，不会感谢什么，不，但也的确获益多多。

曹全碑

有一种记忆有点怪,明明记得,却又像不记得。如同视而不见。小时临过几年碑,那情景封存脑子里,我却从未打开过,好像与己无关。其实如果细察,许多记忆都好像与自己无关,唯有考古,或某个契机,像一把钥匙一样咔嗒一下打开了记忆的开关。事情最初与画天安门、红太阳有关,是图画老师留的家庭作业。夏天,我吃饭写作业都在当院,往往在自己门前搬一个小桌、小板凳,目中无人地写写画画,仿佛整个院子都是我家院子。其实对面就住着老梅,老梅总看着我,我却从来视而不见。

老梅叫梅作友,"岁寒三友"以梅为友之意,但小时哪知什么"岁寒三友",只觉得他的名字怪。老梅在荣宝斋工作,开始大家以为他是画画的,后来又听说是裱画的,也不知道什么叫裱画,使我们觉得他更加不同。老梅是外乡人,或者说是我们院永远的陌生人。我们院的人都乡里乡亲的，渊源上来自河北乡村的同一个地方，各家房子原也都是私房，解放前置下的，后来都归了公。记不清老梅是1966年还是1968年搬进来，也不知为什么搬来，反正房管所让搬来就搬来了。老梅原来住哪儿谁也不知道。我们院大人都在房山县工作，每两个礼拜才回来一次，只有老梅上班近，就在琉璃厂荣宝斋，从前青厂走着不过五分钟，中午老头都天天回来。

老梅抽烟袋，细眼，吊眉，表情迟缓，话很少，手中长长的烟杆让人想起古人。虽是"文革"，仍穿着对襟的衣衫。常常我只要稍抬头就看见老梅，老梅也看着我，有时看上去很虚幻，如同背景一样无意义。

我做什么老梅都不语，烟杆永远在手中，我画天安门、吃饭、写作业、画红太阳、玩、埋头刻少剑波李玉和的剪纸，做的事可多了，我是那么安静，老梅也那么安静，时间长了相互视而不见。如果不是有一天我又描起"空心字"，大概永远就这样了，直到他消失。

那天画天安门，画得不好，也不爱画，就试着描起空心字。空心字就是先用铅笔把字写大写粗，然后用圆珠笔描轮廓，描好后把铅笔印儿擦掉，圆珠笔的轮廓留下来就成了空心字。这是偶然受到院里一个上中学的大孩子的启发，我描起来可高兴了，可入神了，结果那天闻到一股很近的烟袋味儿。平时老梅的烟味我已闻惯了，闻而不觉。这次不同。一抬头是老梅。离我很近，就在我的头顶上，夸我描得好，说我可以临临帖。

老梅送了我一本碑帖，让我照此临帖。一本黑反白的碑帖，字很怪，与我见到的印刷体汉字完全不同，我从未见过。过去我以为只有印刷体，想不到还有这样的字，这还是字吗？帖子名叫《汉隶曹全碑》，不知是老梅家幸存下来的还是从哪儿找来的，在"全国山河一片红"的年代这样的碑帖显得大胆而另类，有着某种风险也未可知，反正与革命肯定无关。但我直觉得这是好字,我们的血液还是古老的,有着基因,这是革命还进入不了的,因此能直觉到好东西。虽从未见过,但每个字对我来说都如此飘逸,像来自天上的字。要么就是出土于地下的字,反正不是"人间"的字。字的黑反白对比很强,字迹斑驳、模糊、锋利、飘舞,仙风道骨,某种意义上《曹全碑》可以说是完全的道家的字,活脱儿的古中国。当然这些都是潜在,提供给潜意识的,当时根本不懂。事实上也用不着懂,潜移默化就够了。

尽管只提供了帖子,没教我,只告我照着临,但我仍觉得是一种密授(多年后回想大概是不敢教)。要是在古代,我这算孺子可教吗?可惜那时不是古代,甚至也不是现代、当代,而是超时代的时代。不过即使如此,现在回想当年的四合院,那青砖地面、房脊、影壁,也称得上"古代"了。而且反复地临、照,一笔一画,事实上也等于从字里行间某种笔触进入古老时间。

因为大字报风行,当时小学开了大字课,描红模子,多是语录。我不爱描,老梅也不愿我描,说写大字最好就是临、照。也不说为什么。老梅话语简短得莫名其妙,说出的话也像碑上的话,残破、不整。这一切直到三十年后我重新临字才明一二:描仅得其形,临或照是印心,心印,所得不仅是字,而是心,是古人之心。老梅的旱烟在天上飘,我慢慢临、照,在院子当中,在屋檐之下,简直像某种童话。当时不觉得,现在我能想象我那时的眼睛布满了怎样的时间:无明的时间,超时间的时间,仿佛一个小老头,但又是最纯粹的孩子。我有着老年人的缓慢,眼睛又无比清澈,审视半天不着一笔,因为无从下笔,因为必须纠正日常的楷体字习惯。

汉隶横不平,竖不直,一波三折,曲线为主,和楷体逆着,临出来特别难看。于是再慢,比老人还慢,有时悬笔很长时间,仿佛定住了。哪有一个孩子这么慢的？但当时我就是这么慢。有时一抬眼看见了老梅，想不到老梅也正看着我，烟也停了，看上去像过世之人。我看他看得时间长了，他缓慢地微微笑了一下——微笑与过世的感觉瞬间转换，仿佛过了千年。

老梅从没表扬过我，甚至没说过什么话，就是看，完全无为，一如老庄的无为，一如吸的旱烟慢慢地缭绕，慢慢地，一切消失在烟云中。是的，消失了，临了多久后来全忘了。主要是字太静了，太无明了，潜意识太深了，以至身体有了质的变化之后导致了岩石般的遗忘。对孩子而言，身体的速度超过心灵的速度，一个成长节点往往是对另一个成长节点的否定。或者也可以说是覆盖。这种覆盖就如西安半坡村的史前文化层，是一层一层的，它们有联系，但是寂静断裂性的联系。

这种记忆也是这样，有联系，但是寂静，存在，又像不存在。

小学堪称我的石器时代，如果细分的话，还可以分旧石器时代与新石器时代。到了中学，一切都突然变得不同，正如《青铜时代》：一个太阳升起中的人体看着远方，实际上也是看着自身，无明之霭消退，曙光升起。尽管这曙光还不是现代意义的"人"，但相对无明的石器时代，已是一种主体。简单地说，与小学相比，我不再寂静，甚至也不再孤单，一上中学有了一批和小学不一样的同学。这异样是渴求中的，仿佛是内心一直寻求的。很快我就和陌生的同学熟悉了，相互都感到新鲜、认同，交往方式也与小学不同，有了某种小成人的味道。家里没大人，就我一人，同学都愿到我家来，甚至后来常常晚上留宿。当然不会早睡，聊天、吸烟，折腾半夜早晨起不来，上学迟到。有时一迟两节课，迟就迟了，太平常了，根本不怕。那时正好批"师道尊严"，学校忽又有了大字报，不过和我们无关。

怎么说无关呢？不是说不写大字报就无关了，实际上我们的看起来自发的野性的行动就颇有关。迟到的路上，大家晃晃悠悠，凑钱买烟，你几分我几分，买不了一盒就买几支，有"战斗"的，"工农"的，"经济"的，最便宜的烟。然后坐在琉璃厂铁胳膊胡同里的音乐出版社台阶上抽，吐烟圈，比谁吐得圆，到了学校，来到教室门口一齐喊班主任"老管！"气得"老管"直哆嗦。我们太嚣张了，批"师道尊严"正如里尔克诗里的"夏日曾经很盛大……再给它们几天南方气候"。我们借助了"南方的气候"诡异地完成了身体的裂变，完成了我们的青铜时代。老梅早已不知不觉隐退，老梅是谁？那时对抽旱烟袋的老梅早已视而不见，字也断裂在无明与太阳升起之间。

2012年我在琉璃厂裱字，完全不问价钱，要多少钱给多少钱。尽管生长在琉璃厂，尽管老梅还曾是荣宝斋裱字的，我却从来没觉得和这里的字画有关系，我没裱过一个字。事实上我后来连一支笔一块墨也没买过。鲁迅文学院常务副院长白描先生送了我一幅字，一下激起了我的琉璃厂情结。第一时间我便想到白先生的字一定要裱起来，到哪儿去裱？当然是琉璃厂。如果城市也有故乡的话，你最初生活的地方，比如某条胡同，某个街，就是你的故乡，特别是如果你已离开三十年，甚至四十年。

裱完字不久，白描先生在鲁院新址古色古香的茶室请部分学员小聚，茶室有屏风，文房四宝，宽敞的案几，白描先生仙风道骨，运墨挥毫，给每个人题了一幅字，大家品，闲谈，忽然——怎么可以，有的人就站在了白先生写字的位置，提笔写了起来。从来，我觉得这一"位置"与我无关，我对这位置敬畏有加，绝想不到我会提笔。但如此一寻常人也拿起笔，让我心里咯噔一怔。接着又有人上去"献丑"，确实献丑，写得真不怎么样,或者根本不会写,连笔都不会握。而你,小院,老梅……小时你的眼睛曾经像岩石,你看着《曹全碑》,多么困难……但也就在这时早年开始融化……分解……水波荡漾……想起来了,所有相关的一切像烟浮现,老梅、鸽子、云、阳光、猫、岩石……于是你也站在了许多人都已站过的案几后,提起笔来。你受到赞扬……记忆里始终有,但此时才被激活。

再次来琉璃厂,寻找《汉隶曹全碑》,但找遍各个书肆,包括荣宝斋,也没找到当年老梅送我的版本。同时想跟荣宝斋的人打听一下老梅的情况。但最终不得而知,我也没再过深地打听。四十多年,老梅当年有六十吗?不,不打听了。老梅"文革"一结束即搬离了我们院,无声无息,具体哪年想不起来了。当年老梅送我的《汉隶曹全碑》款式瘦长古朴,现在也有若干版本,却没有一种是当年的版本。那个版本不知是否老梅的家传?如果家都抄了,还有什么家传?幸存下来的?对老梅有太多的未知。慢慢地在"故乡"的路上,一家一户,总算在一个小店找到接近的一个版本,权充当年。

回到家沐浴、更衣、焚香——一如当年的烟。重临四十年前的《曹全碑》,不禁怀想当年简括古朴的版本,如同怀念一种岁月,怀念自己,怀念当年的小院。现在是楼房、阳台,能看见远处的云,类似在空中。别说地气,树都难见,还能回到那青砖小院吗?还能在小院当中临,甚至到无人的房上临?小院早已经消失,连胡同都已经消失了。胡同不存,安有小院?

皮之不存,毛将焉附?

有一天,又去了琉璃厂买纸,一抬头,迎面从荣宝斋走来一个老人,竟是百岁老梅。但梦也一下醒了。梦中的老梅吸长烟袋，鹤发，却非童颜，黑斑已完全连成一体，与鹤发黑白两重天。老梅邀我去他的古色古香的店，说他店里当年的《汉隶曹全碑》。这是前梦，如果考古发掘的话。

现在，每天晨起临碑，感觉越来越回到童年。

童年我很老，现在则年轻，一如这城市。

照相馆

现在的琉璃厂，是八十年代初改造后的样子，以前没有现在这样的砖木二层小楼，就是一些老平房。以前店里大多也没有柜台、收款台，一进门四壁书架，或文房四宝，物品附有标签，上面写着品名和价目。里间屋的临窗，通常有一张榆木擦漆的八仙桌，桌两旁是太师椅，壁间悬挂着对联。

琉璃厂书肆的形成与明代迁都有关，至今已有七百年历史。永乐年间科举制度重心移往北京，外省学子竞相进京赶考，至嘉靖三十二年修建外城后，琉璃厂圈在城内，而定居在此的官宦拥有大量图书古董，赶考的举子们纷纷前来或求借书籍或欣赏古玩，书籍与文房四宝的买卖亦随之兴盛。到清初北京实行"满汉分城居住"，汉人只准居住在南城，于是推动了南城文化兴盛，迷恋琉璃厂文化氛围的文人墨客和当时的汉族官员多择居于此，有眼界的各地书商便纷纷在这里设摊、建室，出售藏书。到康熙十八年，北京的书市和古董市场大多迁到了琉璃厂。生活与文化杂糅，市井与百业俱兴，尽管也经历了各样兴衰，历史风貌一直并无大的变化，直到改造成一条所谓的琉璃厂文化街。

上世纪八十年代，琉璃厂没有修旧如旧，而是推倒重来，驱逐了"文化"中的"生活"设施——银行、照相馆、饭馆、理发店、菜店、食品店、修车铺，统统消失，连续建成了现在砖木仿古二层小楼，倒是很像一条想象中的宋代古街。然而殊不知古街是"生活"出来的，不是"建"出来的。文化是杂生，繁衍而成，没了生活，规划出的"文化"死气沉沉。现在琉璃厂为什么衰落，死气沉沉，皆因荣宝斋、汲古阁、戴月轩、萃文阁、槐荫山房是市场，不再是生活，是道具，而非文化，游客与街互为道具，所谓古街，似是而非。不是不许变，别把生活的底蕴变没了。现在别说游人，就是我，走在这条仿古街上，都感觉自己是这街的道具。

当然了，似是而非，没人知道以前怎样也罢了，有时时间长了假也构成了时间，历史，真实，很多时候我们的历史不就是这样构成的吗？现在还有多少人知道琉璃厂不真实？只是我还尚未走出历史，知道小时琉璃厂至少建筑上的风貌，总想去一下小时去过的中国人民银行，存一块钱开一个折子，或去一下副食店、百货店买几支烟，一盒烟，买点曲别针，理个发，吃一盘炒疙瘩、素炒饼，照个相。说起照相馆，琉璃厂可是有些故事，某种意义上中国的电影便诞生在琉璃厂一家照相馆。一个研究北京文化的学者告诉我，当年这家照相馆名叫"丰泰照相馆"，老板叫任庆泰。同治九年，任庆泰在奉天一家照相馆中当伙计，后到了上海，在一家照相馆做镜框活儿。

老学者告诉我，这家照相馆是个法兰西人开的，任庆泰在那儿偷学了一些照相技术，那时他还没想到不久将会成为中国电影第一人，会拍摄中国第一部电影。想不到中国第一部电影不是诞生在上海而是在北京，是琉璃厂，我非常惊讶。琉璃厂太有趣了。同治十三年任庆泰到日本深造照相业务，到了光绪十八年（1892）回国，在琉璃厂开办了自己的照相馆，有技师、学徒十余人，兼营照相器材。到1905年，老学者说，世界电影已开始了十年，中国人也已有了近十年的观影经验，无论卢米埃尔的纪实短片还是爱迪生的新闻、滑稽纪录片、布莱顿学派的社会片，以及梅里爱所强调的戏剧式电影，任庆泰都看到了。任庆泰是一个技术派商人，除琉璃厂的照相馆，还经营着大栅栏的"大观楼"，放映的也都是舶来品。观影日久，任庆泰深感"所映影片，尺寸甚短"。任庆泰决定自己拍片。经过一番筹划，在一个阳光如镜的午后，任庆泰用一架法国制的手摇木壳摄影机，在琉璃厂一个露天空地上，请来了当时的京剧大师谭鑫培现场表演，他来拍摄。谭鑫培表演的是代表作《定军山》，电影虽然无声也没锣鼓点配合，且只有短短几分钟时间，但是就这短短几分钟的影片在大观楼放映时引起轰动，一时万人空巷。

在《定军山》的拍摄中，任庆泰策划、指挥了整个拍片过程，包括演员和机位的摆布，尽管中国当时还远未出现"导演"称谓，对导演工作的职能也全不了解，但事实上任庆泰在拍片活动中所充任的角色可以说是中国的第一位导演。而从电影史上来看，任庆泰选择谭鑫培表演这样一个看似偶然的决定，实际上也代表了中国电影的兴起，且一兴起就汇入了当时的创意与实验的世界电影主流。差不多要到四年之后，中国民族电影才在上海兴起，因此，有学者说任庆泰也被称为中国电影之父，中国电影第一人。

如果遥想当年，当时也建所谓文化一条街，也只允许书画文玩，不让有别的如生活的存在，比如照相馆，那么琉璃厂还能诞生偶然的（也是必然的）中国第一部电影吗？琉璃厂有文化，但不一定排他，排他的结果会缺少自然的活力与偶然性。近年还听说过琉璃厂有什么活力吗？它活在模糊不清的"历史"中，具体的买卖中，许多年了，就是这样。

胡同

胡同口总是热闹的：修鞋的、修自行车的、药铺、日杂铺、早点铺、烟酒铺……早点铺的炸油饼一个六分钱，一两粮票，不交粮票加八分。交八分也不舍得交一两粮票，那时粮票比钱金贵。中午早点铺更丰盛一些，有馒头、大火烧、糖火烧、焦圈儿、豆包、芝麻烧饼，中午下学如果不在琉璃厂把角的饭馆吃炒饼，就在这儿买两个大火烧，连焦圈儿也不舍得买（一般是焦圈夹在大火烧里吃）。吃饭馆少，这种凑合时多。回到家一边啃大火烧一边听小说连播。但我极少买过早点，不知为什么几乎从来没有早点意识，早晨一起来就上学去了，甚至连口水都不喝就走了。

烟酒店与早点铺斜对着，占了俩街角，另外两个街角一是修车的，一是日杂。日杂是个二层小楼，有半圆的窗，正对着烟酒店。但我们却管烟酒店叫"小楼"，总是说到小楼打点醋去，买包烟去。生活有时就是这样决定着语言。大礼拜父母回来,每每我都要被父亲派到"小楼"去打酒,有一毛七一两的,一毛三一两的,前者是二锅头,有品牌,就算好酒了。后者是杂酒,父亲喝得最多的是这款杂酒。从没买过整瓶的酒,都是在坛子里打散酒。那时就连烟也零着卖,买一根几根都行。青梅酒不放坛子里,而是放在一个大透明玻璃瓶里,又好看又甜。小店东西应有尽有,光要本儿(副食本)的就有油、芝麻酱、粉丝、粉条、碱,更不消说黄酱、咸菜、熟食。熟食就有粉肠、蒜肠、小肚。给父亲打酒有时就加上一两片小肚,从不多买,更多时家里有什么就是什么。哥哥插队去了,回来探亲常派我去小楼买烟,买得最多的是一种"曙光"牌子的烟,金光闪闪。

胡同口自然是由四条胡同组成,说的这个胡同口就是由前青厂、琉璃厂、南柳巷、北柳巷构成,"小楼"是琉璃厂西头,早点铺是前青厂东头,同时也是南北柳巷尽头。这样的路口是北京的基本单元,北京大体就是由无数这样的小结构变成了一个大结构。局部大同小异,整体又如迷宫,很符合分子结构的特点。我太熟悉这些链了,生于斯长于斯,我就是这链上的浮游生物。比如过了胡同口,再往前走,是西南园胡同,进入西南园后又是一个复杂的链:胡同口正对着椿树医院,是个"丁"字形结构。"十字"与"丁"字形是北京胡同街巷基本的单元,无限重复却又无限变化。西南园胡同另一方向通向后孙公园、西草厂、魏染胡同、骡马市、果子巷、陶然亭……直到护城河才算结束。所谓城池——有城必有池——见到护城河才理解了何为城池。

药铺在北柳巷把角,挨着早点铺,一个小学同学的父亲就在里面卖药,父子俩长得太像了,连笑都特像。我在药铺买过山楂丸、塔糖,我哥哥1960年饿得也在这儿买过大药丸子吃,说是挺解饿。都浮肿了,药丸子不再治病而是治饿——我哥哥说这话的表情历历在目。

琉璃厂南边，与其平行的一条胡同叫琉璃巷，中间连着许多小胡同，每条都是我上学的路。从家出来，过了前青厂，进入琉璃厂，不远右手边就是西南园胡同，出西南园左转即琉璃巷。孩子天性不喜欢直、宽，喜欢变化，哪怕绕一点路也愿走变化多端曲里拐弯的小胡同，每次不管已多熟悉都像又走了一次迷宫。当然，也不是一概而论，也有特殊情况，胡同太复杂了也不敢。比如琉璃井胡同，我们俗称"九道弯儿"，我就很少走。

"九道弯儿"并不长，却堪称北京同等距离内弯儿最多的胡同。此外胡同窄，最窄处对面来人得有一人侧身贴墙方可通过。可见这样有多危险，不要说坏人，就是高年级欺负低年级这时可真算是正着，更不要说男生与女生。胡同里自然也有人家，白天都大门紧闭，窗户打着铁条，偶有人从院里出来也是匆匆忙忙赶快把门关死。这且不算，更让小学生胆寒的是墙上时有流氓话和画，当然不是我们琉璃厂小学人画的，我们还没这个本事，是四十三中人上学时写的。四十三中与我们小学斜对门，我们院以及我们那一带的中学生很多上学走"九道弯儿"。中学生走的胡同以及那些"流氓画"吓住了我们，吓住了一只羊也就吓住了一群羊。特别是在那个"红色"年代，"黄色"同样是大逆不道的，不同在于后者非常诱人，我同一大帮十几个同学走过几次"九道弯儿"，就是想看看墙上到底画了什么，写了什么，结果已被涂掉，只模糊看到"姑娘"二字，不知何意。直到小学五六年级，好像快毕业了，我才独自走过一次"九道弯儿"，算是一个准成年礼。

过了"九道弯儿"，再往前是铁胳膊胡同，也是上学的路。因为有一点回折，我们不太愿走这条胡同。而且，从前青厂走到铁胳膊也有点长，因此在通往小学的五条胡同中，平常走得最多最习惯的是小西南园胡同。小西南园胡同位于前面提到的西南园与"九道弯儿"之间，是让我至今回忆起来感到最亲切的胡同，承载了我六年的时间。小西南园胡同朴素，简至，弯儿不多亦有曲折变化，有正常的窗，开着的院门，院里的树冠有时会掠过胡同上空覆到邻院，头顶一片树荫，鸟儿鸣叫，唧鸟诱人，总想抓个一两只。特别是下学的时候，出了小西南园，豁然就是琉璃厂，并且已望见前青厂。

琉璃厂小学

2010年，我去过一次琉璃厂小学，与看门的人聊了几句，得知我四十年前在这儿读书，放我进去了。我带着摄像机、相机，举目四望，却完全找不到当年我上学的模样。甚至找不到一棵原来的树，一切都消失了。满眼就是一个四四方方高大的实用教学楼，将所有年级的学生一网打尽，可能还包括老师的办公室、校长室、教务处。过去没这个楼，有几个院子，高年级低年级分开，院子都哪儿去了？毫无空间感。

一切都太实用、太集约了，还有比集约化的笼子更集约的吗？我不能不想到郊外一些场景。我的学校在哪儿？这不是你的学校，为什么你的学校非要给你留着，不许发展？发展，让我无话可说。那就看看天空吧，或许天空还能让我想到早年，但是天空也变了，不是原来的教学楼怎么可能是原来的天空？我有点后悔故地重游，感觉已没有故园。

记忆中的琉璃厂小学，是一个历史的存在，青砖灰瓦，木质楼廊，院落错落有致。原名洁如小学，成立于1946年，上海也有个洁如小学，不知两者之间有什么关系。记忆中的阳光分布于三个不同空间：一进大门的长过道，过道右边一溜青色砖墙，中间有个月亮门，里面是个丁香或藤萝小院，是教师备课的地方。另外还有一个教师食堂，我在这儿吃过饭，一般不让学生吃，但我情况特殊。过道的左侧是传达室、教育组和一个大音乐教室。音乐教室为长方形，教室外墙对着操场。过道尽头迎面墙上是毛主席的"好好学习，天天向上"几个白底红色大字。这个教导同样挂在每间教室黑板之上，中间是毛主席的标准像，是教室的标志物。从教导处往左拐，右手边又是一个小院门，有若干台阶，凸出的门楼像一个小庙。

　　或许早先院内就是个庙也未可知，北京占了庙宇的小学可是不少。院内有两排古色古香的教室，每排都有四五间，砖木结构，棕色格窗玻璃，这儿是低年级部分，即小学一二年级在这儿上。小院也有个小操场，可上操、体育，最北头有个小门，小门正对着琉璃厂的铁胳膊胡同，平时不开。铁胳膊胡同一侧是音乐出版社，建于1922年，是琉璃厂这条街上的最高大建筑，四层楼，巴洛克式建筑，楼顶有白色的装饰柱，正中标有"1922"，那时完全不理解这几个阿拉伯数字的意义，多少次盯着看也不解，脑子里无历史，根本想不到是建筑时间。过了小院，往前走是学校的大操场，四方的主席台，全校师生大会通常在这儿开，诸如学习毛主席著作积极分子代表大会，忆苦思甜大会，毛泽东思想文艺宣传队节庆表演，忠字舞，拿起笔，做刀枪，主席台领跳，全体师生下面跳。

　　如果平时不开大会，就是体育课：短跑、跳箱、跳山羊，或是练队。操场的西头是一栋旧式教学楼，有两层，站在楼上可以看对面的北京第四十三中学。这楼是四五六年级的教室，从低年级小院出来我一直在一层从没在二层上过课,这一直是我最大的遗憾。有时上到二层向外张望,真是心旷神怡,浮想联翩。二楼是一楼的楼顶,在院里我就爱坐房顶上看世界。不能想象在这片低矮的平房区域我坐在二楼靠窗上几年小学,对我后来的文字生涯有着怎样的影响,院里房顶的枯坐已影响了我,那么有这么多同学,不再孤独,却依旧发呆地向外张望,是否让我比现在阔大?

操场南边是学校围墙,中间也有个门,从来不开。有时站在门边不由得就向二楼张望一下,两个动作并无明确意义,只是多年无意识的习惯。凡有围墙都有监狱意识,福柯把监狱、学校、医院放在一起讨论不是没有道理,但我的那种无意识的张望如果不读福柯会被意识到吗?人类有着太多潜意识的东西,中国人也一样,只是我们总要借助别人才能发现,这点我不知是怎么回事。仿佛我们天然不行,真的不行吗?有人说我们不擅长这个,那么我们擅长什么?我在小学大门前偶尔地张望不是一年两年,它们背后的有些东西也应该被中国人解读出来。

操场北边的主席台两侧还有一些教室,其中一间是乒乓球室,一间音乐教室,以及校文艺宣传队排练室,对我来说异常神秘,因我几乎从未有缘进去过,每次忠字舞或《红色娘子军》或《草原上的红卫兵见到毛主席》或《北京的金山上》诸如此类节目的演员,都是从两边神秘的教室跑出来,跳上舞台,二龙戏珠状分开,或做骑马状,或做握刀持枪状,或做洗衣状,表演完冲下台回到教室。完全没我的事,我只是操场坐着的无数人中的一个,永远在下面望着主席台,从没正式上去过。那些有幸经常上台的人一定充满了回忆,无论表演什么都是他们快乐的舞台,而这舞台对我只是一个六年的固定场景,几乎没有回忆,相应地,我相信他们的围墙意识也比我差些。

东边——当然已是想象中的东边，现在已不在了——即前面提到的长方形大音乐教室的外墙。和一般的教室不同，这段隔着巨大操场的外墙是我小学时候注视得最多的墙，墙上有窗，而且很奇怪的是，它不像别的教室窗户一般都很大，它的窗子很小，加上阳光总是很强烈，很空旷，以致窗子显得很神秘，常常的不觉间就把我吸引过去。

　　里面椅子整齐，有钢琴或准确地说风琴，带踏板的那种，一踏起来呼呼响。或许这里原是个小教堂也未可知，我没考证过，也再无从考证。同样奇怪的是我从未在这儿上过音乐课，甚至从未进去过。后来，在我毕业前，这里改成教育组，一些吸烟打架的孩子会被叫到这儿受教育，或者需要警告谁恐吓谁也会叫到这儿，这倒与我在操场上的感觉相符。教育组是那时一个很强大的机构，它占据了一个音乐殿堂或更早的天主教堂倒是自然的。

　　课桌是老式翻盖的，解放前就有了的，陈旧的木纹，有许多年深日久的划痕、斑痕。有铅笔的、钢笔的、圆珠笔的、铅笔刀的，最多是铅笔的，层层叠叠如同年轮。还有指甲痕，我也曾填上过，还有叫不出名的痕，总之学生有的东西都会烙印在课桌面上。侧面、背面、里面也有，通过这些复杂的痕就可以看出一个小学生度过漫长的课堂岁月多么不容易，因为有时真的是那样漫长无聊，一个乏味的老师，一个没吃早点的上午，惦念一只猫、蛐蛐，诸如此类，划痕有时完全是出于无意识，是改不掉的小动作。

　　如果老师精彩——当然也有个别的精彩，怎会有小动作？如果课本有趣，怎会有小动作？这么多划痕不是岁月问题，不是时间问题。除了划痕，也有认真的涂鸦，比如一个年久头像，看不出年代、历史、时间，却又指向任何一个时代，木纹划痕，一代代，一层层，对每个新生都暗示一种无言的东西,一种归属,一种必然,一种第一天就会发现这里将太漫长了的感觉。

快九岁了我才到这里上学,那时上学没家长送,就是院里几个孩子一起走,书包在身,毛主席像章在身,绿上衣,红宝书,像那个时代的小变形金刚,就这样,我们这些"小变形金刚"在一个早晨走出院门,在无限重复的阳光中,如提线木偶开始了六年旅途。

阁楼

没书的年代，特别爱听故事，故事在日常生活中占有重要地位，口口相传的故事几乎替代了书。一些书是听来的，没看过也相当于看了。幸好那时没能消灭故事、口口相传。孩子总是缠着大人讲故事，或是一听说哪儿有人在讲故事马上凑过去，因此听故事不同于阅读，是一种群体行为，是那时人们的精神食粮。不能想象，如果那时再没故事，人们怎么活？是听故事与记忆挽救了一个时代，或一个时代的人。

最爱听的是《西游记》，二哥用"文革"语言，同时又是河北老家的方言讲《西游记》，讲得精彩极了，面对比他小十岁的孩子，二哥以青年毛泽东般的手势讲东胜神洲，傲来国花果山水帘洞；讲孙悟空召集小猴子开忆苦思甜大会，天上布满星，月牙儿亮晶晶；讲孙悟空拿腔拿调念咒一样念毛主席语录"一不怕苦，二不怕死""下定决心，不怕牺牲，排除万难"，只身跳进水帘洞游向大海。二哥比我大十二岁，也是属猪，跟我一个属相，在我看来他简直不是我的哥哥，是所有人的哥哥。

二哥是讲故事的天才，会变换不同的语言方式，现在看来很有些后现代，是我们那个时代后现代的先驱，讲的故事让我们听得又着迷，又半信半疑，半信半疑又着迷，笑，又收住，再笑，再收住，强烈带入又间离出来，非常不确定，不稳定。时至今日二哥版的《西游记》我认为比巴塞尔姆的《白雪公主》高级，当九十年代我读到美国后现代小说大师巴塞尔姆的《白雪公主》，禁不住想起1966年二哥讲述《西游记》的情景，他们差不多是同时代的人，巴塞尔姆身处的美国世界远不具有我们中国的某种离谱的戏剧性。巴塞尔姆的文本，多是人为的、观念的，从文本到文本，而我们这里现实即文本，信手拈来，俯拾即是。

即使从问世的时间上来看，《白雪公主》也晚于二哥版的《西游记》，前者发表于1967年，而我二哥的讲述则开始于1966年。不存在谁影响谁的问题，因为至今二哥也不知巴塞尔姆是谁，当时我们的时间与美国的时间完全是两回事，不能同日而语。

二哥的另一惊人之处是有一天从后院盗来许多书。后院不是我们院，它在另一条街上，同样有大街门，只是与我们院的后部相连，对它而言，我院也是它的后院，若是在房顶上看就是一个院。那个院与我们院不同之处是有一家房上带一个阁楼，我二哥喜欢上房，"文革"前就发现了阁楼，知道里面有许多藏书，阁楼有通到下面的楼梯，二哥曾若干次看到过一个白胡子老头，长得就像太白金星似的。二哥早就动过偷书的念头，那天阁楼主人被抄，东西扔了一院子，包括大量的书、画、古董。二哥飞快地上到阁楼，阁楼已被翻得乱七八糟，抄走了不少书，地上还有不少。二哥声称施展了孙悟空腾云驾雾七十二变的功夫（我们睁大了眼睛）不断从阁楼盗回书,直到有一天,书全部被抄走。有的当场付之一炬,振臂呼了口号。不知那老头有多反动,似乎不止是历史反革命还是现形反革命,不止右派,还是特务,反正让二哥一说又吓人又不太严肃,甚至说老头的三个儿子和陈塘关李靖的三个太子差不多,也都是"封资修"或玉皇大帝身边的人物。二哥讲话真真假假,虚虚实实,什么都能连上,弄得我们脑袋里什么事一点也不清楚。

二哥去了山西插队,把偷来的禁书留给了我。或者也不是留给我,确切地说留在了我们家一个大枣木黑柜的底层,封得严严实实。不过我后来找到了钥匙,家里平时就我一个人,怎么可能拦得住我?二哥也知道这点,临走嘱咐我那些书都是大毒草,千万别对别人说,不许乱翻。这些书成为我最初的秘密、宝藏与禁忌。越是禁忌越诱人,梦魂牵绕,且一个孩子,心中哪盛得下那么重大的秘密?特别是这可是太白金星老头藏的书,但他又是特务,历史反革命,一切怎么解释呢?二哥的故事完全把我脑子搅乱了。

打开柜子的那个下午,先看了几眼又锁上了。非常紧张,即使在自己家里也要看看四周,门窗紧闭,窗帘拉得严严实实,长长地吸气回味看到的一箱底书,真像看到传说中的宝藏一样。不光是恐惧,事实上更多是惊奇、兴奋、难以自已。再次打开从容了一些,再看外面,安心了。禁忌一旦消失,剩下的都是神秘了,忘我地翻出来,一本一本摩挲、端详,翻开又合上。每每我就这样翻着,研究着,忽忽几年过去,以我的投入与专注完全称得上是这些书的专家,尽管实际上一本也看不懂。看不懂也看,每次打开都带着兴致不减好奇,看看能不能发现一本能看的书。当然,最后,每次都失望。那样一个大学问家(相信是)的书,怎是一个小屁孩能读懂的?

小学四年级后认识的字多了一些，能把大部分书名读下来，但读下来也没用，不解何意。书里面的字也一样，都认得，也能读出声，但和读墙上永远重复的带格的纸墙差不多，完全形不成意义，有时一气之下把书扔到地下，一本又一本，过后又不得不捡起来。一些书是繁体，竖排，书又干又黄，像草纸。封面也皱巴，有许多裂纹，仿佛哪天就四分五裂，印着黑色"无学"两字。我实在不明白"无学"是什么，还有《道德经》《船山全书》《二程集》《近思录》。"无学"是繁体，是我平生最早认识的两个繁体字，我在《新华字典》上查出来的，还查了别的，但查出来有什么用？

有一天我情不自禁动起手来，在又干又黄的竖版《无学》封底上大大地竖着写上《西游记》三字，一下高兴起来，好像真的变成《西游记》了。我太想二哥讲的《西游记》了，他远在山西，面对黄土背朝天，好多人都那样我也没觉什么，我想知道孙悟空怎样学的艺，我知道自从孙悟空离开花果山后花果山就遭了难，孙悟空一回来就大不一样，我希望也有人在我的头顶上拍下，别人还以为我犯了错，其实……高兴地想着，甚至大声念起来。这是空欢喜的一天，当了演员还不知道。放下它，又把别的书翻一遍。《镀金时代》《高干大》《纳粹德国的谍报工作》《上海的早晨》《王阳明》《庄子集注》《人性论》《论法的精神》《作为意志和表象的世界》《查拉图斯特拉如是说》，像《无学》一样对我完全是墙，我囚徒一样被二哥留下的禁书囚禁了。我不能说是甘愿囚禁，但又有什么区别？

哪怕我研究砖，再不懂砖我也知道砖是由土做成的，磨一磨就会掉面儿，这也算一种进展，而那些禁书对我还不如砖。不仅没获知什么，相反它们给我幼小的心灵造成了压迫，费解，非常压抑。即使我有巨大的好奇也无法消除巨大的费解，反过来如此巨大的费解又加强着巨大的好奇，这种费解与好奇成为我早年的心理原型。心理原型是一个人最内在的动力系统，一个人的心理发动机。如果我不是一个人生活，如果我是一个贪玩的孩子，如果我不是那么的孤独，我完全可以将那些书抛诸脑后，这很自然，但所有条件都凑齐了，我只能面对那些书，那些一本一本的费解。

再换一种角度，我或许还和现在有所不同：比如当年这些禁书里有一些童书会如何？如《一千零一夜》《安徒生童话》《格林童话》《山海经》或者哪怕是《大林和小林》《神笔马良》《宝葫芦的秘密》，我肯定可以慢慢看懂，如果当年读了这些书我会怎样？我自身还会有那么多无明、混乱与费解的东西吗？我的智力与想象力开发得远不够全面，至今许多东西非常吃力，在别人很简单的东西我也要费很大的力。包括写作——我非常慢、涩、拙，我从来就没有过文思敏捷的时候，我不知道灵感是什么，一切必须非常非常的缓慢才可能涌现，我想这些都与我早年巨大的费解与好奇有关，它们是我早年的囚牢，永远挥之不去的笨之源。

我曾多次上房，来到哥哥来过的阁楼处，试图找一找《西游记》或《一千零一夜》。如果有小人书那就再好不过。但是没有。一点儿可能都没有，因为我看到阁楼小窗已被封，封得死死的，是从里边用木板条封上的，阳光都难以窥入。许多次，在暴晒的阳光下，我使劲趴在木板上往里看，仿佛探监的人。我不知道二哥当年是怎样进去的，想象不出窗子怎样打开，因为看上去没有窗子，只有木板。

管桦或刘哲英

　　无论如何我还是要感谢刘哲英老师。刘哲英老师教语文,是我小学高年级时的班主任,她并没改变每周小组针对每个人的"优良中差"的评比,也没改变我一直得"中"的命运。刘哲英短发,中年人,别黑卡子,方方的发型加上瘦脸儿使她看上去像镜框,四年级接了我们班,直到毕业。在漫长的三年里——三年对孩子是极漫长的——刘哲英不仅没干预过我总是得"中"的非常可笑的命运,而且有一次(我记得特别清楚),还把我叫起来毫无道理地批了一通。具体是个什么事我忘了,反正是她搞错了,应叫起另一个人。但我却没辩解——长期不公正地得"中"使我不善辩解,也不愿辩解。我一声不吭,她问我为什么不说话,是不是搞小动作搞得有理了?

　　这是老师经常说的一句口头禅,我低着头,看了她一眼又低下去。我已经六年级，十三岁，多少已感到心里有一种可怕的东西，强烈又无明，类似春天发韧的一切事物。我不否认，不说话，我知道我辩解她会征询别人，而别人会证明是我干的，一定是这样，小组评比每每就是这样。我虽然说不上是好学生，但像多数人得"良"没问题，而我却始终得"中"。刘哲英显然也感到了我的委屈，但坚持己见，毫不妥协，一如其镜框般的脸。刘甚至提高了声调，问是不是委屈我了，我没想到这样一句话让我压抑的泪水一下流出，索性不再压抑，泪水肆流。好多年没流过眼泪，那次有一种奇异的内心放纵，快感，没什么不好意思，哭着看着刘哲英。刘让我先坐下，口气里没了威胁成分，我看到了某种进展，有点兴奋。

至今想来，我那天流泪的目光不一般，就算班上最闹的最调皮捣蛋的学生也没人向老师投去我那种目光：一种含义复杂甚至藐视的目光。当然是一种"人"的目光，发育的目光，因"醒来"而迷茫的目光。至少在得"中"的问题上，刘哲英相当于我个人的中世纪：作为班主任她从没表扬过我，事实上连批评也很少，基本上就是忽略不计。好不容易批评我一次还批评错了。的确，有人生来就易被忽视，特别是学生之间，在一个小时候的集体，这都没关系。但老师不应忽视任何一个学生，老师甚至应重点照料一下那被忽视的人，老师是尺度，希望。

然而，我仍感谢刘哲英老师。原因很简单，就是刘哲英有时在自习课上给我们念小说。当时这是一个难能可贵之举，别的老师都不大这么做。或许刘老师个人喜欢小说，或许她想传递一种东西，或许那时作业不多，自习课没事干纪律就差，一读小说鸦雀无声。我倾向于好管理的原因，因为如果是一个有人文情怀的老师，怎么能长期漠视某种不公？允许非人的评比长期的存在？但事情往往是这样：一个人是这样，同时又是那样。分裂的人大有人在，即便现在也一样。统一的东西碎掉了，将历史说得一团漆黑时就没了。

　　刘老师读的小说有《高玉宝》《小英雄雨来》《游击健儿》,《半夜鸡叫》便来自《高玉宝》。印象最深的是《小英雄雨来》,尽管同为政治宣传的读物,《小英雄雨来》依然是特殊的。作品讲的是一个抗日少年的故事,多少有一些老作家管桦自己的影子。管桦从小生活在敌后,经历了本村儿童团团长带领一众童子军站岗放哨、给八路军送鸡毛信、上树瞭望敌情的生活。从军后,作者童年时代的情景时时浮现在眼前,创作了小英雄"雨来"的艺术形象。1948年作品发表在《晋察冀日报》,五十年代初教育部将《小英雄雨来》选入了全国语文课本,从此小"雨来"成为全国少年儿童心目中的少年英雄。让管桦没想到的是《小英雄雨来》在"文革"成为作者的"护身符",管桦那时在北京文联工作,"红卫兵"揪斗完同在文联工作的老舍又揪斗了管桦,一群乳臭未干的学生拿着铜头皮带朝管桦逼近,有人随意而无知地问了一句管桦是谁?旁边有人回答就是写《小英雄雨来》的那个人,一下让红卫兵们愣住了,据说孩子们面面相觑,无法对塑造出自己童年崇拜过的偶像的人动手,管桦躲过一劫。

　　不过那时我们什么也不知道,连作者是谁也不知道,根本没有作者的概念,我们接触的书太少了,对书的陌生比对一切都陌生。我们只是极其饥饿地"听"着,五十个学生无一不瞪着圆圆的渴望的大眼睛,空洞的没有任何历史内容的大眼睛,堪比后来《中国青年报》上登的著名的"大眼睛"女孩。我们一动不动,时而屏住呼吸,大气也不敢出一声,时而激动地弱智般地鼓起掌来。自习课通常是上午最后一节或下午连着两节,作业不多,考试更少,如果能随便阅读,不动辄就是批判会上街游行,一定是学生最美时光。

　　但我们的事情总是这样吊诡,有一面必有另一面。文明也是这样——

许多文明都有自身的桎梏——我们也只能在桎梏中玩味桎梏。平时总盼着打下课铃,唯自习课上没人盼,相反打了下课铃可以放学了却不愿放,总是让老师再念一会儿,再念一会儿,就念两分钟,念完这段,再念一分钟!嗷嗷叫,全体,五十个学生就像季节中的五月黄口麻雀使劲张着嘴要吃的。

一个老师,这么吸引她的学生,让人这么恳求,没法不感动。无法拒绝。常常别的班都下课回家好久了,我们班还是静静的,没一点声音。刘老师一停我们又全体叫,此时没有"优良中差",就像鸟儿世界一般,我也大声跟着叫,特别激昂。刘老师答应了,我们爱刘老师,她的样子,她的短发,她瘦瘦的脸,这时不像镜框,她完全从镜框走出来,和我们一样。

连着两节语文课时,我们也得寸进尺地要求拿出最后一点时间读小说,有时刘老师竟然答应了,全班欢呼。

刘老师衣着朴素,那个时代没有不朴素的,但刘老师在朴素的人中仍是朴素的。浅灰方领上衣,因为洗得过度或时间太久的缘故接近白。齐颈短发两边别着普通黑色铁卡子,嘴角有竖纹,牙很白,整齐,好像她的南方口音就是从整齐的牙发出的。再加上瘦,朴素得甚至有点抽象。

我不知道该感谢谁,管桦还是刘哲英老师。

就童书而言,《小英雄雨来》即使在今天也堪称经典。

现在还有刘哲英这样的老师吗?

我们的桎梏中也有着美好的一面。

跳级

　　没什么不可能的，只要一声令下。1969年开学，一夜之间，我从小学二年级一下跳到四年级。当然不光是我一人跳了，我们全班都跳了，老师宣布，不上三年级了，直接上四年级。那年不仅我们班跳了，全年级都跳了，全北京的二年级都跳了一级，变成了四年级。那个年代只要高兴，时间都可以拨快，或拨慢。时间算什么，不也是人为的吗？以至有时想我们现在的时间是真实的吗？是否被移动过？

　　当然不是没有原因，时间曾经被拨慢过：1966年北京小学没招生，我们该上学没上成，1967年也没招，直到1968年3月复课闹革命，我都快九岁了才上学。现在除了超常儿童，恐怕没有九岁上学的孩子。时间留下缺口，如同总要回补，于是跳一级，转动了一下指针。时间又正常了，我们没上三年级，跳到了四年级。我不知道全国是不是这样。没查过，但世界上别的国家不会这样,北京时间可以改动,格林威治时间显然是无法随便改的。这点毛主席他老人家特别清醒,当有外国友人说他改变了世界,他特别谦虚地对外国友人说只改变了北京郊区的几个地方。

太谦虚了,当时传达文件时我们特别不解,那是当时毛主席讲过的最让人费解的几句话之一。另外就是关于秦始皇的话,关于日本人的话,从没人认真解释过毛主席为什么夸奖秦始皇,只能觉得特别高深莫测。

时间的混乱,对历史倒没什么,但具体到个人则有失重感。

我不记得别人怎样,反正当时我有一种巨大的茫然。四年级的课本摆在桌上,三年级哪去了?如同尚未断奶的猫寻找母体。特别是算术,那时小学的数学叫算术,不学三年级很难学四年级。语文、常识、政治都可以没逻辑,可以不讲逻辑,就是再跳两级慢慢也能跟上。但算术不同,算术是讲逻辑的,你不讲它要讲,一环扣一环;你可以改变时间,却改变不了数列,你可以说亩产万斤,但算的时候不能八八六十五斤、六十六斤、六十七斤,六十三斤也不行。差一点都不行。老师一边讲四年级算术一边补三年级的内容,我完全乱套了根本跟不上,在二年级与四年级之间算术对我是天堑,老师教得费劲,学生学得吃力,一开始就在雾中,昏昏欲睡,后来真的睡着了。至少在数学上我再没清醒过,可谓长眠不醒。

我睡过了四年级,五年级,六年级,中学,高中,数学从来不及格,对了不知怎么对的,错了也不知怎么错的,时醒时睡,似懂非懂,似明白又不明白,醒时少睡时多。1977 年我是在校生参加高考,别人都说数学容易,可我仅得了 53 分。我的总成绩是 270 分,数学只要再多考 7 分就可上大学。

1978 年我参加了学校高考班,复习了半年,恶补数学,结果那年我的数学成绩非但没有提高，还少了 32 分，仅得 21 分。如果不是北京那年大办分校，将 300 分上的全部录取，我是不会上得了大学的，我考了 312 分。

越往后数学越难，会把我落得更远，我真得感谢那年的北京市市长林乎加先生，他怎么知道那一代有相当多的人数学长眠不醒？

上了大学，我永远摆脱了数学的魔法，摆脱了 1969 年跳级后的失重与一直的眩晕。我上了北京师范学院第二分院，在中文系就读，对数学系的人敬而远之，躲着走。可能正是因为对数学的恐惧，后来我在小说中塑造人物数学总是超强，以至有读者问我是不是数学特好。数学成为我的想象之源，我的"长眠不醒"是我身体中最重要部分之一。

我要感谢吗？不，这是两回事。现在我不知道那次大规模拔苗助长的跳级改变了多少人的命运，注定了多少人的人生轨迹，这些人如今沉默着，就像在更多方面沉默的人。时间的蒙面人太多了，某种意义上说只要发不出声的人都是蒙面人。文学就是替蒙面人说话，发现自己，找到自己，找回失去的时间，找回"下落不明的生活"。有一次我在潘家园旧货市场看到了小学时代的算术语文课本，但具体我学过的却没找到，看到的都似是而非。旧货事场——无论多大规模——事实上相对记忆都是九牛一毛，很多时候旧货市场更让人遗憾，让人感到生活的"下落不明"。

乒乓球

其实我乒乓球打得也不错,但却从没在学校打过,就是说从没"露"过。别说学校一级的比赛,就是班里的比赛也没参加过。我完全被每周评比得"中"抑制住了,基本是个自闭症患者。但回到我们院里自闭症立刻消失,全没有交流障碍。幸好还有可交流的院子,要是现在独生子住楼房我死定了。我们院挖了一个二十米长的防空洞,两边各有一个洞口,洞口高出地面半米,上面盖着水泥盖儿,是个天然的乒乓球台。尽管水泥盖儿的拼缝有许多"地雷",但两边概率均等,并不影响对阵。相反更锻炼了我们的应变能力,就算碰到歪歪扭扭的"地雷"也常常能接到,可想而知,我们的水平不错。

有一天我们后院一间无人住的房突然塌了,后院原本是夹道,房子一倒夹道变成刀把形,空出一片地。报告了房管所迟迟不管,既然不管,我们院一群大小孩子一齐动手清理出砖头瓦块,砌起了一个标准的乒乓球台,台上再没有了"地雷"。尺寸标准,与任何一台公共场所的乒乓球台无异。一个院有一个乒乓球台子,在那时相当奢侈。乒乓球是中国第一运动,一直是我们的国球,而那时唯一能在北京见到的世界级体育比赛也是乒乓球。乒乓球名将也是那时少数的明星,人们不仅对中国选手,就是对日本选手也都如数家珍,什么木村、长古川信叶、伊藤,至于中国的庄则栋、李富荣、张燮林就更不用说了,他们都是国际范儿,是中国唯一体育项目的世界冠军。张燮林的"海底捞月"动不动我们就模仿一下,还有十几大板的扣球,还知道弧旋球、高抛球。还有乒乓外交,一首《小小银球传四海》当时算是最抒情的歌曲,乒乓球大大超出乒乓本身,算是整个的国家生活。这样的背景下,我们一个小院竟有一台公共场所才有的乒乓球案子,是一件了不起的事。

　　胡同里的人听说我们院有案子都来打球,不让进都不行,这让我们感到骄傲与特殊。更为骄傲的是大白天的我们都要关上街门,上好门闩,就算这样还是有人从房上跳进来,趁我们不在时偷偷来打乒乓球。如果我们正在打,他们就埋伏在房上,像贼一样随时下来玩一会儿。没有乒乓球台时我们也是四处找,有时去四十三中,有时去陶然亭公园,印象最深的一次是去北海公园的五龙亭。北海公园的五龙亭有一个最大的亭,当时一度是露天乒乓球场,穹顶高旷,四周透风,里面放了好几十张水泥乒乓球台,尽管打球的人很多,每次来都要等,但总能等到。在这儿打乒乓有种参加比赛的感觉,既热火朝天又十分高旷凉快,真是一种莫大享受。而且,毫无疑问,是免费的,你只要带着球、球拍、网子就行了。

　　我是一个多么爱玩的孩子!爱玩的孩子通常不内向,但特殊的情况是有的,我就属于特殊情况。一到学校我就像换了个人,我那么爱打乒乓球却从来没在学校打过,学校也有几台露天案子,总有人打,总有人占着,我知道没我的份,所以连想也没想过。除了必须的学习,小学差不多就是我的禁地。课间我静若尘埃,去得最多的地方是个铁架子,可以登高望远。有一次正在上面,一个同学喊我下来,让我到老师备课室。现在我已忘了老师找我什么事,但是记得非常清楚的是,我进了备课室后几个教师对我的小声议论,并不回避我。你看,这个就是一个人生活的那个孩子。那个被指引的老师甚至把我叫过去,问我平时谁给我做饭,衣服脏了谁给洗,晚上一个人怕不怕,我说都是我自己,不怕。年轻教师惊讶地指着我对别人说:这孩子真够可以的,没人管,还这么老老实实的,真怪可怜的。我觉得像是表扬,但也有点说不好,就像对这个学校整体的感觉。

那年学校举办一次大规模的乒乓球比赛,除了团体赛、单打、双打,这次还加了混双,完全按照世乒赛的项目设置,可见乒乓球在当时的影响。团体赛分高年级组与低年级组,我所在的五(3)班是高年级组。团体赛要求三名选手,我们班在五年级六个班中体育是最弱的,乒乓球团体赛从来是最后一名,一个校队队员都没有。我从没参加过比赛,没报过名,也没人知道我会打乒乓球。像上次一样我对比赛毫无兴趣。班里参加比赛的还是以前的几个人,谁都知道赢不了,不过是充数。团体赛队员选出第二个之后,这次第三人竟然选不出来,有个上次参加的同学因为得了尿崩症刚好,身体虚弱无法参加。就在这时提到了我,问我会不会打,问得我张口结舌。我本能地说不会,不,不,我几乎慌了,但是提到我的那个人说听说我们院有乒乓球台子,那还不会打?我虽否认,但张口结舌暴露了我实际是会的,又说出了球台的事,不容分说把我算了一个。说实话,我心里也挺激动的。

比赛在一个大教室,木头案子,正规的球网。学校有这样的设施,可我从没见过，更不用说打过。这是校队和老师常打的地方。第一次面对绿色的案子我非常紧张，简直像参加国际比赛。我们五（3）班对阵五（2）班，五（2）班不是体育强班，但比我们班强，不一会儿我们班两个选手就输了，没有悬念我也会输，尽管把我挖掘了出来，可谁也没想到我竟然奇迹般地赢了第一局，而且是大比分拿下。我的对手是学校乒乓球亚军，第三个上场是准备一锤定音拿下我们班，结果遇到我这匹黑马，不速之客。虽同在一个学校，他连认识都不认识，甚至没见过我。但他大名鼎鼎，学校红小兵大队委，长得很帅气，名字也不一般，叫顾近——这名字在当时很怪，但事实上很有文化，不是一般人能起得出来的。他首先吃我完全不正规的发球，或回球质量不高被我一板抢死。我打球不规范，但是邪、熟、狠、没头没脑，他被我打蒙了，打傻了。同时人们谁也没想到我打球这么不规范，这么邪，说实话，我打得他落花流水，连我自己也没想到。第一局的最后一球被我抢死——一定要说"抢"，而不是抽、扣。

　　我是在防空洞盖上起家的，经过"地雷"的训练打球非常邪，抽球就是抢，发球又快又怪，忽东忽西，忽长忽短，龇牙咧嘴，样子非常痛苦，可发出球十分飘忽。在我们院我也被称为三板斧，武艺不高但是实用，吓人。另外还有一个怪现象，别人赢一个球总有人鼓掌，我赢则没人鼓，因为到后来空气都凝住了，人们太意外了。顾近第一局输了，被他们班的老师、同学围拢起来，嘘寒问暖像慰问伤员，那叫一个心疼。接着出谋划策，完全违例地停了好一会儿。而我们班的人却没一个人过来说话，好像我犯了什么错误，你怎么能赢了人家？是的，我是赢得难看，可我毕竟赢了，管我赢得怎么样，赢的是谁。第二局开始我仍领先，但我却越来越感到一种东西向我包围过来，首先是顾近班上的人完全醒过来，给顾近大声加油，赢一个球就大喊大叫，反之我赢了则是怪话、起哄、讽刺，甚至有人扔粉笔头。虽然有人制止，但制止得很不力，一听就是一家人的声音。赢了顾近我心里也有些慌，加上起哄、风凉话，我们班的人那一片沉默，再加上顾近也慢慢适应了我的球路，我开始输球。虽然仅仅是比分接近，但好像顾近已赢了，人们那个叫呀，吵得我面红耳赤，我觉得自己脸在发烧，好像犯了多大罪。第二局我输了。我赢了我班上人没说什么话，输了倒有人开始说风凉话，事后诸葛亮，意思是早料到我赢不了，什么开始人家不适应，他是蒙的才赢了第一局。我心里非常黑暗，也搭上自己没志气，第二局后来一路下滑输掉。马不停蹄第三局输得更快，顾近成了英雄，我到头来还是狗熊。不要说别人，我自己也输得心服口服，而更让我心服的是我们班。我们班是弱班，根本不习惯赢，也没准备赢。必须承认一种"弱"，或"弱"的文化，这种弱文明弱文化由来已久。

　　如果说到根本，终归是"人"的概念缺位时间太漫长了，或者从未建立过应有的概念。"人"在我们的历史中更多时候是"氓"，没有主体，个人没有主体，集体也不会有。"人"有时被一种"势"制约着，仿佛岩石中的金子，缺少熬炼。这样说有点沉重，有些话一说就沉重。慢慢来吧，我们还有相当长的过程。

空间

1973年也没什么大事,但对我却是划时代的。我结束了"石器时代"的小学,跨进了"青铜时代"的中学。不用说心灵,就是身体里面的曙色也已升起。一切都好像有所不同,空间、人,连时间都好像不一样。

这是一所新建中学,我是第一批学生。学校虽然年轻但空间却很老,是北京市属中学里最老的空间之一,比四中老。校园里有一些很大的树,一个老式的篮球场,青砖墁地,由于年代久远许多地方已斑驳、颓圮,生着冬天的荒草,而青草也已露头。两幢深灰色带走廊的教学楼,与颓圮的球场显然同属一个时代。走廊为绛色绿色混搭,一如窗棂的双色;虽只有两层,却比现在的三层楼还高。坡顶,顶上有装饰性的通风口、天窗。带格子的大玻璃窗透亮又阴凉,南北通透,两边都是玻璃。楼与楼之间有楼洞相连,形成一个整体。教室内部为正方形,高旷,有很大的吊扇,褐色的木地板油漆早已磨去，只在墙裙和角落还可以看到一些，窗下同样是很老的暖气片，是一格一格的生铁，与宽大木质的窗台比显得特别有力，应是世纪初的装置。黑板是墨绿色的，比起小学那墙质的透着白底的黑板不可同日而语。

这个空间最早叫"五城学堂"，建于1901年，一批名流如钱学森、张岱年、于光远、李德伦、于是之、赵世炎曾在此空间读书。1952年"五城学堂"的部分校址改建为和平门中学，到1973年，也就是我上中学那年，和平门中学又一分为二，分拆出一个"北京一八零中学"，也就是我读的这所中学。当时不知道为什么要把好端端的和平门中学一分为二，后来才明白是我们这一代人属于生育高峰期的一代，学生太多了，人满为患。

同时，那年又改为十年一贯制教育，小学五年，中学五年，取消了"高中"。这样一来我们那年一下毕业了两拨人，六年级毕业生和五年级毕业生，一共二十四个班。分成了两个年级组，我们六年级毕业的十二个班为一个年级组，占了那两座古色古香的1901年的建筑。五年级毕业的十二个班占的是前院一座五六十年代盖的四层红砖楼。那楼长方形，又土又难看，跟我们所在的两个历史之楼没法比，仅就楼而言你不知道时代是前进了还是后退了……

简易红砖教学楼前面是一个大操场，对面围墙外是河北梆子剧团，同样是难看的简易红砖楼；旁边是我们学校的大门，紧挨着我们的是北京墨汁厂，墨汁厂原名叫"一得阁"，八十年代才又改回了"一得阁"；院墙外边的路是我们上学的必经之路，路边上堆放着许多空瓶子，各种款式都有，用麻包包着，日久天长包不住，许多就裸露着，我们上下学没少拿瓶子，简直随便拿，厂里也不在乎，瓶子太多了。

—— 我的二十世纪

那时，除了我们所在的老建筑提示了一点传统之外，几乎没有了任何传统，二十四个班，两届混在一起，一切都在混乱（教育要革命）中成长。新生，新老师，新时间（事实上是混乱的时间）主宰了同样混乱的空间。

但无论如何，比起小学还是不同。第一次跨进这个空间，我刚过十四岁，身高不过一米四，小个儿，圆脸，还带着小学全部的紧张、不安、羸弱，当然也有非常隐秘的兴奋与新鲜。没有因为上中学而有一件新衣服，仍穿着一件劳动布上衣，袖口和领边已磨破，不得不卷上点袖子，同时小心翼翼地打量着四周。

早听说那时的中学很乱，打架斗殴司空见惯，很怕波及自己。

另外还是特别怕见生人，见新同学也让我特别紧张。

走进宽敞的好像到处都是玻璃的方形教室，让我没想到的是竟有新同学跟我打招呼，问我住哪儿，小学是哪儿什么的，我也学着问了对方，就聊起来。表面上不显，其实我内心非常激动，非常惊讶地感到一种平等——这种平等，小学六年我都没感到过。

可能因为陌生、不了解，反而平等？平等即尊重，是我上中学最大的感觉。或者也因为小学被不平等桎梏得时间太长了，才让我对平等那么敏感、激动，感到身体中的曙色，也因此我是那么机敏——那么机敏地抓住了这一点点平等。我们熟起来，成为了朋友，尽管内心仍紧张，但我表现还算出色。我不知道这和新教室的空间、走廊、木地板、大玻璃窗有什么关系，是不是这种古旧但又明亮的空间，规定着一种人与人之间最初的东西？传统有时是无言的，就像这两幢老楼，无言地述说着什么。

春天

女教师在小学没什么特别意义，与男教师几乎无异。但在中学不同，特别是年轻女教师对男生成长有着不言而喻的意义。现在，已很难有像我当年上中学时那么年轻的女教师：何老师十七岁就站在了高高的讲台上，比下面坐着的黑压压的男生大不了几岁，几乎同在一种空气中。此外何老师完全是胡同口音，听上去像院里的姐姐。那时中学老师里有不少外地口音，北京胡同里女孩的口音少之又少，听何老师讲话别提多亲切。

我们这些五十年代末出生的人正值生育高峰，这一代人像洪峰一样到哪儿哪儿就紧张，学校紧张，老师紧张，医院紧张，没有不缺的，缺老师，缺设施，缺场地，以至一些小学甚至改成戴帽儿中学。

何为戴帽儿中学？

那时推行十年一贯制教育，即小学五年、中学五年，小学五年毕业了本应去上中学，但没那么多中学，就在原小学上中学，故称戴帽儿中学。我们上了六年小学有正式中学可上，但缺老师，于是何老师便从师范学校匆匆毕业，教了我们。本来习惯了小学女教师僵化的无性别的样子，对于姐姐相的何老师，说实话还有些不适应，甚至有些担心：她能当老师吗？

但是我们很快适应了新老师，并且越来越喜欢。1980年我大学二年级的时候，便写了一本近十万字的回忆录，主要写了我中学时的经历，其中一往深情写到了何老师："每当我们犯了错误她骂我们时，我们就假装老实得像只猫一样，与其说是挨批评，不如说是一种享受。何老师骂我们忘恩负义，昨天刚说得好好的，今天又忘了，说到这时她的眼圈都红。这时我们真的有些后悔，恨自己为什么管不住自己。批评完了，她的气儿消了，有时就会拿出糖让我们吃。我们不吃她就塞到我们嘴里，骂我们傻德行。"

回忆录写到何老师几乎用家庭的方式教育我们，管我们非常严，以致在各方面我们在学校都是最优秀的，每天我们甚至排着队下学，走出校园，这在我们学校是唯一，甚至是那所中学的一道风景。我班有的男生个子已很高，走起路来晃晃悠悠，却像小学生一样下学，十分有趣。我们受到学校表扬，有些班学我们，但坚持不了几天就歇菜，走得也不如我们整齐。一有人学我们我们的荣誉感更强了，每天走得像后来的天安门仪仗队一样。

不管一个人是否年轻，有多高的水平，用什么方法教育，教师工作最重要的一条是要有爱。有了爱哪怕方法并不得当水平并不高也会赢得学生。何老师不像老教师有经验，水平高，我们看得出来，所以我们就要为何老师争口气。如果学生能替教师想，就算不一定是教育取得了成功，但一定是爱取得了成功。但如果是爱取得了成功，还有什么不能成功的呢？

1973年,我上中学的第一个春天,何老师带我们春游。那时我平生第一次有了春游概念,以前虽有过自发行为,比如去护城河捞小鱼、抓蚂蚱,但只有行为没有概念——这回不一样,概念是文化,是理性,而行为近于本能。只有本能与概念结合起来才是完整的人,才可称之为文化。

而且,是去颐和园,爬万寿山,游昆明湖,爬山、划船,这一切对我们,对1973年的我们,都是前所未有的,事实上也是我们从少年进入青年的标志,我们不再是孩子,我们是大人了。中学和小学就是不一样,小学我们去八宝山(扫墓),中学去万寿山。人还是有超时代的可能,何老师便超越了。

颐和园如画一般展现在我们面前,我们的青春与山水相映,我能感到一切都那么新奇。我们在画中游,在白色的石舫出神,一条湖边的军舰让我们无比兴奋。我和许多男生用柳条给自己编了一顶帽子,眺望山下时仿佛自己是老八路。在后河岸边,望着碧绿的河水,真想跳入水中,像小兵张嘎戴着柳条帽侦察一番。那时大脑中的想象力也就是这些,文明从我们记事起便已断开,只是一遍一遍看《地道战》《地雷战》《南征北战》,出现颐和园真是异端,但不知如何喜欢,如何想象。

何老师严令禁止我们下水,对我们的柳条帽儿倒也没怎么反对。何老师就在身后,她被一群女生众星捧月,宣传委员张丽丽拿着一个照相机——我也是第一次见照相机——招呼男生照相。我们谁也不照,你推我我推你,扭捏极了,现在回想起来也不知为什么那么扭捏,大概青春初期的男生就是这样,半生不熟,若即若离,不远不近,如果有时离女生太近了,就会有男生做出不屑的样子快速向前或跑开。这样一带头,大家一下跟着往前走了,男女生两拨人又拉开了距离。如果谁单独和女生在一起就会被讥笑,瞧不起。换句话说更多怕的就是这个,因此没一个听宣委的,最后是何老师一个个拽男生，大家才合了影，到最后男生就等着拽。

不划船是说不过去的，但是春游的人太多，我们到了后，船已租完。排队等回来船是等不上的，因为往往半道就会被人截走，别人把计时应付的钱给你，你拿着船票最后结账，或再转手他人。那时的颐和园就是这样，许多人在离码头不远的岸上打问往这边划的人是否退船。

这事男生不再扭捏，似乎就该是男生的事。直到下午才截到了船，何老师让同学们先走，她和几个女生要到最后。我们兴奋极了，又是人生第一次划船，看早就看会了，一上船无师自通就划向湖心。后来听说出事了，何老师掉河里了，我们本来极度兴奋的心情一落千丈。本来兴奋了一天，最后以"悲剧"煞尾，谁也没想到，正应了那句话——乐极生悲。

现在回想起来也没什么了不起的，就是截了船后船离岸时，一直和何老师在一起的班委钟晚霞，一只脚踏上船另一只还未上去船就离开了，何老师手疾眼快一拉钟晚霞，结果船瞬间倾斜，何老师与钟晚霞一齐落入齐腰深的水中。没有生命问题，但是特别扫兴。

我们赶快回到了岸上，何老师被女生围着，眼睛红红的，好多女生眼睛也是红的。我们心里非常难过，谁也没有说话，也不会安慰人。终于有人找到两套衣裳，何老师与钟晚霞去换衣裳。换回衣裳好了许多，精神也振作起来。何老师又笑了，说自己从没穿过这么怪模怪样的衣裳，像不像唱戏的。所有同学都已商量好，回学校谁也不许说何老师掉河里了，不能让外人知道，因为要是让外人知道了多不好意思！回来的路上，我们这些男生表现得都特别的懂事，拿出男子汉的劲头安慰何老师，逗何老师笑，再也不扭捏。我们都老老实实围着老师，讲笑话，讲今天玩得多好，明年还再来。我们突然长大了一些，就像某种植物一样，一场雨后拔了一节。

乡村

那年夏天,野营拉练,新奇感胜过第一次春游。拉练与备战、备荒、深挖洞、广积粮有关,我们从头到脚都是绿。年轻的何老师英姿飒爽,长发改短发,头戴军帽,像红色娘子军的连长,更成为我们的偶像。那个星空灿烂的晚上,我们齐刷刷站在操场上,肩背背包,班变成排,分列了二十几个矩阵。校领导为团级,下设营、连、排。每人都是一身绿,至少要做到上衣是绿的。背包打出"井"字,背包绳也是绿的,脸盆及备用绿球鞋也打在背包上,另有一个军用水壶。已基本分不出男女,全都一样。当然了,这是猛一看,实际我们分得非常清,一看我们就知道谁是谁。

何老师是排长,我们班变成了排,我们叫何老师也叫何排长,叫何排长时会拉长了声,说不清是喜欢还是新鲜。出发前外地口音的学校书记即政委讲话,口音很有点像《南征北战》中戴皮帽子的政委的声音。然后是各营连排长发言，战士代表发言。操场上灯火通明，旌旗招展，誓师毕，全团四路纵队夜行出了校门，穿过了熟悉又陌生的城市，向郊外进发。

我们的目的地是北京市大兴县一个叫西庄的村，对这个地方我们完全没有概念，甚至像军事机密一样不能询问。从来没背着背包走在城市中，一度真的感觉像开赴前线，几乎有点悲壮，但又知道是模拟战争，因此一切实际上又有表演性质。为什么要拉练，原因不必探究，因为很多事情虽然起因荒谬结果却未必荒谬，时至今日我也不觉得看起来可笑的浪费宝贵学习时间的野营拉练（后来变成每年一次的学农学工）是坏事，认识了社会增长了社会经验姑且不论，仅是对漫长学校生活的溢出，体会到不同的生活方式、生长方式，就有重要的甚至本质的意义。这就如同一棵树不能光有主干，还要有旁逸斜出的枝干，否则太可悲了。我并不是歌颂那个时代，事实上我一直在批判，我只是在厘清一些重要的东西。在我漫长的学校生涯中，学农学工拉练印象深刻，构成重要记忆：那仿佛另一个自己。像是他者，但又是自己。

过了黄村，天已蒙蒙亮，晨曦在无边田野上升起。如果说黑夜让人绝望，晨曦有时更甚，因为看到更远的要走的远方。已离开了硬路面，走上松软的沙土路，身上的背包更觉千斤重。队伍差不多自动停下，也不管是否吹了号，大家东倒西歪躺在了地上，而这时候号角也才响起。若是真的军队，这样当然是不可能的。大家真是累坏了，沙土地走起来难，躺下倒真是舒服，也不分什么男生与女生了，横七竖八，一倒地就睡着了。毕竟我们不过是十四岁的少年，童子军都算不上，一夜之间就成为了"战士"怎么可能？再喊政治口号，声嘶力竭也没用。

再次启程，不走同样也是不行的，被嘹亮尖厉的号声叫醒，摇摇晃晃站起，背起背包，继续沙漠上的进军。问得最多的话就是还有多少里，甚至连何老师都问体育老师,每次体育老师都说"还有四五里",后来才告诉我们是"四五二十里"。一步步量出的乡村,汗水与血水(血泡)淌着的乡村,当然是不一样,也因此到达目的地后,一下就爱上了这个小村。

这是一个半沙地的小村庄,后来所说的沙漠逼近北京城即是指这里。我们一个班也就是一个"排"住一个村,几个人一组分别住在老乡家,如同当年的八路军。村子不大,二十几户人家散散落落构成不规则的圆,树不多,与村外荒凉沙丘比也算多了,而且有些树很粗很大,简直像是古树,说明当年树很多,村子也很古老。我们没有任何生态环保意识,对树不感兴趣,反倒对从未见过的沙丘特别上心,感觉新鲜极了。沙丘像波浪像月球一样,并不是一点植物都没有,沙丘与沙丘之间也还有一撮撮绿,一种叫马舌头的四脚蛇跑来跑去。不,这不是纯粹的沙漠,但足以让我们惊奇。马舌头成为我们捉取的对象,捉住之后让两条马舌头咬在一起,放在光光的沙丘上,到死它们也不会松开对方。村外的沙丘是收工与饭后我们男生的乐园,不需要女生,女生不敢来,这就是男生的乐园。

我们同样见识了井水,这个村子那时连轧水机也没有,吃水要到村边井里挑。义不容辞,给老乡挑水是规定动作,红军八路军解放军的传统。可我们稚嫩的肩膀哪儿挑得动水,但是挑,痛苦地挑,挑半桶,小半桶,不会前后挑就横着挑。横着如同一种刑罚,姿式优美,架势难得,看上去太痛苦难受了。但还是挺高兴、新鲜,嘻嘻哈哈,几个人换着挑,照样把老乡的水缸挑得满满的。挑水本是男生的活儿,但有的女生也挑,甚至比许多男生挑得还好,真是惊人,挑起来像一种舞,让横着挑的男生无地自容。如果不是学农拉练,很多事不会发生,许多生命信息难以传递,而少男少女也一定是在特定的环境中才能充分地敏感到青春信息,身心也才丰沛自然。

乡村的夜也是新鲜的，它如此宁静，繁星低垂，天空比村子还亮，村子倒成为夜的轮廓，一处处黑黢黢的有些吓人。吓人就看星星，越看越亮，连银河都清晰可见。班长吕世秋与我同住一个老乡家，每天晚上都叫上我一起去找何老师，陪何老师一起查铺。那时连农村养狗的都少，我们穿过夜晚的村子，只在村外偶有一两声狗叫，听上去很新鲜。何老师查铺完全是她个人认为的一种责任，团里并没要求，主要看是否熄了灯，看有什么问题，有谁身体不舒服，后来想想或许还有跟她的学生道晚安的意思。陪何老师查铺的还有两个女生干部，一个生活委员，一个学习委员。另外还有一个村里的复员军人，民兵连长，人很憨厚，有点害羞，很周到。女生宿舍没什么，都很安静，男生宿舍几乎没有一处安静睡着，习惯了查铺，都等着查铺，我们到一处总听到里面有故意弄出的响动，然后是低低地笑，忍不住大笑，总有更大胆更赖皮的男生把头伸出窗户跟何老师贫上两句，谁谁放屁他睡不着，然后被一把拽将起来，被何老师训一顿，训舒服了才算完事。

所有人都是干部，只有我不是，我能看出许多同学奇怪我怎么也会跟着老师一起查铺，就算我和吕世秋一个宿舍，但宿舍也还有别的干部。能检查别人我已是事实上的干部，早晚是，我隐隐感到未来的前景。差不多十点钟，查完最后一处，就到村边了。到这儿我们就先送何老师和两个女生干部回宿舍，我和吕世秋再回，均由民兵连长护送，后来越来越熟，每次都要在月下的一棵老树下坐一会儿，说一会儿话。都是年轻人，最大的民兵连长也不过二十出头，有股周到的英武之气，我们很喜欢他，有种温暖沁人的安全感，看得出何老师也很喜欢他，如同喜欢泥土或树一样。大家有说有笑，主要是何老师说，吕世秋附和，两个女生干部咯咯笑，我话

——*148*

不多,和民兵连长差不多。问到民兵连长他才说一下,说得很有条理。我只静静听着已很快乐,总是想我是谁?连个小组长都不是,却和老师班干部在一起?别的同学都睡了,我们却在这儿赏月,真是很特殊。

有人提议何老师唱支歌,大家一致赞同,何老师也没推辞,自然而大方地对着月亮唱了一曲《见到你们格外亲》。必须承认我没听过,也不知道这是马玉涛唱的歌,更不知道出自大型音乐舞蹈史诗《东方红》,至少五年以后这歌才会在首都体育场重新唱起,唱得大家热泪盈眶,老泪纵横。何老师在1973年的乡村便已唱了这歌,声音那么饱满,不像平时何老师说话的声音,特别是那句"八年—打败了日—本—兵"特别带劲——几年后当我在不同场合听到马玉涛唱这歌时不禁想到曾经的夜晚。月色之下,何老师唱完,我完全听傻了。尽管何老师只比我大三四岁,但她却显然知道《东方红》,而我一无所知,全无概念,从第一天上学学习"毛主席万岁",听说读写,我与历史就中断了,不知有汉,无论魏晋,我们是全新的一代,是"时间重新开始了"的一代,以前没有时间,以前的时间不算时间。但是好东西,哪怕稍好一点的东西放出来就会感觉特别好。历史是阻拦不住的,稍有缝隙就会流泄出来,何老师就是缝隙。何老师唱完让民兵连长唱,民兵连长羞涩片刻,可能受了感染,也大大方方唱了一首《伟大的北京》,是当时最流行传唱全国的歌,"伟大的北京我们为你歌唱,你是人民心中的心脏",竟唱得也不错,但显然与何老师的歌比是两个时代,是被允许的,当下的。没想到民兵连长唱完,何老师竟开了我一个玩笑,让我也唱一个吧。何老师甚至叫了我的小名"二庆子",并且强调了一下。能听出玩笑的味道。何老师上课经常叫同学的外号、小名,有时大家哄堂大笑,非常亲切。我倒没任何羞怯与自卑,这个夜晚如此美好,让人动情,情不自禁,吕世秋,两个女生干部都唱了,我却依然没唱。我一支歌都不会唱,像石头里蹦出来的,如果非要我唱我也只会唱"下定决心,不怕牺牲"或"一不怕苦,二不怕死"之类,在这个夜晚,根本没法张嘴。我和别人比,在那个时代缺点儿什么,主要是我一个人生活,历史简单我就更加简单。

民间

1."三位一体"

戏曲、武侠、武术,"三位一体"——时至今日,也还没有一种文化比这样"三位一体"的文化对国人影响更大。我以为这三者像三根梁柱,构建了我们民间的心理空间。诸子也好,唐诗宋词也好,程朱也好,明清小说也好,实际上是通过上面"三位一体"的通俗形式投射到民间的,在漫长的时间中高端文化与低端文化是一个水乳交融的过程,高端与低端接近完美地结合与自洽。其是非功过不是本文所能谈的,我要说的是即使"文革"期间,八个样板戏一统天下,上述的"三位一体"在民间也并未被完全打破。

传统戏曲自然缺席,但与传统戏曲同脉同构的"武侠演义"小说仍在口头上流行,"说唐""隋唐""水浒""三国""十八条好汉""一百单八将""杨家将""岳家军""借东风""空城计",像日常用语一样不绝于耳。特别是到了"评法批儒"的1973年,传统文化以"内部资料•仅供批判"的变态形式又具有了某种合法性,传统戏曲如京剧昆曲虽未恢复但与之一脉相承的武侠小说与民间的"尚武"已通行无阻,舞枪弄棒、压腿窝腰、耍把式摔跤,不要说在广阔的乡村,就是在北京的胡同也死灰复燃。野火烧不尽,春风吹又生,形容1973年的传统文化也十分恰当。

北京,别看是首都,某种意义上是放大的乡土,与乡土文化有着千丝万缕的联系,仅从建筑格局上看,也不过是把传统乡村的院子一个个连起来形成了胡同、街、巷、夹道,而乡村的井在并不久的以前,在胡同中非常普遍,在林海音的《城南旧事》中胡同之井一如乡村。在许多旧文人看来,北京也是最有"乡愁"感的城市,比如郁达夫,他就说过只要在北京住过两三年就会"隐隐地对北京害起怀乡病来"。不独中国人,外国人也一样,在北京住上几年同样也有某种强烈的"原乡感",英国作家哈罗德•艾克敦曾在北大教书,离开后却还一直交着北京寓所的房租,老人家总巴望有回来的一天,其自传《一个审美者的回忆录》,北京生活占了很大篇幅,仿佛在北京生活了几十年。

北京"天桥"堪称是"戏曲/武侠小说/武术""三位一体"的集大成之地,事实上也是乡村集镇文化的放大,虽然解放后"天桥"消失了,但"天桥"的余脉始终在胡同中活跃着,"文革"期间彻底销声匿迹,但到了1973年再度复燃。

胡同里许多蹬三轮的都有着"天桥"的"倒影",七十年代的北京虽然拉洋车的早已不在,但事实上三轮车代替了洋车,不拉人改为了拉货,是七十年代北京重要的运输工具。自然，也像过去天桥一样，蹬三轮的多来自底层，平时就是卖力气，养家糊口，眼睛大多毫无内容，如同三轮车本身。

但也像南城总有民间传奇一样，由于种种原因，蹬三轮这一行的人也偶或有世外高人。甚至一看他们的眼神儿就不同，肌肉线条也不同，或者说这种人什么时候都不同。别看苦力负重，一招一式，举手投足，都透着内心的东西。哪怕他一身酒气，喝了半斤八两，你走近他都会感到一种从容的东西，与酒不同的东西，一种稳定的气场。唯一不同的是酒后他的眼睛越发亮，但也越发深不可测。的确，无论从事什么工作的人，只要有本事，最终都会内化为一种内在的东西。

2. 王殿卿

王殿卿，此刻我在心里叫出他的名字仍感到一种四十年前的气场：他坐在围观的众人之中。他是核心，别看是蹬三轮的，这时却像个教主。他本不是我们前青厂的，是北柳巷的，我们两条街在琉璃厂画了一个十字，有一段距离，本来是互不来往的。王殿卿五十来岁，个子不高，身体挺拔。日晒雨淋的脸、手臂、胸，均古铜色，手的肤色与脸完全没有区别，眉与眼黑得总像漫不经心。不穿背心，一条黑裤子差不多卷成裤衩的样子，盘腿一坐，稳如泰山，自成庙宇。过了很多年我才知道"泰山"的师父李三站三四十年代在天桥撂跤界大名鼎鼎，解放后下落不明，时光到了七十年代，王殿卿坐在众人之中，俨然就是当年天桥他的师父。

我不知道跤场创办人小徒子当年是怎样认识王殿卿的，怎样有一天在什么场合拜了师，有何种仪式，或者并无仪式，一切都不详。不过就像任何事都有必然性，我们可以反问：如果小徒子不是我们那一带顽主，一条七节鞭打遍几十条胡同，如果小徒子不是动辄就身怀砍刀去和人碴架，如果不是种种后"文革"盛行的流氓性，动不动就"震"哪儿，小徒子会认识天桥出身的王殿卿吗？天桥并不单纯，流氓性与民间性并不好区分，这点在小徒子身上也同样并存着，但吊诡的是，自从小徒子认识了王殿卿并拜其为师，打架反而少了，特别是开了跤场，请来了师傅，小徒子就好像归了正果，再没打过什么架。或者用不着打了。流氓顽主最怕两种东西，官府不必说，再有就是真正的江湖——跤场或武馆这类殿堂，后者与前者有着千丝万缕的联系，同时后者又是前者的克星。戏曲武侠反映的是这样，现实有时更是这样，很多时候现实与文化已经互文，水乳交融，至少在七十年代的北京没变。

3. 撂跤

小徒子是我叔叔的儿子，比我大几岁，七一届的，没赶上插队，十六岁初中毕业分到石景山热电厂工作。七节鞭、三棱刮刀、大砍刀都是小徒子在厂里偷着加工的。他喜欢冒充部队大院的，一身国防绿，军大衣，绿帽子，别的都不新鲜，但七节鞭非常新鲜，区别于一般的顽主。一是铁棍做的，每节都有眼儿，串在一起，舞将起来很像有功夫。二是七节鞭与三棱刮刀（俗称插子）有所不同，七节鞭是文化，插子不是，插子是纯粹的流氓工具。不知道我这个顽主的叔伯哥哥跟谁学的七节鞭，或者干脆是自学的？反正耍起鞭来别人总要怕上三分。那年插队的人走了，留下年龄空当，小徒子先是在院里称王，然后打到街上，打遍附近的胡同，认识了很多人，分分合合，据说最远一次打到海淀，那次据说纠集了上百人，最后没真正打起来，但小徒子的顽主地位大增，成为远近闻名的人物。

开跤场之前，小徒子就带领我们院里的孩子练武，压腿，窝腰，打旋子翻跟头，走一些简单套路。套路也不算什么拳，就是七个招法，小徒子称为"七步拳"。七节鞭，大砍刀，七步拳，这些在访到王殿卿之前都不过是一些三脚猫的功夫，而我们院也就像《西游记》书中所说的早期的花果山。等到小徒子访到了类似孙悟空的师父菩提老祖的王殿卿（甚至说让王殿卿收了去），在一个不知道的地方学艺，我们也像书中描写的那些小猴子，觉得神奇。在我们看来小徒子怀揣七节鞭大砍刀到海淀领头碴架已不可思议，现在又有了神秘的师父，说实话，我们已有点分不清是书中的事还是现实的事，特别当有一天小徒子说已学有所成，我们激动得手舞足蹈，差点把小徒子抬起来。作为文本的民间和作为民间的文本，有时在我们的生活中已很难分清，也说明"三位一体"既是文化也是现实。"后文革"的核心已不是"文革"，而是"三位一体"，是《水浒传》《三国演义》《西游记》，尽管每天还在读报、开会、阶级斗争……"世界还有三分之二的人民生活在水深火热之中"，这些话语像另一种神话，都在空中，但两种神话并行不悖，人们照单全收，完全无碍……就是这时候小徒子要开一个跤场，要我们正式拜师。书上也是这么说的，我们觉得理所当然应该拜，封资修、阶级斗争是另一套话语，与我们无关。

跤场本应设在我们院，可我们院太小，但这一点也难不倒小徒子，因为"顽主"小徒子的"领地"绝不止我们院，整个我们这条胡同一带某种意义都是他的领地。小徒子毫不困难地选了距我们院有一大段距离的周家大院3号的门前拐弯的一块空地。小徒子像美猴王一样率领我们这些小猴子拿着兵刃般的锨、镐、耙子、水桶，浩浩荡荡开进那片空地，松土、平整、洒水、做准备动作、压腿、蹲桩、举杠铃、走哑铃、盘杠子。没人管，不仅没人管每天还有许多人看我们。连街道革委会也不管。我们学习如何摔倒对方，捉对儿对抗，一招一式，小徒子指点起来都非常认真。

顽主一旦认真起来还是有些不同，一方面他有一个"流氓"的形象，另一方面又是民间英雄，让人既怕又敬。没人比他更自由，他做坏事自由做好事也自由。生活中常常是这样，做好事更不自由，因此有些好事只有"坏人"才能做成。如果别的人占一块地方，搞个跤场行吗？肯定不行，别说街道积极分子、革委会，就是街坊四邻也会理论。

但是没一个人跟小徒子理论，自然也没人跟我们这些喽啰理论，而事情有时就是这样匪夷所思：人们不但默许了我们，后来还拍手叫好——胡同有了"天桥"的味道，老北京回来了，又有看头了。

开始我们是"麻泥鳅"，就是光着膀子摔，围观的人也不太多。后来有一天，小徒子弄来一套崭新的褡裢。一种多层布制成的半袖帆布，好几层布叠在一起，砸了许多道线，构成结实的格子，又硬又挺，不怕拽不怕扯，每人还配了一条同质地的腰带。两件褡裢当时所需不菲，不仅昂贵而且新鲜，我们一穿上立马身价陡增，我们不再是玩儿闹，有了一种让所有人都惊讶的专业感。这条胡同，这附近何时有过专业感？两件雪白的帆布褡裢甚至让整条胡同都有了一种专业感，让人不由得想到天桥。

另外，有了褡裢，摔跤的方式、用的招式也不一样了，过去两个人往往一上来就搂在一起，扭来扭去，寻机使绊儿，现在不同了，两人先要转圈，摆动膀子、手臂，俗称"斗手"。斗手是摔跤的第一个环节，有许多讲究，首先不能轻易让对手抓住你的褡裢，同时想办法抓住对方，而抓住对方的刹那间，"绊子"就得使上，也就是说从"斗手"到使"绊儿"直到摔倒对方是连续的。这样的"绊子"我现在还记得的就有"披"、"崴"、"脑切子"、"穿裆铐"甚至"跪腿蹬肢"。这都需要褡裢，光膀子麻泥鳅使不出这些招。

再有,"斗手"事实上是要有"把式"的功夫的,与武术一脉相通。最主要的是要快,连续,疾如闪电,变化多端,浑然一体。我个子小,单薄,斗手若不快,一旦两人纠缠起来总是处于下风。特别是遇到大个子,有时会被人提起来,脚跟离地,虽不一定被摔倒,但很不好看。因此我特别需要快。我喜欢褡裢,一旦抓住对方,无论有没有把握"绊儿"都要立刻使上,往往不是你死就是我活,几乎具有赌徒特点。

不过这样太"烈",对抗性太强,平时练习或自家人对抗我不怎么这样玩命,斗手适可而止,架上再说。但若有什么情况,比如有其他跤场的人来踢场子,"慕名而来""学习学习""切磋一下",气氛往往紧张,而由于我有"弱""慌""疯"递进的特点,总让我第一个上场,探对方虚实。谁愿第一个上场?谁都不愿,而且整个胡同里人都看着呢,见有人来"切磋",围观的人比平时多好几倍,里三层外三层,水泄不通,一上来就输了多难看。但小徒子觉得我输了不难看,我就是去实验的,投石问路,而由于我的特点说不定还能有点儿奇迹出现。我说过我的特点是紧张、慌,因慌而疯、而烈、而有种同归于尽的玩命的特点,我往往一上去还没看清对手就"扑"上去了,"脑切子",或"穿裆铐",或"披",通常被高手或身大力不亏的人随便一闪一拽就扔在脚下,个别时候由于我似闪电的"慌乱",一下把对手摔倒。即便一击得手,之后对手有了防备,我也是一路败绩。除非是第一跤把对手给摔蒙了,我也有"见人拢不住火"的特点,像某类蛐蛐,越战越疯,直到结束也不清醒,不知怎么就把对手摔得一踏糊涂。这种情况少,很难有一回。我有时被称作勇猛,但我深知自己的勇猛是出于恐惧,很多年后我养了一只勇猛的小狗,发现它的勇猛也是出于深深的恐惧,它非常敏感,神经质,看到不熟悉的狗就颤抖着冲上去,一如当年的我。而我们家小狗也是虽然"勇猛",更多时候却是被踩到脚下,一动不动。

4. 王殿卿

我们也去别的跤场"切磋""指教",这更让我恐惧。还是我打头阵第一个出场,由于更恐惧,也更慌,更疯,头脑不清,输得很惨,赢得也漂亮。如果一次不赢也不让我打头阵了。无论输赢,事实上都不知怎样来的,如果说这是动物性,我承认我有着动物性,但毫无疑问不是狮虎,甚至也不是一般的狗,而是我后来养的那种西施与马尔基斯串的小狗。我对这种狗了解甚深,我不知道本能与恐惧到底是一种怎样的关系?在什么情况下恐惧有助于本能,什么情况下相反,而小徒子骂我的话与夸我的话常常自相矛盾。

宣武公园也有个跤场,或许是当时北京最有名的跤场。由于跤场开设在公园内,四周是古木,跤手与师父看上去颇有些古风。围观的人也多,但秩序井然,某种意义上像一幅从未改变过的民俗画。公园坐落在槐柏树街,距我们所在的前青厂胡同有一段不短的距离,中间隔着宣武门外大街。宣武公园在北京不是有名的公园,也不是什么老公园,原为京城善果寺旧址,解放前已颓,变成城南有名的乱坟冈子。解放后,差不多是在治理龙须沟同一个时期,迁走了乱坟,重修善果寺,在旧址以及周围陆续种了万多株树木,堆山建园,亭椅散落,成为森林公园。如果不是因为摔跤,我可能永远也不会到这里。那天我们跤场的人可以说是倾巢出动,三轮车与自行车混行,浩浩荡荡,小徒子骑三轮车带队,至今我能记上名字的就有文庆、七斤、抹利、二喜子、小迪迪,这些人不光是我们院的,也有胡同里的,他们也都是小徒子的徒弟。

让我们意外的是，这次在宣武公园跤场，我们见到了师父的师父，传说中的王殿卿。我们再惊讶不过，知道了小徒子原来在这儿学的艺。我看到在昏黄的街灯下光着膀子的王殿卿，古铜色、盘腿、卷着烟与两个年纪相当的老人坐一起。看来这儿是祖庭，我们的师父小徒子不过是在我们那片又建了一个庙。见王殿卿如见神一样，我们个个诚惶诚恐。看来这儿的"民间"恢复得更早，这些蹬三轮的高手，出身很好，什么也不怕，又有天桥的渊源。这是不变的场景，戏文或武侠小说的某些场景也不过如此。绝不能说武侠小说是编的，这个场景让我们如梦如幻。我的叔伯哥哥、师父小徒子到底是有实力的顽主，见过世面，有海淀那样的碴架还不算见过世面吗？我们都缩手缩脚怯怯生生，可我们的师傅除了对他的师傅恭敬有加，跟其他人都落落大方，毫不怯场，谈笑风生。特别是他又带了一帮大小徒弟，身份又有所不同，介绍我们时称"自家人"，让我们师爷师叔喊了一通。

或许是出于礼貌，师父小徒子这次意外地没让我第一个上场，让比我大一岁的文庆先上的场。我的"疯"无论是输还是赢对哪方面都不好，这儿不是一般的地方，也就是说我在这儿是上不了台面的。我特别高兴这样安排，感到从未有过的喜悦从容。文庆比我稳重，人长得也是模样，因为营养充足又刻苦练功，练出一身漂亮的肌肉。我那时干瘦，没有肌肉，怎么练都没"块儿"。文庆上完是抹利、二喜子，无一例外都输了，输得自然。最后是小徒子上场，赢了两阵输了一阵。在这儿他怎么可能全赢呢？不可能的，即使如此已经非常不错。确实，小徒子除了是有名的顽主，其功夫在这儿也堪称一流，这让我们信心大增，见了世面。见世面不光是看别人，也看自己。

或许是因为后来我们的跤场越来越有声有色，有一天我们的师爷王殿卿移驾我们的跤场，像尊神一样盘坐，以至我们的胡同都仿佛升高了一块,而且这一来再没有离开。无疑小徒子也做了不少工作,或者小徒子本身的分量也足以让师父移驾,反正从那天起每个晚上都能看到人群中古铜色的他,他是中心,中心的中心。有时他酒气很大,喘气很粗,偶尔会越过小徒子亲自指导他的徒孙。第一次接触师爷的身体让我大吃一惊,他的身体那叫一个硬。哪儿哪儿都硬,手、臂、肩、腹、胸、腿,处处硬得像岩石。而他漫不经心看着你的目光正好与身上的力道成反比,让你迷离,如听天籁。你不知道怎样理解他的话,他的指导,但是又有特别的感受。你的紧张的目光与身体是统一的,但在师爷那儿不是统一的,如果石头也会发出光亮,那就是师爷的眼睛。他让我紧张,但不再慌,他传导了一种不明的东西,让我终生受益。他的硬度,漫不经心的目光、手臂、胸、腿,让我的身体像云一样。不仅是如何使某一种"绊子",关键是让我找那股"劲",那股精气神儿,我那时不能完全体会出来,只能是照猫画虎。但是有一种东西在我身上种下来,我无法形容这种东西,深不可测,难以言说,我不能直接说其中有某种哲学的东西,但肯定是有奥义的。他蹬三轮,普通得不能再普通,远远看和任何苦力任何蹬三轮的没任何不同,可走近了,他就是不同。

(我摔了三四年跤,一直不了解他,只能是感受他。过去,我很少记述这段生活,甚至忘记了。作为文人它就像我人生的一块飞地,属于我,实际上又好像与我无关。真的无关吗?一切都太有关了。)

动物凶猛

假如一个人快十五岁了，还没正经读过一本书，或者甚至连小人书也没读过，假如他的"处女读"是《水浒传》，会有什么结果？再假如，其时正赶上"黄帅事件""反师道尊严"会怎么样？还有，在漫长的石器时代的小学，如果他一直处于压抑状态……这些因素合在一起会怎样？

俗话说"少不读'水浒'，老不读'三国'"。为什么"少"不能读"水浒"？有没有人追问过《水浒传》到底是一本什么样的书，成年人就可以读吗？当然，不是说不能读，而是"水浒"或"三国"从"人学"角度真的算是文学吗？它们和"人"到底什么关系？在非"人"上它们占了我们多少文化基因？我们所以不同，和这两部书到底有什么关系？

这些都是不能深想的。

1974年，我十五岁时，读了我人生的第一本书。我记得当《水浒传》

放在我枕边时,我有好几天都没碰它。我已习惯了没书读,习惯了书从来和我无关。那时院里的小伙伴文庆和我睡一屋,我们家平时没大人,院里许多孩子都到我们家和我就伴睡过。文庆比我大一岁,已能读厚本的字书。那个许多年前的夏夜,文庆在我身边读《水浒传》,也让我读,可我翻了翻就放下了,就好像我不属于人类。此外书是竖排,繁体,人民文学出版社刚出版的,为"评'水浒'批宋江",批投降派。那时哪知道这些,就知道可以读四大名著了,当然书的一角仍标为"内部"。

我还是愿让文庆给我讲书,他给我讲过《平山冷燕》《桥隆飙》,好像还讲过《大刀记》,我都特爱听,平如衡、山黛、冷绛雪、燕白颔,特别是冷绛雪和山黛两位听得我心旌摇荡。我让文庆给我讲"水浒",文庆懒怠讲就给我读。读和讲不一样,读着读着我竟然睡着了。

这次,文庆死活不给我读了,让我自己看。没办法,"鲁智深倒拔垂杨柳"让我心痒,想知后面的事,有天下午,我奇迹般地在书中找到这段硬是读起来。那个午后,一切都太神奇了,我竟然读懂了进去,并且一发而不可收。我感到了书的魔力,尽管已十五岁,我有时竟分不清现实和书,我觉得我在同鲁提辖一起拳打镇关西,与武松一起血洗狮子楼,与三郎石秀一齐跳楼火烧祝家庄,同李逵一起杀虎,一起骂:"招安,招安,招甚鸟安……"后来我当了班里的"军体委员",虽然也被"招了安",但我觉得我比宋江强多了……

此后一发不可收。我大体读的都是武侠小说,有时一读一个通宵。我总是不断地找发黄竖版繁体字的"古书",读完还讲给同学听,以至班里的女生悄悄给我起了"考古"的外号。我一点也不反感这个外号,我对班里的女生从来不理不睬,总是摆出一副望天的的样子,古板,深不可测,女生给我起的这个外号事实也含有这个意思。

1975年，在上学的路上我经常和几个同学凑几分钱，到商店买七八支烟，有时在铁胳膊胡同，有时在九道弯，我们靠着墙斜挎着书包吞云吐雾，吐烟圈儿，一个，两个，三个，看着数。我吐的不是最圆的，后来有一天一个同学说你们丫臭大粪，现在女的才吐烟圈儿呢，男的都吐烟棍儿穿女的烟圈儿。我们欣然接受，不再吐烟圈儿，改吐烟棍儿。可吐烟棍儿实际上更难，别说再穿烟圈儿了，我们谁也没做到，后来不了了之了。

　　我们几个都剃了光头，叼着烟，大摇大摆地在街上走着。

　　班里从农村转来一个学生，姓关，我们都叫他"关农"。关农的家住大栅栏附近，有一次关农说胡同里几个小子劫了他，我们一听火冒三丈立刻出动，带了家伙，一帮人就去了他们胡同，到了挑头的那小子家，把那小子臭揍一顿，还砸了他们家东西。不断换班主任，谁也教不了我们班，教不长便忽然消失。后来一个从东北兵团回来的家伙接了我们班，一米八几的个子，往讲台上一站，不像老师，像威虎山的人。姓星，我们叫他"腥鱼"。开始我们一伙儿掂量了几天，没敢动。他说的话有些是黑话，我们听得出来，琢磨如何应对。当然不能就此罢了，只是看。有一天我们一伙儿人中的L被腥鱼随便找碴儿训了一顿，让L滚，L不出去，腥鱼动了手。忍无可忍，我喊了一声"上！"我们五个最抱团的一伙儿狼似的扑上去，一下扒在了星老师高大的身躯上，星老师一个转身，我们一下全倒了，绝对有点功夫，最主要是他太高太壮了，我爬起来立刻又冲上去，特猛，真像小狼一样。教室大乱，桌椅倒地，腥鱼的衬衫被我们扒下来，露出胸毛与肌肉。直到学校教育组来人方才平息。来了也就来了，有"师道尊严"罪名盯着，处理不了我们。腥鱼也不要教育组介入，把我们留下来，说黑话，讲起哥们儿义气，说不打不成交，要请我们吃饭。始料不及，受宠若惊，我们一下全傻了。老师与我们从来是不可调和的，现在居然和了，我们不知如何是好。

"政策"对我十分优待，上课爱来不来，想走就走，不用交作业。总之只要平安无事，课能上下去，怎么都成。我们踏实了很多天，来来去去，挺没劲的。腥鱼抓紧时间做瓦解工作，找我谈了几次话，完全平起平坐，讲一些特浅的道理，我觉得也对，还夸了我几句，说我这人本质特好，说到我心里去了，我的确本质非常好，现在也这样认为。但话说回来谁本质不好呢？星老师最后以"军体委员"一职相邀，我简直不敢相信自己的耳朵。事实上我知道这样"闹"下去并不好，但我已破罐破摔，什么"好"的东西都不再想，也没法想。现在听说让我当干部？干部，那都是好学生才当的，难道我是好学生了？小学时别说当干部，就是最普通的谁都要加入的红小兵都一直不让我加入，现在我要成五大班委之一了？凭什么？我当然明白老师在利用我，"军体委员"是什么？除了负责体育上操整队，还要负责最难的打铃进教室，但我还是轻而易举被"招安"了，并且激动异常。

我成了宋江，当时就感觉到了这一点，觉得怪怪的。而且我真的管起弟兄们来。谁上课捣乱我先不干了，都知道我狠，但我呢，也是无师自通地又打又拉。官面上我弹压他们，底下我们又混做一团，抽烟，外面打架。我不能失去他们，拥兵自重，贼性难改，说反就反，这点和宋江不同。而"腥鱼"也远比朝廷好，总是把我哄好。课我上不下去，就开始看闲书，看的书也和我当时的处境非常相似。

1976 年冲击波

1976 年，历史像那年的唐山大地震一样震动，新时代的兴衰际遇开始了。为了把被耽误的时间给补回来，学校把学生重组，分成"快班"和"慢班"，以便教学。虽然没有明说，但谁都知道这是把学生分成了"好生"和"差生"，差生等于被放弃了。

我们一向如此。

我们的历史从不考虑个人感受，历史是历史，人是人，历史构成人，人并不构成历史——人根本无法迎接历史。如此简单分法，对人，特别是对成长中的少年人，是一种巨大而简单得不能再简单的伤害。而我们就是这样简单，一方面称人是最可宝贵的，另一方面人又算什么？前者抽象，后者具体。而我们也从来是这样：两句话中往往后一句才是真实的。

即便如此，我还是特殊了一点，那段时间我看着班主任，有一种说不出的劲头。结果,像我预料的那样我没被分到差班。我应该去,但是没有,按学习成绩我分到差班是首选。或许我余威尚存,也或许作为"军体委员"——"招了安"的宋江,我还有些利用价值。

我非常落寞,我的一大群弟兄分到了差班,他们怎么那么没用,让去差班就乖乖去了,还乐呵呵的,他们不守规矩,但骨子里还是奴隶。我是吗?我觉得我不是,至少老师没敢动我。但我还是受到很大刺激,主要是我赖以存在的土壤没了,在全班"好"学生面前十分孤立,且不伦不类。

而且,我的作用大大减弱,不用维护课堂纪律,不用轰人们打铃进教室(这是很难的)。我颇有些孤家寡人的味道。

我依然站在队前整队、出操,喊"稍息,立定"口令,可要是论现在最重要的价值标准——学习,我差得不知有多少。我还可以像以前那样不交作业吗?考试有人给做?数学物理化学我一窍不通,一头雾水,上课如听天书,课本翻来翻去如傻子一样。一种无可名状的感觉几乎让我主动要求去差班。我在"好"班干什么呢?除了出丑不就是让人窃笑吗?

我只有沉默,硬着头皮像过去那样低头看闲书。

我曾偶然看过一本苏联小说《人世间》,想起那部小说,找来重读,一下入了迷,带上了自己的感情。许多天我沉溺其间不愿出来,不愿见人,不愿上学,就想一个人和一本书。

《人世间》讲了一个养蜂将军的故事。将军被强迫退休,无所事事,靠养蜂打发时光。虽是个养蜂人,可毕竟还是将军,仍有一辆自己的伏尔加牌小轿车。这点特别打动我(想到自己有什么呢?)。

养蜂人怀念自己的过去,回想自己被强行退休的情景,终日发呆出神,反反复复听一首叫"路拉"的歌。当我读到"把一个人从他熟悉的岗位上强行拽开,就像把一个饥饿的婴儿从母亲的乳房上强行拉下""他出神地望着天花板,老泪纵横,万念俱灰"。这样的描写切中我当时的心境,禁不住我的眼泪也下来了,也望着自己家的纸顶棚。一天,语文老师布置了一篇命题作文,叫"在党的十一大召开的日子里",要求写一件好人好事。哪有什么好事,我正"万念俱灰"呢,做梦梦见有了一辆伏尔加。

我不想写老一套,也知道自己写不好。但也有一种隐秘而强烈的冲动,幻想自己发生奇迹。我做开了梦。我决定自行其是,写我的梦想,拿出纸笔就"编"起来。我想象自己被分到了差班,写了一个叫王琦的故事。我没有任何作文的概念,《人世间》写了一个养蜂人(叫什么我已忘了),我就写了一个王琦。王琦过去不爱学习,但是个孩子王,一直过着骄傲的生活,"四人帮"被粉碎后他的骄傲生活结束了,被分到了差班。王琦为此感到耻辱、悲愤,想发奋努力,把被耽误的青春补回来,但为时已晚,自己被社会无情地抛弃了。王琦破罐破摔,仇视前班主任,甚至对班主任图谋不轨,但最终自怨自怜,只是一个人孤独地回忆,每天"望着天花板,万念俱灰"。有一天过去的班长找到王琦,谈了一次话,鼓励他,希望帮他补习功课。班长过去曾被王琦保护过,王琦有困难班长希望报答。班长的深情与赤诚打动了王琦,王琦开始发奋,学习成绩大长,最终回到了快班。

四百字的作文纸一口气我竟然写了十一页,语句不通,但情节清晰,我为自己写下这么多字而激动,但激动只是一小会儿,马上就被不安代替,好像如梦方醒似的:这是老师要求的作文吗?甚至这是通常的作文吗?我这么瞎编乱造老师能允许吗?作文交上去了,我忐忑不安。我过去何时为自己的作文忐忑不安过,我都觉得自己好笑,因为我从不会写作文,也没怎么写过作文。

几天过去了,我已经完全灰心,为自己的不切实际不合要求伤心。特别想到自己总是出格、走不上正路,就更加伤心。不禁想为什么我总是和别人不一样呢?是不是我有什么毛病?当然,还有一丝侥幸心理,老师到底怎么看呢?那一天来了,我从来没那么忐忑不安,我看到老师手里拿的正是我的作文。别人用的是作文本,我用的是作文纸,我没作文本。我的作文放在一大摞作文本的最上面。老师姓宋,中年人,后来才知道他毕业于复旦大学中文系。他烟抽得特凶,嗓音沙哑,一上来就提到我写的作文,说是一篇特殊的作文,没太多说什么,说先给大家念一下,大家听听。

宋操着南方口音一字一句念我的作文,所有人都凝神谛听,我看到人们略微惊讶的表情,能看出他们从没听过这样的作文。一共念了有半节多课,然后开讲。宋把它定义为一篇小说。我简直在云里雾中,我的同学也差不多和我一样,这在1977年中学语文课上那样的环境里,简直像神话。宋老师一点没批评我未按要求写作文,相反给了我"优"。这是我人生作文得的第一个优,也是在所有方面得的第一个优,对我意义重大,至今也是我人生中最大的奇迹。我的"小说"被拿到别的班去念,拿到全年级去念,我从一个有名的差生,一个闹将,一夜之间成了一个作文明星。

那些天发生了许多事情,有一天一个别的班的语文老师把我叫到她的办公室,好奇地看着我,问我作文里的王琦有没有模特,我完全不知道什么叫模特,一脸蠢相。老师姓杨,当时的穿着过于讲究合身,前挺后撅,很摩登的,我们都叫她"大雕",其实现在想起来很正常,但当时她有些出格。此外她说话还多少有点口音,表情丰富,说话总是配合着表情,有点洋气。我们叫她"大雕"实际上反映着我们的贫乏,时代的贫乏。

杨老师解释说模特就是原型,我似懂非懂,说实在的,太差了,太野生了，缺乏文明最基本的东西，我想了半天也不明白老师的意思，依然一副蠢相，我从老师脸上读出了失望的表情。她本来很好奇的，或者想跟我聊点什么。其实如果跟杨老师熟悉起来，也许我可以跟杨老师谈谈《人世间》，谈谈它怎样在我身上附体，事实上是一篇模仿之作，将那位被强迫退休的苏联将军，打扮成了分到慢班的"王琦"，也就是我。我和那位将军都是被历史断裂的弃儿，但当时，我真的能说出这些吗？

一切都是在神奇中发生的，1973年我哥哥从山西插队回来，在北京上了大学，会拿回一些书。还有一些"内部参考"书，《人世间》就是一本。但这本书不是给我看的，对我来说是偶然的。二哥也会从图书馆给我借一些书，多是演义、武侠、革命战争小说。二哥上大学对我至关重要，一孔文化之光打进了我们家，《人世间》像其他内部参考书不属于我，但就像流星一样极偶然也会击中我。时间太久了，至今我不知是怎样神奇地读到它，并且一旦读进去感觉大不相同。这是我中学读的唯一一部外国书，但就是这唯一的一部作品决定性地影响了我。足可见出，真正的以"人"为中心的文学作品与读者天然是一体的，这一点多少部武侠演义小说也做不到。

《人世间》大约并不算是一部名著，一直也不知道作者是谁，多年后回首往事，才在网上查了一下这部作品，尽管只有几条，尽管只是在别人的文章中偶尔提到这部书，尽管没有专门的介绍，但仍让我大吃一惊。

网上有这样一条雷颐先生的文字：

1973年前后，与沙米亚京《多雪的冬天》同时流行的几部书还有：柯切托夫的《你到底要什么》，谢苗·巴巴耶夫斯基的《人世间》，尤金·邦达列夫的《热的雪》《岸》。"文革"一代处于一个特殊的年代，普遍没有受到过良好的教育，思想也大多受潮流影响，真正独立思考的人并不很多，但是由于那个年代普遍的失控和混乱，也使一小部分人因困惑怀疑而发奋读书，从而独立思考，许多人都受到了这批小范围内部流行书的影响，可以认为是"文革"中的启蒙。

《人世间》原是这批书中的一本，那批书可是大名鼎鼎，影响了一大批人，而我是最早受到启蒙的人之一？历史有时体现到一个具体的人身上，就是这么的神奇，像上帝偶然安排的。那么我是怎样得到《人世间》的呢？现在完全记不清了。那么《人世间》在那个混乱年代究竟给了一个少年怎样神秘的影响？难道我的思想起点已经从读谢苗·巴巴耶夫斯基就开始了？我不这样认为，我那时只有感受，潜移默化，不可能有思想，但事实上这也正是真正的文学对人的作用。潜移默化——《人世间》给了我一种人的东西，人性的东西，让我具体感知到历史宏大叙事中的个人痛苦，使我关注到自己的内心与灵魂，并让我在冥冥中以感同身受的人性角度，超越了当时的历史叙事与意识形态，比如"在党的十一大召开的日子里"那种叙事。我不能想象如果没有《人世间》，我能超越、能写出关注个人痛苦的作文，甚至小说。

想想在读谢苗·巴巴耶夫斯基的《人世间》的前后，我都读过什么书吧：《小五义》《大八义》《三侠五义》《平山冷燕》《说唐》《隋唐》《水浒》《三国演义》《西游记》《说岳全传》《封神演义》《平原枪声》《敌后武工队》《大刀记》《桥隆飙》《铁道游击队》《沸腾的群山》《金光大道》……

我不能说这些书对我没有帮助，某种意义上有很大帮助，但是它们缺少文学中最关键的东西：人，人性，复杂性；人的情感，情感的深度；心理，心理的恒定真实与瞬时的真实。而我所读到的革命与武侠演义、历史的风云际会,其中个人是微不足道的。我有着原生的血性——这是我当时只能读到的中国文学作品所给予我的,同样,我也有着能意识到的内心深邃、细微的人性痛苦,这是《人世间》启发给我的。无疑后者是文学之道,文学之途,一部《人世间》孤立其中,如此的偶然,却决定了我。

有价值的东西有时真的不需多,一点即可。说到底有价值的东西必来自心灵,来自心灵对心灵的打动。苏联文学尽管像我们一样受着强大的历史叙事与意识形态左右,但苏联文学毕竟有着强大的人文或人道主义传统,有着普希金、列夫·托尔斯泰、契诃夫、陀斯妥耶夫斯基那样的文学丰碑。即使斯大林时期仍产生了肖洛霍夫、帕斯捷尔那克、索尔仁尼琴、阿赫玛托娃、茨维塔耶娃这样伟大的人道主义作家和诗人,反观我们,我们产生了谁呢?《沸腾的群山》《金光大道》《智取威虎山》?我无意贬低我们自己,但我的确在八十年代四顾茫然。

特别是上世纪八十年代初,俄罗斯、欧美文学大批涌进来,我像发现新大陆那样如饥似渴地读名著,越读心里越难过,越读越觉得汗颜,感觉我们是被整个世界抛弃的孤儿。我们有多么荒凉就有多么孤独,当我读到《百年孤独》的时候,我感到我们的孤独远胜于拉丁美洲的孤独。假如我二十岁之前读过巴金、茅盾、沈从文、老舍、曹禺、张爱玲,我的孤独感是否会少一些呢?我想是这样的,但是我的整个阅读基础是在十年"文革"中形成的,我根本不可能读到祖国文学的精华,仅有的一个鲁迅,也成了一个政治符号。

八十年代的外国文学之于我,无疑是荒凉之上的圣殿。从1979年我上大学开始,差不多长达十年时间,包括在西藏的两年,我都在读外国文学作品,小说、诗歌、传记、哲学、随笔,甚至书信。我上的是分校,走读,那年我能考上一所大学分校已实属不易,多亏了林乎加先生爱惜人才扩大招生才有了我的大学生涯，我相信那年上分校的一万八千多名学子永远会记住林乎加感谢林乎加。我读的那所分校是由一所中学改成的，没有图书馆，临时搭建了一排活动房做阅览室，大量进书，订杂志，包括《世界文学》。

书都是崭新的，主要是外国文学，就是在那样一个简陋环境里（当然也常去北图）我读了难以计数的外国名著。像《九三年》《悲惨世界》《红与黑》《多雪的冬天》《大卫·科波菲尔》《约翰·克利斯朵夫》《唐璜》《被缚的普罗米修斯》《当代英雄》《爱丁堡监狱》《复活》《红字》《洪堡的礼物》《安娜·卡列尼娜》《鼠疫》《老人与海》《城堡》《审判》《局外人》《橡皮》《鱼王》《喧哗与骚动》《百年孤独》《第二十二条军规》。我读得慢、仔细、悉心，如《安娜·卡列尼娜》，我的日记就有这样的记载：

1981. 10. 12 读《安娜》，认真仔细，托氏的作品有时很沉闷，开篇总是很精彩，天才的匠心，但就整体结构来说总给人一种堆砌感，事无巨细，冗长唠叨，典型的庞大笨重。但从细部来看托氏塑造灵魂的天才是无与伦比的，特别擅长刻画人物动态的思想意识活动，他的细致漫无边际。

1981. 10. 14 《安娜》上部终于读完了，心灵正是在这样的承受着细致的漫长的苦读下成熟的，我相信这样的苦读精读对于我的益处将是深远的，对我的感觉器官更是一个成熟的促进。

在西藏的两年中，重读《喧哗与骚动》也有这样的记载：

1986. 6. 16 重读福克纳《喧哗与骚动》"班吉明"一章，尽管读来那样恍惚，却有一种感人至深的气氛，凯蒂的性格鲜明感人，极可爱,她是傻子班吉明生命的源泉、灯盏。虽然本章写了几个人的死,但因为有了凯蒂,这是"爱"的一章。"昆丁"一章没读完,觉得颇艰涩乏味,不好,太像福克纳本人的样子。

读文学名著使我获益匪浅,尽管九十年代我没怎么读书,甚至也放弃了写作,但1998年再回文学毫不感觉吃力,一下就上手。我想是由于那段十年苦读,特别是在西藏的两年,那种天上人间如入无人之境的阅读,已如血肉般长在我的身体内部。十年悉心苦读我想应该是可以造就一个人了,我想就算我有着十年文革的废墟,在这废墟之上我已建立了一座圣殿。我会继续沿着人道主义的方向研究人,发现人,表现人,正如一位哲人说的:历史对人的定义下得越宏大,我们对人的研究就应该越精微——我想这是我读外国文学感受到的一条道路。这条路实际上早在我读《人世间》就隐秘地开始了。《人世间》可能至今算不上一部名著,但却是我人生道路上最早的一盏灯。

北京图书馆

许多年前，北海公园关闭，直到 1978 年 3 月才又重新开放。

但我要说的不是这件事，是北京图书馆。主要是二者离得太近，一栅之隔，从大的空间上看北海—北图可以视作一体。如果坐在阅览室靠窗的位子伸个懒腰或休息一下眼睛，即可望见北海碧波荡漾，轻舟影斜，琼岛春阴。特别是冬天的雪，银装素裹，白塔显得更加素白，换句话说北海的四季就是北图的四季，没有对北海的记忆，北图的记忆是不完整的。

北京图书馆原名京师图书馆，建筑本身即是一部书，是古代社会向现代社会转型的空间作品，后来再也找不到如此完美的结合。从北海刚一过来，右手一并不宏伟的朱门，但标志性的主楼气度不凡，裙楼分布两侧，形成两个面积很大的天井花园。主楼为汉白玉雕栏、石阶，类似故宫的某个大殿，龙雕显示着东方气度，整体建筑平面造型为"工"字形，预留了未来发展空间。仿木钢筋混凝土架构与细部做法合乎清代营造则例，内有数千种不同年代的地方文献资料，从宋代最早形成规模的方志影印本，到方志发展鼎盛时期的明清两代古籍，从最早馆藏南宋辑熙殿、明文渊阁到清内阁大库的藏书，尽显古代风流。内部功能设计灵活多变，现代气息化为无形，集借、阅、藏三位于一体，打破了古代"藏书楼"封闭办馆观念。读者、书籍流动起来互为通道。配楼阅览室与半地下书库，以木旋梯上下连通，方便取书。阅览室、研究室，环境优雅，舒适，光照充足，瓦当屏风又提示着历史与时间。馆内花园有个小门，可直接走进北海，一见碧波与神秘的白塔，但我从没找到过这个传说中的小门。

北海重开，北图也像重开一样，那些年谁没来过北海—北图？它们无法分开，是那个年代京城最主要的地标，是精神的最高殿堂，最美风景，留有最多的记忆，且这记忆与历史相通。三千年未有之变局，但不管怎么变，北图的地标都像是定海神针，何时走到这里都有一种走进庙堂的感觉，天不变道亦不变，都要有一种从容、心静。无论走府右街也好，走南长街也好，走景山后街也好，走五四大街也好，四面八方的人向这里汇集，那时有多少人在向心的路上？

以至常常未开门已排起了长队。排长队进图书馆当然也不正常，正常的是这里安静，外面看不见什么人，你以为没人，但里面总有不少。总有人走上台阶，或从台阶下来，穿过花园、广场……排大长队是因为历史的堵塞，十年浩劫之后，书是最让人感到饥渴的东西。

书荒是那些年最大的荒，真是荒。艾略特《荒原》那时影响为什么那么大？因为不必知道诗的内容，仅仅这两个字就够了。

而我的情况也还有点特殊，1978年高考落第，正想去当兵，北京大办分校，300分以上全部录取，我又被收进大学。学校原是一所中学，坐落在北京南城一个叫西砖胡同的小胡同里，稍大点的车都开不进来，离法源寺与伊斯兰教协会的绿穹顶都很近。每天我们像胡同里的小学生中学生一样上下学，小小胡同混合了三级学生，也算当年的一个奇观。

我上的学校叫北京师范学院第二分院，中文系，其他还有化学系、数学系、历史系、物理系、政教系。就这六个系，有的系只有一个班。中文系人最多，有六个班。整个教学楼满满当当都是我们这一届学生，再没多余的空间，以致第二年无法再招生，第三年也是，到我们毕业时，这所大学依然只有我们一届学生，我们是"独生子"，毕了业学校也就停办了。

学校没有操场、宿舍、礼堂、主楼、阶梯教室，没有图书馆、草坪，更没有水面、树林。没有实验室、报告厅，甚至于没有教授——靠教室内的闭路电视教学。只有一个四层楼，一个篮球场。

尽管如此，我却没有任何怨言，相反觉得非常幸运。

像我这样的人，底儿那么潮，无论什么大学能上一个也算奇迹。

走读也挺好，既然每天穿过这个城市，我不妨把整个北京都看作我的大学，就如同高尔基的大学，而北京图书馆也就理所当然成为北京这所大学的图书馆。

每每走进北京图书馆，站在汉代瓦当屏风处，以及具有空间感的连接半地下书库与阅览室的木旋梯上，我都有一种深邃的大学感。窗外的北海比之未名湖甚至东湖如何？每每在北图感到一种巨大的安慰。特别是我立志于写作，作家不需要培养，无须教师，书与图书馆就是最好的老师。唯一遗憾的是这儿不是一个人一所学校的图书馆，是所有人的图书馆，每天来看书的人太多了，平时还好，一到周日就得拿号。为了一个好的座位，比如靠窗的座位，早上五点多点就得起来，排在前边的有选择座位号的特权。

回想具体的借阅过程，每一个细节都有岁月的温度，通常拿着借书证先到主楼一层选书，这里有许多有小抽屉的柜子，抽屉里有许多卡片，每张卡片上记有书名、作者、出版社、内容简介。有字母排序，一个字母是一类，抽屉是大类，字母上小类。很多时并不知看什么书，而是翻找分类，觉得是想看的书就记下编号，上到二楼借书的地方送上编号，传送带把书慢慢从书库传出，管理员将书送达手中。拿到书绕过二楼的天井，就可以到环境优雅的大阅览室尽情阅读。阅览室的长条桌上有绿色灯罩的台灯，天阴或光线暗时，打开台灯可以清楚地看书，即使天气好也有人希望开灯。

西配楼是另一个独立借阅区，这里的书刊不能借回家看，只能在阅览室看，闭馆送回。与主楼不同，这里设计简单，阅览室与借书处一体，选好书到柜台上交给管理员即可。进门处同样有许多卡片柜子，上面排列着许多卡片抽屉，抽屉上标明文学、艺术、历史、音乐类别，拉开抽屉里面依然是更细分的卡片，旁边有借阅单，选好书，填写好借阅单，交到柜台即可以在座位上等书了。这里用学生证即可借阅，通常拿学生证换座位号，学生证押在阅览室前台，走时候再用座位号换回。我更经常来这里借阅，因为这里可以借到最新的杂志期刊。我从来没借过解放前的杂志期刊，我要呼吸的是当代，杂志期刊便是最当下的呼吸。特别正是思想解放时期，必须了解当代，呼吸当代。当代与名著，我在这里保持着交叉阅读，如果我不选择文学而是选择做学问，我会更多选择文津楼借阅，那儿不仅环境好而且是中国古典文献宝藏。在那儿可以两耳不闻窗外事，是真正的做学问之地。我相信那里做出的学问是大师级的学问，哪怕没有师承。但我要的是原创，是从古至今的原创，包括国外的原创。我需要将曾经禁锢的一切窗子打开，那时流行着罗曼罗兰在《贝多芬传》中的大声疾呼："打开窗子吧！让自由的空气重新进来！呼吸一下英雄们的气息。"贝多芬是冲击那个时代最强的人之一。我就不一一列举在这儿读到的书了，你可以想象北京图书馆是一个怎样的世界。

当然，一个年轻人，面对这样巨大的世界也会感到孤独。但孤独并不源自书，书没问题，孤独源自自身。青春，我二十出头，青春发育完好，而这儿并非真的我所在的大学的图书馆，因为这儿没有同学、校友、老师，这儿全是社会人、陌生人。但这儿又同样都是年轻人，都在发奋阅读，实际又有共性，有共性就不免产生共同体的感觉，不免想入非非。如果旁边坐着一个女孩，余光常常不由自主映现一种类似海市蜃楼的东西，心就有点乱。公共场所，读书的女孩总有一种唯美，一种莫名的动人，仿佛她们应该在自然界，但在这儿就更是神奇。如果偶或对视一下，内心就更是轰然，但还要装作若无其事，并且知道这是虚妄的。这样的情况是经常的，并非同一个女孩，今天是这个，明天是另一个，一次次海市蜃楼，一次次自生自灭，有时非常强烈，虽然一整天都在阅读，某种东西却挥之不去、如影随形，在图书馆的穹顶之下难以自已，又突然崩溃。直到女孩消失，第二天也未见，症状才彻底消失。我太清晰地记得那种周围全是人的寂静与孤独，那种青春相关却又毫无关系地各自绽放，空间飘荡着花粉，绿又是一种无可争议的沉默，只得死心踏地回到书中。有时读书的效率很低，恍恍惚惚，一天就过去了。为什么那么怀念北图，为什么温暖而百感交集，因为那里不仅仅是阅读，因为就算是读的书也和现场关联，普希金的《驿站长》，莱蒙托夫的《当代英雄》，拜伦的《唐璜》《希腊的少女》，汤显祖的《牡丹亭》，王实甫的《西厢记》。李商隐、秦观、济慈、雪莱,一切都和青春相关,一如眼前的读书少女,窗外的碧波、烟树、白塔……多么青涩、迷幻……

但青春实际上又是一个慢慢凝固的过程,因为如此迷幻,所以凝固之后才依然那样富有生命力,外表像石头内心依然敏感,"石头虽坚硬,可蛋才是生命",一句摇滚歌词说明了那时的青春,图书馆的青春。

永远感谢北图的阅读,因为那不仅仅是阅读,还是生长。我不知道那时如果一头扎进古典文献会怎样,比如先秦、诸子百家、《左传》、《资治通鉴》、王阳明或程朱会怎样,我相信也一定不会比我作为一个作家差,或许更有所成也未可知。北图不会辜负人,会成就各种各样的人。

北图斜对面,有家朝鲜冷面,不知各位还记否?泡北图,中午填肚子总是问题,如果不带饭,中午简单的吃食只有去那儿,那是附近唯一的一家餐馆,没第二家。之前它好像不是餐馆,只是个早点铺,有一天,忽然就改成了"朝鲜冷面",很简单的几个红底白字,没一点文化却引来无数学子。这是1979年,或者1980年的事,最迟不过1982年的事。如果它不是京城第一家朝鲜冷面,也是最初几家之一。面馆面积不大,七八张桌子,远远不够来人坐的,人们只能站着,堆在门口,或就在门口吃,远远看去这儿就像蜂窝一样饱满热闹。冷面有诸多特点,经济、快捷、凉爽、筋道,有一片苹果,一片牛肉,一瓣鸡蛋,营养也有了。无疑是一种文化,是足以对应北京图书馆的那种文化。说是斜对面,其实还是有些距离的,出了北图,得沿文津街往西走,过了宗教局,到府右街丁字路口才是面馆。尽管如此,学子们还是源源不断向这儿走来。

另外,出来吃饭要退掉座位号,回来可能就没座位了。要重新排队,有了空位才能再进去。不过对于图书馆的常客也还是有所照顾,管理员基本已认识你,软磨硬泡,千恩万谢,也可不退座位,也可打破成例。读书

—— 我的二十世纪 *179*

苦其实有时就体现在中午。感谢那时的管理员，那时总有一种人性，一种变通，在经历了劫难之后，都有一种同情，一种悲悯。即使有规定能忍心一个如饥似渴的阅读者饿着肚子阅读吗？能忍心他回来就没座位了吗？特别又是常客。

后来北图搬迁到紫竹院，改名叫国家图书馆，北图的宫门一样的大门关上了，有点像当年北海的关闭。当然不一样，但感觉仿佛一样。这儿不再是我的地方，我曾那么熟悉的地方，一下变得如此陌生。紫竹院的国家图书馆我拢共去过不超过三次，喜欢紫竹院，却一直喜欢不起来国家图书馆。有时路过北海老北图，却没一次尝试推一推沉重又沉默的大门。应该和老北图告个别，但是怎么告别呢？于是最后一次去国图，算是向老北图告了别：一种双重的告别。八十年代也是一个告别的年代，甚至不是一个怀旧的年代，就是告别。九十年代之后至今又路过许多次老北图，一次见到挂起白牌，写着"北京图书馆分馆"，觉得像是某种玩笑。干脆什么也别标了好不好，要么干脆改成北平图书馆，或者只叫"中国图书馆协会"也行，反正只当北图没存在过岂不更好？叫分馆我不接受，如同一个人可以是别的什么人，但不能既是别人又是自己。我想说的是，我当年的北京图书馆无可代替，我的饥饿，我的青春，都在那儿保存着。

虽然再没去过老北图，但"图书馆"——这一符号已深深嵌入我后来的写作，我的五部小说都出现了书的主题，有三部直接写到图书馆，图书馆成为我的小说中不可或缺的内容，甚至情节的发动机。我最新的长篇小说《三个三重奏》干脆写了一个人一生最大的梦想就是建一个自己的图书馆，而他居然建成了，在这个人看来，那所有存在的都已存在于书中，他不必来到现实之中，甚至不必拥有现实——这不就是当年我在北图的情形？你凝视过什么就会被什么塑造，凝视过虚无会被虚无塑造。

新华书店

"你去过新华书店吗?"

过去这不是问题,问才是问题。现在还真是问题,这意味着有些问题也会像时间一样变得弯曲。时间包括空间,是否会弯曲,物理学家早给出了肯定的答复。但尽管如此,没有一条弯曲的河流你在近距离中看是弯曲的。时间也一样,每时每刻都是笔直的、向前的,但事实上不知不觉已弯过来。

那时,你不去新华书店是不可能的,你走在大街上任何一点都指向新华书店:王府井、前门、西单、西四、五四大街、菜市口、花市、广安门、地坛,这些地名后面都有四个字:新华书店。

那时买书排队,《红与黑》《巴黎圣母院》《包法利夫人》等外国名著抢手,中国的典籍也一样,甚至时下的作家李泽厚的书也一样,其《美的历程》让北京城的所有新华书店都人群涌动，排长队，很快断货，再来又是长龙，那时新华书店简直就像现在牛市时的股票交易所。

王府井新华书店，是我去得次数最多的书店。那儿的书开架，品种齐全，堪称图书馆。坐落在老王府井路口，印象中书店旁边有一个很大的工艺美术品商店，把角是中国照相馆，便道靠马路边是北京最早的一家报刊亭。从书店出来骑上自行车不用下车，脚支在马路牙子上即可在报刊亭购买《十月》《收获》《小说月报》，有时就在街边看起来。报刊亭处有上便道的台阶，便道有一段颇为混乱，停着许多自行车，满眼都是打着阳伞的摊点。青艺剧场隐在其中，在那儿看过几场话剧。如今老王府井的一切消失得干干净净，回忆起来就像对冥界的一种回忆。

现在的王府井是李嘉诚的王府井，一座座同质的近亲繁殖的楼简直像科幻的王府井，像动漫世界。就李嘉诚而言，这几乎是一个纯然个人的王府井，唯我独尊的王府井——资本的极处与权力的顶峰有什么不同？

剩下的也只能如流行歌《李先生》所唱：

> 李先生，你熄灭了烟，说起从前
> 你说前半生就这样吧，还有明天
> 李先生，你嘴角向下的时候很美
> 就像安和桥下清澈的水

听出什么了吗？

老王府井新华书店当年有五层，没有载人电梯，就是一层层走着上，事实上也用不着电梯，每层都会去逛。消磨时间最长的是三四层或者是二三层,这里是人文书籍,文学、哲学、历史、音乐、艺术、社会学、心理学,各门类还有细分,如文学:有中国文学、外国文学,当代文学、古典文学。另外还有全国各个出版社的货架,一排排,一格格,摆放成图书馆一样的空间。不码堆,不推荐,不排行,所有书都平等地在书架上,这点也像图书馆,给了读者绝对的权力,看起来费事,但在书店,人的主体事实上需要的就是"费事"。没有了被排行榜安排的"注意",目光掠过书架上一本本窄窄的书脊,就像阅读一本特大的书,有时甚至食指会不由自主随着目光沿着书脊滑动,有时会突然停下,稍稍犹豫一下,看一下作者——书名与作者这两点在此时都非常关键,决定了你是否抽出这本书。如果两者都吸引了你,便会毫不犹豫地快速地抽出,看看目录、前言、后记,作者介绍、文本的开头、结尾,一旦有什么被击中,必买无疑。当然,更多时候是犹豫、掂量,然后放弃。有些犹豫不决的书在下一次或下下次突然买了,那是诱惑多次终于下了决心。很多时候就是逛,逛是一种润物无声,漫步于书丛中,大千世界,时间过得非常快,过手过眼的书不计其数。有些书不值一买但值一看,于是囫囵吞枣,速速看完。

当时不觉得什么,多年后的今天才感觉逛是一种滋养,润物,让我受益无穷。事实上一个大型书店是一个关于"现在时"的图书馆,如果图书馆是静止的,过去的,书店则是动态的,当下的,是活着的图书馆。而活着的图书馆正需要逛,在逛中会形成一个当下世界的图景与结构。同时这个结构又是潜移默化的,无意识的。某种意义上,无意识的结构,事实上更深层地决定着人,所谓天赋也正植根于无意识领域。其次在逛中有着无形的知识点的建立,太多的知识点浮光掠影地播下种子,为日后的联想、索引埋下可遇不可求的路径,信手拈来的才质,以及一切意想不到的才气。

因此书店不同于商店，除了销售还有类似图书馆的功能，要让人逛，阅览，发现，培育无意识，建立知识与世界的整体感。当然，毫无疑问，这是双方面的，现在很多读者不想逛就想买，商家也提供了网购的方便。书变成纯粹的商品，书店日益萧条，潜意识或无意识则可能阙如。

一个潜意识不够丰富的人是什么人呢？

是可怕的人。

红塔礼堂

描述一个时代巨大而清晰的转型，或许没有比描述1979年前后的红塔礼堂的演出更富动感的了，那时你从红塔礼堂进来还是一个旧时代的人，出来时你已是一个新人。红塔礼堂为京城四大礼堂之首，也叫国家计委礼堂，国体色彩浓厚。虽说那时没有什么不是国家的，人都是国家的，但红塔礼堂一如国家本身。

红塔礼堂坐落在月坛北街十二号，高门脸儿，苏式建筑味道，上面有颗标志性的红星。月坛北街以古老月坛得名，但这里一点也不古老，无论南街北街，这里都与以胡同构成的老北京不同，没有胡同，没有四合院，没有枣树、海棠、垂柳、老榆树，没有最普遍的洋槐、国槐，没有街头巷尾、街谈巷议。这里是楼房，中央若干个大部委分布在南街北街，构成连片的宏伟的灰色调国家办公区，连带着街两旁也都是五六层的红砖或青砖楼房，路过这儿的人，或到这儿办事的北京人，觉得这儿不像北京，像国家。红塔礼堂坐落其中，恰如其分，看上去没有个性，但又有一种抽象的个性。

礼堂通常是演内部电影的地方，红塔礼堂的不同之处在于除了放电影还举办音乐会。最有名的一次是斯特恩的演出，1978年6月，国门微启，小提琴大师艾萨克·斯特恩访华的首演选择在红塔礼堂。斯特恩是1949年解放以来第一位访问中国的西方小提琴大师，因此也成为我们的改革开放的标志性人物。论起最初的改革开放甚至不能不提斯特恩，那时"文革"色彩刚开始褪去，各种障碍有待破除，斯特恩以音乐的方式到来恰如其分：西方身份，但却是非语言的。但也有一点错位，我们要开放，斯特恩却要寻找中国的"红色"。斯特恩在西方是左派，他来华我们原本准备的演出地点是北京展览馆剧场，那里上演过柴科夫斯基作曲的《天鹅湖》，是我们最有西方味道的演出场所，但斯特恩没选择北展剧场，也没选择政协礼堂，那附近有白塔寺，有最富中国特色的胡同，但都被斯特恩忽略，斯特恩一眼相中红塔礼堂。

然而不管斯特恩的左派倾向，还是红塔礼堂是否更代表中国，斯特恩演奏的音乐是人类的，美的，尽管如此，几年前中国还无权聆听。斯特恩的演出由李德伦指挥，第一场是协奏曲音乐会，上半场为莫扎特的第三小提琴协奏曲，下半场是勃拉姆斯的协奏曲，第二天是奏鸣曲专场，中央人民广播电台进行了同步播放，曲目有贝多芬的《春天奏鸣曲》、弗兰克的奏鸣曲，以及德彪西的《亚麻色头发的姑娘》。西方经典与"红色"中国的对接，不仅在中国在西方也产生很大影响，不久一部名为《毛泽东与莫扎特》的纪录片问世，甚至摘得了奥斯卡最佳纪录片奖，让世界大开眼界。

《毛泽东与莫扎特》是跟随斯特恩访华的美国艺术纪录片导演艾伦·米勒拍摄,纪录片展示了斯特恩一家人在中国,他的两个儿子、太太,还有钢琴伴奏。影片特别聚焦了斯特恩初次来中央音乐学院,老人穿了一件很普通的T恤,下了车很平常,戴了一个墨镜,下了车以后往额头上一推,这个细节很有味道。大师课上,上海赶来的青年小提琴家唐韵演奏了勃拉姆斯的小提琴协奏曲第一乐章,斯特恩毫不留情指出了唐韵在和弦上弓子压得太厉害了,应该横向拉的动作多一点。大师一点拨,唐韵的演奏收到了立竿见影的效果。斯特恩的短暂教学给全世界留下深刻印象,让西方看到1978年的中国。

斯特恩之后的是小泽征尔、耶胡迪·梅纽因,同样都选择了有着红五星的红塔礼堂。耶胡迪·梅纽因在红塔礼堂演奏了两场,同样是李德伦指挥中央乐团协奏。梅纽因的小提琴音色非常纯净,纯净极了,据说简直可以同天空和海洋相比,演奏时让人会不由得仰望。第二场谢幕时梅纽因邀请了中国最负盛名的小提琴家盛中国上台,与他合作巴赫的双小提琴协奏曲的第一乐章,演出达到高潮。盛中国当时使用一把借来的小提琴,是他的一位朋友"文革"时从信托商店中花了50元买来的,结果上台一拉,音量上就输了梅纽因一大截。尽管如此,两人的合作事实上已超越了音乐的意义,象征了世界与中国之约,几乎具有"行为艺术"的意味。如果是一把超级的小提琴就不特别中国,也不特别世界,现在恰到好处。

小泽征尔带来了旋风,他不是一个人,而是带来了一个交响乐团——波士顿交响乐团。这也是第一个西方交响乐团访问北京,可以看作是世界对中国的升级。小泽征尔走上红塔礼堂的舞台,环顾四周,吼了一声,听悠悠的回声传来,表示满意。或许小泽征尔并不真的满意,因为这么大一个交响乐团事实上在具有东正教背景的北展剧场演出似乎更合适,但小泽征尔要向世界展示现在的中国，选择了已蜚声世界的红塔礼堂。小泽征尔不同于斯特恩、梅纽因的纯然西方风格，既有东方意味又有西方逻辑的激情，大气磅礴，振聋发聩，又精细如瓷，对刚刚解冻的国人心灵的震撼、洗礼都无法用语言表达。

另外，或许由于小泽征尔是东方人，指挥美国交响乐团，看上去有种格外的亲切感，几乎没有人不想到五百童男童女到日本之说，因此，比起斯特恩、梅纽因，小泽征尔在当时的影响也大得多，轰动一时。贝多芬的广为流行也与小泽征尔的影响力有更直接关系，以至那之后不久，再提贝多芬作品，北京人都直接亲切地叫"贝五""贝六""贝九"，说明已相当熟悉，透着亲切、专业，把贝多芬中国化了。值得一提的是小泽征尔那一头男人的长发，激情而飘逸，让从未见过男人留长发的中国人惊讶又瞬间接受，因为确实有一种征服力，不得不承认太另类，但也太帅了。这使小泽征尔既高端，又时尚，又另类，成为破天荒的明星。开放年代，小泽的长发助推了中国，加速了心灵成长，影响了一大批年轻人。不少年轻人留起了长发，早早与世界接了轨。如果说斯特恩对于中国之门是微启，小泽征尔就是风风火火地推开，堪称斯特恩之后影响中国的第二人。

尽管红塔礼堂不断地有西方音乐牛人演出，在西方人看来它已相当于纽约的卡内基音乐厅，但在北京，红塔礼堂并没因此阳春白雪，高高在上，依然向最普通人开放。依然放电影，依然大声喧哗，进场散场都如潮涌。北京这地儿就是这样，不管自己曾经什么水平，不管什么牛人大师来过，我该怎样还怎样，该喝大碗茶还喝大碗茶，该放电影还放电影，不接待外国牛人时红塔礼堂照样是一个经常放电影的普通场所。什么是北京范儿？这就是北京范儿，老百姓的范儿。北京范儿就是稳当，天不变道亦不变，在这个与北京不一样的国家办公区，这倒仍是北京的传统。那时北京很少连阴雨天，更没这么多机动车，总是阳光灿烂，阳光的热度与内心的热度很像，一张简易的只有座位号没有价格的电影票，会让刚上大学不久的我或我的同学，一往无前地置身在暴晒的夏日阳光下、雨下，冬天的北风中、雪中，把自行车骑得飞快。为什么飞快？因为电影票刚到手，刻不容缓，还有二十分钟或者半小时就开演了。

那时的电影分礼堂电影和电影院电影，二者几乎平分天下，而礼堂电影与电影院电影的不同在于，前者是一个"政治"概念，有"政治"特权，也就是说电影院还不能放的外国电影或等待"解放"的电影，可以在礼堂放，然后再拿到市面上的电影院放。后来形成习惯，即使完全没什么问题的外国电影也要先在礼堂放再拿到电影院，"先内后外"是我们的传统，在礼堂体现得特别明显。这样一来，那时的"礼堂"反而是很先锋的，许多禁区也就先从礼堂开始冲破。其实礼堂本身并不先锋，主要是惯例使然，但感觉上很先锋。礼堂不是营业场所，虽也有电影票，但多是内部发票，没有价格，票传来传去，以至传到你手上根本不知是哪发的票，时间也所剩无几。

我的同学中有人有些背景，常能搞到票，另外一些亲朋也跟礼堂牵三扯四的，沾点边儿，尽管如此，我在红塔礼堂看的电影仍不算多的，印象深的也是通常的《孤星血泪》《巴黎圣母院》《红与黑》《红菱艳》《叶塞尼亚》，甚至有些记混了，是在别的礼堂看的。虽然不算多，但现在回过头来看都是经典电影，而且不是字幕，都是译制好的。那时，不知是什么神秘的人在推介电影，只是最近查了资料才知道，那些至今仍是电影史上最棒的电影是由尚华、苏秀、童自荣这些老电影人配音或推介的。多亏了白垩纪般的"文革"时间还不算太长（也够长了），还能幸存下一批艺术家，能起点很高地传递文明的薪火，否则我们能否很快进化到"人"还很难说。

如果记忆不错的话，在红塔礼堂我看的第一部电影是改编自狄更斯原著的《孤星血泪》，小说的名字叫《远大前程》。《远大前程》虽然是狄更斯的代表作之一，但是1979年我刚上大学时根本不知狄更斯是谁，更不知导演是谁，演员、配音演员是谁。没这些概念，内容为王，不及细分。时间似乎是在小泽征尔演出之后，或梅纽因之前。无论如何电影比音乐影响大，冲击也更大。我记得电影一开始就把我看傻了，幕布拉开，展现在我眼前的是一大片夜黑风高的墓地，一个强盗一把抓住祭奠父母的少年。

少年叫匹普，恶狠狠的强盗威胁少年匹普回家找一把锉刀给他，不照办就杀了他。匹普吓坏了，自然观众也吓坏了，匹普回到家，偷偷拿了锉刀，又偷偷拿了家里过圣诞节的一大块肉饼。我非常不理解，拿了锉刀也就行了，还要拿肉饼给强盗干吗？强盗没说要肉饼！以我们的人性观这是最不可思议的，我们理解威胁，威胁是合逻辑的，但不理解逻辑之外的东西。匹普回来后，姐姐发现肉饼少了一个，大发雷霆，正要恶狠狠地对弟弟施暴，警察抓来了强盗。强盗大喊大叫说肉饼是他偷的，锉刀也是他偷的。强盗撒了谎，洗清了匹普！这个翻转情节在我的由"样板戏"与武侠小说构成的二元论意识里无疑是一次核爆炸。

我们的文化里没这种东西，从来没有过，反正我至今没见过。溢出性的思维有，但少，人性层面就更少。强盗竟然掩护被他威胁的少年？杀人偿命，欠债还钱，我的逻辑异常清晰，从未有过溢出，但《孤星血泪》让我引爆般地逸出了，也溢出了：人性不是铁板一块，特定的条件下是可以逆转的。关键是溢出的肉饼（太关键了），狰狞的盗贼因此呼应性地有了善的勇于承当的一面。那么少年是如何溢出的呢？那时我没想到宗教原因，只是觉得一切并不是非黑即白，非此即彼。但仅此已打破我的思维惯性，别小看这一善恶颠覆性的转换，它是另一种思维方式，它打破了坚如磐石的因果，使二元的头脑有了一扇天窗，现实之外的光照进来，并由此对人性充满了惊奇，看到了各种可能性、复杂性，看到自我深处的善、恶，变量与变动不居，模糊与清晰的边界，最终看到善是如何爆发的，爆发得感人至深。

何为启蒙？这便是。人，人道，那个劫后时代呼唤的主旋律先在各个礼堂奏响，然后进入公共电影院。后来看到的《九三年》是这样，《悲惨世界》是这样，《红与黑》是这样，《巴黎圣母院》是这样，夸西莫多如此丑但灵魂是多么美，在别的人都不敢挺身而出救美审美时，"丑"挺身而出，奋不顾身，给绞刑架上的"美"送上了甘露一样的水。这就是人，应有的人，形而上的人，人成为那时人们灵魂中的最强音。这最强音既从过去的灾难而来，也从此时的红塔礼堂而来，那时当你从红塔礼堂进来，你可能还是一个旧时代的人，但是出来时你已是一个新人，红塔礼堂，京城四大礼堂，数不清的礼堂，是那时我们走出"荒原"的起点，而不仅是艾略特意义上的。

2010年，当我听说红塔礼堂进行了拆建，我没去看，也不打算去。三十多年了，我们发生了复杂的巨变，这时我觉得一个电影院、一个礼堂已不能解决我的问题。而且，我已不年轻了，让年轻人去吧。或者现在年轻人应该有自己的处所，找不到公共的也要找到自己的。

第二辑
——
行路

虚构的旅行

　　一次沉默的旅行，很像一场无声的梦游，只有视觉和场景的移动，语言消失了。列车在约讷河秋天的田野和小块的森林中穿行，可能已过了枫丹白露，可能还没有，我不知道。在陌生语言的土地上，我的语言成为神话，许多天来我的沉默像一棵树的沉默，我穿越了比利牛斯高地，整个行程未出一声，也未曾与一条河相遇。也许不远处有众多的河流与我同行，而我一无所知？直到近海我才见到一条像样的河流。我不知它的流向，它好像突然出现在我的前方，但也可能始终在我的背后。没有语言一切都不能确定，就算我手握地图，我的旅行仍带有梦幻的性质，甚至像一场虚构的旅行。

睡眠与场景

我不能确定这是否一个港口城市，空气中的湿度与机油味在我最初醒来时，我还以为真是一个港口城市。但显然不是。湿度与海风无关，海还很远。我醒了，点上一支烟，把头伸向窗外。这里离机场很近，是个新区，星光浩淼，隐约有一些高地，看上去像夜视镜下的光感。我的睡眠有点像白夜，大约只睡了一两个小时，显然被另一个太阳照醒，而这里仍是黑夜。到旅店已经很晚，我记得当时看了下表，那是我每天睡眠的时间。一些此地午夜的男人女人正在进入大堂的酒吧，女人们没进吧门就快乐地扭起来。吧门敞着，音乐摇晃，诱人，触及身体，让人想入非非。

上楼，开了房间，洗去旅途倦意，换了件新衬衫，我想也许应该下去喝一杯，那儿的音乐不错。没坐电梯，沿木梯走下去，磨损过度的梯铁清晰地发出了我的踢踏之声。这是一座六层的旧式酒店，木结构，有一种灰尘被擦拭后的芳香。我喜欢楼梯，特别是一个人下这种旧式楼房的楼梯，那时我会感到一个人踩着了时间的琴键或者拨动了墙上古老的挂钟。整个建筑好像空无一人，只有我与楼梯发出的声音。我清楚地意识到我是一个下楼梯者，同时又像时间中的影子，我进入了某种事物的内部。过去楼梯是引发古典爱情的场所，无论回眸还是拥抱，由于楼梯的暂时性那种爱情让人陶醉。后来楼梯引入了悬念，更多时候成为谋杀现场，古典爱情一去不返，福尔摩斯成为楼梯的主角。我觉得福尔摩斯才是真正的但丁，人们正是通过福尔摩斯才开始进入了现代：由楼梯到电梯，凶手在古老的楼梯上消失了。我喜欢楼梯，但一切都已不可能。令我奇怪的是，现在楼梯虽然空无一人，形同虚设，但看上去仍然有人时时擦拭，扶手、雕饰一尘不染，像永恒的没有下文的悬念，或者是对福尔摩斯的缅怀？

酒吧本身像一件木质乐器,声音老旧又轻佻,我稍稍迟疑了一下,这也是我多年的习惯。站在门口,烛光不错,人很多,音乐已开始热烈,有一种老熟的氛围,显然这不是一个为异乡人预备的酒吧。异乡人酒吧一般是安静的,音乐成为背景,歌手成为装饰,歌手低吟,孤独的人在一起仍然孤独,因此通常我愿去那些熟客酒吧。异乡人置身熟客酒吧有点像看老电影,看别人的梦自己置身事外。侍者似乎并不欢迎我,神情冷漠,但还是把我带到一个有格栏的座位上。酒吧坐得很满。侍者问我喝点什么,我想是这样,我说了想要的,使用汉语。侍者摇头,就像他说话我摇头一样。侍者走了,不一会端来一个托盘,上面放了一杯啤酒,正是我想的。如果我继续摇头或使用我神话般的语言?我想还是算了,算了吧,你不应该有什么不满,啤酒是通行的语言。

烛光,烟雾,音乐,人们在吧台或格内饮酒、咖啡,一些人在跳舞,贴得很近。环视四周,像我这样一个人的仍有一两个,我不再觉得孤立。我呷着啤酒,渐渐看清了所有的人。人们三三两两一起,显然是本地人,让我奇怪的是跳舞的人大多是女人和女人,男人和男人,很像我早年记忆中的大学的舞会,那时因为初学,同性间多有练习者,几乎称不上舞会。我记得我最早的一个舞伴是个比我大七岁的一个一脸胡子的家伙,东北兵团回来的,自称祖上有匈奴人血统,是我们班长,我们缠在一起,都笨得要命,像那种上不去槽的牲口,马或骡子。但这里看上去不同,虽是同性之间,但温文尔雅,自然贴切,甚至温情脉脉。我看见两个女人在接吻,很美。后来又看见了男人之间,就像骡子和马那样,有着很长的胡须。我有一种被灭的感觉,就好像我接受了或者我凑近了我们班长,我听到我的胃尖叫了一声。

或许这同样是我醒来的原因?我梦见谁了?

窗外一种类似雾一样的东西正在升起。往事混乱。吸烟。一支接一支。渐渐的我看到了事物的轮廓,事物在夜晚也有轮廓,但那是静止不动的轮廓,而晨曦中的轮廓是变化的,甚至是诞生的。我看到白带一样的公路怎样从黑暗中脱离出来,一辆汽车由近而远,开得很慢,在转弯的地方消失在一片丘陵中。那是一片起伏的坡地,完全为草坪覆盖,坡地植被比柏油路从黑暗中呈现得要朦胧一些,因而也更宁静一些。我看不到绿地后面的事物,坡顶隐约有一件雕品,后面是天空。我猜那儿可能是个有纪念意义的场所,或者是个街心公园,我猜对了。

天已发亮,但城市还没醒来。我走出酒店,感到清爽。如果说西方人通过夜晚延长生命,那么东方人则在清晨观照生命,与自然同步。我喜欢早晨,因此我们生命中的混乱远远小于西方人。街上整洁,没有一个行人,零星的出租车停在道边上,洒水车的驶过使空气充满湿度,暖色调玻璃幕墙建筑构成了新区的现代性。坡地上的公园是开放式的,没有围栏,简明,具有抽象意味。我是唯一踏上公园缓慢石子路上的人,我惊动了一些道两旁矮树上的鸟,或者没有惊动,它们的鸣叫是欢快的,动人的,事实上可能与人无关。

拾级而上,通过一处人工水池和稀疏的瀑布,来到一片齐整开阔的水泥砖地上。是个小广场,两侧是构成风景曲线的黛色坡地,一张白色的圆桌,几把圆背椅,不像是给人坐的,像是静物,它们的亮度在早霞的阴影中显得十分特别。随着高度的上升,我接近了山顶上的雕塑。雕塑是金属的,气势宏伟,凌空欲飞,大致可能想象成鸟一类的事物——光线几乎是一瞬有了变化,一缕明白无误的霞光打在雕塑上,我不禁回过头,看见身后绯云漫卷,朝霞满天。太阳刚刚露出金边,在对面山坡黛色曲线上,须臾之间已露出半轮金盔,然后一跳,升起来了,连同一幅绚丽的逆光画卷。太阳虽然升起但对面非感光的山坡、草坪、中部开阔地,以及那组白色圆桌椅仍在大面积的逆光里,而山坡曲线之上一组高旷的几何框架式雕塑、方柱以及树团组成了一组透视感极强的逆光剪影，雨后形成的水洼正在感光，破碎但水天一色。我登上山顶，像雕塑一样感光。马德里已照耀中，我差不多看到了她十五世纪灰白色建筑，街景，雕像，教堂，以及广场。

时间戏剧

约讷河将把我带往另一个城市，在幻觉的一动不动的旅途上，我能记起一点尼斯的是它的海水，我刚刚离开那个小城，那时天气不错，阿尔卑斯山伸向大海，卵石构成岸，因此海水非常蓝，比天还蓝。我曾在高原的拉萨河的蓝中照见过自己，在这里又发生了同样的事。我掬起海水，一如当年掬起拉萨河，我想看看水到了我手上是否还那样蓝，是否还像宝石一样，结果发现了我的手指和掌纹，它们几乎被放大了，我无法形容，感到陌生。我不好说我的手变得有些女性化，但我确实觉得那像别人的手或者女人的手。我从黄昏看到夜晚，看到阿尔卑斯山的夜色对蓝色海水的入侵，女性化的尼斯凉下来，沉在黑暗中。我觉得任何一处海水都不像尼斯的海水那样不喜欢夜，即使邮轮和岸上的辉煌也不能改变海水的黯然失色。

街上，夜晚的美丽如同烟花的美丽，极尽奢华，被称作英国人或法国人散步大道两侧酒店林立，光芒四射，灯红酒绿，所谓的天上人间大致如此。我承认我感到目眩，同时也知道这一切与我无关。我离开海滨，背对奢华，向偏僻山麓走去。我的眼睛渐渐变得安静下来，阿尔卑斯下的小城在山脚展现出原有的朴素与真实，街角的啤酒桶，石径，漆黑的金属窗棂，寂静的酒吧，这一切都更吸引我。我走进一家小酒馆，要了啤酒，靠窗坐下。这里过往游客不多，游人都在海滨大道，在戛纳，因此这里显然是老主顾，甚至连背包客也没有。小酒馆古色古香，有吧台，靠窗的桌，雕花木格刚刚高过桌面，大体把客人分隔开来。

没有人注意我，东方人在小城已司空见惯。酒馆很老，以致我没看见一个年轻人，大多是中年人，他们坐在磨损的吧台上，饮酒，互相调眼色，显然是为了包白头巾的老板娘。一个显然喝了不少，舞动酒杯，神气活现，喋喋不休向老板娘说什么，拉老板娘的衣袖，后来竟跳下吧椅原地旋转起来，非常专业，不能小看这个人，说不定他是个舞台艺术家，至少曾经是。大约潦倒了，这人形销骨立，酒使人瘦，现在他是个十足的酒鬼。他转了一会回到吧椅上，拉老板娘衣袖，老板娘神清气定，倒酒，擦杯子，打酒鬼的手，看也不看酒鬼，就像舞台上一样。这正是我要找的，想看到的，这方面我已有相当的经验，我同样是个角色——我是说在可能的别人的眼里。但我没发现这样的眼睛，我与小酒馆已融为一体，时间短暂而漫长。我希望有人在酒馆写作，比如马尔克斯或海明威或本地的诗人，但是没有，没有一个作者，

吧台靠门的另一个人，戴着细边眼镜，脑门很亮，不是年轻人，但神态干净天真，衣着得体，一直不说话，只是表情与周边有交流，非常谙熟的交流，显然也不是一天两天了。这是四个人中唯一读书人的模样，让我想起萨特或尤奈斯库还不太老的时候。不过我不认为他是个戏剧家，他顶多是戏剧中的人物。我们的左侧，也就过道上，还摆了一套桌椅，它们本不在格局之内，却摆在了过道里，像是临时加的，离我大约一米的样子，一直趴着一个女人，半天都不动了，从侧面看她脸色暗红，头发鬈曲，她身后站着一个瘦弱的男孩，大约十一二岁的样子。不用说女人喝多了，这一点甚至从男孩的表情上也可以看出来。我觉得男孩像《词语》中的少年，看上去无奈，镇定，甚至冷漠。他的母亲在这儿喝多了，并且经常如此，他没有办法。就算事情至此，已足可以让我在旅途上闭目品味，比如

古典的欧洲，文化的欧洲，甚或没落的欧洲。文化因没落才愈显其价值，而勃兴总是遭诟病，据说法国人从不把牛仔放眼里。这是说不清的事，我更同情法国一点。

我继续讲这对母子。我记得当我的啤酒要到第二杯时，女人突然抬起头，睡了一大觉似的望着前方，眼底浑浊，肤色很深，即使不喝酒也不是老板娘的白嫩皮肤，如果把头发梳一下仍是个有品位的女人。女人并未感到我注视的目光，当她做梦似的突然朝向我，我们相视，各有各的理由。男孩向女人指了指我，对女人说了些什么，然后女人对我说了句什么，我摆摆手。我不想招惹她，无论她是向我打招呼，还是问我是否能请她喝一杯。在她眼里我大概是那种典型寡味的东方人。女人摇摇头，拿起酒杯，酒杯空空如也，她发脾气地放下，又埋下了头，像刚才一样。我以一种平静观察着一切，也拒绝着一切，我让她感到不愉快。男孩与女人说的话无疑与我有关，但时至今日我不知他说了什么，我甚至猜测不出男孩能说什么。女人显然是由于男孩的指点才醉眼蒙眬注意到我，男孩会提醒母亲让一个陌生人请女人喝一杯吗？如果不是，那么男孩的意思是什么？也许仅仅是让女人清醒一点？难道东方人看着就让人清醒？

女人埋头后并未再次进入梦乡，而是慢慢地向后滑，椅子发出了吱吱的响声，到了一定程度男孩终于出手，拉住了女人。男孩拽起女人，非常吃力，我看到男孩的脸都憋红了，应该有人帮男孩一把，那么多老主顾，但是没有。男孩把女人一条醉了的手臂吃力地放在自己肩上，搂着女人的腰开始向外走。其实我并不比别人冷漠，我发现在场的人甚至比我还若无其事，只是躲闪，没人伸出手。一个十岁男孩架着出了名的醉鬼母亲，我想这大概是事物的核心，是经常上演的生活。至于男孩的父亲，我想这里人比我清楚，不过我知道，现代的父亲似乎比战争时期失去的还要多。都去哪儿了？谁知道呢。

女人坐着的时候，醉态还不明显，一旦站起来头发散了一脸，跌跌撞撞，根本不能走路，途中又被桌腿绊了一下，突然向下倒去。那一刹那，我看到少年萨特拼出全力撑住了母亲，没让女人倒在地上，而是顺势趴在了邻近的桌子上。男孩真是了不起。现在，他面对烂醉如泥的母亲，一点办法也没有了。女人伏在别人桌上并越过了桌子，脸朝地面，两手无力地垂下，头发如瀑垂到地面。如果女人不是大醉男孩尚能扶着母亲回家，现在男孩只能向别人屈服。他转过身，迟疑地，向着吧台的男人们。他走到戴圆眼镜男人跟前，向男人说着什么。这种情形显然不是第一次，男孩大概求过所有的男人，我不认为每次都是无代价的，男孩绝望的但并不热切的祈求完全是听天由命的，显然是碰过壁的。戴眼镜的男人迟疑了些时候，不情愿地或者重复以前地下了吧台，与男孩走过去，很熟练地一同架起头朝下的女人。我想假如这个男人是男孩的父亲？这个有可能吗？那将是一个真正戏剧场面，那倒符合真正的荒诞精神。但日常就是日常，日常比戏剧更让人无奈。女人虽然醉了，但就在男人架起女人的那一刹那，我甚至认为女人是清醒的。我看到了女人血红眼睑中深黑的眼睛那样看着什么，我无法形容，我认为我看到了杜拉斯晚年的眼神。我一直目送着三个叠在一起的人。三位一体。他们过了十字路口，消失在一条小巷。我想，假如男人不回来了？如果不回来，那么他会是男孩的父亲？我期望是，但我觉得是比不是还悲哀。

　　我的想象尚未完全展开，就已看见戴眼镜的男人。他回到酒吧，像什么事也没发生一样，仍坐在原来的吧椅上，喝那杯马提尼酒或杜松子酒，而不是啤酒。我的戏剧精神再次回到现实，那个转圈酒鬼仍跳来跳去，追包着方巾的老板娘，神气活现，拉老板娘的手，被打掉，把杯子递上去，再来一杯。我似乎被感染，要了第三杯，品着时光以及我自己。我非但没有世纪末叶的感觉，反倒有一种回到世纪初之感。我觉得一切都没变，光

—— 我的二十世纪　201

阴，时序，布景，酒，光感。《等待戈多》是一个糟糕的戏，是一种纯文人形而上的挣扎。这里根本没人在等待，等什么呢？人们活着，平淡，孤立，极端个人，品着每一秒钟的生命，被每一个具体的想法、时态与细节引向时间深处。深处一无所有，像河流，带走一切，周而复始。

巴特之塔

莫泊桑站在铁塔上说，铁塔是巴黎惟一一处不是非得看见铁塔的地方。罗兰·巴特进一步说，在巴黎，你要想看不见埃菲尔铁塔，就得时时处处小心。这些话说得巧妙但华而不实，倒是法国人的风格。因为我见到铁塔是困难的，在飞机上和里昂到巴黎的火车上我都没一下见到铁塔。当然我最终还是见到了。铁塔不宜近看，还是远观或停留在明信片上比较好，近看太真实，太简单，我不喜欢铁塔，一点也不喜欢。当我置身于铁塔之下，我发现无论是我还是铁塔，都有某种东西开始脱落，我觉得铁塔丑陋无比。我的天空被巨大的穹隆笼罩，梦想的巴黎被铁条分隔，我不能说感觉自己像个囚徒，但我确实感到巨大的紧张、压抑，甚至愤怒。

没有灯照的铁塔毫无美感，就是一堆生铁，简单生硬，完全是由简单的几何逻辑构成了它的强大、繁复与极端向上的空间。由此铁塔甚至产生了一种不可理喻的或者说非理性的东西，正如一种抽象理性发展到极致就成为不可理喻，不可一世。铁塔绝不像它在明信片那样与法国谐调，那是被各种辅助手段虚幻的结果。事实上铁塔在法国出现得十分怪异，我觉得铁塔某种意义更像是德意志哲学的产物，铁塔是一种超越与疯狂的哲学，像尼采或瓦格纳的歌剧。我不知道卑斯麦或希特勒站在埃菲尔铁塔上是否感觉更好一点，但我知道后者的宣传部长一到巴黎便上了铁塔，并大喊大叫。

铁塔不代表法国精神,至少它与法兰西文化无关。

我后来查阅历史,铁塔建立之初并非没有争议,事实上很多人反对铁塔,巴黎人不仅觉得它破坏了巴黎,而且还是不祥之物。法国人的天才在于他的本能与直觉,通常都是对的。从后来情况看也证明了铁塔是不祥之物,两次铁血战争甚至欧洲的被超越,很难说与铁塔没有神秘的联系。铁塔预示一条没有边界的指向,至今仍有某种精神想握住它,仍在起作用。拆除铁塔的动议在世纪之初一直不断被提出,有几次几乎已决定了。但随着时间推移铁塔获得了时间的许可,强烈的不满与愤怒中若干次几乎被动议拆除,动议早已销声匿迹,一切都已不再被提起。法国人后来做的全部事情就是诠释铁塔,美化铁塔,改变铁塔,以致巴黎实际上存在着两个铁塔。

是的,法国人一直在做一项工作:试图改变铁塔或用语言重新建一座铁塔,使铁塔成为全人类的,而不再是异己的不祥之物。语言的铁塔行之有效,以致全世界都相信铁塔已取代巴黎圣母院成为法国的象征,精神的出口,某种通往天空的梦想的捷径。铁塔不再是怪物,成为典型的现代神话。

解构主义者巴特在结构铁塔时显示了他语言的天才,巴特不再纠缠铁塔本身对人类本能的伤害,而是转而对铁塔的功能展开了语言分析。首先,巴特《在埃菲尔铁塔》一文说,铁塔在诞生之前就已经存在人们心中了。虽然这几乎是一句废话,但它的确带有一锤定音不容置疑的性质。我们为什么要去参观埃菲尔铁塔呢?巴特说,毫无疑问,是为了参与一个梦想,铁塔并不是一种通常的景物,走进铁塔向上爬去,沿着一层层通道环行,等于是既单纯又深刻地临近一种景象,并探索一件物体的内部,把旅游的仪式转换为对景观和智慧的历险。

"每一个铁塔的参观者都在不自觉实践着结构主义:巴黎在他身下铺

开，他自动地区分开各个地点，但并没停止把各个地点联结起来，在一个大功能空间内来感知它们。他在进行区分和组合，巴黎对他呈现为一个潜在的为理智准备好的、向理智开放的对象，但他必须运用最后的心智活动亲自将巴黎结构出来。让我们在铁塔上看一看巴黎的全景图吧：你可以分辨出由夏约宫倾斜而下的山丘，在那边是波罗纳森林。但凯旋门在哪呢？你看不见它，它的不在，迫使你再一次审视全景，寻找这个在你的结构中失去的地点。你的知识在和你的感觉作斗争，而且在某种意义上这就是理智的含义：去结构。"

这是迄今为止我见到的对铁塔最成功的辩护，但我仍然不能同意巴特的观点。当巴特把铁塔当成巴黎的"眼睛"，巴特的确是杰出的，问题在于你是看铁塔，还是看巴黎？巴特难道可以只让人们借助铁塔"结构"巴黎而对铁塔视而不见？让铁塔也像人一样成为自身视觉系统的盲点？事实是当我还没置身于铁塔之上，铁塔就已让我的视觉系统因震慑而目瞪口呆，我的"智慧的历险"更倾向于此时对铁塔的专注，抓住内心的反弹不放。我是固执的。我对巴黎并无研究的兴趣。夏约宫在哪儿，凯旋门儿在哪，波罗纳森林在哪儿，这对于一个匆匆的过客真的有意义吗？仅从巴特对铁塔的辩护，显然巴特仍是一个结构主义者。巴特的盲点显而易见，《埃菲尔铁塔》一文只对法国人有效。

圣米歇尔大街

丧失了母语，我和巴黎都成了盲人。白天一整天沉默的奔波之后，是夜晚的沉默。巴黎灯红酒绿，满目浮华，光怪陆离，但我却常常不知自己身在何处。我不知道哪是先贤祠、凯旋门、香榭丽舍大道？哪是圣心教堂、马德莱娜教堂？我究竟是在蒙马特高地？还是在圣米歇尔大街？这些当然是书上的巴黎,我在书中熟悉它们,但置身现场我却茫然无知。我很想到圣米歇尔大街碰碰运气,我听说那里有许多旧书摊,早年的海明威经常去那里,甚至晚年在开枪打死自己之前还到了圣米歇尔大街旧书摊闲逛。我听说有一年海明威这头老狮子隐没在圣米歇尔大街旧书摊和巴黎青年大学生的人流里,结果被当时还默默无闻的年轻的马尔克斯发现。马尔克斯激动而又矛盾,不知道是该上前请求谒见,还是穿过林荫大道向老人表达仰慕之情。马尔克斯觉得两者都极为不便,情急之下,他把两手握成杯状放在嘴边,如同丛林里的壮汉站在人行道上朝对面喊道:"艺——术——大——师!"这事是马尔克斯自己说的,马尔克斯后来写道:"欧内斯特·海明威明白,在这一大群学生中不可能会有另一位大师的——海明威转过身来,举起手,亮着孩子般的嗓音,用卡斯蒂亚语高声喊道:'再见了,朋友!'这就是我见到海明威的唯一时刻,那时我游荡在巴黎街头,毫无目的和方向。"

另一则故事,我记得是在读者文摘上看到的:一对美国情侣来到巴黎,在一家咖啡馆看到了海明威打电话的侧影。两个年轻人决定请海明威过来喝一杯。这是典型的美国人的性格,结果,海明威真的被两个年轻人请了过来。海明威称赞了女士的美貌,呷了几口啤酒,说还有事,与年轻人告辞。两个年轻人非常激动,但令他们更为激动的是,结账时发现海明威已把他们的账付了。

两个故事说明了什么?显然后者比前者更朴素,更符合海明威的特点,但意义不同。马尔克斯是小说家——不是说我不相信小说家——但我认为马尔克斯显然虚构了一些东西。这当是马尔克斯的特权,他有权虚构任何事物,包括自传、回忆录、与某人的会面。某种意义,在巴特看来写作已不存在真实与虚构的区别,一切皆为文本。不过在文本中指出哪些可能是虚构部分,我认为仍有意义。比如说马尔克斯见到海明威也许是真

—— 我的二十世纪 205

的，喊"艺术大师"是可能的，但海明威的回答呢？回答是一回事，需要回答是另一回事。如果马尔克斯需要回答，那么海明威就必须在马尔克斯的文章中回答，这就是文本。

但我认为不用说回答，就连马尔克斯的大声呼喊的回声可能也不会有。但十年后马尔克斯写出了《百年孤独》，海明威的回答就成为一种必然，因为它等于告诉人们孤独与回答存在于每个人的内心与幻觉之中。可以想象当年还处于茫然中的马尔克斯在巴黎街头是怎样的孤独，他的国家在遥远的拉丁美洲，那里正饱尝着马孔多小镇梦魇般无人问津的战争、噩梦、残酷和军人统治。因为偏于一隅和文化的隔膜，他孤独的呼喊从没人听到，甚至根本没人有耐心倾听。那么当年的马尔克斯来到巴黎是要倾听西方，同时还是寻求西方的倾听吗？他太需要海明威的回答了，哪怕"魔幻"地回答一声。

我在巴黎没见到何人，有时我觉得咖啡馆里坐着萨特或加谬，我坐在他们曾坐过的椅子上，但很快我就觉得这世界上只有我一个人。我找到了一个书摊儿，就在塞纳河边上，但书上的字我一个也不认识。我看到巴黎青年大学生了吗？没有，在我看来所有人都是游客，都是我不认识的字。

但是回到房间，回到书里，一切又熟悉起来。

红磨坊

走进红磨坊之前我一直认为红磨坊与面包有关。我不知道是怎样形成这种印象的，好像是在人们谈论法式面包时，听到过红磨坊这个词。那时我居住的那个城市已出现了多家装潢考究的面包房，不少是同法国人合资的。而且，谈论同法国人合资面包房的事在我身边就有几起，后来都不了了之。因此我的潜意识里大概固执地认为红磨坊是法国的老字号，就像我们的六必居、爆肚满、酱肘子。带着这种印象,我被带到了红磨坊,据说是来看舞蹈,我不太理解。

红磨坊灯红酒绿,光怪陆离,霓虹灯风车闪烁不定。风车是红磨坊的标志,它显得非常巨大,仿佛整个巴黎就是由它转动的。我看不出一点面包或酱肘子的迹象,豪华耀眼的装潢也没有一点面包房的影子。入门之后,宽敞的过厅似乎有无数种绚丽的灯光向我射来,两侧的招贴画舞女纷呈,大腿亮相,妖娆惑众,我不再想面包的事。来这儿的人衣着考究,存包、领牌、被侍者引领,像参加某种庄严的仪式。我有一种预感,我觉得这里是巴黎的一个重要入口,一个神秘的核心地带。我被带到古色古香的二门,二门是关着的,我走到跟前的时候它自动打开,里面的侍者把我接进去,门再次关上。在巴黎,作为一个过客,我一直有一种被拒之门外的感觉,现在我觉得窥到了一点什么。

座位是预订好的,还在比较靠前的地方。侍者带我到我的座位上,同桌还有另外三个陌生国籍的人,可能是法国人或英国人荷兰人西班牙人。我从来弄不懂他们,就像他们也常把我当成日本人越南人或高丽人。侍者提来一篮子葡萄酒和香槟酒,示意我可任选一种。我要了一瓶香槟酒,这是我应得的。舞台很大,灯光空明,演出还没开始。

我不知道怎样称呼这里,是大型酒吧,还是剧场或宴会厅?总之,这儿不是一个单纯的场所,这里大体由三部分组成:舞台、围绕舞台的环形酒吧;剧场(阶梯依次上升,一直排列到黑暗的后部)。整个看去大致可容纳千人观赏、就餐,座无虚席。我的位置距舞台只隔了三排餐桌。侍者穿行,不少人除了饮酒还在就餐,不时用餐巾抹着嘴。

我有点后悔要了香槟,我应该要葡萄酒。实际上这两种酒我都不想要,我实际上喜欢啤酒,想要扎啤,那种大扎的,像在爆肚满或东来顺那样的大扎。香槟太让我扫兴了,我又不是绅士。

不，我要啤酒。我招呼侍者，把香槟推给他，连比带划，怎么也表达不出啤酒的意思。后来突然想起啤酒是外来语，啤，我说，啤儿，比尔，屁尔——侍者终于点头了，收起香槟，不一会送来啤酒。

这时演出开始了。我感到一种满足。

音响轰鸣。震耳欲聋。大幕一瞬间被拉开，巨大的视觉冲击由于毫无准备感觉突然掉进另一世界。原来我以为舞台不大，结果幕一拉，场面如此宏大、绚丽，以致使观众的空间突然变小了，观众一下面对了欢腾绚丽的海洋：百名表演者像天女散花，像无数从壁画上走出的美女，她们向你微笑，向你歌唱，向你震颤，向你展示她们的羽毛，霓裳，乳房。特别是后者，如此盛开、逼真，让人难以置信。中间领舞者是一男一女，以这两个人间尤物为中心，展开为拥抱观众的宏大的由霓裳和敞开由胸部构成的整体造型，而布景具有古罗马的建筑风格，远景是希腊的天空和海洋，穹顶和两侧是铺着红地毯的楼梯，楼梯伸向观众，每个梯级上都站着各国古典风格的裸体造型，就像雕塑那样。但她们是真人，她们是生动的、鲜活的，眼睛和睫毛在眨动、传神，乳房和胯的颤动仿佛表明她们似乎正欲从历史建筑墙壁中走出来。她们是虚幻的，又是真实的，真实得无以复加。如此古典的大规模的霓裳、胸部、人体造型使整个舞台几乎成为一次大规模的装置艺术，一次复活了古典绘建建筑与雕塑艺术的盛宴。我不能不把她们的线条同卢浮宫联系起来，我刚刚参观过卢浮宫，脑子里充塞着艺术大师们对人体的沉思、痴迷、审美、歌唱和梦想。人体是文艺复兴与人道主义的核心，尤其当我看到德拉克洛瓦《自由女神引导着人民》原作，觉得德拉克洛瓦已把人体升华到了悲壮有力、感人至深充满革命味道。而这里的人体造型表演与西方人体艺术传统可以说一脉相承，同时由于将人体公众化和现代化更显得热情洋溢、神采飞扬——女人裸体从传统的画布和建筑物进入舞台（事实上也进入了海滩）和公众，让人惊心动魄,也更让人热爱人生。吃了酱肘子或爆肚满如果不欣赏人体,简直就是自戕行为。

整体亮相后,每场演出不仅是歌舞,还有简单的情节,类似歌舞剧或情景剧的片断,呈现出后现代的拼贴式的情境表演。每个节目都不单纯,都加入了不同因素,甚至可以看到不同时代的并置,可以能同时看到西班牙舞女热情粗放、日本舞女如浮世绘、阿拉伯舞者刀光剑影展现出天方夜谭的爱情,而华尔兹舞的庄严展现出欧洲宫廷的豪华与经典,同时还有桑巴舞、恰恰、迪斯科,牛仔,甚至重金属的摩托车也驰上了舞台,摩托车载着现代摩登女郎,风驰电掣……毫无疑问,表演融古典与现代、西方与东方于一炉,但一切又都是法国化的或红磨坊化的,因为无论哪一个国家民族的服装,红磨坊都以惊艳的女性乳房为整个花哨服装的视觉中心,并且事实上被重新设计了——无论本来多么封闭的阿拉伯公主,还是同样严实的日本绣女,更不消说奔放的西班牙女郎、本来就袒胸露臂的华尔兹,概莫能外。至于我们古老的敦煌的飞天,本来只存在壁画上,但在这里成了真实的人体飞翔——她们不断沿着空中的索道飞向观众,在人们头顶上掠过,撒下一束束香花。人间所能制做出的视觉快乐,在红磨坊可以说无以复加。这时候没有思想,也不需要思想,对于一场视觉的盛宴,我们只要身体就够了。

在两组歌舞剧之间,常常穿插着一些幽默滑稽表演,让你的视觉放松一下,大笑一阵,不然眼睛太累了,眼睛会受不了。我不喜欢滑稽或魔术表演。我曾看过太多的让人发笑的表演,比如我们的相声。我不想在巴黎笑。然而没想到笑却找到我头上,一个卡通般装束的表演者这时走上了舞台,他的样子让人发笑,但我觉得一点也不可笑。他提着一只大箱子,挤眉弄眼,装神弄鬼,可以突然把自己放大、展开,然后又缩小。他的箱子总是无故落地,以逗人笑。但是没什么人笑。他不受欢迎,直到他走下舞台来到就餐的观众席上，才引起真正的注意。他欠身邀请一位男士，示意这位男士到台上；又邀请了一位女士；当他准备邀请第七个人时，看了一会，跨过前面两排餐桌向我走来。我以为是看中我旁边的女士，结果是我，我摆手，指旁边的女士，结果非要我起来。

我是最后一个被邀请者，因此魔术师抓住我的手，举起来，招摇过市把我带上了巴黎的舞台。七个人站在灯光四射不可一世的舞台上。我最后一个上台，被放到了七个人的中间。七个人可能代表了七个国家或民族，但也可能只是两个国家——中国和外国。在我看来，中国是那种可以相对于整个世界的国家，这样国家为数并不多，甚至屈指可数，比如美国，或者还有俄国。后来我才知道邀我上台的小丑在法国大名鼎鼎，是法国著名的滑稽魔术表演大师，名叫 Eric. Boo，但当时我认为他不过是个小丑。他在台上向每个人做了一个动作，示意模仿他，到我跟前时夸张地歪着头看着我，好像我有什么特别。我同样回报了他一个怪相。我对舞台并不陌生，上中学时我曾在上千人的舞台上表演过自己编导的相声小品，并获得过演出一等奖。我的面部肌肉可以说训练有素，即使多年后使用一下也并不感觉费力。Eric. Boo 做了一个稍稍复杂一点的动作，我的模仿引起了哄堂大笑。Eric. Boo 握住了我的手，把我从一排人中拉出来，又拉出一个金发女郎，我们两人各站一端。Boo 示意我们摇动手臂，我们摇起来。剩下的人被排成一队站在中间，一声哨响，我们开始摇臂，Boo 示意让他们跳起来。哨声越来越紧，我们越摇越快，台上跳得一塌糊涂，台下一片笑声。

表演结束时，我们来中间，我与金发女郎握手，Boo 热情地拉过我和金发女郎，把我们的手举向观众，Boo 向我说了句什么，我也向他说了什么。但是什么呢，我们两人都莫名其妙，于是大笑。

大幕拉上又拉开，歌舞剧继续进行，真是美不胜收。散场的时候，一些人发现了我,向我致意,发出"OK",我在巴黎的舞台险些一举成名。我走进了附近一家咖啡馆,只能说"一家",因为我叫不上它的名字。我想要一杯杜松子酒或马提尼酒,但我无法开口。我只会说汉语,我唯一可选择的只能是啤酒,屁尔。我要了啤酒,我在想,红磨坊之于巴黎或世界到底意味什么呢?

为丑陋干杯

"为丑陋干杯!"许多年前的某一天,劳特累克、高更、梵高在红磨坊粗野地大喊大叫。他们沉瀣一气,旨趣相同,相见恨晚,且都神经质,其貌不扬。特别是劳特累克,是个瘸子,梵高也不怎么样,不久前还是个矿工,一脸僵硬,目光一动不动,高更要好一些,但表情也时时因恶作剧而变形。梵高就是在红磨坊结识了高更,走向了一条不归路。梵高后来割掉自己的耳朵,甚至自杀,都与高更密切相关。

劳特累克出身于贵族,少时骑马跌断了两腿,骨头接好但不再发育成为畸形。由于身体残疾、心灵变得扭曲而敏感,劳特累克反对一切高贵而美好的事物,"我尽量描写真实而不描写理想,我甚至连那些小小的肉瘤也不放过,我喜欢用有趣的茸毛去装饰这些肉瘤……"在一封给友人的信中劳特累克这样说。

一本中文小册介绍,红磨坊一带的蒙马特高地原位于巴黎北部的丘陵地带,原是荒凉偏僻的地方,曾经有大片的葡萄园和旋转的风车,十九世纪末,斜坡上的大片葡萄园废弃了,山丘上旋转的风车停止了转动,磨坊也纷纷荒废,其中一些改成了酒馆、娼楼、咖啡馆和舞场,每逢假日,人们接踵而来,热闹非凡。这里往往舞池与餐桌连在一起,色彩十分浓郁,是社会下层人的聚集之地,舞女、妓女为上流社会和学院派人士所不齿。或许正因为如此,一大批反叛的作家和艺术家喜欢混迹于此,蒙马特成了现代艺术的滋生地,孳生出了一代反叛艺术家。这些人包括毕沙罗、塞尚、梵高、高更、左拉、劳特累克,波德莱尔,他们与学院派主流艺术在此分庭抗礼,发表了著名的"为丑陋干杯"的宣言。

然而像任何一个艺术流派都不免内讧一样,小说家左拉由于不满塞尚对前印象派画家的超越,对昔日同窗好友塞尚大肆攻击,塞尚因此决定离开巴黎,到了普罗旺斯的"圣维克多山"潜心绘画。我从西班牙进入法国,在阿尔卑斯山与法国中央山脉交汇处见到了"圣维克多山",那是阿尔卑斯山到地中海沿岸结束时留下的一段断崖似的绵延的侧岭,看上去像中国北方的长城那样整齐。我注意到这里的山区多呈淡紫暖白的色调,气候炎热,日光充足,光感变化万千。此外,据说圣维克多山还是著名的古战场,很早以前因罗马人与北方条顿人在此山有过一场死亡20万人的殊死大战。塞尚在此隐居下来,终日作画,以《圣维克多山》为题作了无数的不同时间、光线的写生和绘画,并写下了《绘画是一种光学》一文,塞尚的实践艺术成就成为立体派乃至整个现代艺术真正的开端和奠基人。

塞尚走了,梵高和高更也离开蒙马特。基于生活、残疾、本能等等纠缠不清的原因,劳特累克深陷蒙马特灯红酒绿的世界醉生梦死,不能自拔。蒙马特也欢迎劳特累克,这里总是有他的画家身份的席位。他以丑陋自居,反叛到底,他不仅随意出入,也能找到倾谈的对象,被称为蒙马特的一位丑陋的名士。1889年红磨坊经过整修,重张开业,声动巴黎。应红磨坊老板之邀,劳特累克为红磨坊绘制了著名的大幅海报《红磨坊的拉·姑柳小姐》。海报上拉·姑柳小姐迷人的舞姿,掀开的衬裙,在黑色侧影的映衬下格外迷人。当海报贴满巴黎的大街小巷时,巴黎人被诱惑了,纷纷涌入红磨坊,一睹"拉·姑柳小姐"。此后,红磨坊吸引了包括英国皇太子等上流社会的名士,至于来巴黎朝圣、流亡、写作、发起艺运动的许多国家的年轻诗人、作家和艺术家更是数不胜数。1907年，红磨坊演出《埃及之梦》，其中一位名叫格莱特的舞星率众大跳泼辣、热情、半裸的"康康舞"，再度轰动法国乃至欧洲。"康康"在法国一如"弗拉明戈"在西班牙，"牛仔"在美国，成为典型的国别舞蹈。1992年迈克尔·杰克逊的妹妹拉托依亚·杰克逊来到巴黎，与红磨坊签约成为领舞演员，世界流行艺术在此汇集。红磨坊不断吸取外来文化，其间种种艺术的嬗变无以胜数，常演常新，事实上也成为世界流行艺术的舞台。据说每年法国国家电视台在圣诞节期间都要现场直播红磨坊盛大演出，一如中国春节联欢晚会的实况，而劳特累克的那幅开创海报先河的名作也成为了红磨坊永久的悬挂和标志。

劳特累克是十九世纪后期成名画家中最年轻的一位，死于1901年，年仅39岁。那一年20岁的毕加索也到了巴黎，当他亲眼目睹了劳特累克红磨坊的作品，情不自禁地说："我现在才了解这位矮小畸形的男人，竟是如此伟大的画家。"

我对红磨坊的兴趣当然在于我的某种偶然的经历，我记得那个晚上我兴致勃勃地读完了那本中文小册（从地摊上买到），感觉颇不平静，感觉那真是一个好年代。而后世的现代艺术虽然五花八门，不断出新，但与自身的生活已无多大的关系。

阿姆斯特丹

水。音乐性。建筑与秋天。雨把秋色点燃，因而更鲜艳、纯粹。建筑像树木一样，也有季节：阿姆斯特丹是欧洲北部的一片纯正的枫叶。我随季节到了荷兰，随秋天到了阿姆斯特丹。秋天像火，但雨把它打湿了，水与火构成了荷兰湿漉漉的亮色。我已经很累，荷兰给了我一份意想不到的安宁。

那就让斯宾诺莎安睡吧,让伦勃朗,让梵高,让高更,让蒙得里安,让劳特累克,让塞尚。不打扰他们了,也不去想他们。我只想拥有一个纯粹的荷兰,一个陌生的但却是我个人的阿姆斯特丹。我懂得自然界的语言。也读得懂建筑的语言,我对语言不再有任何要求。在鹿特丹我渡过了莱茵河。因为就要入海莱茵河的宽广让我吃惊,像武汉的长江一样宽,颜色也一样,甚至两岸的辽阔与空濛也一样。

我不能想象荷兰这样美丽如风景画片的国度,能容纳下这样宽广的大河。无疑莱茵河泛滥起来是可以吞没一个像荷兰这样的明信片般的国家的。但是没有,从来没有,也不能。荷兰很小,但因为莱茵河获得了一种宏大的胸襟和气魄。她的工业和贸易触角伸向全球,包括我的剃须刀与随身听都是荷兰生产的。

小国有大的气魄,而大国常在而不当。

是的,我越来越倾向于小的事物,倾向于细节与内心,就像我昨天在贝特留斯山谷那样,一个人和清晨,和一条山谷,和山谷中沉睡的建筑。我在谷底散步,什么也不思,什么也不想,甚至不想这是一个叫卢森堡的地方。我只想深深地沉浸于自我,只想与幽深的石径与桥、早雾和流水相遇,只想进入谷底火红的枫林,进入那些秋天的果实,撇开一切相关的历史、文化和传说。我在古建筑构成的石径上与一个卢森堡老人远远相视,两侧是尚在沉睡中的窗和门。我沿径而下,老人在下面,在细雨中靠着门板吸烟斗。旁边的门只开了一扇,很小的一扇门,另一扇还关着,碎石径泛着早晨特有的那种有过夜雨的白光。因为整个谷中似乎只有我和老人,当我们擦肩而过,就在我们相视的那一瞬,我看到老人在用目光向我致意——一个苍老的像是失眠了五十年的笑意。"您好"我情不自禁地说。我相信老人也说了同样的话,他的嘴唇动了一下,这时,只要开口,无论何种语言,人类都能听懂。但是我们的确不能再说什么,我们只有各怀着内心的波澜擦肩而过。我觉得老人的笑十分长久,就像上帝的底片可以被重复洗印出来。我到了谷底,到了川流不息的贝特留斯河上一座桥上,就像现在我站在阿姆斯特丹的雨中,看着湿透的街景,运河,游船,两岸音乐般的建筑,老人失眠的微笑就在河上,河上的白光一如老人的白发。老人就是老人,就是一种存在,没有任何别的意义。

  我上了一条游船,船上有大约五十个座位,但只有不多的人,多数座位空着。我喜欢那些空着的座位。游船在如网的河上航行,就像汽车在公路上。荷兰是个水上国家,阿姆斯特丹是个水上城市。阿姆斯特丹没有什么特别讲究的桥,不像塞纳河上的桥,有着那么多的人文积淀和历史钩沉。在巴黎我曾在塞纳河上试图找到米拉博桥,但其实也许我就在那座桥上,如果没有语言,我觉得巴黎的任何一座桥都可能是米拉博桥。或许荷兰也有这样的桥?但我不想再想这些。我愿桥就是桥,就是一种连接,一种简朴,像阿姆斯特丹的数百座普通的旧桥。还有什么比水更朴素的?桥也应该这样。但岸上的建筑无疑应是典雅的、暖色调的,像古典音乐,是室内的。欧洲的古色古香到了荷兰达到了某种极致,已有了北欧的某种宁静氛围。但她又是暖色的,没有极昼或极夜的那种静止与虚无。荷兰四季分明,时间生动而准确。雨后,夕光从教堂灰色尖顶打过来,照在城市暗色调的河上,红色准时地成为建筑的背景。特别是夜幕降临时,被古色古香建筑划分的晚景与城市初燃的灯火辉映在河上,那一瞬间,仿佛天火已燃了一个世纪,就要熄于世纪末叶。

  欧洲是太安静了,安静得似乎只有等待,让人不安。

美国之行

很久没一个人出门远行,而且以为跨越的是太平洋,结果是北冰洋。在地图上习惯了直线思维,难以想象圆形旅行。看见陌生的白令海峡,这条窄窄的海许多年前还是陆地,人们可以走来走去,据说大陆分开后过去的人再没回来,成了印第安人。传说也好,事实也罢,旅行即想象。"白令"这两个汉字也不知是谁命名的,听起来好像海峡一样古老,让人想象大地,人,迁徙。对面阿拉斯加就是美洲,以前从没想过美洲与亚洲这样近,不知道当初如果没有俄国与美国的交易亚洲大陆与美洲大陆的分界线会在哪儿?要到加拿大吗?感谢谁呢?美国还是俄国?

冰雪世界。一路向北,向南,过了阿拉斯加,加拿大,到了圆形的以北京为A点的另一端。到处是枫叶,溪流,湖泊,仍有点像加拿大。佛蒙特的明德小镇看上去与加拿大几乎没有区别,天空没有,森林没有,河流也没有，或者就是一条河。明德在枫林中的河边展开，阳光耀眼，卵石时而裸露，发出阳光般的声音。一堆不知放了多久的黑色木排堆在河湾处，述说着过去的时间，单看这些发黑的木排就知道这里曾疯狂砍伐，同样，已不知停止砍阀了多少年。走在发黑的水泥桥上，小镇没什么称得上古老的建筑，没有大雁塔，比萨斜塔，斗兽场，多是些一二百年的建筑，很亲切，不像古老事物，比如金字塔或兵马俑总让人感到某种不可思议，甚至想到外星。

是的，这里没有不可思议的事物，但一二百年的建筑同样有某种历史感，只是这里的历史感与欧洲的或我们的不同。事实上这里的历史感是我们的"现代感"的开端，感到某种亲切，因此在美国找到中国的另外一种"历史感"并不奇怪。在这个意义上我们与美国人的区别要比我们与古人小，或者这也是我在如此陌生的小镇却感到如此亲切的原因？

我住在枫林中的一幢木屋的二层，这里距小镇尚有几十分钟车程，算是森林深处。已值初冬，枫叶一半在树上，一半在地上，上下都火红，再加上晚霞或朝阳一照，整个林中炉火纯青地透明。尽管我抵达木屋时天色已晚，但森林之静中，一小抹夕阳如最后的炭火，在黑暗中仍有一种静静的就要消失的暗红。夜晚，我躺在二层的木床上，阵阵小雨与林涛裹在一起敲打着屋顶、墙板，声音不同，但都像某种乐器发出的声音。时差关系要么睡不着，要么小睡即醒，有种原始本能的敏感。黑暗中凝视窗外朦胧的类似黎明的亮色，不免自言自语："一万公里之外的天在亮，太安静了，除了耳鸣什么也听不见，风雨不知啥时已歇。"边念叨边写在手机屏上，轻点"发送"，连同小窗朦胧的照片一并发在线上。虽然是森林深处仍有wifi，与全球互联，但我竟一点儿没意识到"既然已在一万公里之外"怎么还说"一万公里之外的天在亮"？显然还是北京的心理视角，虽然身在

—— 我的二十世纪 217

美国。如果不是飞机，而是马车或船或哪怕是火车，漫长的旅途，慢慢地到达，恐怕就不会有这样的话。当然了，如果要是从白令海峡走过来，恐怕连故乡都要忘了。快与慢究竟给现代人类带来了什么？为什么有时下了飞机，一听到驼铃声，血液里就有一种古老的潮涌？但wifi又为什么如此贴心？心是快的，但血是慢的，似乎这是人自身固有的矛盾。不能低估血液，血液里有更多密码，事实上血液与心一样古老。

那么木屋与森林是一种什么关系？显然也有某种一致性。

木屋的建筑时间不详，一如森林时间不详。在整个森林中，木屋事实上是一种类似蘑菇一样的存在，如果非说蘑菇是异类的话你才能说木屋也是异类。有一种说法人类早期建筑模仿了蘑菇，在这儿我更坚定了这种看法。模仿自然永远不会错，这也是自然给人的启示与法则。

木屋的男主人Thomas Moran是明德大学教授，汉学家，女主人Rebecca是个抽象画家。在这所房子里，不能只叫女主人，还要叫男主人。这并非无关紧要，而是一种非常真实的感觉，因为在这里没有谁从属谁的问题，或谁主内谁主外的问题。不知道这是否也是另一种自然法则，而凡合理的都是自然的，这点没错。

木屋很大，地基高出地面，吊脚处有木台阶，上面是外置走廊。从走廊入门，一层是厨房，餐室，客厅，书房。墙上的老照片与小幅抽象画分布在不同空间，许多不仅仅是装饰，让你不由得不驻留。但即使驻留一时也很难理解画的含义，甚至照片的含义。房间布局复杂，进门过道的另一侧是一个专门的小客厅，由廊式露台连通，两者不过一道玻璃之隔，看上去像一个整体。但功能不同，廊式露台散落着桌椅，是喝咖啡、茶的地方，有点欧洲街头味道。当然不是真正的街头，整个视野是草坪、森林、天空，早晨斑驳的阳光落在吧椅上，地板上，并透过落地玻璃，部分进入客厅。客厅光线神秘幽暗，明暗对比强烈，部分阳光落在壁炉的火上，有种双重的纯粹。

红砖与黑铁构成的壁炉，古老的火在黑铁框中燃烧，上面有个玻璃装置，里面放着陈年杂物，小玩艺儿，小摆设，火柴盒，玩具汽车，偶人，所有物件都显示着过去，是两位主人童年少年的物件，一种被纪念的岁月。劈好的原木放在壁炉一边，摆放整齐，显然是 Thomas Moran 或与 Rebecca 共同劈的。一部分柴遮住了书橱，柴与书尽管如此不同但此时有某种一致性。一致性不在于自身，在于整体的气氛：书，火，柴，阳光，一切都是元素的，甚至在这儿人都是元素的。无论你从哪儿来，北京，巴黎或纽约，到了这里，都会成为元素性的东西。

书架上汉语书随处可见，加在英文书籍中，看上去既亲切又陌生，甚至比英文典籍还要陌生，仿佛一种古老与现代的并置。这是两种完全不同的时间，存在于同一空间，而熟悉的东西在陌生环境里也变得如此陌生，甚至我不以为我能看懂这些汉语典籍。只有进入了某种时间与语境才能读，而 Thomas Moran 是进入了。很显然这里的汉字或汉语书绝不是一种摆设或装饰，但也很难说是一种与英语典籍的对话。

只是……不是对话，又是什么呢？

我作为一个活生生的"汉字"的载体，从一万公里之外到了这里，让这间客厅越发有一种中国气氛。但此时这里的中国概念却也越发复杂，主要是我的历史感与这里的历史感并不是同一种历史感，两者不可同日而语。我们自身的对话与冲突尚未完成、远未完成，那么在这儿的无形的对话怎么可能不复杂？Thomas Moran 的古汉语比我好，却也同样让我觉得古汉语更加陌生，完全像另一种语言。Thomas Moran（托马斯·莫兰）的中文名字叫穆润陶，古色古香一个名字，很中国，但一看就是外国人起的中国的名字。这是否也说明了中国概念的复杂？如果不是费解的话。

瑞贝卡（Rebecca）有自己的画室，但画室不在屋内，而是在林中完全独立的另一处房子。隔得不远，由一条穿过草坪与灌木的小径相连。画室为长方形，很高，外表爬满青藤，覆满枫叶，看上去像一间教堂。瑞贝卡每天在这儿工作，她在这儿待的时间比在木屋要长得多。穆润陶白天去明德大学，通常晚上才回来，整个白天是一条名叫"路易"的牧羊犬陪着瑞贝卡在画室作画。画室的门很小，加上植物掩映，几乎看不见门（这点也像有些教堂），但是进去后里面却十分高旷，简直让人震撼，虽没有天顶画，但仍有着某种宇宙感。

比空间更震撼的是瑞贝卡的画，竟全是巨幅，如同创世。正面一面墙是正在画的一幅巨画，梯子在下面，梯阶满是陈年与新鲜的油彩。另一侧墙体还有三幅一组的巨画，已完工，或接近完工。除此之外墙角处堆放着许多卷起来的巨大的画布，它们同样不容忽视，饱含着成年累月的时间。

画室改变了我对瑞贝卡最初的印象，之前在房子四处我看的是一些小幅的抽象画，仅凭此在我的无意识领域瑞贝卡是一个装饰画家。印象常常深刻地误读一个人，一旦纠正会形成强烈对比。此刻，瑞贝卡站在她的画前，就连高高的梯子也在她的巨幅画内：瑞贝卡是画者，也是画的一部分，梯子也是。通过抱着"路易"的穆润陶，我问瑞贝卡为什么把画画得这么大？瑞贝卡站在梯子上说，她希望她的画把她包围起来，每天不仅感觉上走进画，实际的身体也走进画。我不知道这是一种什么样的诉求或感觉，是否性别特有的感觉，这且不管，因为这样一来对瑞贝卡而言每天事实上存在着多重空间，画室是一层，画又是一层，一个人穿过无形的空间、许多道门，某种意义她已是个隐身人。甚至梯子也是隐身的，其本身已成为一件抽象艺术作品。而每天登梯作画的行为，仿佛就是与隐形空间的对话。

如果说天空和海都具有单纯的抽象性，瑞贝卡画的虽然不是这两者但却具有这两者的特征:单纯,抽象。画家不会向人解释他画的是什么的,通常你也不要问,往往一问就错,有些东西是要你感受的,而不是问的,现代绘画与音乐都有这个特性。你凝视或聆听,在画面构成的内心空间穿梭,对象不明,自身不明,但也正是在这个过程中,无论客体的画还是主体的身心都发生着什么,生成着什么,这时候,潜在的东西异常地活跃,你明白:干脆把自己交给这些潜在的东西。

当然,理性也在提示:从色调上看,瑞贝卡的作品有黑色、墨绿、红色三大单纯的色系。三大色系从不并用,每幅画只一种,整体上单纯但细部的极其丰富,精神的密度很大,感觉她是在用浩瀚来表现极细微的东西,就好像用整个天空思考无数的星星。一旦进入了她的画,就像进入了不是星空的星空,不是海洋的海洋,不是夕阳的夕阳——这三大单纯的色系,像三种思辨的火焰,所有的笔触像无文字语言,一种广阔而深邃无限的书写。不错,瑞贝卡的画就其抽象性而言更像一种书写,一种哲学。只是无法和哪个哲学家对应,她是独一无二的。

瑞贝卡有一半德国人的血统,一半英国人的血统,日耳曼与盎格鲁撒克逊的混合显然体现出什么:从深灰色的眼睛到她的三大色系的画,然后再对视她的眼睛,我看到了独特而有力的东西。另外,更不可思议的是她一直用手指画,而不是用笔。相对巨大画画,用手指画更像是书写,这和我的感觉惊人地相似。她甚至调色也用手指,一点一点在巨大的画面绘成可容下自身的画。瑞贝卡说她从一开始就用手画,临摹的是自己的大脑。从童年。小时候人们天然吮吸手指尖,用指尖涂涂画画,一般成人改变。但瑞贝卡始终没变。年轻时颜料烧坏了她的手,后来改用了超薄的乳胶手套。薄手套与指尖、皮肤无异,长长的颜料案上有许多用过的手套,几乎就是她的用过的手,看上去有点恐怖。的确,某种恐怖存在于她的画中。

通常油画的笔触讲究层次感,质感,瑞贝卡的画由于用手指肚画,层次极为细腻,简直像另一种皮肤,人与画毫无"隔"的感觉。只有看了她的画你才会感到别人的画,包括达·芬奇的画都有隔的感觉,你是你,画是画,主客体二元分明,但瑞贝卡的画这种主客的关系消失了。无法想象,在森林中每一天(许多年如一日)在教堂般的画室中,她用细细的手指面对虚无却与虚无无隔无碍,是一种怎样的主体?怎样绝对的个人?

在一幅名为《pool》的黑色系列巨幅画前,我对瑞贝卡说,非常喜欢这幅,如果可能我希望《天·藏》用《pool》做封面。穆润陶正在翻译我的西藏背景的长篇小说《天·藏》,就一些问题我们已通过几十封邮件。瑞贝卡听后有些惊讶,甚至微微的脸有些红,耸耸肩,似乎既激动又不解。我喜欢《pool》的整体黑色,特别喜欢神秘黑暗中的这一抹亮色——简直像神的存在,非常西藏。"你画出了西藏。"我说,我说不管你在画中表达了什么我在其中只看到我的经验,而不是你的。我曾在西藏生活,曾长时间凝视西藏的夜空,这一抹亮色让我想到落在西藏夜空的银河。我说在西藏我随随便便就能看到各式各样银河,有的升起来,横过整个天空,有的沉下去,一半在天上一半在地上,就像这一抹银色。

西藏,对瑞贝卡无限的陌生,在这个意义上,我与瑞贝卡的"对话"是不可能的。但这又有什么关系?只要我和《pool》建立起对话就可以了。瑞贝卡大概被我极端的个人方式说服了,同意《pool》做《天·藏》封面,并且说由此我们之间的"对话"达成。她表达她的意思,我取我的;作者表达了什么并不重要,重要是观者的经验、观者看到了什么?在这意义上抽象画的特点便是"作者消失了"了,"读者诞生了",作者不是中心,只是媒介,当然是独特的媒介。

森林、木屋、汉学家、抽象画、西藏——特别又是在经历了北极、阿拉斯加巨大冰原之后——这些事物同样也在我的脑海拼贴在一起,产生了各种印象之间的关系。种种原因,我一直不接受地球村概念,不认可地球变小，但在这里这一概念让我有某种特别的体会。但即使如此，我仍觉得我与瑞贝卡、穆润陶之间的陌生远远大于我们之间的熟悉，我们之间的陌生感不会消失，也不该消失，在这点上我仍不接受地球村的概念。

沿着河边的公路，走出森林，穆润陶驾车带我到他任教的明德大学兜兜风，熟悉一下环境，两天后我将做一个演讲。明德大学是明德小镇的主要街区，几乎可以说没有明德大学就没有明德小镇。明德大学始建于1880年，是全美最老的文理学院，据说有来自全世界上七十多个国家本科学生在这里学习艺术、文学、外语、社会科学、自然科学几十个专业；马德里、巴黎、东京、柏林、佛罗伦萨、北京、莫斯科等地也有三十多个教学点——堪称"日不落学院"。多少有些夸张，但学校的确挺美的，整个校区于佛蒙特州有名的青山与纽约州的阿迪朗达克山之间，是美国最著名的山谷之一。穆润陶是明德大学中文系教授，主任，比我大两岁，生于1957年，五年前我们相识，此后每年都会见面。穆润陶二十世纪七十年代即随外交官的父亲来过北京，父亲在老布什担任主任的北京联络处任职，那时穆润陶即开始学中文，后在北京大学中文系学习，是康奈尔大学博士。穆润陶有爱尔兰血统，祖上与我所熟知的叶芝、乔伊斯、贝克特是同一血统。从穆润陶的脸型与灰色眼睛中，我多少能读到一点神秘的一闪即逝的东西：一种纯粹但有时不可思议的东西。

穿过主校区，一些地方贴出了我的演讲海报，估计是穆润陶或者他的学生贴的，不然还有谁贴？没怎么太转，穆润陶就把我拉到了青山余脉半山坡上的夏季校区，让我见识了明德大学"自然"的深度。通常知识密集型的大学与自然相互拥有，相互映照，会显得特别不同。夏季校区不像大学，像高山牧场，一派高旷的绿。时值深秋，枫叶已掉了大半，山风很硬，以至我不得不套上羽绒服，戴上帽子。这儿的纬度相当于中国东北地区，有趣的是这里也被称作美国的东北，简称美东，似乎有某种相似性。但风貌还是颇为不同，放眼望去，树丛中是大片低缓的草坪，但不是草原，只是因为太辽阔，看上去像草原。因为阳光的关系，风很亮，草也很亮，但不温暖。我喜欢这种阳光归阳光、温暖归温暖的感觉。我看到自近而远一条起伏的硬路面分开林中辽阔的草坪，沿路的一侧分布着棕色、深绿的房子。房子虽然很老，但油漆得干干净净，整整齐齐，像老年人搭的积木。多为四五层，有教室，图书馆，报告厅，更多是学生宿舍。但此时季节不对，看不到学生，连图书馆也像是空的。空的建筑也往往具有了自然界的属性，仿佛自然的一部分。穆润陶说这里冬天不上课，没什么人，不过一些体育项目还在这儿，像滑雪。这里是美国最好的滑雪地方之一。穆润陶说这里原不是校区，很多年前——大概在上世纪三十年代，美国东部的一个富翁为了制止这里的森林砍伐，把这片森林买下来，赠送给了明德大学。这样的事情在美国并不新鲜，尽管如此仍觉得有点不可思议。

风太硬，这点很像东北，上了车穆润陶带我去看弗洛斯特小屋。开始我没听清，以为还是随便转转，到了一个路口，路边木栅上有一个蓝色标志牌，穆润陶告诉我这儿是弗洛斯特居住过的小屋。事实上当穆润陶说带我去夏季校区时就已经包含了弗洛斯特，就像说去天安门会看纪念碑一样，纪念碑是不用说的，是题中应有之义。我对明德大学只知大概，一如外国人知道天安门，但未必知道纪念碑。不过这样也好，对我是一个意外之喜，以至颇有些激动。这涉及到八十年代，青春，我用带着记忆的深远目光凝视蓝色的弗洛斯特故居标牌，虽然一句英文也看不懂，但还是努力用汉语拼音方试拼出了 Robert Frost：罗伯特·弗洛斯特。

熟悉的名字，几乎就像我所熟悉的陶渊明，谢朓，王维，孟浩然。弗洛斯特在美国，甚至整个西方，也属于上述这类诗人，在中国叫山水诗人，在美国叫自然派诗人。穆润陶为我翻译标牌上的小字，我注意到了

"1939·1963"的字样，这意味着有22年弗洛斯特每年夏季在明德大学教授诗歌，住在这里，穆润陶也是这么告诉我的。

蓝色标牌非常普通，日晒雨淋有点旧，后面是一条林荫小路。小路伸向有坡度的草坪，路上布满落叶，因为弯曲和坡度，一眼看不到尽头。不过一过这段弯曲，便一眼瞥见了草坪与树下的木屋，就像看一眼瞥见了树下的弗洛斯特：他以自然的方式迎接来人，注视来人。我觉得一个人就该普普通通地迎接后人，哪怕很少的后人，就如此刻的我与穆润陶。

是的，诗人弗洛斯特的故居太朴素了，朴素得让任何纪念馆都失色。那么这条弯曲的通往故居的小路，不也正是那首自然的《未选择的路》之诗篇吗？这是现实的路，也是诗的路，是诗与现实高度重合的路。这条通往诗歌的路曾是弗洛斯特选择的路，也是更多人未选择的路。

路太静了，太偏僻了，几乎只是动物出没的路。但诗人不正像人类中的动物吗？而诗人之路不也从来就是动物走的僻静的路吗？

动物总是避开人，诗人也一样。

未选择的路

黄色树林里分出两条路
可惜我不能同时去涉足
我在路口良久地伫立
向着一条路极目远望
直到它消失在丛林深处
但我却选了另外一条路
它荒草萋萋十分幽寂……
从此决定我一生的路

> 也许多少年后在某个地方
> 我将轻声叹息把往事回顾
> 一片树林里分出两条路
> 我选了人迹更少的一条

三十五年前，我在一个蓝色硬皮本上抄下弗洛斯特这些诗句，那时完全没想到今天会踏上这条著名的实有的路。然而回过头看，这条诗中的路在那时已决定了我的未来。那时我多么年轻，还在大学读书，人生之路还未展开，但已经在翘望弗洛斯特"那条人迹更少的路"，渴望多少年后"轻声叹息那未选择的路"。现在就是多少年之后，真巧。多少年前我的确曾面临选择，出国还是去西藏？两者摆在我面前。那时出国潮热火朝天，但我最终选择了"人迹罕至"的西藏。甚至到了拉萨我也没选择市内的学校，而到了郊外一所山村学校。那所学校几乎如我所愿地接纳了我，为我提供了讲台、简单教具以及一间石头房子。

我站在讲台上或是在孩子们中间，我是被围绕的人，就像大树下的释迦，语调舒缓，富于启迪，我讲述语言、人类和诗歌。我喜欢石头房子花岗岩拼贴的外表，喜欢阳光下它富含云母和石英的光亮，喜欢冬天阳光直落树林的根部，喜欢树林的灰白，明净，路径清晰，铅华已尽。整个冬天我的石头房子常常门户洞开，这时我崇尚古典，听海顿，读王维，寒山，迪鑫森，弗洛斯特，萨迦格言，藏歌，民歌，写一些笔记，片断，不断地追问，让自己简洁，略去一切多余，简洁一如水中的石头。

这是我多年前写下的一段文字，这段字在这条小路上自动映现。三十五年前，选择的路始终没变，如今不期而遇弗洛斯特之路，路与"路"重合为一条路。弗洛斯特在这里等的就是我这类人吗？虽然如此之少，但似乎也正合天意：你是什么人总会遇上你的同类。

我不禁想，不知我当年去了美国会怎样？那是一条"未选择之路"，去美国肯定不是为诗歌。那么在那时我会见到弗洛斯特小屋吗？或者即使偶然见到，会像现在这样"重合"吗？比如，如果我是个律师、股票操盘手、MBA教授、推销员、法学家、中餐馆老板、送外卖的，诸如此类，我会来这里吗？即使偶然来了，会激动吗？

走在僻静的"已选择"的路上，已不觉山风硬。好像山风停了，落叶一动不动。脚下咔咔作响，此时我无法想象那"未选择的路或一生"，因为事实上不存在选择问题，《未选择的路》这首诗我想是弗洛斯特年轻时代的作品，年轻有各种可能、眺望、想象中的轻叹，但真到了"多少年后"，应该不会感叹另一条路的可能。因为一切已经铸定，没有任何后悔。我不知道老年之后的弗洛斯特怎样看待年轻时写的这首诗，或许进了房间可以问问。

走出弯曲的小路，豁然开朗，草坪宽阔，布满落叶。小屋就在树下，越来越近。是名符其实的小木屋，能看出经年的日晒雨淋，暴风暴雨暴晒的痕迹，似乎再未油漆过，是很旧的发黑的木色，如果不是明亮的外置玻璃阳台已完全看不出木色，就是一间枯色的历史的房子。透明的玻璃阳台当然是后人置的，产生着光，映出木屋有种不可言传的深度。

木屋没有任何文字标识，没有图片，没有说明，甚至小屋的门还上着普通的过去的锁。仿佛主人去上课了，一会儿就会回来。一切都是原状，房间静默如初，似乎仍有着过去的时间。尽管墙上的钟已停，但另一种表一定还在走着，诗人在我们看不见的时间随时回来。我甚至本能地下意识地摸摸生锈的锁，转动，仿佛有什么附体，我就是那回来的人。或者确认诗人真的不在屋？很多天后，还在回忆那一刻的摸锁细节，复杂而模糊的感觉，如果是电影镜头稍一切换，锁就会变成诗人的手。我非常喜欢的《美国往事》就有类似的镜头，也喜欢里面的音乐。

幸亏没人，不能设想游人如织，导游举着喇叭讲解，一队队人喝着饮料吃着零食进去，那样诗人死定了，也再不会感到诗人还可能活着。这样想着，想到自己一个人摸着锁，想到诗人或许会拍我一下肩也未可知。

也许我会把这一幻象写进小说，或拍成电影，哪怕是DV。

房间里书不多，没有通常文豪藏书的阔绰，没有四壁皆书，没有硬皮书，甚至没有特别完整的书架或书橱。一些书随意散放，一如往常，拿起就看，随手可放下。一张写字桌，一把靠背椅，卧室，简单的床，几本书。一双鞋子前后不一撂在地上，仿佛随时走出或者回来。简易的厨房因为金属灶具很有质感，炊具、灶台、餐盘、刀叉、电镀水龙头，闪着一贯的光，拧开就能出水……我想我在这儿肯定能生活。尽管太简单了，也比我在西藏更生活化。

离开小屋，在小路弯曲的地方回望，忽然发现小屋凸出的玻璃部分远远看去像大地的眼睛。非常像。的确，这时我相信了大地是有眼睛的，弗洛斯特小屋就是大地的眼睛，他那样自然地望着你，那不就是弗洛斯特？

> 诗歌是什么？诗歌是语言的更新……
> 诗歌是一种领悟能力……
> 诗歌是一个突如其来的想法在脑海中诞生……
> 诗歌是生命呈现出多细胞的结构……要善于运用隐喻、暗示、隐含，所有这些东西都是诗……

我听到弗洛斯特依然在大地上讲述。

在明德大学，我演讲的题目叫《权力的眼睛》，借用了福柯一本书的题目，穆润陶觉得太哲学化，建议改回原来的《超幻时代的写作》。事实上我也不是谈哲学，而是通过文学谈权力，通过权力谈文学。

讲完的第二天，穆润陶开车送我到哈佛，还要在哈佛讲一次。明德大学距哈佛大学差不多五个小时的车程，跨越了美国好几个州，记得有马萨诸萨州，新罕布尔州，好像还有康涅狄格州，路上的标志一闪而过。接近中午到达波士顿，没有停留，直接到了剑桥的哈佛。穆润陶原打算在哈佛住一晚，但临时有事，当天还得返回明德，一天来回近千公里，太辛苦了，我提出不要送了，坐巴士或火车自己去，但穆润陶一定要亲自把我送到哈佛，交到王德威手中。中午我们到了，王德威的助手应磊博士要我们稍等一会儿，王德威还要有一会儿才能下课。我与穆润陶坐在接近白色的楼道的长椅上，感觉有点怪。穆润陶过去从没来过哈佛，这次为了我是第一次。应磊告诉我们那头是燕京图书馆。听说过这个图书馆，很有名，我们到里面转了转，在杂志架上看到了《十月》，感到异常亲切，不禁翻了翻，看到我编的稿子。我想告诉应磊和穆润陶这点，但最终还是没说。我不想打破一种短暂的安静神秘的图书馆气氛，面对这么多的书是不适合说话的。

燕京图书馆收藏着八十多万册中文图书，其中的善本古籍特藏以其质量之高数量之大享誉世界。其渊源与中国一位古体诗人有关，据载1882年1月9日，《波士顿每日广告人》这样写道："一位熟悉自己国家典籍的中国知名作者，给'新世界'带来了从其祖国的文献中精选的著作。其中最新也让人好奇的，是他自己刊行的诗集。"事情是这样的，1879年7月，宁波诗人戈鲲化，当时在英国驻宁波领事馆任翻译（五品官），经美国人杜德维推荐与哈佛大学签订任教合同，携带家眷和一批中国典籍奔赴波士顿，于当年10月22日，身穿五品官服在哈佛大学正式开馆授课。据载这位中国教师的出现在当时颇为轰动，《哈佛记录》有记："1880年的毕业典礼，翻开了哈佛大学历史新的一页。在参加典礼的教师中，有一位名副其实的来自古老中华帝国的教师。任何一个敏感的观察者肯定都会意识到，中文讲师戈鲲化的出现和工作，正在创建他来自的古老国度与我们所属的年轻国家之间的神奇联系。"戈鲲化以他的真诚、儒雅、学识、幽默，赢得了哈佛人的尊敬。遗憾的是，1882年2月戈鲲化因肺炎在波士顿突然病逝，距离他的三年聘期还差几个月。他的遗体由杜德维和其家人护送回国，而他带去的图书则留在了哈佛大学，成为哈佛燕京图书馆的首批藏书。

一进图书馆，我就看见了戈鲲化醒目的画像，的确，我现在依然感到某种大洋两岸的"神奇联系"。如果中国与世界有着不解之缘、古老与年轻有着不解之缘，首先是与美国的不解之缘。尽管这种缘分依然有着不确定性，但其丰富性与寓言性是不言而喻的。应磊来叫我们，王德威从楼道尽头大教室走出来，表示歉意。因为已是中午，穆润陶还要返回，王德威直接带我们去了考究的自助餐厅。

王德威高挑，很帅，我看到戈鲲化曾有的东西，也看到了戈鲲化没有的东西。斗转星移，有种难以言说的东西。王德威主持着一个高端汉语小说翻译项目，《天·藏》准备纳入其中，由穆润陶来翻译。穆润陶已部分地翻译了我三部小说，除了《天·藏》还有《蒙面之城》以及新作《三个三重奏》。穆润陶认为《三个三重奏》的故事性与现实感都比较强，可否《天·藏》的翻译先放一放，先翻《三个三重奏》？王德威认为还是《天·藏》在美国更有可能。两人探讨了一番，应磊博士也参与了讨论，她也读过《天·藏》，认同老师王德威的意见。穆润陶真正喜欢的也是《天·藏》，这下打消了疑虑，走时非常高兴。事情就是这样，交流，倾听，会更接近事物。

哈佛的演讲是同样的题目，像在明德大学一样，当我把"超幻"与拉美的"魔幻"联系起来时，听众一下明白了"超幻"的题旨：与玄幻或科幻都无关，与现实有关。拉美的魔幻现实主义在中国影响甚大，而超幻现实与魔幻现实最大的不同在于，拉美的魔幻还带有民间性，神话性，中国的超幻除了具有全部魔幻的特征，有一个内在的东西是拉美没有的，那就是逻辑。即所有看上去魔幻事物的背后，都有一个权力的逻辑。这个权力逻辑不魔幻，但是超幻。换句话说在不同层面，一个魔幻的事物是符合逻辑的，又是反逻辑的，这种既是逻辑的又是反逻辑的构成了超幻……面对这种超幻，文学何为？先不要说文学如何反映现实，先要解决文学如何认识现实……我以《三个三重奏》为例讲了我对超幻现实的认识以及表现。

明德大学演讲的主持是穆润陶，哈佛大学演讲的主持是王德威，两位主持人风格不同，侧重不同，都先谈到了《天·藏》。王德威还提到了《沉默之门》，指出了其特殊的历史背景及唯一性。我多少有些感慨。我并不是一个热门的作家，但写作就是这样，不定什么时候就有超越性，被不知什么人阅读，仿佛总有某种薪火相传。既写作就要相信这种超越性，相信一种秘密的存在，这也是写作的真谛。

穆润陶谈到了我们在北京的相识，我们共同的朋友。演讲稿已被穆润陶译成了英文，分发给了近百人的听众。我不知道下面还坐着《新英格兰评论》的主编，一位女士，她已看过我的英文演讲稿，听过演讲希望发表它，穆润陶后来告诉我这件事。但当时我坐在报告厅里，根本不知道下面都坐的是什么人。我想得最多的是许多年前弗洛斯特可能坐过这里，让我有一种无法言状的东西，我看了看穆润陶，好像从穆润陶脸上寻找什么。

穆润陶坐我旁边，让我讲慢一点，PPT上滑动的英文会跟着我，这样就不用现场翻译了。如果我脱稿穆润陶再现场翻译，这是事先商订好的。我当然不会照本宣科，演讲稿里没提到弗洛斯特，而我不期而遇地访问了弗洛斯特，领略了那条可以看作是选择的路也可看作未选择的路，对不同的人是不同的路。这些稿子外的事我当然要讲到。讲完的互动阶段十分有趣，同样由穆润陶现场翻译。一对希腊教授夫妇完全听懂了我讲的超幻，竟然提到希腊也有"超幻"，让我惊讶不已，打破了我认为唯有中国才有超幻的感觉。穆润陶后来告诉我，这对希腊教授夫妇前不久才由明德大学从希腊邀请过来，教希腊语与希腊文学，学校为此在主校区中心位置为夫妇俩提供了一套带工作室的住宅。之所以带工作室是因为他们除了上专业课还兼有一个职能：每周在家中举办一次主题沙龙，邀请学生参加。沙龙提供晚餐，学生可网上报名，名额有限，每次不超过二十人。要求正装，晚礼服，讲究礼仪，然后由教授夫妇提出问题，大家讨论。

这是希腊过去有的方式吗？不管是不是有没有，这都是一项特殊的教学方式。其意义在于这既是一种学习方式又是一生活方式，潜移默化会有一种文明源头的认同。文明是有历史的，特别对美国而言，历史虽短但文明并不短。这方式大受欢迎，我在明德的短暂访问其中一项活动即是参加一次希腊教授夫妇的周末主题沙龙。

演讲后的第二天穆润陶陪我到了希腊教授夫妇家，这次沙龙的主题是"中文"。中国，希腊，美国——不仅是三个国家，也是三个文明。希腊、美国是有传承的，中国提供了异质的东西，以至这个晚上如此偶然而有趣。教授家的房子是白色的，隐在几株高大的树中，外面一眼看不到。经过一小段树丛中的木栅桥，已可以看到门内的学生，三三两两，作为私人住宅里的一种公共性在这里显而易见。我与希腊教授是主要对话者，同时还有别的话题区域，只要不影响主话题，三两人找个地方愿聊什么都可以，谈情说爱也不妨，你又怎么分得清呢？轻松，自由，兴趣，食物，饮品，或站，或坐，衣冠整齐，是大学也是社交场所，思想、知识融于其中。

希腊教授个子不高,前额很宽,我不知道苏格拉底或柏拉图是否也是这样的前额,甚至个子也不高。当然,除了某种古典性,教授的现代性也十分明显,表情丰富。神气活跃,有幽默感。我们再次讨论了超幻,教授对我演讲中提到的"诗人与官员在同时自杀"的中国现象非常感兴趣,认为这一中国的超幻现实与古希腊悲剧有关。换句话说,这一晦涩的现象,也是希腊悲剧的主题之一:不可能的事情发生了,无关的变得相关。"弑父娶母"可能吗?不可能的,但在宿命中却是可能的——希腊教授说。但"诗人与官员同时或都在自杀"是否更宿命?更具有现代的复杂性?本来无关,却相互能指,所指,相互映照。

我对古希腊悲剧虽说不上陌生,但也从未把中国的超幻往古希腊悲剧上想,教授的联系让我颇为吃惊,脑子好像突然打开一孔窗。之前这孔窗即使存在也是隐性的,换句话说,没有教授的话它永远也不会打开,有也等于无。现在,我们穿越了时空,穿越了现实,使得交流与对话必然产生思想边界之外的东西,类似小行星从天外来。没有这种交流就没有思想的小行星。后来即使转入了别的话题我的脑海里仍然总是映现出某种后现代的戏剧空间:两孔幽暗的灯光打在一个诗人身上,一个官员身上,看上去无关,却同在一个舞台上,各说各话——各自吊着讲述为什么自杀。为什么自杀?这一命题事实上可以转换为"我是谁?我从哪里来?我到哪里去?"这样一个永恒的形而上的命题。

在哈佛,一个日本教授也提出了日本也有超幻,而当一个越南学者提到越南也有超幻时,我已经不再惊讶。自以为独特的实际上世界都存在,独特性从来就具有普遍性,这也是人类能够相互沟通的基础。但是什么意义上的普遍性?这个问题也仍然要问。换句话说,普遍性并不能因此代替独特性,特别是对中国而言。

"你提到,在中国,时间是个高度压缩的内存,现实被压缩在时间模块里面，文学就是要释放这些内存，释放生命，请问文学怎么释放？"

"北京与西藏，这两者对你的写作构成了什么样的影响？"

"政府的权力就是个人的权力？"

占位不同，种种原因，有些问题我能回答，有些不能回答。有时思想的"窗子"虽然突然打开，但却看不清什么。

演讲结束，强烈地想一个人散步，面对陌生。

与明德不同，哈佛厚重，建筑更欧洲化，颇有启蒙时期特点。据说哈佛始建于1636年，早于美国建国一百多年。哈佛红构成的——哲学楼、法学楼，以及白色的罗马柱透出的厚重感，历史调子有点不像美国。这里知识太密集了，如同建筑一样密集，一座座降红教学楼像堡垒一样结实，内向，固执，以至草坪与橡树虽然同样打眼但在楼宇中完全是配角。这里不会有自然派诗人，当然，也不会否定自然派诗人，但会有别的东西。

在"哲学楼"前伫立良久，不禁想起了北京"五四"大街上的老北大红楼，这个"哈佛红"与老北大的"北大红"有什么渊源吗？其实拿出手机轻轻一点就可能查到是否有关系，但是我没有查。海风斜吹，淅淅沥沥的雨中，哈佛红越发有一种凝重，深厚，一种超越美国历史的底蕴。

北大也有超越性。有吗？

也像在北大一样，哈佛也有中国旅行团，连游人的东北口音都听得清清楚楚，无论如何异国他乡感到异常的亲切。人们在一尊青铜雕像前留影留念，我完全不知雕像是谁，导游告诉是哈佛校长。吓了我一跳，校长活着就已成了雕像？后来才知是哈佛创始人。旅行团的人走了，我差点跟着旅行团走。走了几步，一个人定住。

又一个人走过来，我问；查尔斯河怎么走？要不要一块去？

没人回答我。

到了查尔斯河边,有皮划艇自桥洞飞快划过来。桥上路口红灯,停着大队的汽车。远处还有若干座桥,车行如烟。仅从桥的数量判断我大概也就走了校区的三分之一,或四分之一,我不能确定。不能再走了,决定返回。陌生地走了那么远,竟然分毫不差地原路返回。又到了红色哲学楼前,哲学楼几乎是哈佛入口,但怎么没再看到雕像?

事实上并没原路返回,但我还是回来了。

哈佛艺术馆,或者波士顿艺术馆,费城艺术馆,华盛顿艺术馆,纽约大都会博物馆,纽约现代艺术馆,我都去了,但真正给我深刻印象的是位于53街的纽约现代艺术馆。大都会博物馆声名显赫,几大古老文明的藏品名闻遐迩,似乎不亚于大英博物馆。我看到了古代中国的藏品。抛开别的,仅就艺术与审美我不习惯在国外看到古中国,在希腊之外到看古希腊,在埃及之外看古埃及,在罗马之外看到古罗马。如果我没亲眼目睹过这些文明,在大都会我会感到某种见识上的满足,但此刻,在纽约看到博物馆的标本般的埃及、希腊、罗马、中国,越发有种集中的不适感,几至离开。与民族主义无关,我不光看到中国的难受,看到埃及的也难受,希腊的也难受,如果非说这是民族主义,那这儿就是帝国主义。民族主义与帝国主义天然分不开。而作为艺术的文明它们被移动了,空运了,置换到别处,就真的死了——因为在原产地无论多老它们都还有根系,与亘古的土地一起活着。但移走之后,哪怕是完美地移走——最大限度保持原状、原环境,仍然只能是知识,历史,技术,概念,它们可以是一切,唯独不再是艺术,因为没有生命。

艺术即生命,博物馆有知识无生命。

除非是建在原址的博物馆。

去过波士顿艺术馆（大量的古埃及馆藏，许多是原封不动搬来，与现场完全一样，越是处理得原汁原味就越有一种切肤之痛）后本没打算再去大都会，觉得够了，但听人说大都会正好有一个准备了很久的馆藏"唐宋元明清艺术展"开幕，抱着最后的好奇去了。结果还是知识，掌故，以及展陈了许多艺术品的传承过程，艺术本身退到边缘，像一束束干花，木乃伊。而且甚至即使从纯粹知识掌故角度，比起原产地哪怕省市级博物馆，也有一种飘浮之感。特别是水墨画，在东方已经很干，但一息尚存，甚至与空气还有着某种联系，无根之后，彻底地干死——与其说是展示艺术，某种意义不如说是展示死亡。

有意味的是，展览入口过厅的开幕表演倒颇有生气：一个似乎西班牙的女人在过厅的一头唱歌剧，另一头一个女人远远地坐着听，两人就像静物一样。两人中间是巨幅的敦煌壁画，整个空间都被壁画笼罩，而咏叹调的声音与古老的空间极不相符，但因为不符反倒更有意味、一种张力。或许这就是当今的世界：一种折叠的方式，一种不可能的叙事，一种类似小说的结构——敦煌，西班牙，歌剧，中国，美国——无关地拼贴在一起，反倒产生了另一层次上的相关。这种相关不传递知识、掌故，而是建构，营建，是化学反应，是事物与事物之间的现代混搭。

这种场景应该属于纽约现代艺术馆而不是大都会，因此在这个意义上当我来到纽约53街的现代艺术馆，一种强烈的对美国的认同油然而生，我感到一种原生的、在场的、活力迸发的东西全方位地扑面而来。现代艺术馆与时间没有分裂，完全一致，几乎共生，并且还在生成。正因为如此，我感到大都会不是美国。大都会宏富，应有尽有，囊括世界，但却不是世界，也不是美国。现代艺术馆才是美国，它没有囊括世界，却是世界。现代艺术馆的艺术同样来自世界，但到了这儿全变成美国的了，塞尚是，毕加索是，蒙德里安是，塔皮埃斯是……这是发生学意义上的美国、世界艺术家敏感的前沿。在这里，实验、形式、触角一方面在穷尽一方面还在突破、裂变，哪怕是很小或在极其边缘上突破——这就是发生学。

当代艺术事实上就是在"穷尽"与"无限"的很窄的空间中，无限地展开自己。尽管任何时候艺术方向都不明确，但每一种新的形式都是一种掘进与攀岩，而活力恰恰就体现在"窄"上。

艺术与精神从来就是"窄"之事，而纽约现代艺术馆收藏了多少"窄"？每个人都是"窄"的，而且"窄"现在还在打开、将要打开，所有活着的生成的艺术、形式在这里汇聚、历险、失败、成功，这一切与时间同步，汇成统一性。但具体到每个艺术家，又是孤立的、个体的，像明德森林中的瑞贝卡。瑞贝卡在森林深处是多么的孤立、绝对的个体，与成功失败都无关，但又绝对是世界的；任何个体绝对的深度都反映着整体，马蒂斯是这样，杜尚是这样，沃霍尔是这样，洛奇是这样，梵高是这样，瑞贝卡是这样，包括这里的中国的徐冰，以及日本的，马来西亚的，墨西哥的，非洲的艺术家……大都会虽大，但国界异常分明，现代艺术馆虽居现代，却没有国界。

"你画的是什么，为什么要这样画？"在明德森林我曾问瑞贝卡。

"不是我要画，是画要我画，画在画我。"瑞贝卡说。

"你考虑过市场吗？"

"这是经纪人的事儿，画对我是一种生活，命令，我是一个执行者。"

"执行者？"我像重复神的语言，在森林中。

"它有自己的语言，我不过是在记录它。"

艺术的主体一旦倒过来，不是人支配作品，是作品支配人，艺术便是人与神的对话。神支配着人——但这个神是绝对个人化的神，不是任何别人的神；而绝对的个人，才有绝对的自己的神。

望着返回途中的阿拉斯加，白令海峡，我在想瑞贝卡的话。我想——

瑞贝卡的话是我拒绝大都会最好的理由。我不知道瑞贝卡去没去过大都会。穆润陶也没去过哈佛,非常个人,非常自然。当个人化对我来说还是一种坚持而不是自然,我觉得我的路还长。

布拉格精神

1

尼采说:"当我想用一个词来表达音乐时,我找到了维也纳,当我想用一个词来表达神秘时,我想到了布拉格。"尼采是对的,但布拉格对我来说已不能用神秘概括,只能是卡夫卡。如果卡夫卡早于尼采,或者哪怕同时代人,尼采一定会选择卡夫卡。他们截然不同,但尼采会同意说他们是兄弟。尼采最后疯了,卡夫卡呢?死前决意焚掉全部手稿,差不多疯了。他们在两极上殊途同归,映照世界。

我已经到过两次布拉格,也可能是三次。2015年冬去过一次,至今留着伏尔塔瓦河寒光与淡黄色城市的第一印象。最近这次先到了布拉格,然后去了法兰克福，途经德国中世纪小城班贝格，哈瑙，纽伦堡，分别在法兰克福和纽伦堡各住了一晚，然后重返布拉格。德国将这次的布拉格之行一分为二，重返算第三次吗？如果时间太短不能算第三次，那也不能算第二次。既不是第三次也非第二次，是又不是，这种不稳定的测不准的纠缠感在卡夫卡的布拉格并不奇怪。

卡夫卡或者说布拉格对我是一个太久的梦。我记得1980年，当我第一次接触到卡夫卡时是那样错愕、费解，但又深刻认同、息息相戚。那种对无意识领域的震撼只有当时北岛他们的朦胧诗可与之相比，两者对我还是对中国文学都是革命性的。朦胧诗在语言上拯救了我，卡夫卡在灵魂上植入了我。前者一夜之间让我跨出旧时代——如果语言不改变，就算跨入新时代你也仍是旧时代的人，事实上。1980年很多人在语言上仍生活在旧时代。而我是幸运的，我不知道朦胧诗和卡夫卡有什么关系，反正两者在1980年奠定了什么。因为自那时起，无论什么时候，只要我用卡夫卡陌生而又神经质的眼睛观照一下事物，我就对这个世界保持了一种清醒，一种坚定，一种无以名状的东西，一种任何时候都不会丧失自己、改变自己的东西。每每那双惊恐而又天真的眼睛对我都像定海神针，总是一下就把我从纷繁的世相带到深蓝色海面。我从不觉得李白、歌德、托尔斯泰是我内心深处的精神依靠，但卡夫卡是，凯尔泰斯是，梵高是，所有弱的天才，黑暗中的天才，都是，某种意义他们是人类的另一种依靠。

就这样，过了许多年，我第一次到了几乎由时间构成的布拉格。这种时间像另一种故乡，而且像聂鲁达的诗："我承认，我历尽沧桑。"是的，我历尽沧桑，我完全可以这么说，当年那个敏感的同样有着卡夫卡梦幻目光的年轻人，快四十年了，来到布拉格，来到依靠之地。由于无限的陌生，像梦一样的陌生，我看到许多自认为熟悉的东西。我起得很早，像在北京一样早，走出老式的旅馆，来到了淡黄色街上，处处都感到银行职员踯躅独行的影子。铛铛车驶过,车型很时尚方钉砖中的路轨没变,路轨没变其他再怎么变也是季节之变,时尚之变,天不变道亦不变。据说铛铛车在欧洲有一百多年历史了,德国柏林有了第一辆铛铛车,这样一个起点一直没有消失,许多建筑与有轨电车构成的道路一直密不可分,共同守护着某种时间。布拉格更是这样,更固执,几乎完全没改变。一战二战欧洲有几个城市没遭过战火?但布拉格没有。多少年来面对战火,布拉格很少激烈抵抗,常常干脆不设防。布拉格人认为时间会战胜一切,如果城市没有了时间也就没有了。的确,布拉布是时间的胜利者。不是说不抵抗,事实上布拉格抵抗得更顽固,更格格不入。只不过体现在心灵上,灵魂上,伏尔塔瓦河一样的目光上。布拉格的时间哲学与心灵哲学,让布拉格的建筑都保留得如此完整。走在古色古香的街上如同走在十八世纪,十七世纪,甚至十五世纪。褚色的方钉砖路面虽然磨得油光光的,但依然棱角分明。德国有胖子,哈瑙有胖子,班贝格有胖子,布拉格没有。早晨溜狗的人比狗还瘦,至少一样瘦,甚至一样有冬天的哈气。有轨电车像早晨的电话铃,叫醒人但很温和,一如最老的那种电话。光在细细的尖尖的教堂顶上,只一抹但很亮,而尖顶下面整个城市还在晨曦中。走在晨曦中的人不是上班的人,没有早高峰,就是散步,走,静静的一个人一狗,毫无目的,如新浪潮电影。

很轻易地就走到了河边,我想一个城市不会有两条河吧?应该就是伏尔塔瓦河。在晨曦与教堂顶上阳光的映照下,伏尔塔瓦河静静地弯曲地流淌,也让城市变得弯曲,寂静,开阔,伸向远方的河上的空间如此浩大。大清早的就有人钓鱼,很冷,几乎钓不上鱼,但是钓。桥上的涂鸦神经质,艺术天分极高,几乎是钓鱼人的写照:钓,但不知为什么钓,笑,但牙齿像铁丝网,眼睛画得一半睡着一半失眠。

布拉格是"门坎"之意,名字就很卡夫卡,也可以说卡夫卡的作品天然就有"门坎"之意：不断地被莫名绊倒，不断地纠缠于绊倒的事物，永远前行，永远不能抵达，充满弱但坚定的哲学。一如不设防，但绝不放弃抵抗，永远格格不入。

我想成为这个城市起得最早的人，但是休想，河边总有几乎日夜钓鱼的人，简直像雕塑。河水无声平稳，到了市中心的查理大桥，布拉格在河中央设置了拦水。拦水发出哗哗的竖琴之响，像永恒的演奏。我不知拦水哪年设置的，哪一年布拉格将伏尔塔瓦河变成了永恒的乐器。反正很久了，不为发电，不为分洪，不是水利，纯粹为了永恒的演奏。永恒得就像河本身，是的，永恒，在布拉格处处都能感到永恒的气质。

2

尽管导游是免不了的，但在布拉格你常常会觉得导游并不存在，一边听着讲解一边可以如入无人之境地进入想象世界。黄金小路是布拉格城堡中的最著名看点之一，这个有点魔幻的地方位于圣乔治教堂与布拉格玩具博物馆之间，但视觉与听觉并不一致——陷进听就会忘了看。黄金小路并非由黄金打造，而是当年神圣罗马帝国皇帝鲁道夫二世在此炼金得名，但据说这位皇帝不住这里，这里是他的工匠、仆人和卫兵的住所。由于神秘或者也由于其他原因，这里的房子建得很小，个子高一点的人须猫腰才能进去。到十九世纪这里的房子变成贫民窟，但是二十世纪又兴旺起来，原因是自由艺术家搬到这里，开始在此定居创作，变成波西米亚艺术区。艺术家从来就是有这样的本领：化腐朽为神奇。北京七九八在二十一世纪再次证明了这种自由的能力。黄金小路碎石铺就，宽不过两米，有的地方对面来人要擦肩而过。由于路窄天空也显得很窄，路口有一家咖啡馆，如果碰到下雨这里会很拥挤。现在两边的小屋是小型博物馆与特色小店。博物馆还原了艺术家、炼金士房间内当年的摆设。特色小店的纪念品独一无二,有着鲜明的个人性,没有一窝风利益最大化,每个店就是一种生活,类似一种信念,很难想象是什么抵抗着资本主义的金科玉律。

卡夫卡在这写作我一点也不惊讶,没卡夫卡我倒是觉得不可思议。写作很虚无,一如炼金术的虚无。就像上天的安排,或者也可说是卡夫卡自己的安排,神圣罗马帝国炼金士小屋与写出《城堡》《变形记》《诉讼》的卡夫卡小屋离得很近,22号是卡夫卡小屋,而15号就是炼金士小屋。炼金士小屋昏暗神秘,向里瞥一眼就感到一种类似科幻或魔幻的空间:许多似是而非的仪器、烧瓶、金属、器皿、天秤,说不上来是未来还是过去。我注意到有一个半圆的吊在桌子边的挡板,据说用来接住任何可能掉下来的金屑,而火炉——显然不是一般的火炉,显然是用想象建造的足够冶炼金属的高温火炉。凝视着叠床架屋之上一个小鸟笼,很不解这是干什么的,难道是炼金过程中的闲情逸致?一种对小鸟的祈望?炼金太难了,几乎是一种不可能的行为。稍后才知道原来并非祈望,而是炼金充满危险,比科学探索还危险,炼金士养一只小鸟是万一炼金时化学反应生成有毒气体过重,会导致小鸟先死,炼金士赶快逃之夭夭。炼金不仅充满幻觉,也有深刻的清醒,就像写作一样。

1576年神圣罗马皇帝鲁道夫二世将行政首都迁至了布拉格,自己也住到了布拉格的城堡里。作为历史上最痴迷炼金术的皇帝,鲁道夫二世邀请了大量的占星学家和魔术师,同时向科学家、音乐家和艺术家敞开了大门。当时活跃在布拉格的就有天文学家第谷·布拉赫,画家朱塞佩·阿尔钦博托、诗人伊丽莎白·简·韦斯顿等。我后来专门去了一趟布拉格老城区一座炼金术和魔幻术博物馆,博物馆分为上下两层,由数个不同的展览和炼金模拟场景组成,一楼模拟了灵魂交易场景:一名失败的魔术师被魔鬼吸到天花板里,与此同时,数名巫师在下面围绕着四壁发光的符文念念有词。二层的塔楼，还原出当年炼金士凯利进行充满奥义的情境，如今它看上去更像是一个炼金士的实验室：古老的卷轴和魔法书堆积如山。博物馆在场景布置上似乎有夸张的成分，但炼金术士们脑海中的幻象世界比这些场景应该还要超现实得多。黄金小路记录了那段虚无炼金历史，据说在前面提到的15号房（那间不足十二平米的复杂费解的炼金术小屋），一个炼金士七年没出屋，有一天，终于炼出了金光闪烁的黄金，成为最伟大的炼金士。但就在炼金士走出屋的一瞬间，却突然倒地身亡。

黄金诞生了，炼金士却瞬间死去。或许他已是非人？通灵？被灵收走了？以另一种方式存在？干脆说并没死？但无论这是一个事实还是一个传说寓意都是一致的：肯定的同时就是否定，成功就是失败。相反也成立，同时有之外的东西——布拉格就是有这样的东西。

因此这里也必然有卡夫卡。卡夫卡写作的小屋同样很小，门上标牌更小，简直开玩笑，像儿童房，只在小窗旁有小一行铜字："Franz Kafka"。太内向了，几乎不想让人知道这是卡夫卡小屋。事实也是如此，我注意到许多游人多匆匆走过，无知无觉。甚至房号的数字"22"都比卡夫卡的名字大，低头进去后，比15号房还要小，只有8平米。很长时间1.82米的卡夫卡一直腰就会顶到天棚，简直像一种魔术。或许正是这种局促，才让卡夫卡做过无数个怪异的梦，因此我有理由认为《变形记》是一个真实的梦。"一天早晨，格里高尔·萨姆沙从不安的睡梦中醒来，发现躺在床上的自己变成一只大甲虫。他稍稍抬了抬头，便看见自己那穹顶似的棕色肚子，分成了好多块弧形的硬片，被子几乎盖不住肚子，都快滑下来了。"炼金士与魔术博物馆应该布置这个梦的场景，应有一只大甲虫，可惜没有。

确切的时间1916年卡夫卡以每月20克朗的价格租下了黄金小路22号小屋，小屋是卡夫卡姐姐的房子。真奇怪，我不知卡夫卡的姐姐为什么有这间房子，为什么还要严格地租，不知这里有什么故事。住下以后卡夫卡在给友人的一封信中这样描述黄金小路："步出住处的门，便踏上了寂静的街道路面上的积雪。今天它完全地适合于我了。包括：门前那美丽的上坡路，那里的寂静"。卡夫卡这间小屋确切建筑时间是1597年，八平米还带一个小得不能再小的厨房，墙壁很薄，像临时的房子，一临时就临时了五百年。卡夫卡写道："笼子在等待着一只小鸟，而我这只鸟却在等待一只鸟笼。"卡夫卡的眼睛总是像世界的倒影。

卡夫卡没到过中国却在这间"笼子"里想象中国"长城"："那里幅员辽阔，无边无际，长城重重叠叠，固若金汤"，于是有了短篇小说《中国的长城》。这是一篇用铅笔草草写成的残稿，它看起来模糊、混乱，勾勾划划之处比比皆是。面对"分段修建"长城的方式和"最高领导"的意图，小说叙述者"我"表现出了无比的困惑：长城修建始于30年之后的某一天，一个陌生的水手突然驾一条小船来到一个小村庄，向叙述者"我"的父亲传递了长城修建的消息；当后者对此摇头，一再表示不予信时，水手跳上帆船匆匆离去。小说中的"我"对僵卧病榻的皇帝始终无法通过自己派出的信使向帝国偏僻角落的臣民传达口谕的现象颇为不解，这同"K"怎么也无法抵达"城堡"如出一辙。

房子越小卡夫卡的想象就越没有边际，而他的困惑也就越发地异乎寻常，异于常人。有一次他曾用手指围成一个小圆圈对偶然找到他的一个朋友说，"我的一生就关在这里，在这个小圈圈中。"他感觉一辈子都没走出这里，即使写出了伟大的《城堡》《变形记》《诉讼》这些前所未有的文学。"我不是燃烧着的荆棘。我不是火焰，"临死前他对朋友说，"我只是跑进了自己的荆棘丛中走不出来了。我是一条死胡同。通过写作我没有把自己赎出来。在我有生之年我都是一个死者，现在我真的要死了。一个人如果于人无补，就只好沉默，因此应该把我潦草写出的东西全部毁掉。"

他真的做出这样的决定，一如坛城建成之日即是毁掉之时，炼出"黄金"之日即是死亡之时。卡夫卡知道坛城吗？他要是知道会安宁得多。但如果真的安宁了，还会这样刺痛我们吗？

殊途同归可以，但并非差别就消失了。

炼金术对欧洲文明影响非常大，也非常深远，现代蒸馏性烈酒的诞生就来源于炼金术。啤酒、红酒等发酵酒诞生得比较早，但采用发酵法，如果不添加糖分就无法制造出超过20度的烈性酒。13世纪十字军东征带回许多阿拉伯的书籍，其中包括阿拉伯炼金术士的笔记，神圣罗马帝国通过这些笔记学会了阿拉伯人的蒸馏法。一开始，黄金小路上炼金术们还只是用蒸馏法来炼金，后来有的苦闷的整天喝得醉醺醺的炼金士偶然把蒸馏技术和制作酒精饮料联系起来，发现用蒸馏法可以制造出度数更高的酒，可以喝得更大，脑子更奇妙，于是就有了蒸馏性烈酒。今天人们熟知的几大蒸馏酒：白干、威士忌、白兰地等，都源自中世纪炼金术士们的发明和创意。不仅如此，更重要的是，后来被用来批判炼金术的近代化学其实也脱胎于炼金术。据说磷就是在炼金过程中被发现的，首先发现磷元素的是个痴迷炼金术的人，有一天他想要用强热蒸发的方法来处理自己收集的大量尿液，他喝得太高了，结果在蒸发尿液的过程中无意中发现了曲颈瓶中多出了一种像蜡一样白色的、带有臭味的、在黑暗中不断发光的神奇物体。这个酒鬼开心地以为自己找到了传说中可以点石成金的"哲人石"，其实它就是容易自燃的化学中的磷。科学史把这次磷的发现，视为近代化学正式从神神叨叨的炼金术中脱离出来的开端，标志着近代化学从此正式加入到自然科学的行列之中。卡夫卡呢？他对人类心灵的影响力不亚于磷的发现，他是文学的炼金士，他以掘根自食的内向方式洞察了世界的背面、人性的盲区，使文学充满了变数，内在的维度无限辽阔。

我还不能马上离开黄金小路，再讲个故事，因为即使这条小路上的监狱也传递着"门坎"民族特有的精神,可以说黄金精神。黄金小路的两端和中间分别有三个塔楼,最西边是火药塔,中间是白塔,东头是达利波塔。这几座塔楼本来都是守卫城堡的瞭望塔,后来火药塔被用来存放火药,白塔和达利波塔变成了监狱。白塔1522年建成,为贵族监狱,比起白塔,达利波塔监狱要恐怖严厉得多,这里是关押重犯的地方,一入口便有一座跪着的囚犯背着骷髅头的铜铸,看上去又惊悚,又艺术。艺术和恐惧很难分开,进入塔内部,灰黑色砖墙又厚又重,墙上展示着各种刑具,阴气森森,令人毛骨悚然。达利波塔监狱的名字据说来源于该塔第一位囚徒——达利波(Dalibor)。达利波是一位波希米亚年骑士,由于骑士精神附近好多被压迫的活不下去的农民、穷人都跑到他的领地上去了。这些穷人原来的领主是一个残暴的伯爵,伯爵向国王打报告说达利波煽动农民叛乱,试图颠覆国家,犯有颠覆国家罪。彼时统治波希米亚的是雅盖隆王朝的弗拉迪斯拉夫二世,是个独裁者,城堡旧皇宫的大厅就是以他命名的。这位国王长期不在捷克,统治的地域广大,住在匈牙利,对波希米亚的事务从来只相信属下,偏听偏信了那位伯爵的话。弗拉迪斯拉夫二世不仅派兵支援伯爵的镇压,还下令把达利波关进布拉格城堡塔楼,如果仅此这故事也没有什么特别之处,但布拉格总有不同之处。

在漫长的等待死亡的日子里,年轻骑士无师自通学会了小提琴。他每天夜里都拉漫长的小提琴。他并不会拉小提琴,从来没学过,但申请了小提琴并得到允许。他从一个音到另一个音,一个手指到另一个手指,跟着自己的心灵日日夜夜如入无人之境,竟然学会了复杂精密的小提琴,成为小提琴大师。他忘掉了监狱,忘掉了过去,与世界建立了一种新型关系:他演奏的小提琴曲优美动听,楚楚感人,深邃迷幻。尤其是黄昏,随着夕阳落在河上,能传出很远,远远近近的居民们都能听到。于是,每天黄昏,人们纷纷来到关押骑士的达利波塔监狱周边,静静地聆听琴音,送来食物，饮料，鲜花。他怎么学会琴的是个谜，以至国王不敢公开将骑士处死，怕人们像云一样包围上来，有一天只好深夜快接近黎明时秘密施刑。琴声消失了，但人们已习惯了骑士的琴声，就像习惯了教堂的报时的钟声。琴声消失了，如同时间死了。讲解员讲得很悲伤，恰好附近所有教堂的钟声一齐鸣响，无数的幻象般的尖顶指向天空，声音落在鸽子身上，落在伏尔塔瓦河上，落在波光粼粼的拦水上，落在斯美塔那的音乐上，甚至跳起的鱼上。布拉格有卡夫卡的梦魇，也有如此的美妙的传说。而卡夫卡，不同样具有晦涩的美妙吗？晦涩的敏感，晦涩的美妙，在文字间，在他的眼睛里。

3

2013年冬，在地铁上，我站着读赫拉巴尔《过于喧嚣的孤独》。小说名与周围情形完全一样，喧嚣，过于拥挤的喧嚣，除了我在读书——恰巧又是这本书——都在读手机。更多是视频，游戏，戴着耳机。我甚有点不好意思，我的的确确不是这么故意孤独，好像宣示什么，不是。我知道像我这样的人不适合公共场合，我惶惶不安，我只有读这样的艰涩的书才能忘我，忘掉周围，打发掉如此不堪的拥挤的时间。当日我在自己的领地（我也有微博）写道："地铁，赫拉巴尔，《过于喧嚣的孤独》，许多日子站着，或坐着读，换乘之后继续，竟然快看完了。多数时是站着，今天一个小伙子捅了我一下，示意有一个空位，让我坐。空位在我们两人的面前，他胖乎乎的在听手机，白色导线与黑边眼镜有种特别的味道，很时尚，车内很喧嚣，但又很安静。"事实上他离空座更近一点，比我站那儿早，理论上属于他，本可理直气壮坐下，但他叫我坐。我坚决拒绝了。我们之外的一个姑娘迅速坐上，我继续读，忘我。

2015年我在赫拉巴尔经常光顾的金虎酒吧喝酒，2017年再次光顾，以后还会来。人以类聚，物以群分，你不必非要绝对成为什么人，但要找和你相近的归属。金虎酒吧位于布拉格老城区，是布拉格非常个人化也非常平民化的作家、诗人、艺术家、导演每周二都在此相聚的地方。赫拉巴尔由于每次必到，有自己的专座，每个周二这个座位都会等他。即使有人坐在那里，赫拉巴尔来了人们也会起身相迎。赫拉巴尔在废品站工作，是废品回收站的打包工。哈维尔是赫拉巴尔是的朋友，1994年美国总统克林顿访问捷克，请哈维尔介绍认识赫拉巴尔。哈维尔当时是捷克总统，向赫拉巴尔传递了口信。见面地点当然是总统府，从哪方面说都该如此，但赫拉巴尔认为克林顿要想找到他很容易，他可以从哈维尔那儿知道他每个周二去哪儿。克林顿一听说去酒吧找赫拉巴尔也来劲，会见改成相见，定在了金虎酒吧，哈维尔陪着。结果那晚三个人就像平常一样，酒友一样，在热闹的金虎酒吧见到了，喝啤酒，大笑，海聊，脸红脖子粗，击掌，手舞足蹈。如今他们的合影挂在酒吧墙上，每天酒馆一开门，就涌进不少慕名而来的人。赫拉巴尔、克林顿、哈维尔重新创造了金虎酒吧，让金虎酒吧成为一个驰名世界的文学地标。如今在赫拉巴尔固定的座位上方，挂着赫拉巴尔、哈维尔、克林顿在一起的照片。设想，假如在总统府见面算什么呢？一次外交活动？一次最高权力对艺术家的垂幸？那样无论对赫拉巴尔还是对克林顿都是贬低。权力并不高于生活，也不高于艺术，权力是公器，公器抬高的个人是短暂的。而艺术、生活常青。赫拉巴尔始终没把自己和生活分开，在一次访谈中他说："对于我来说，最重要的是生活，生活，再生活，观察人们的生活，不惜一切代价参与任何地方的生活。"

赫拉巴尔出生在布拉格边上的宁布尔克小城，中学毕业之后进入欧洲最著名大学之一查理大学，获法学博士。35岁这一年，赫拉巴尔做出了影响一生的决定,独自来到布拉格,住进了破旧贫民区,在一个由废弃的车间改造的大杂院里一住就是二十年。他每天早出晚归,到钢铁厂劳作,后来因工伤离开钢铁厂,做过各种工作,包括废品回收站的打包工。他以本身就是普通人的眼睛观察普通人,生活给了他关于人的信念,也给了他奖赏,使他与米兰·昆德拉、伊凡·克里玛被并称为捷克文学的三驾马车,某种意义上说,赫拉巴尔是最接近普通人的马车。

赫拉巴尔的中国出版人、作家龙冬先生旅居布拉格时,经常去金虎酒吧,与赫拉巴尔生前的酒友喝成了兄弟般的酒友,有一次龙冬到了以后大声问马扎尔,"赫拉巴尔先生呢?"马扎尔一愣,突然猫下腰后对着桌子底下喊:"赫拉巴尔先生,你出来!"尽管赫拉巴尔1997年去世,尽管生性有着某种布拉格精神的龙冬没见过赫拉巴尔,但对赫拉巴尔熟悉得就像当年赫拉巴尔的酒友。马扎尔是赫拉巴尔的忘年交,每周二金虎酒吧的常客,工程师,摄影家,经常去赫拉巴尔的森林小屋协助管理东西,后来见龙冬这么热爱赫拉巴尔,就以赫拉巴尔生前的一管钢笔相赠。

2011年9月到10月,龙冬住进布拉格1区安奈斯街13号的一套老房子,房子距老城区的查理大桥只隔一条街,是一栋明黄的三层公寓小楼,建于1671年。房间内不许抽烟,走廊摆着两把编织椅子和一个茶几,烟灰缸内总有未熄灭的烟屁股,地上常有几支空酒瓶。但一个月时间龙冬从未发现吸烟的人,饮酒的人。或许每次出来,廊上的人便倏忽消失了?走廊是最孤独的地方,哪怕相互完全陌生的人也不愿在此见面。酒吧就不同了。如果绝对寂静的孤独是不能碰的,比如在临时的走廊,那么喧嚣的孤独是人之所需。两种孤独都不可或缺,但不能搅在一起。你要抽烟了,好吧,我让开,退场,这儿是一个人的舞台,一个人之舞,心放外面的时刻。

寂静的龙冬离开一个人的舞台,经常迷失在老城区的小巷。有一次回来几乎走到了住处,结果提前拐入一条小巷,又远离了住处。"在宁静的巷子里,我的身前身后都有醉鬼,单手扶墙大叫的,如同朝圣匍匐在地爬的,"龙冬在《喝了吧,赫拉巴尔》一书中写道,"餐后,我同苏珊娜和马扎尔换场继续喝酒,红酒,喝了无数杯——继续走,路过瑞塔左瓦小街的卡瓦拿酒吧,看见里面还有许多人,我知道这是'地下'作家和艺术家的聚会场所,是真正意义作家聚会的地方。我继续沿瑞塔左瓦小巷往前走,左拐,进入胡苏瓦街,连续推开两道门,进入金虎酒家。"

就是那次,喝高了的龙冬先生冲着同样喝高了的马扎尔喊:"赫拉巴尔先生呢?"即使喝醉了,龙冬心里也装着赫拉巴尔,他们的缘起隔着千里万里,真是奇怪。龙冬带我去了所有他认为我该去的地方。那天到布拉格的当日,坐了十个小时飞机的我,龙冬,我们一行人非常疲劳,晚上想早点休息,但龙冬说在布拉格不能休息。"布拉格怎么能休息呢?"拽着我们就沿街暴走。他带着我们逛他熟悉的酒吧,一路滔滔不绝,梦里不知身是客,仿佛讲他出生的城市。走来走去,走到了安奈斯街13号,他7年前住过的淡黄的房子。他指给我们看,兴奋地讲述当年,讲街上有多少扶墙而行的酒鬼,在地上爬的酒鬼,他是其中之一,他走过了自己的家……过了他住过的房子,他又非带我们去"地下"作家酒吧看看,非要再喝上一杯。这第一个晚上赫拉巴尔就好像租了龙冬,好像他们是一个人。已经快深夜十二点了,龙冬甚至要喝第二盅,笑眯眯地说:你们应该体验一下这里的"地下"的意义:"地下"就是抵抗,以前是审查,现在是市场经济……我尊重龙冬不仅酒后才有的思想与活力,这活力既深刻又天真,这是中国文坛特别缺少的。我再次确认了龙冬有一种布拉格的东西,一种异类的东西,一种必须由衷尊重的价值。

4

因为在法兰克福歌德学院有一场中德文学交流活动,就像我前面提到的,第二天一早撇下布拉格去了德国,转了一小圈后,重返布拉格。事实上这时布拉格之旅才真正开始——开始得有点奇特,仿佛中途插播一段广告。我必须说其实这才是第二次来布拉格,但5月3日龙冬带我们暴走的那个晚上是怎么回事?还有当日下午"十月作家居住地"的酒会、《天·藏》与捷克Verzone出版社签定出版合同仪式,这些都是怎么回事?也是第二次吗?两个第二次中一定有个第三次,否则没第二次。我有纠缠不清翻来覆去的毛病,这是我和龙冬不一样的地方。我天生也有布拉格的东西,话说回来谁没有呢?文学就是要追究这种独特的普遍性。

赫拉巴尔的布拉格,当然是一个和卡夫卡不一样的布拉格,但同样都体现了布拉格,甚至共同的布拉格。那个打包工汉嘉不就是另一个K吗?赫拉巴尔在《过于喧嚣的孤独》写道:"三十五年了,我置身在废纸堆中,这是我最爱的事物。三十五年来,我用压力机处理废纸和书籍,三十五年中我的身上蹭满了文字,俨然一本百科辞典,我用压力机处理掉的这类辞典无疑已有三吨重,我的学识是在无意中获得的……"这也是赫拉尔自己的写照。在地铁上读《过于喧嚣的孤独》,读着不断出现的"三十五年了"这样的时间句式,读那种寓言般的打包工的环境,没法不让我忘记车厢内看手机的人们。别给我让座,我不需要尊敬,也不需要同情。

龙冬轻而易举地便找到书中的废品回收站,当他指给我看焦街10号说这就是赫拉巴尔工作的废品站,我觉得就像白日梦,像一种即兴的口头文。这儿真的是吗?我不知道我是站在地铁里还是站在布拉格大街上。废品站差不多在布拉格市中心,离瓦茨拉夫大街——当年苏军坦克从天而降地方——不远。焦街10号是一幢四五层的楼，废品站在楼房的地面以下部分，从紧锁的铁门望下去有个天井，当年拉运废纸包的卡车过秤的地方就在这里。当然，现在这里已不是废品站，现在这里是一个地下车库，但是大门旁的纪念铜牌标明赫拉巴尔曾在此工作，显示赫拉巴尔或者汉嘉，或者别人，在这儿将一册册，一捆捆，一摞摞人类的经典压紧，打入废纸包，装上卡车拉走，在造纸厂变成纸浆。"三十五年了，我用压力机处理废纸和书籍，三十五年中，我的身上蹭满了文字……我看到整个布拉格连同我自己、我所有的思想、我读过的所有的书，我整个的一生都压在包里，不比一个小耗子更有价值的一生，在我的地下室同废纸在一起被社会主义突击队压碎的小耗子……"

这是一种怎样的情景？

这不仅是布拉格的情景。捷克作家从布拉格出发，绝不止于捷克。卡夫卡是这样，哈谢克是这样，哈维尔是这样，昆德拉是这样，克里玛是这样，赫拉巴尔是这样。还有塞弗尔特，里尔克——两位就出生在焦街上，龙冬指给我们看，非常小的名牌，我要掏出眼镜看。

捷克绝对是个大国，大得没有边际，人类视野，在此翻译出版自己的作品让我感到一种特别的荣幸。我唯有致敬，以阅读的方式，甚至在地铁上阅读。前面提到的苏珊娜，中国名字叫李素。我们以前多次见面，这次又见面了。在北京，在布拉格，李素多次谈到准备翻译我的小说，这次在布拉格的酒会上夙愿终成：由她来翻译我的近四十万字的长篇小说《天·藏》。酒会上我谈到西藏，我的高原的经历，李素以及其他在场的捷克诗人作家以设问的方式谈到西藏对中国作家的意义，龙冬自然更是知情地谈到西藏。西藏是那天中捷作家诗人出版人见面酒会的主要议题，就在"十月作家居住地·布拉格"，一幢六层公寓楼的顶层，视野极好。

还是十年前，2007年，我与李素相识。那年我给了她刚刚出版的

《环形女人》（后更名《环形山》），那时李素还是北大的学生。我清楚地记得是在艾未未和艾丹兄弟俩在长虹桥开的"食堂"，龙冬也在。对，想起来了，就是龙冬把我介绍给李素的。那时李素留着栗色短发，非常年轻，学生样儿，穿一件红上衣，端着红酒，惊鸿般的美，汉语说得很棒。来这儿的人都是非常北京化的人，有点像布拉格的金虎酒吧。但比金虎酒吧"野""杂""痞"得多，这里融纨绔、知识分子、艺术家、啤酒主义者、诗人、作家、赌徒、书商、梦想家于一炉，李素进入这种地方也算进入某种北京文化的核心，见识过"食堂"的人，应该说算是见识过北京。李素读了《环形山》多年后才跟我说，她非常喜欢这本书，她会翻译的，并提到我和中国作家不一样，像中国的外国作家。在中国而言这当然是一个有多种解释的评价，但想到普鲁斯特说过希望自己的作品看上去像是外国作家写的，我感到某种复杂的释然。一个作家不惧怕任何东西。

"食堂"那时的龙冬就在推广赫拉巴尔，而我那时也是第一次知道了赫拉巴尔。我记得龙冬对李素说，我是捷克文化的爱好者，推广者，你能不能让捷克邀请我去一次捷克。龙冬酒后红着脸笑眯眯的样子极其可爱，赤诚，天真。他说的是玩笑话，但也是真心话。赫拉巴尔在中国慢慢广为人知，火起来，和龙冬后来也就是2008年去了捷克有关。当然，推广赫拉巴尔，不是为去捷克，谁都知道，是天性使然，天性里龙冬有赫拉巴尔的东西。

这次来布拉格，也仍与龙冬有关。

有一年，徐晖打电话到北京要找龙冬，结果龙冬就在布拉格，两人互不认识，但正是互相要找的人。布拉格就是这样神奇。徐晖来布拉格已有二十多年，与妻子韩葵经过打拼有了一些根基，韩葵已在国内出版了《布拉格布拉格》一书，颇有影响。在布拉格，见面之后，龙冬时常去徐晖那儿，有一次谈起作家写作营居住地的话题，两人一拍即合：在布拉格搞个作家居住地，请中国作家到布拉格居住写作。居住地不需要大，一室一厅足矣，徐晖有这个实力。只要无偿提供这么一套房子，国内找合作伙伴不难，龙冬打了保票。然后他们就一起看房子了。梦想者与梦想者在一起会发生什么？就会发生居住地这样的事儿，看起来不可思议，在他们却再正常不过了。不能不说在布拉格，梦想者总有点炼金士的遗风。

徐晖、韩葵夫妇在布拉格老城区一幢新艺术风格的老公寓楼的顶层买了一套一室一厅的房子，无偿提供给了《十月》杂志，无偿呀——这和黄金小路上的超现实行为是不是有点相似？《十月》邀请国内作家，提供机票，作家伙食自理，住一个两月。文学之梦常常就是这么简单，没有这样简单的梦又哪有复杂的《盗梦空间》？就这样，"十月作家居住地·布拉格"诞生了。站在顶层的居住地凭窗远眺，可见到伏尔塔瓦河，宏伟的布拉格城堡和老城区。一百多年前，捷克文学史上的标志性人物、著名诗人马哈就曾住在隔壁的楼上，在那里创作了代表作《五月》。"五月"派的代表人物之一、捷克女作家卡罗琳娜·斯薇特拉也曾居住在这栋楼里。如今中国作家余华、马原、吴雨初、叶广芩、韩少功等都已在这儿居住，深入欧陆。这就是梦，就做成了，颇有布拉格色彩，哪怕发生在中国人之间。布拉格从不把自己仅仅是看作布拉格，也正因为此，又是十足的布拉格。

我获益于赫拉巴尔，获益于卡夫卡，获益于布拉格。通过赫拉巴尔我从另一个界面了解了布拉格，理解了人，人的可能，人的殊途，同归，人的丰富，统一，困境，梦，包括梦魇。焦街10号废品站之后，龙冬的热情远没有结束，又带我们看了赫拉巴尔住了二十年的大杂院。尽管因修地铁已拆了，但他还是兴奋地指着马路当间的一块铜牌说，看，这是世界上最奇特的故居标牌，它钉在了马路上！的确非常奇特，不停地有人和车过来过去走过铜牌。据说钉铜牌那天是赫拉巴尔80岁生日，是1994年的一天，那天人们簇拥着赫拉巴尔，他坐在当街一把折叠椅上大喝啤酒，眼看着把自己故居的纪念牌嵌进路面。嵌进路面是赫拉巴尔自己的主意，政府本想搞得严肃一点，放在墙上，但赫拉巴尔执意如此。

到了赫拉尔过世的医院，其实这地儿是不必去看的，但龙冬也像赫拉巴尔一样执意，非让我们看一下，并且如数家珍一般讲当年的情景。马路对面有一幢四五层的白楼，赫拉巴尔住在四层，我们看到了。赫拉巴尔之死至今是个谜：坠楼身亡。有人说是自杀，有人说是他够窗外一只小鸟。我倾于后者。但这有什么不同吗？或者太不同了，他随小鸟而去，他根本就没有坠楼，他的魂魄在下坠那一刻脱身而去。

5

克斯科森林，赫拉巴尔写作的林中小屋，距离布拉格老城区有三四十公里。一片普通的次生林，疏密得当，自自然然，林中有大大小小的木屋别墅。无论大小都不豪华，好像就不允许豪华的。如果自然界不是豪华的房子怎么可豪华？这是种理念。谁看好森林一块空地，履行必要手续，简简单单，叮叮当当，要不了十天半月一个两层或一层木屋就搭好了。通常房内陈设简单，自然。林间有公路，站亭，有429路443路，应该是布拉格城区所属开得最远的公共汽车，开到这儿就算开到头了。每个周末赫拉巴尔从家出来，坐有轨电车，然后倒上429路或443路汽车来到他的森林木屋。一周了他要先喂喂他的猫。"它们盼星星盼月亮盼着，这儿的猫就像他的儿女，"龙冬就像讲自家老爷子讲着赫拉巴尔，"夏天，赫拉巴尔常常在房前空地上写作，就是露天写作，猫缠在他的脚边，打来打去，咬他的鞋，挠他，翻肚皮够裤脚。太阳晒得打字机很热，那些天马行空的文字粘着草木清香，源源不断从打字机上蹦出来。它们不乏伤感，却包含着幽默，带着天然的阳光。"

公共汽车站亭当然还在,边上多了两只木猫。不用提赫拉巴尔,这俩猫代表了。来的人会在这儿照张像,我们也不例外。赫拉巴尔的小屋早已易主,栅门锁着,只能隔门向里张望。新主人不在,也没有猫,空地上的长桌还在,草长蓊郁,甚至露天写作的椅子还在,好像新主人从未在这儿住过。一切未动,一切还都是原样。只是没了猫,猫变成木质,在车站。

还是有点失落,能进到屋就好了。

赫拉巴尔常去的森林酒吧,也没开门,太不巧了,感觉仿佛有意拒绝的意思。其实不是,只是我们心切,有点过敏。果然,不知为何酒吧门忽然开了,又营业了。森林只这么一个酒吧,分屋里和露天两部分,背后林木极其茂盛,不少树木东倒西歪,仍郁郁葱葱,几乎不能穿行。有个小广场,靠近公路有个木亭,亭中有泉,哗哗之声甚是好听,声音有一种非常明确的质感,和小溪小河静静流不同。二三人在此排队打水,大大小小各种瓶子,包括大可乐瓶子。

酒吧一看就如故,变化很小,赫拉巴尔常坐的桌上面有他的照片,啤酒垫也还在桌上。钟挂在吧台后面的黑色原木架上,与酒杯天然在一起。看这里,真的一切都没变,时间停止了,或者钟上是赫拉巴尔时间?没有秒针。难道只一种装饰?我正看着,忽然发现分针在动,甚至时针也在微妙地动。我看了下手机,时间完全一样。时间没有停滞。但是为什么把秒针去掉了?表明任何一个时间仍是固定的赫拉巴尔时间?

赫拉巴尔写了一早晨,又一上午,快中午到了这儿。要了一扎。又要了一扎。他还喜欢坐露天喝啤酒,屋里喝两个,屋外喝两个,看心情,要是写作顺利就只在屋外喝。有一天他已喝了四扎,心满意足,准备吃点东西,那边喧哗起来。龙冬说,原来是一个老妇人在推销墓地。赫拉巴尔端着啤酒走过去,在老妇人身边坐下,说,今天是他妻子生日,他想送妻子一件礼物,这块墓地他要了。赫拉巴尔说再没有比墓地更好的生日礼物了。赫拉巴尔那天没有喝多，事实上这块地也是买给自己的。果然他后来和妻子葬在这块生日礼物上。我不知道怎样评价这事。

我们一行也都要了啤酒，在已经很老的黄色的遮阳伞下，我们坐了一排。这时，忽然从那边过来一个老人，问了句我们什么，我们谁都没听懂。老人瘦瘦的，两手揣兜，稀疏的胡须，戴黄眼镜，头上顶着一顶短檐小圆帽，眼神茫然，温和，迷离，如果有眼睛，就是这个老人。"赫拉巴尔的朋友"，但是没人响应。我神经起来也会溢出时间的。没人回答老头，老头揣着兜走了。走得很慢，消失后就好像从没存在过一样。但我认定这是赫拉巴尔朋友，甚至就是赫拉巴尔本人，他以另一种方式迎接我们。但还是隔着什么，所以他像迷路了一样。是，人到一定程度就像表一样，走不准了，这老头难道不是货架上另一款表吗？是同一时间。当然，年月可不一样。遗憾——不管是谁的遗憾，都是题中应有的遗憾。

6

宁布尔克，赫拉巴尔的故乡。穿过克斯科森林，走高速公路很快即可抵达。赫拉巴尔出生在布尔诺，五岁到了宁布尔克，童年、少年和青年都在宁布尔克小城度过。小城对赫拉巴尔意味着什么？意味着他与哈维尔的区别，与昆德拉的区别，与克里玛的区别。更重要的是，他将这一区别做了同等的高度，如果不是更高。他的个性有小城的烙印，也有布拉格的烙印，两者混合出一种独特的人生，哲学。植根于人的最底层（打包工）最普通最日常，又有绝对的独立性，自我。伦勃朗的意义在于他画的虽是最普通的人，但总有一种神秘的光照耀，这光使普通有了神性。赫拉巴尔也正是如此，其神性正是植根于普通中的个性，正如伦勃朗的个性。

所以必须到宁布尔克小城看看。小城阳光很好，非常安静了，仿佛世世代代有一种均衡,一种与时间同步的定力。市中有个尖顶教堂,一个小广场,淡黄色的房子,一条通向啤酒厂的主要街道。拉贝河在城边上静静流过,它在捷克叫拉贝河,在德国叫易北河。赫拉巴尔的继父曾任啤酒厂的厂长,住着很大的房子,有保姆和家庭教师,在到宁布尔克啤酒厂访问之前我们先看了这长条房子。现在看上去房子依然很大,有花园。赫拉巴尔小时有保姆、家庭教师,过着少爷的生活。直到读完了法学博士,忽然一头扎进了布拉格最普通的大杂院生活。这一跨度与许多所谓写底层作家不同,更不同于来自底层的作家,赫拉巴尔的复杂性正在这里。

那天二战胜利日,啤酒厂放假,大门敞着,有栏杆拦着,门卫不让进。在门口徘徊了一时,龙冬带我们拐进了栏杆外一排平房,说那是赫拉巴尔描写过拉啤酒的马厩。正看着,忽然门卫大妈喊我们,抬起了栏杆。这是要放我们进厂。原来知道了我们冲赫拉巴尔来。赫拉巴尔同啤酒厂的关系非同一般,这不仅因为父亲做过厂长,不仅因为赫拉巴尔描写过厂房,房顶的大烟囱,马厩,他住的啤酒厂的长条平房(他的小说《婚宴》有这样的描写:"他将一座长条房子的墙面给我看,还告诉我哪个房子是他曾住过的房间……我们沿着长条房子,一直走到我未婚夫指给我看的又一个地方,那里曾是温室和蒸汽室。")不仅如此,更重要的是,现在啤酒厂生产的啤酒就以赫拉巴尔名字命名,叫"赫拉巴尔啤酒"。

宁布尔克啤酒厂,一百多年来一直不算大,职工也一直一百多人,啤酒年产量十五万吨。1987年,啤酒厂想既然赫拉巴尔与啤酒厂渊源这么深,他又这么大名气,这么爱喝啤酒,为什么不用他的名字命名,扩大影响?事情自然成立,于是自此有了以赫拉巴尔几种肖像作为商标的啤酒。啤酒大受欢迎,喝这样的啤酒就像喝历史,喝文化,为此宁布尔克啤酒厂要为赫拉巴尔在厂里立一个纪念碑,赫拉巴尔不同意,厂方坚持,赫拉巴尔提出不要纪念碑,只在厂房墙根儿地方钉一个纪念铜牌即可。他说:

"我的名字,只能是这样的高度,小狗撒尿也够得着。"

三十年了,这牌子仍然在。我看到了,蹲下,看了很一会儿。我不爱照像,但是在这儿照了相。我觉得这和把他的名字钉马路中间如出一辙,是赫拉巴尔对自己的评价,也是对世界的评价。他如此谦逊。难道不也如此高傲?一有种骨子里的卡夫卡的东西?捷克的东西?

赫拉巴尔纪念馆也和别的纪念馆不太一样,很小,就几间房,在淡黄寂静小城一条小街的一侧,小门,小窗,像黄金小路上的房子——捷克几乎有一种"小"的哲学,但又把"小"做得很"大",很"强"。纪念馆自然有作家的照片,里面一间屋子再现了作家生前写作的情景,打字机,写字桌,烟缸,笔,穿戴,帽子,钉书器。此外主要是世界各地翻译出版的赫拉巴尔的书,琳琅满目。令龙冬喜出望外,孩子一样高兴的是:有一个专门的中国出版赫拉巴尔作品的橱窗,玻璃罩着,十分隆重。我一看主要是龙冬在中国青年出版社和北京出版社推出的赫拉巴尔书系——在乱哄哄的"食堂"就开始推广了。过高估计"食堂"的意义不对,但不容否认那是艺术孳生之地,自由,梦的孳生之地。十年有了在这个遥远小城纪念馆的结果,梦在这活生生。上次龙冬来,像其他国家翻译的一样,书还是散摆着,这次是专柜。龙冬笑得面若桃花,管理员也看出推广者来了,一边笑,哪怕语言不通。我看到了我在地铁上读的《过于喧嚣的孤独》那套较早的书,不能平静,感到地铁列车呼啸在耳。这不是一个常常有的时刻,我觉得我在分身,有两个自己两个空间同时在我身上,列车穿梭,好像下站就是布拉格。现在是宁布尔克站……在这个小小的如此平凡的纪念馆,我觉得也是时间对我的奖赏,虽隔着千里万里。

一行人(龙冬,徐晖,赵雪芹,文爽)要我代表在留言簿留言,每人在留言下面签字。我想了想,我的留言是:

低处的赫拉巴尔让我们仰望。

他很低,世界也不高。
这就是赫拉巴尔。

文明的墓地

火车驶出夜晚的开罗，城市灯火渐稀，窗外黑色茫茫。我睡眠不好，在火车上更无法成眠。尼罗河可能就在身边，却咫尺天涯，我看不见她。毫无疑问火车沿着尼罗河行驶，直到名叫一个阿斯旺的地方。那是火车终点，但不是河流的终点。在地图上，我曾无数次想象过尼罗河，现在她就在我身旁，可我仍要像在远在千里万里之外想象她。夜晚我数次拨开疾驶的列车窗帘，但是一无所见，我甚至只在窗玻璃上看到了自己的面孔，如同我在国内旅行常有的那样。

白天已参观过金字塔、古埃及博物馆，与纪元前三千年的墓葬文明——数万个橱窗一一会晤，说实话我的感觉并不好，金字塔是真实的墓地，而古埃及博物馆则像 6 000 年墓地的盛宴，虽琳琅满目，却让人窒息。文明与墓地与死亡总是联系在一起，仿佛古文明在发端之日就预见到了自己的死亡。在始皇陵我曾遥想金字塔，现在在金字塔又遥想始皇陵，我相信埃及人与中国人有着某种相似的感受，伟大已成往事，成墓地，因此我们不能像西方旅游者那样对地下灿烂文明既惊叹，又轻松。我觉得我熟悉埃及的一切，一切都在让我回望，让我回到过去，仿佛我们仍是那时代的人。我不能说我们的文明太重，但我们的确无法轻松。我记得里根当年在参观秦兵马俑时曾发出伟大的赞叹，但同时又对着庞大而宁静士兵喊了一声：稍息。这是美国人的幽默，美国人与古埃及古中国没有联系，我们绝对发不出这种幽默。

因此我更向往埃及的河流，我赞同埃米尔·路德维希（《尼罗河传》的作者）的观点："无论法老有多么长寿、多么强大，即使他大肆宣扬登极四次，尼罗河仍要比他长寿和强大一千倍。从早晨时刻永恒的运动开始，度过岁月、度过年代，法老接受了他所有的权力，但请注意——实际上现在只留下了三个雕像，第四个雕像上面的砂岩部分已倒在自己脚下。"

这是真实的场景，对此我不想置评。

冲动的河流

阿斯旺是个美丽的小城，尼罗河平滑如镜，岸上绿树成荫，古老的旅游马在一路以铃声招揽着生意，在便道上奔驰。即使不坐上去，即使只在路边看着花哨奔跑的样子也让人高兴。阿斯旺因水坝驰名世界，在三峡大坝未建成之前它仍是世界第一，此刻，北京作家团一行就站在这条大坝上。大坝高 110 米，上游库区烟波浩淼，水天一色，而飞流直下的尼罗河在远处同样安静，如同梦幻。尼罗河因一条大坝仿佛把一个古老的梦分成了两个梦，人站在大坝上仿佛手挽两条不同彩练，跳一种两重天的造型强烈的舞。三天以后我在红海"一千零一夜"的舞台上的确看到了类似的舞，让我不禁想阿斯旺的情景。那是一个阿拉伯男子，身着色彩舞衣，随着音乐翩然旋转，当音乐的速度加快，舞者的裙摆也跟着飞扬起来，像极一张巨大落差的彩色的大伞，当速度转到最高点，裙子竟然分开成上下两层，上面那层慢慢上升，形成一个倒伞，包裹起舞者头部。突然间，这伞又滑到舞者的手上，变成了名副其实的大伞舞！那真是千变万化、如幻如梦，据说这种舞蹈是由 13 世纪伊斯兰神秘教派哲学家所创，是为了冥想之用。透过单调、简单的动作，达到宗教的高潮与冥想之境。我不知道建造阿斯旺水坝是否受到这种古老舞蹈的启示，但是的确，我在大坝的风中感到了旋转，甚至在一种眩晕的飞速的如梦如幻的落差中产生了瞬间的冥想：我就是那个圆点。

阿斯旺的确让人冥想。

由于大坝的建造埃及的经济获益匪浅，但是也有代价，一种诞生于尼罗河的古老水文——时间节律，随着大坝耸起彻底不复存在，六千年的古老文明实际上到 1970 年大坝耸起才真正宣告结束。

公元前 4 000 年，埃及人就把一年确定为了 365 天。在古王国时代，当清晨天狼星出现在下埃及的地平线上，也就是天狼星与太阳同时升起——天文学上称为偕日升时，尼罗河开始泛滥。泛滥的时间非常准确，简直就像钟表一样，古埃及人把这一天称为一年的第一天。那时观测天象的祭司清晨密切注视着东方地平线，就是为了找到那颗天狼星。

"啊，天狼星和太阳同时出现了！"

身材高瘦、脸庞黝黑、鼻子尖尖的祭司精神振奋起来，很快这一消息从下埃及传到上埃及，进而传遍整个埃及。那时尼罗河两岸的庄稼该收的大部分都收了，但还应该清理一次；勘界用的标志该埋的都埋了，但还应该检查一次，然后，就静静地等着那浩浩荡荡的尼罗河水挟带着肥沃的泥土来吧。

与黄河、印度河、幼发拉底河同样孕育了古老文明的河流不同，尼罗河的泛滥极有规律，每年洪水何时来，何时退，古埃及人很快就掌握了。每次洪水泛滥都会带来一层厚厚的淤泥，使河谷区土地肥沃，庄稼可以一年三熟。但洪水之后，土地的边界全部被淹埋，重新界定土地边界需要精确的测量，于是在埃及产生了一个特殊的阶层——土地测量员，这些土地测量员就是现代测绘学的鼻祖。洪水是可怕的，自古以来，人们总是把洪水和猛兽联系在一起。然而，尼罗河两岸的埃及人民不仅不将尼罗河泛滥视为不幸的灾难，而且还虔诚地盼望其泛滥，并于其泛滥之时予以隆重的庆祝。那时人们即喜气洋洋，河面上，无数舟楫荡漾，人们在船上唱歌跳舞。

但是这一切都已结束，水文的节律消失了。

天狼星照样升起，而河水已不再冲动。

阿拉伯人仍在跳舞或冥思。

克里斯蒂

我的同行克里斯蒂住过的酒店在阿斯旺享有盛名,据说住一晚克里斯蒂住过的房间比住总统套房还要贵,听到这个消息我一点也不觉得过分,一个小说家享有这样的荣耀我认为自然而然。当游人熙熙攘攘跳上甲板,当游船像当年的电影那样鸣着笛离开码头,当酒店渐渐消失在岸上的视野里,我觉得所有的乘客都是电影中的乘客,虚构的场景与真实的场景重合,尼罗河在强大的电影力量下已是电影化的尼罗河,而古老的尼罗河似乎已退居为想象的背景,我相信每个上船的旅客都无法不想到那部伟大的电影,无法不既当真又戏谑地想到会不会真的发生一次惨案?特别对于中国人,在封闭许多年之后的开放之初,这部电影差不多是最先引进的一批,如果说它让中国人目瞪口呆有些夸张的话,那么每个观众都受到强烈的视觉与语言的冲击确是真的。许多人看过何止一遍,台词口口相传,

比如:

"无声就是默许。"

"悠着点儿。"

"女人最大的心愿就是让人爱她。"

"不,比利时人。"

"如果她睡不着觉,如果她走出船舱,如果她看见凶手……"

最经典的段落:

"夫人们、小姐们、先生们,朋友们,该收场了!我赫卡尔·波洛现在很清楚地知道是谁杀死了道尔太太……"

许多年前我大段地背诵着这个精彩的段落,我成为《尼罗河惨案》众多发烧级人中的一个,那时是多么贫乏,以致电影看过两遍之后就能大段背诵,那时我的脑子还充斥着大量的样板戏的台词"天王盖地虎,宝塔镇河妖,莫哈莫哈,正当午时说话谁也没有家!"那时我们多爱背台词,所以当真正的艺术被引进来,我是多么惊心动魄,那时我绝没想有一天自己也成了作家,也像波洛和许多乘客那样踏上尼罗河的游船。我与尼罗河有着某种想象的关系,特别现在作为克里斯蒂的同行,我怎能不感到某种想象的冲动,我甚至提议北京作家团每个人构思一篇同题小说,但是应者寥寥。我们要在河上航行三天,游船一如移动的酒店,窗下即河水,几乎伸手可即,窗外景色怡人,风光无限。那时正午太阳下,尼罗河阔大平静,缓慢而不动声色,岸上高大的油枣树或单棵或几株或十几株密集地聚在一起,挺拔地伸向与河水同样颜色的没有一丝云彩的天空。不远处就是沙漠、荒丘,以及看上去无人居住的古堡,这些都是一个作家的想象空间。尼罗河因《尼罗河惨案》给了人想象的张力,我相信没有一条河像尼罗河让人产生想象冲动。我在餐厅用餐,我穿过过道,我路过某人房间,我来到船舷,上到甲板上,甲板上有躺椅、藤椅和藤桌供人休闲,当夕阳西下,河水被染成火红色,甲板上的人也变成了红色,这一切都构成了我神神经经的遐想。

夜晚,枕水而行,枕水而眠,我从未睡在水上,这使我感到无限的奇异,我在构思我的故事,我在想种种可能性,浪漫的,古老的,恐怖的,甚至解构的,后现代的,我在想"惨案"的另一种可能性,譬如根本没有凶手,譬如像我这样一个神神经经想入非非的人的确发现许多蛛丝马迹,但一切都似是而非闹出许多笑话,或者我杀了人,然后我开始调查自己……

三天的尼罗河航行,不断下船,参观了菲莱岛菲莱庙、未完成的方尖碑、拉美西斯二世神庙、埃德夫神庙、卢克索西岸的国王谷、哈特谢普苏特女王庙及哭泣的门农神像,最后是世界上最大的神庙群:卡尔耐克神庙和卢克索神庙。尽管一路饱览尼罗河两岸古埃及六千年的人类文明遗产,但是到了气势恢弘气象万千的卢克索神庙群,我禁不住再次掉进克里斯蒂的叙述圈套。《尼罗河惨案》一个颇具异国风光的场景就发生在卢克索神庙群,我还记得电影中那块柱顶的巨石怎样神秘松动、滚下以及落地的巨大声响,克里斯蒂是多么会选择谋杀的地点,这不过是一个枝节,但给电影或小说带来了怎样的观赏性,以致当我真的来到了卢克索,观赏和凭吊倒成为其次,回忆电影中的场景才成为主要。直到这时我才发现我必须警惕克里斯蒂了,如果说克里斯蒂使尼罗河名声远扬,那么是否在另一种意义上也"谋杀"了尼罗河?

沙漠之蓝

事实上，直到大巴在阿拉伯沙漠行驶了七个小时，直到沙漠上突然出现了一抹惊人的蓝，我的埃及之旅才算彻底告别了克里斯蒂。请想想吧，在大漠孤烟中行驶了七个小时，突然石破天惊出现了一抹蓝色的大海，那种激动的确可以让人忘记一切。那是红海，沙漠之蓝，蓝得恐怖，像另一世界。

我曾想象红海是否真的是红的，为什么是红的，我想是否因为阿拉伯沙漠过于庞大，在太阳之下金光闪闪，以致把狭长的红海给映红了？在地图上我知道红海是狭长的，我知道她位于亚洲与非洲之间，连接了印度洋、地中海和大西洋，是海上交通要道，据说连郑和的船队也曾到过红海。我还知道红海的扩张之谜，红海是世界上最年轻的仍在生成的海洋。1978年11月14日，北美的阿尔杜卡巴火山突然喷发，浓烟滚滚，溢出了大量熔岩。一个星期以后，人们经过测量发现，遥遥相对的阿拉伯半岛与非洲大陆之间的距离增加了1米，也就是说，红海在7天中又扩大了1米，这种现象被称为红海之谜。

2 000万年前，阿拉伯半岛开始与非洲分开，诞生了红海。现在还可看出，两岸的形状很相似，这是大陆被撕开留下的痕迹。非洲板块与阿拉伯板块间的裂谷，沿红海底中间通过，在近300—400万年来，两个板块仍继续分裂，两岸平均每年以2.2厘米的速度向外扩张。现在红海还在不断加宽，将来有可能成为新的大洋。海洋地质学家解释说，红海海底有着一系列"热洞"，在对全世界海洋洋底经过详细测量之后，科学家发现大洋底像陆上一样有高山深谷，起伏不平，从大洋洋底地形图上，我们可以看到有一条长75 000多公里、宽960公里以上的巨大山系纵贯全球大洋，科学家把这条海底山系称作"大洋中脊"。狭长的红海正被大洋中脊穿过，沿着大洋中脊的顶部，还分布着一条纵向的断裂带，裂谷宽约达13—48千米，窄的也有900—1 200米。在裂谷中部附近的海水温度特别高，好像底下有座锅炉在不断地烧，人们形象地称它为"热洞"。科学家认为，正是热洞中不断涌出的地幔物质加热了海水，生成了矿藏，推挤着洋底不断向两边扩张。

但是红海为什么是"红"的呢？

明明是蓝的，而且在我看来由于沙漠的映照红海比地中海还要蓝，比印度洋还要蓝，比中国的三亚，比任何一处海水都要蓝。有的海水远看比较蓝，但一到近处就显出了灰或绿，但是红海不同，我到了她近处，甚至把红海捧在手里感觉她还是那样蓝。下榻的酒店就在海边上，酒店可能考虑到沙漠之后对海的渴望甚至把酒店建成"U"字形，将一湾蓝色的浅海揽入了怀中。清晨，我来到酒店的外海（我只能这么说）沿着石砌的甬道散步，红海的涛声在远方呈现着两种极致的单纯色：白色与蓝色，并且分布得层层叠叠，几乎提示着另一种水文时间。有人比我还要早，远远的我看到两位穿着鲜艳的女士，一个是徐坤，一个是赵凝，她们可能与太阳同步，太阳一升起她们就到了海边。让我惊讶并羡慕不已的是，她们每人手里都拿了一个小本，像小女生似的面对大海写字，毫无疑问写诗，哪怕可能不是诗，但她们向大海敞开了自己，她们就是诗人。

红海之"红"也许就是当初命名她的人一种感觉吧。

或许就如诗人们常有的感觉。

说不定就是女诗人。

雅加达之鸟

马航失联不久,我开始飞越类似航线,飞往雅加达,毫无疑问,飞越了马来西亚。我不是去搜索什么——虽然也不时朝下看看,我是去参加有十五个国家作家参加的东盟文学节。十五国除了东盟十国还有中国、美国、俄罗斯、韩国、澳大利亚。差不多七个小时的飞行,谢天谢地,没有任何意外,没有可怕的劫机,包括非常可能的机长劫机,飞机平安降落在雅加达机场。从机场到酒店没有穿过著名的独立广场,但我还是觉得到过雅加达。1968年的一个绵绵的声音犹在耳畔:"刘少奇主席和他的夫人—王光美—来到了—雅—加—达"虽然听起来非常好听,但一听就是资产阶级声音,就是去投降,投敌叛国。从那个时代过来的人都知道这是当时著名供批判纪录片《刘少奇访问印尼》里的解说声音。1968年我九岁,九岁就已经很分裂,影片让我看得入迷,我记得是在当时大栅栏同乐电影院看的，看得我忘记了身处何处，我一点儿也不觉得有什么问题，觉得雅加达美极了，像童话，像天堂，街道，迎宾车，摩托车队，白手套，漂亮的不可思议的高楼大厦，宽广的街道，方尖碑，喷泉，碧绿草坪，参天绿树，刘少奇与王光美街景中微笑地招手穿过。电影一落幕班里立刻组织批判，我却怎么也回不过神儿来。这么美好，非说是丑的，腐朽的，投降的，也加上那时小，一下就晕了。这一幕后来总是让我想起我们家现在的狗狗，它非常聪明，比任何狗都聪明，有时候我不懂的它都懂，它能知道我想什么，但有时它明明做了好事我却批评它，喝斥它，它就晕了，当时就惊呆了。雅加达，联系着我晕晕乎乎的童年，我的小狗，有时候我现在还有点晕，可能就是那时落下的毛病，你说，没事我搜什么碎片呢？

从小没学过外语，后来也来不及认真学，学的那点早忘到我正好要去的爪哇国去了，别说外语了，就连多少有点口音的方言我也听不懂。尽管配了翻译但翻译不能时时跟着我，主要是我发言时翻译才提供正当服务，其他全靠自己了。落实我讲的题目也让我有点郁闷，民主，人权与文学，这可不能瞎讲，就算讲对了也可能是错的，这又不是在家里怎么都好说。我对翻译一再强调可不能瞎翻，但说句实话我不知道他到底怎么翻，听到掌声我想可能什么地方弄错了。某些方面我是相当聪明的人，九岁就有过训练。

没有语言，非常寂寞，我是多么羡慕那些多少懂点英语的人，各国大体都在用英语交谈，虽然一看就说得不怎么样，但使劲在那儿说，比比划划，多费劲呀还在那儿说，但是他们在说。

我甚至连汉语也张不开口了，跟谁说呢？我还起得特别早，虽到了南半球但还是北半球的习惯。某些方面南半球的早晨与北半球的早晨也没什么不同，比如鸟在我听上去就完全一样。我觉得鸟语是那样的亲切，特别是早晨的鸟叫是全世界通行的语言，即便英语也无法与之相比。我听不懂英语，但窗外，雅加达雨后树上的至少三种语言我都听懂了，我听到画眉,雀,燕子们在谈论早晨、天气,但主要是在谈论梦、交换昨晚的梦。即使它们不是我在北京常听到的我的书斋"云居"之外的鸟,我也认识它们,听得懂它们,虽然任何地方的鸟都不认识我。在我看来鸟是世界主义者,诗人、小说家或者批评家凡是从事语言工作的人都应该向鸟学习,主要无论在哪儿鸟叫听上去都是乡音,而且,没有方言。

即使没有语言,在博物馆,我还是发现了大量的我所需的陌生元素,木雕,花纹,原始的抽象图案,太平洋土著与非洲——我曾在非洲沉默地旅行——给世界提供了大量的陌生元素,影响了整个世界的直觉。现代艺术领域的原始主义显然尚远未用尽,还有许多可能有待处理。在世界任何一个角落总是不由想起中国,中国为世界提供的陌生要复杂得多,某种意义也艰难得多,更富有挑战性,中国自成体系不仅在直觉上作用更在复杂意识形态与审美起作用。意识到自身的陌生与复杂,如何转换一个文明的陌生,不能靠更多是小儿科的汉学家,恐怕只能靠我们自身。虽然我一言不发,内心却充满了语言。

天天有雨,夜夜有闪电,有时黎明与闪电有颇相似之处,瞬间都变成了白色,世界清晰可见。以我睡醒为中心,闪电总是早于黎明,但非常显然黎明不是由闪电带来的,不是这个逻辑,相互没有因果关系。事物有时会在非逻辑中相似,非逻辑关系的相似无疑是一种诗的东西,但或许也是历史的东西,甚至日常的东西,非逻辑相似使维度溢出、并置,让人感到有更高的东西控制着相似而不合逻辑的事物,如同许多语言不通的人却在一起使劲交流。

尽管似乎好像有天上的许多鸟做翻译,但谁又听得懂这时的鸟的语言?柬埔寨,老挝,俄国,韩国,越南,美国,泰国,菲律宾,甚至后来听说荷兰的一位诗人和德国的一个翻译家也跑来了,比比划划。我什么也听不懂,我觉得没有比语言的混乱更混乱的了,特别这些又都以语言为业的人，自身都是鸟的一种，那就更加混乱。当然也许不是这样。肯定不是这样。我要懂一点点英语也不会是这样，这是我的问题。如果我哪怕记得一点单词，我的手势肯定会将陈氏太极拳用上去，那才叫手势，多有文化的手势呀。有时在会场上我真的忍不住有点想打一趟太极拳：嗨，你们都听我说！文学节每天有两场对话讨论，上午一场下午一场，我的翻译有时给我翻，有时不，翻我的发言是他的正差，其他可翻可不翻，我也不好意思多问，我恨翻译，我对鸟充满了感情，幸好在雅加达我还听得懂鸟的语言。不想太极拳的时候我经常深情地望着天上的鸟，它们真的有时会跟我打招呼，让我觉得好像在北京云居一样。

本来聚首是为了交流，但交流却成为最大阻碍，早晨或黎明，我有时会听着雨望着鸟发出莫名感叹。南半球雨中的早晨如此寻常，但想起地球北方又觉得不寻常。事实上这儿的雨不同地球北方的雨，伸出手去，这儿的雨温、软、绵，仿佛浴室中的雨水。雨声中仍有一些鸟叫，都是小鸟，雀或燕，缩在什么地方，仿佛不叫不行。而那些大鸟们在雨中沉默了，它们已见多识广。就像维特根斯坦说的，对于那些无法说的应该保持沉默。我相信那些大鸟都读过维特根斯坦，九岁时看"雅加达"我喜欢叫，四十五年后我沉默了许多。我也读过维特根斯坦，但说句实话我至今不明白为什么要沉默。

文学节闭幕了，终于有了不同于语言的东西，有了狂欢，火，诗歌。我们和当地人一起来到广场，升起了一盏盏中国的孔明灯，有音乐和诗歌朗诵，雅加达上空，冉冉升起了文学之火。像音乐一样古老的诗歌、人类最古老的图腾在太平洋岛国上依然存在，手臂像初民时依然向上，指向火、南半球的夜空。人类的文学在这儿以最初的形式存在，心灵简单，毫不复杂，任何不同角落的语言这时都已相通，如同任何鸟的语言简单一致。这时所有的鸟都是一只鸟，诗都是一首诗，诗人面对火也趋向一致。

矮岭温泉构图

回归自然是现代人的时尚,同时也是人类审美心理的需求,任何具有眼光的开发与建设都不能无视甚至低估了这种需求,特别是对旅游而言。"与其说是建设,不如说是破坏",记不得这是哪位哲人说的话了,然而,类似这位哲人一语道破的现象在我们新的或者老的旅游区不是随处可见吗?譬如温泉吧,本来是天成的与周围特定环境浑然一体,但一经人类开发,盖上若干浴间或浴室,游人或浸泡或沐浴,老实说那感觉与居民区的澡堂子已无多大区别,全然领略不到温泉择地而出的天然美。即便著名如华清池、黄山温泉,当你一头扎进那热气缭绕的浴室时,你与大自然的联系也就被切断了。

难能可贵的是龙腾矮岭温泉却不是如此,这里既无考究的浴间,也无豪华的浴室,周围建筑与自然浑然一体。当你沿着幽深古朴的山谷小径行走时,你绝想象不出龙腾矮岭温泉原来竟是一处稍加梳理的原始自然景象。温泉四面高山环抱,山上覆盖着浓密的亚热带常绿阔叶林,遍生奇花异草,围绕着温泉形成了一个绿色的封闭圈,保持着原始的自然生态。四座蔚蓝色露天浴池呈梯阶状,水水相接排列下来,弯曲如蛇行,每座泉池都顺其自然,选取覆满亚热带植物的岩石壁作为泉池的内壁,使泉池与山体连为一体,天衣无缝。人在池中,花草伸手可及,鸟雀于头上绝壁鸣啭嘤嘤,正所谓"鸟鸣山更幽"。泉池底部凹凸不平,高低错落,深处可没人头,浅处不及人膝,犹如天然水潭。

矮岭温泉坐落在广西龙胜,距桂林市百余里,温泉水温在摄氏38度到42度之间,既适合人体长久浸泡,又能促使毛孔舒张、肌肉松弛、血气流畅。洗浴同时还可以欣赏四周幽闭而清静的原始自然生态环境。这里由于山高谷深,温泉热雾腾空,加之树多林空,因此放眼观瞧,眼底一派朦胧而奇特的景象。即使是天高日朗,阳光也往往为岚气所阻,为密林所遮,总要比外面的世界幽暗了几分,阴凉了几分,整个环境气氛十分柔和温馨。不能想象,倘若当初这里也像温泉一样,建上窗明几净、设备齐全、舒适雅观、打开水龙头便可淋浴的浴室建筑那样,那将怎样令人失望。

温泉既然是大自然的赐予,就不应该离开大自然的怀抱,而应该与大自然和谐一致、保持原始生态的美质与美态。据龙胜环保局同志向我们介绍,当年开发矮岭温泉时,对温泉的建设方案与构思曾几易其稿,反复了好几次才建成今天这模样。不用说,顺其自然,皈依自然的意趣最终占了主导地位,真是万幸。矮岭温泉的构图与风格毫无疑问在国内独具慧眼、独树一帜,因而她也才以独特的魅力吸引了国内外众多的游客。

上海之行

我是个内心严肃的人,一个中年人,给上海"榕树下"写文章,有时在陈村"躺着读书"插一嘴。在上海,有不少新认识的朋友问我主要去哪儿,我说就是榕树,也去新浪。有人说榕树太年轻了,他们向我提到橄榄树、清韵、博库,还有一些,有的我去过,看过些东西,但我习惯了榕树。来上海前想见一些网友,比如 nirvara、米斋、第三空间、老鱼、晨牧。还想见另外一些人,比如赵丽宏、李小林、钟红明,他们与网络无关,过去我们也都没见过面。所有想到的上述这些人构成了我对上海的记忆,使我来上海就像回家一样,想到许多人。然而到了上海,我只呆在了宾馆里,只见到了我自己。

1982 年,我的处女作在上海《萌芽》发表了,一首诗开始了我 23 岁的文学之旅,编辑是赵丽宏先生,那时我还上大学,那时没有互联网。23

岁,大约正是现在网上多数人的年龄。我在榕树下常常感到时光倒流。我的一些朋友已经死去,而我依然冲动,挤在23岁人中间,晃来晃去,与小引、楚江南、弥赛亚、右眼这些获奖诗人碰杯,交换地址。睡到半夜他们喝醉了撞进屋来,我迷迷糊糊。天亮了,我看见睡在床上的诗人楚江南,事实是与我住一个房间的是武大诗人小引。小引或楚江南以一种死亡的方式睡在我旁边床上,没脱衣服。我认为他们是黎明时分被送进来的,而我不过是一个坐起来的人,也许我不该坐起来,我对自己感到害怕。

当然,见到了安妮宝贝。我后来觉得我有点喋喋不休,我是她的读者,有些话一直想说,所以说得有点多。安妮是语言的天才,但写的故事不够结实,我认为想象还不够大胆,我说以她对事物的感觉可以想象出更极致复杂的故事,我谈到她的暖暖、七年,我说比如可以想象暖暖后来有了一大笔钱,在一处山庄与世隔绝,我说她可把旧日的情人一一招致,像科幻或陈列室那样把他们排列,她可以像讲解员那样。我说多了。

见到宁财神和李寻欢,他们恪尽职守,跑前跑后,标准化,像现代办公软件,这同他们的文字判若两人。而陈村的确像榕树下的教父,一根手杖,身体不好,引来各路声名显赫的人。陈村是二十年来最早智性写作的人,《象》发表至少有十五年了,我相信记得这部作品的人不多,但会被记住。陈村一直是孤立的,但他的意义也许正于他的孤立。他不太好评价,怪异但写作姿态不鲜明,不像那些先锋人物,但某种味觉仍使人想到他,马原、王朔、韩东都让人若隐若现想到这个人。

获"榕树下"的奖让我觉得不太好意思,可我会继续。不得奖也会继续。《岩画——蒙面之城之二》没入围我很平静,复选时入了,并最终获奖让我不太平静。不平静是说榕树是认真的,至少主观如此。在文学路上我坚持了二十年,我相信这对很多现在网上的人是不可想象的。二十年,我的文学之路承载了许多文学以外的东西,比如名利,一样都没给我带来。但文学还是留下来,我也并没失去什么,我想这是我平静的理由。人到一定时候,留在你身上的往往是致命的,但如果什么也没留下——我还真没想过。

雨中雁荡山

我是雁荡山回来之后，才看了有关雁荡山的人文掌故，谢灵运、沈括、徐霞客，至郁达夫，粗粗一看，一如所料，雁荡山文化厚得不得了，千年文人，缕缕不绝。一处历史人文圣地，有人喜欢去前做功课，有人喜欢去后，各有千秋，不同心路，所得也不尽相同。我属于后者，极少前者时候，只有当年去西藏一次，那是要去得太久。因此，关于雁荡山过去只闻其名，隐约知道和徐霞客有些牵扯，实际上一无所知。一无所知有一无所知的好处，就像把心放空之后对一切都新鲜好奇，比如我不知道雁荡山原来就在温州，在乐清，在诗人马叙的家乡，就很惊奇。马叙是好友，过去只知他在温州，不知他竟是雁荡山人。比如我不知雁荡山离海很近，简直咫尺之遥，翻过一道山就是海了，因此当导游说雁荡山原来是海底世界的一部分，出水时间晚于黄山，我又很惊奇。要说黄山原是海底我有点难以想象，太遥远了，而且离海也太远，但此时要说雁荡山曾是海之一部分，我觉得还真有点像。我不能说自己或别人像鱼，但也的确和在别处不同，这儿的山都直上直下的，游人如织，确实有种山高任鸟飞海阔凭鱼跃的感觉。

正值南方雨季，湿漉漉的雁荡山真好像刚出海面不久，甚至好像还穿着水的衣裳，让人不禁想：或许是恋恋不舍海中情景，或是总是陷入回忆，雁荡山雨的种类之多简直让人惊奇，有急雨，豪雨，细雨，斜雨，微雨，毛毛雨，最小的毛毛雨几近于雾，伸出手心都感觉不到，只有手背才稍有感。我过去从来没做过如此好奇的试验，只是因为住在了景区，早晨起来，推开窗子，但见如盆景的幢幢的山影之中，微雨纷纷，极其细密，不由得就伸出手去接，却居然接不到，一点感觉也没有，真是让我奇了！不甘中本能地翻过手，果然像本能预料的那样，手背有了密密的若有还无的凉意，毛孔的梢上有触动感。过去我一直认为手心最敏感，小时常玩挠手心的游戏，此次才发现手背才最敏感，也算是一个发现。

虽然景观神奇，但因为对雁荡山一无所知，只是瞪大眼睛看。这样也挺好，你总能看出点什么，比如看雨，看云，看雾，真是美轮美奂，太虚幻境，遂发现雨云雾是有联系的，有雨必有雾，有雾必有烟，有烟必有瀑，那如线的瀑布就会不时从树丛中钻出，那么细小，那么密集，江南之细，在时空中的变化多端让我感叹，感叹江南的文化何以如此灵动、丰饶、幻化无穷。江南的文化绝不大而无当，也与愚蛮、粗暴、蠢劣与戾气不相干，绝不产生《水浒》那样的暴力文化。因为没一丝风，我注意到雾完全依着山势升起，而山的千变万化使雾常常显得有些笨拙，如同一种情感的笨拙；雾太依恋山了，山什么样儿雾就什么样儿，直到脱离了山，成为了一朵伞状的云，才成为正果。

流纹岩，到了雁荡山我才知道有这样一种岩，它差不多是我自己发现的，就在路边，有简单说明。我觉得这就够了，没必要导游拿喇叭对你背诵，事实上导游经常是破坏性的，许多东西因导游反而消失了。我喜欢这刻在石头上的三个红字，静静地看着薄薄的雨水顺岩石流下，像有许多钻石流下，禁不住又去拿手捧，结果瞬间消失，还是水。流纹岩是雁荡山一大景观，应该位列三绝之一。岩上刻字曰：雁荡山形成于1.28亿年前，由于火山喷发，岩浆喷涌，形成了许多流纹岩，其中有许多气体聚集，形成气泡，流水便跳跳荡荡，因此，雁荡山又被称作天然流纹岩博物馆。进一步看书，方知如此地形地貌对古代科学家产生了强烈的启智作用，北宋科学家沈括在著名的《梦溪笔谈》曾写道："予观雁荡诸峰，皆峭拔险怪，上耸千尺……原其理，当是为谷中大水冲激，沙土尽去，唯巨石岿然挺立耳。如大小龙湫、水帘、初月谷之类，皆是水凿之穴。"这是世界上最早有关流水对地形侵蚀作用的学说，比欧洲科学界侵蚀学说早了六百多年。看来做科学家也不难，只要善于思考就行了。但为什么只有沈括想到了水浊的作用呢？为什么只有牛顿发现了苹果落地蹊跷？这又太难了，难于上青天。

  前面说雁荡山瀑布之小，那是还没见到大的。见到大龙湫瀑布我有点傻。远观还有些不以为然，但是越走越近，直到止步，直到一阵水气将雨伞掀到了脑后。我无法再往前走了，虽然还没看到瀑布全貌，但局部的瀑布，那种飞流直下、腾起的水雾、周边树草的摇晃，有如阵阵七八级大风，让我叹为观止。瀑布高197米，自崖跌落，在潭中溅起水气，形成瀑布风。我见过无数瀑布，包括黄果树，包括国外的一些瀑布，但能够形成瀑布风的只有这197米高的大龙湫瀑布。瀑布风，应该是我的发明，因为恰是在这里我突然想到"风生水起"这个词不确，应该倒过来：水起风生。同时也理解了潮汐：水为月引，风为潮生。唉，要是早几百年，我恐怕也成了沈括了，生不逢时啊！

别说成不了沈括,就是成为徐霞客也做不到,就是连他的一根小手指头也做不到。我因怯懦没敢走到瀑布跟前,更没穿过水帘,之前我的伞被一阵瀑布风刮跑了,我怕自己成为云中的孙悟空,而徐老先生不仅不惧狂风,不仅淋了腾起老高的瀑布,还追根溯源,登上了崖顶,立于瀑布之上。后来在展旗峰下见到徐霞客雕像,觉得他的雕像不应该在展旗峰下,应该立于大龙湫瀑布之上,他人都上去了,雕像还不能吗?不过可能还真不能,大龙湫之崖太险了。公元1632年,为探得大龙湫瀑布来龙去脉,徐霞客以老迈之躯第三次来到雁荡山,其如采药人一般的艰险在徐霞客后来记述的文字中可见一斑。"梯穷济以木,木穷济以梯,梯木俱穷,则引绳揉树,足布被突石所勒而断,险掉下悬崖,粉身碎骨。后复续悬布,竭力腾挽,得复登上岩而出险。"呵呵,"引绳揉树",如"灵峰飞渡",脚布勒断,险些粉身碎骨。这便是徐霞客,而我辈只能鼠窜耳。

说到"灵峰飞渡",那又是雁荡山一处名胜,那儿的山峰个个孤立,直上直下,所谓"飞渡"即两山之间一条绳索,采药人飞来飞去,差不多就是当年徐霞客的样子。一座座孤峰之间,构了巨大的山成的天井,天井中布满了观赏的座位,黑压压坐满了人,即使雨中仍仰着脸。我不喜欢这类表演,加之观赏者大呼小叫,大吃大嚼,大煞风景,遂折进了左近高处的灵岩寺。寺内清静,四周奇峰嶙峋,古木参天,环境幽绝,有殿宇,禅房,客舍,皆赭黄色,十分清静。清人喻长霖的一副楹联道出周围景色:"左展旗,右天柱,后屏霞,数千仞,神工鬼斧,叹无双",字相当不错。虽仍有隐隐的欢声,但心已静,仰望佛像或驻足禅房,几至有穿越之感。1934年11月,秋天,枕于浙东山水的郁达夫来到雁荡山,宿于灵岩寺的某一间禅房,或许就是我所驻足的禅房。

郁达夫睡眠不好,浮梦连连,后被一阵嘈杂声吵醒,以为寺里失了火,急起披衣,踏上了西楼后面露台去一看,既不见火,又不见人,周围上下"只是同海水似的月光,月光下又只是同神话中的巨人似的石壁"。郁达夫后来写道:"天色苍苍,四围神秘,幽寂,诡怪,当时的那一种感觉,真不知道要用些什么字来才形容得出!""起初我以为还在连续着做梦,这些月光,这些山影,仍旧是梦里的畸形;但摸摸石栏,看看那枝谁也要被它威胁压倒的天柱石峰与峰头的一片残月,觉得又太明晰,太正确,绝不像似梦里的神情……雁荡山中的秋月!天柱峰头的月亮!我竟像疯子一样一个人在后面楼外的露台上呆对着月光峰影,坐到了天明,坐到了日出,这一天正是旧历九月二十的晚上廿一的清晨。"

那个夜晚,我也见到了灵岩的山影。虽然因为雨云,没有了海水似的月光,没有水中倒影般清澈的星空,虽然只是模糊的幢幢山影,我仍然满足。因为郁达夫不曾见过雨中的灵岩夜景,我替他见见也好。我想告诉郁达夫月光中的灵岩固然好,可直通古意,可见李白的月,陶渊明的月,谢灵运的月,但雨中的灵岩没有月亮实际上更古老,更接近深海中尚未出世的灵岩。深海晦暗无光,但山影仍然依稀可见,如果可能,我愿在这深海中坐到天明,如果有天明的话。

雨中，世博园

要是没那场雨，世博园会充满太阳下的汗味，据说我们来之前上海的太阳每天都将摩肩接踵的人晒得大汗淋漓，人们闻到的甚至已不是汗味而是肉味，以致我们被告之：世博园现在已不再是世博园，而是"肉搏园"。不过上帝是捉摸不定的，我一到上海天气就开始变化，雨降了下来。虽然上帝赐予我的那场雨不大却恰到好处，足以把一切打湿，让一切都湿漉漉，一切玲珑剔透。

到处挂着成串的雨滴，树上，建筑物上，路灯上，座椅的边上。人还是像传说的那样多，未见少，上帝给予了我一场雨，不大可能再让游人少一些。我想我已经很特殊了，我不能要求太多。不过还好，人再多雨中的世博也没有一点汗味。雨中的世博园，一切都湿漉漉的，到处挂着雨滴，树上，建筑物上，路灯上，座椅的边上，我闻到了植物发出的涩涩的香味。到处是伞,美丽的伞,移动的伞,几十万张伞,从没见过那么多伞。伞是很小的东西,小东西一旦无限重复也会变得无限的大,某种意义伞才是世博园中最盛大的建筑,比任何一个场馆都宏伟、壮观。伞出人意料地与奇形怪状、标新立异的园内建筑构成了无比复杂的几何关系,各种区别又重复的色块布满了不规则的宏大的空间。而伞下的个人与庞大的伞构成的世界又是一种怎样孤立的关系?

鲁十三正好是五十二人,阴阳各半,刚开学时甚至院长(当然不是医院院长)都拿如此巧合的数字开过玩笑。但这个整齐的数字并不意味着正好可以临时组成伞下两人世界,虽然这种可能性要多于其他团体,但毕竟不能是有组织的安排。怎么办呢?怎么组合呢?已到世博园大门口,五十二个人不可能同步走,因此很快就会像鱼消失在大海中的鱼群里。这如同某种实验:考验着每一条鱼的选择。无法多想了,被推着鱼贯而入。开始是一大群,很快就被冲散,变成三五人,两三人,两个人,直至有人完全走散只剩自己一人。十几个小时你很难在几十万人中找到五十二个人中的一个,那种巨大人群中的孤独感几乎是恐怖的孤独,恍惚的孤独,怀疑自己,也怀疑整个世界的孤独。但就我而言曾在西藏那样空旷的地方孤独惯了,我倒不惧怕孤独。我倒是担心与某个不恰当的人走在一起,以至走上一天,那可就惨了。我因此宁愿一人。我正是这么做的,很快我就脱离了所有人侧身而去。我不想多逛,因为内心足够丰富我可以在某个地方坐上一整天,看人流,看一张张不同又相同的面孔。我总是想起聂鲁达的一句诗:"我承认,我历尽沧桑。"这诗像是说给我的。

我没有打伞,在雨中越发有一种沧桑感,如同记忆,另一个空间。我去的场馆不多,觉得没有哪一个场馆是必须的,而且,像我这样深谙世事的人哪儿还有什么是必须的?碰到什么场馆,选择或不选择,然后继续在雨中行走。近十个小时的时间,不算长,也不算太短,时短,时长,不是很确定。爱因斯坦的时间还远不是完全的心灵时间，他的理论相对心灵还差得很远。不过后来算算，我在雨中虽然进的馆不太多，但每个馆都很恰当，很棒，后来回想起来都应是必去的。比如芬兰馆，匈牙利馆，西班牙馆，丹麦馆，我们见识了不同的东欧与北欧的纯粹，这些场馆的风格让人心地异常干净。

芬兰馆的纯度一如芬兰湾的纯度，我在大面积单纯的蓝色背景上驻留，如同在这个国家纯净恒定的情绪中心驻留，这个国家信奉这种纯蓝，国民的内心一定又单纯又幸福。馆内所有的哪怕实用的设计都含有心情：一个弯曲，一种弧度，一种款式，一种光泽，都那么贴切，又有距离。我们的国度似乎永远不会有这么纯度的心情，幸好世界还有，让我感到片刻的安宁。匈牙利馆是我女儿在那儿学习的国度，自然要进去。同样简洁精致的设计，创意总是围绕原点，不偏不离，力量单纯又完整，容不得任何杂质——东欧与北欧有着一致的东西。馆体由管风琴造型的空间构成，木质，纯色，高低错落，几乎感到内部的奏鸣，你在任意一个局部空间坐下来，都仿佛置身在音乐之中。

不同的是西班牙馆，这个国家永远是邪门的，不安的，与东欧北欧的简洁纯净风格完全不同，甚至也与整个欧洲不同。西班牙似独立于世界任何地区，是世界上少数自身可以构成世界的国家，因为她一向为全世界提供想象力，是世界想象力的前沿，看看她产生的人物：毕加索、达利、塔皮埃斯、高迪、塞万提斯，都是人类巨大的怪才。如果没有西班牙，我想人类的想象力将大打折扣，活力也会减弱很多。西班牙馆再次证明她的不安的巨大的怪才，整个馆体为弯曲的蟒蛇的造型，与其他馆比这已是恐怖的神秘的甚至歇斯底里式的不同，而金黄色的无穷无尽又首尾相连的鳞片又仿佛是想象力错乱与辉煌的交织，可是走近一看这么吓人的东西竟是普通的苇席制作。苇席，乡村，田园，瞬间解构了这个庞然大物怪诞与不安。西班牙就是这样，无论多么疯狂内心都是柔软，童心的，普世的，与人类文明不隔。不像我们，也有些神奇怪诞的想象力，但仅仅是神奇怪诞，没有普世的灵魂。我们的魔幻文学最终缺的也是这个，应该因此获得启示。

在西班牙馆排上两个小时队是值得的，仅仅感受她的外表已让心灵飞翔。她不是故意震撼你，震撼是她的本性。甚至就连入口也非常特别，进入馆内开始是一大段黑暗弯曲的蛇形通道，游人分组进入、停留、等待。前面黑压压的，但是不知不觉间突然一道闪电，一声巨雷，在照亮整个蛇形空间时人瞬间也被更新，成为怪异空间的一部分。接着又是黑暗，闪电与黑暗如此反复交织，慢慢地在无限黑暗的上方，垂下一组吓人的布满光感的骨头，不断有闪电打在上面，不断有雷鸣。聚光下的骨头如此精美，但是越精美越恐怖，无疑是人骨，西班牙人真是邪性。为什么要用人骨呢？突然就有了洪水声，周边粼粼的弯曲的墙上布满了变动不居的多媒体的洪水，以及哗哗的响声，整个空间因洪水浑黄的暖色亮了许多，这时一个穿黑色紧身衣的西班牙女郎跃上Ｔ台，在精美的人骨之下开始旋转。不错，是卡门，是弗拉明戈，是响板，是女人直刺黑暗之心的狂放，一如一个国度一贯的神秘与狂放。这只是进入场馆的序曲，随着黑衣女人的弗拉明戈突然定格，序曲结束，人流继续前行，登堂入室，进入更大的主要空间——蟒蛇张开的巨腹。依然黑暗，依然无法想象整个空间。

但是就在黑暗的中心，在光线倾泻之处，一个明亮的完整的婴儿头惊人又如此美好地呈现。婴儿头异常巨大，没任何事物比得上它的体积，而他又是小小婴儿！婴儿微笑，眨动天真又悲悯的眼睛，简直像老人一样，特别是眼睛闭上那一刻的无辜与慈祥，人类所有的同情都展现在其悲伤的慈祥上，那种真与善，无以复加。我对自己说，我也像他闭一会眼睛吧。我闭上了，在双重的黑暗中，我聆听到远方的打击乐，最初的弗拉明戈，我在铭记一种无法言喻的人类最初的时刻，我感到通灵。

从西班牙馆出来，走在缩减的世界中与无限扩张的数十万人众之中，走在几乎停下的细雨中，已无任何孤立感。在路边，在希腊馆外面吃昂贵的馅饼。彼时已是黄昏，人造的欧洲街边，细雨，铁艺桌椅，镜头一样的视野，桌对面一对恋人因为分食一张馅饼，你一口我一口，非常甜蜜。我觉得是不是别太像树上的小鸟了？他们太幸福了，我想两个人一人一张馅饼是不是更优雅更古典？但是一切都不可能再回到十九世纪，规矩一旦被打破再回去就是守旧。但有些事物为什么是永恒的？比如此时的夕阳？街灯尚未亮起，西班牙馆尖锐的鳞片却似乎已燃起金碧辉煌的灯光：巨蟒不再恐怖，变成夜晚的童话。希腊，西班牙，这两个国家我都去过，时光可逆，我仿佛在重返这两个国家。

乌镇与西塘

　　乌镇，风清水秀，乌瓦白墙，水边人家。西塘也是，大同小异。但我对西塘的印象远好于乌镇。我的印象毫无疑问带有相当的主观成分，对于相似的事物心情往往决定着对象，就好像晴天与阴天决定着海滨一样。一般说你不能说青岛、大连或北戴河谁更漂亮，但天气原因它们之于偶然的个人差异是极大的。而心情也像天空的云一样有时难以确定，一个偶然因素，一个小小的差异会让心情瞬间阴晴突变，所见景物也瞬息而变。那年盛夏，我从上海世博园出来，第一个地方便到了茅盾的故乡乌镇，之后到了西塘。为什么不先到西塘再到乌镇我不知道，仿佛乌镇有什么特别的不同，仿佛别无选择。

　　是的，从眼花缭乱、个性张扬、千姿百变的上海世博园出来，回归古朴自然的中国古镇，徜徉于水墨般的东方水乡无疑是一种需要，而古朴的乌镇，宁静的水面，陈年木屋，小桥，廊棚，倒影，的确让人有种心灵的洗涤与洗涤之后的依怙之感。在双重的水边我长长地吐出了口气，仿佛把光怪陆离的世博园呈现出的大千世界吐个干净。我年轻时喜人为的东西，中年之后东方崇尚自然的文化基因使我回归传统中国的文化血液，骨子里的唐宋让我对江南古镇有种根性的兴奋，觉得让世界慢下来的只有中国或沉淀水乡里的中国文化，才有可能。

但接下来的感觉却突然相当不对，以至于心情大坏，似乎刚才是一种幻觉，一种乌托邦。随着一字长蛇的人流我看到了什么？看到了古镇人的生活——但是什么样的生活？被展示的被参观的日常生活，以至于我突然有一种在动物园看到人类自身的感觉。这种感觉让我对自己怀疑起来。这种生活因为长期被参观，与游人形成敌意，每人面对游人都十分冷漠，目中无人，又不像参观动物园。

显然为了强调古镇古老的日常生活气息，在这里生活着的人成为一个旅游项目，被要求长年过着一种橱窗般的生活。这种生活在不宽的河两岸可清晰地看到，恍如《清明上河图》的一角，却又不是。而在小街两侧洞开的门窗内，更是可以近距离地直视小镇生活。在自然的情况下，这些门或窗应是关着的，虚掩着的，特别是当青石板街上或河上来了那么多熙熙攘攘的游人，就更应紧闭。

日常生活无最起码的私秘，人会变成什么？就是我眼前的人，是人，又非人，我看到窗内正在做饭的人都木呆呆地、机械地、无动于衷地忙着什么，特别是他们的眼睛，简直是一种冷漠的呆相。在鲁迅笔下我非常熟悉这种冷漠的呆相，它们是我们文化中最可怕的一种东西。这种东西在今天并未消失，且变种流传，我们的生活处处都有这种冷漠呆相的影子。有时我很想冲眼前视我为无物的人大吼一声，但我知道吼也没用。顶多他们的眼睛偶或地划过你，让人浑身发凉。是的，他们非常可怜，简直不忍心

—— 我的二十世纪 293

看他们。同样他们又何尝愿看如过江之鲫瞪大眼睛的参观者？他们浑身印满目光，他们是旅游项目，某种"演员"，真人"秀"。他们知道他们的分分秒秒都是钱，似乎只有钱能安慰他们。但同时他们毕竟是人，一个"钱"字怎能代替经年累月表演着自己的他们？于是冷漠便成了常态，既敌视游人，也敌视自己的生活，冷漠是某种东西的平衡。

他们多为老年人，也有年轻人，但都称得上老演员，功勋演员，有时他们偶然毫无理由地抬一下头，看看无数盯着他们的目光，很茫然，很空洞，但更多是视而不见。如果木雕也会偶然抬头，正是他们，但事实上木雕也比他们强，因为木雕是有确定属性的，你和木雕之间有着人和艺术品或商品之间的契约。但你和他们有什么契约？如果萨特在这里相信会自叹弗如，比存在主义戏剧更冷漠的戏剧在这儿每天都上演着：你看你的，我干我的：淘米，洗菜，做饭，吃饭，如厕，休息，吸烟，看电视，捡一枚地上的针，看上去真的是在生活，但如果他们是生活，游人就不是。游人是，他们就不是，或者，都不是。实际上因为看到自身的镜像，参观者其实也是被参观者，其颠覆感是双重的。

也许我不该这么认真，不就是玩玩看看吗？想那么多干什么？可想是我的职业，没办法。我在想：到底什么决定了这种观赏与被观赏的生活？为什么会有这样经年累月的真实的表演？真实如果被表演还是真实吗？人们究竟想看到什么样的真实？为什么对"真实"的东西那么渴望？真得不能再真了，然而这种真与假又有什么不同？

我没上所谓的乌篷船，许多人上了，我没有。我走得很快，如同一片叶子飘过。我这颗一刻也停不下来思想的头颅太重，重到有时必须敲一敲，有时必须饮些酒才能变轻。我知道我的头颅还不是最重的，而那些比我更重的头颅会成为古董吗？但我知道我早晚会进入博物馆，我已到了门口。

到了西塘，我没走太多地方，心情一下好起来。或许没经过严格的开发与管理，西塘显然要野一点，同样的水乡，桥，乌篷船，但没什么呢？

日常生活。或者有，我没看见？

是的，我没看见，我看到了门，窗。

但没看见里面的人，它们是关着的。

关上门的西塘美，好看。

慈溪三日

连来带去,慈溪三日,印象纷呈。一些印象事先已经设定,譬如颁奖会、研讨会,以及一个《文学的装置》讲座——到慈溪就是为这三件事而来。有些印象则始料不及,突如其来,让一次程式化之旅变得摇曳多姿。丙申初夏的一天,经过高铁与高速公路快递般的旅行,从北方到南方,黄昏时分到了慈溪。下榻饭店的房间一下愣住了,桌上摆满了我的书,茶几上也是,甚至沙发和窗台上也有一些,由于镜子的缘故,我觉得整个房间到处都是我的书。

有趣的是这本书开头所写和我眼前景象十分相似,我感觉走进自己的书里,走进了增强现实——在屏幕上把虚拟世界套在现实世界,并进行互动的一种技术,1990年就提出,随着随身电子产品CPU运算能力的提升得以实现,它包含了多媒体、三维建模、实时视频显示及控制、多传感器融合、实时跟踪、场景融合,具有真实世界和虚拟的信息集成,实时交互,定位虚拟物体……来慈溪前我正在写中关村的黑科技,写AR,写不可能的事物,现在我就感觉走进了某种不可能的世界。我在书中写道:我的书斋到处是书,孩提时代我的理想就是住在蛛网般的图书馆,现在在我的书斋,借助四周的镜子,我差不多做到了,它们相互重复,无限扩大,常常分不清哪些是镜子里的书,哪些是真实的书。有时觉得自己走进了镜子好几天都出不来,并且看到许多个自己。是的,为了免于孤独,也为了更像是图书馆,我装了许多镜子,甚至就连过道也装了镜子。

还好,宾馆地上没装镜子,否则我会走不出宾馆了。是让我签名的书,桌上有一张粉色纸的名单,我从镜子里取出名单,但未走出镜子,怎么可能走得出呢,我在镜中阅读名单。名字只分了男女,没任何其他介绍,比如职务之类。犹豫了一下,要不要名字后面加上先生/女士?但名字太生了,你不知道后面是否是个孩子,中学生,于是一狠心省了,就秃着写:×××存。结果第二天颁奖,市长坐我边上,我昨天签的第一个名字就是市长大人。签名时即使不称市长也该称一下先生,但名单没提供这一背景,为什么没有?是他们要求的吗?是他们仅以个人要求一本作者的签名书?以致我倒有些不礼貌。但是坐在前排,周围还有不少我签了名字的嘉宾,我却没感到任何异样,我感受到的只是文学本身的东西,感受到此地非同一般,某种文化气场扑面而来。这里没有官气,没人凌驾于文学之上,颁奖之上,所有人都是个体,都在文化面前谦恭,以普通人心态要求一本签名获奖作品。这就是慈溪,从历史走向现实的慈溪,似乎一直始终如此。当然,这个现实要在明天发生,不是我一进门就能意识到的,当时的增强现实还没完。现实再增强也不可能预测出明天的现实。我签完了所有的书,用了有半小时(无论多累都是愉快的)。吃过饭,一天旅途疲劳后已上床,却来了电话。

华栋打来的，他已在大堂等候。一个诗人想和大家见见，到一个地方。而我真的是不想走出镜子，我在增强现实中感到满足，那么多我签过名的书，如同我秘密的孩子，我自己还没见过这么多。而且，我累了。累，镜子，书，这是多么好的构成，是一个作者的梦境。

但我还是走出了增强现实，来到了乏味的一如既往的惯例的现实。到了大堂，看见了华栋、范稳、则臣、康赫，疲劳地笑，招呼。车穿过夜晚的慈溪把我们带到了一个地方。我想我坚决不喝酒了，头已有点胀，结果一进门便愣住了，一股清气扑面而来，酒也一下醒了。不是酒而是茶，是个茶室。但并非公共空间，而是一个完全的私人空间。空间里的时间好像也和外面不同，古色古香，似乎古代时光。时间并非铁板一块，时间会被空间决定，事实上有什么样的空间就有什么样的时间，所谓古代有时就是一个空间。茶室很大，左右开阔，中间靠窗是一方古琴般的茶台，周围是原木条凳。工笔画在墙上，与画相配的是各种款式的瓷器，摆满了格子，大小不一的架子。左边尽头是一个月亮门，透着另一种空间：有光从里面打出，还有植物，仿佛园林的空间。

女主人一身青绿旗袍，低眉为我们茶道，仕女一般。我对此地一无所知，对茶道完全不懂。女主人不怎么说话，态度怡然，淑雅，我们边品茶边海阔天空说笑不断，或文学，或文学之外，偶尔问到女主人什么，女主人才搭上一两句话，主要是添茶，眉也不抬一下，那种含蓄优雅一如南方山水。假如这是公共空间，作为仕女侍茶再恰当不过，但她是女主人，不是仕女，而女主人具有仕女之侍人的谦恭颇不可思议。我们这等写小说的俗物配得上这等高雅吗？慢慢的我们知道了墙上的丹青是女主人画的，架上的瓷器是女主人做的，我觉得有一种东西统一起来，茶，画，瓷，真的仅仅是现实？难道不是一种增强现实？一种虚拟的世界套在现实中？古代时光套在了当下？或者我们，我，华栋、范稳，我们才是虚拟的？我们套在了古代？AR是双重的，现实的变成了虚拟的。

后来我才知道女主人一些情况，名叫沈燕荣，宁波工艺美术大师，画家，龙腾越窑青瓷研究所所长，国画《野柿》入选全国工笔画作品展，吴冠中艺术馆收藏，越窑青瓷作品《瑞色青青》获第十五届中国工艺美术大师作品暨国际艺术精品博览会"中国原创·百花杯"美术精品奖银奖，《溪上秘韵》获浙江省工艺美术精品博览会铜奖……回想那晚我等一些俗物让年轻的大师如此低眉茶道真是汗颜，我不知华栋、范稳是否俗物，反正我是。我一进到这里就感到一种光照，一种神性，而我们竟侃侃而谈，愧不自知。或许小说家就该如此，是俗世的代表，大言不惭，受之淡淡，也是顺理成章。当然，必须有敬畏，比如现在，在这样的空间，在洗茶，倒茶，款款的手印之间。

月亮门的那道光最终让我冉冉升起，脱离坐位，如AR一般走进光中。里面竟有人，是位先生，也仿佛古代的人。三十几岁，不到四十岁，与女主相仿，一时以为是工作人员在工作，一问方知女主人的先生。有些惊讶，致歉。不知为何不与夫人一起与我们一叙，或者根本上不屑我们这些人？也不对。反正大概就是这样一种自在无我的态度。我觉得我理解这种态度，没有什么是小说家理解不了的，小说家干的就是这样事：理解人，理解各种各样的人。简单聊了几句，让我对这对夫妇构成的空间更加心生敬畏。

附近有个上林湖，为古越窑青瓷发祥地，自东汉在湖区烧制青瓷，经两晋、隋唐直至北宋千余年，之后失传，如今失传也有一千年。应该是蒙古来了之后失传的，湖中布满碎片，日夜灵光乍现。湖东、南、西三面环山，状如桃叶，蕴藏大量的瓷石矿，分布着一百二十多个青瓷窑遗址，碎片构成岸，在群山环抱中寂寂千年，无人问津。男主人说现在他的妻子沈燕荣主要不是画画，而是制瓷，复活湖中这些千年碎片，将失传的找回。

她找回了吗？我问，先生没有回答。无法回答。先生原是做公司的，后来放弃了公司，全力支持夫人的梦想，遂有了这个博雅的茶室。不，现在已不能说是茶室，是工作坊，展馆，当然兼接待朋友，参观者。

有了些许背景知识，再看架上的青瓷又不一样，盆、盏、罐、壶，各种不同的绿，不同的器型，仿佛置身于湖畔，置身于无数个千年夜晚，置身于璀璨的星光。拾阶而上，是沈燕荣的创作室，一架古筝，若抚，得荡涤开多少清寂的量子时光？画中的高山流水，危石险山，让人遐想，闭上眼能听见汉唐的窑火，沈燕荣以回到古代的方式接近着千年的时间，复活着千年的时间。

相信沈燕荣，相信静默的先生，特别是相信这种方式。

《三个三重奏》获第四届《人民文学》长篇小说双年奖，颁奖会上我的感言似乎提到昨晚带有"增强现实"性质的经历，感到慈溪非同一般，上上下下都有一股静气，虽越千年，虽有许多失传，但接续或复活正像缓慢的季节中的事物，慢慢的发生。第三天，参观了另一位青瓷工美大师的工作坊，又是一位女神级的大师，比沈燕荣级别大，是全国级的，获奖无数，许多政要名人在坊间留下身影或合影。这个参观是题中应有之议，会议安排的。然而，与昨晚不期而遇的经历却几乎不可同日而语。除了作品本身，这里的公共性，窗口性，非个人性，都俗世太重，暌违瓷器本身的静气。比如醒目的合影，获奖作品，证书，对神性的瓷器而言根本不需要这些，没人比瓷器高贵，无须任何证明，它照耀别人，这是它的性质，不需要被照耀。

我们要恢复的东西很多，即便在慈溪这样的地方一不留神还会有一些惯性的东西。我欣赏沈燕荣和她先生那种风格，那是一种彻底的恢复，人的恢复，是瓷器本身的东西，眼里不揉砂子的东西。

穿黄

穿黄，虹吸，遁构，水立交，竖井，这些都是发生在古老黄河边上的事，被这些新得不能再新的"词"命名。如果查《辞海》《辞源》肯定大多找不到这些词，没有事儿怎么可能有词儿呢？也正说明"词与物"的密切关系。当然，按照福柯的解构主义观点词实际上永远也不能真正表达物，甚至词总是歪曲物，但在这里，在伟大古老的黄河边，词不仅抵达了物，而且深深地锲入了物，让物处于完全无言状态。从来没在黄河边上发生的事，发生了，这些词或者物，一个比一个厉害，一个比一个锐利，一个比一个精确，一个比一个强大，一个比一个不可一世，一个比一个一丝不苟，没有什么事是这些词做不了的。

虹吸，一种流体力学现象，可以不借助泵而抽吸液体，这个相对来讲是最温和的几乎有些诗意的了。那么遁构呢？这个词就可怕多了，听上去就瘆得慌。邙山，孤柏山，古老的山，都不高，分列于荥阳黄河两岸，宽广的夕阳西下的黄河在下面流过。在邙山一岸，强大的不可一世的挖掘机向下掘进五十米，超黄河之底至少三十米，形成一个巨大的竖井，浇筑钢筋水泥，有如巨大的异物锲入地下。对岸的孤柏山如法炮制，遥遥望去，像两个克隆的兄弟，一模一样。两兄弟相距4.5公里，遥相呼应，于是在孤柏山深洞（南岸）强大的底部，"穿越号"遁构机向着对岸孤柏山隧洞掘进，720个日夜，不间断，不停息，一气呵成，在误差不超过5毫米的精确下与对岸兄弟一拍即合，不亚于佛的两个大手印。盾构机直径9.03米（地铁施工的盾构机直径也才不过6米），由刀头、盾体、盾尾和附件四部分连接，动力系统相当于15辆捷达轿车的动力。这是世界上最先进的一台遁构机，是在德国量身定制的，似乎也只在能够出产黑格尔、海德格尔的德国才做得出这样精密强大到费解的机器，似乎已超过人类的极限。掘进现场机声轰鸣，却没有以前东方的人海战术，从大禹治水，人山人海，三过家门而不入，到电影《战洪图》、十三陵水库工地——国家领导人引领大众热火朝天治水情景，到如今现代化盾构机只要几个人操作，整洁的设备控制室各种仪表指示明灭，即完成了前人无法想象的伟业，实在是像盾构机本身一样不可思议。人海战术退出了，工具理性来了，"词与物"在黄河边具有了前所未有的同一性。然而这是否也多多少少让人有那么一点点不安？某些如福柯式的"咒语"是否也要想一想？

当然，现场的认同感还是相当强烈的，"南水北调"是一个充满空间感的也充满动感的词，不像三峡大坝硬邦邦的，青藏铁路冷硬硬的，这个词让人充满了本能的不由自主的遐想，而当这项可以媲美隋朝京杭大运河的工程已居大地上有模有样接近完成的时候，当你从北京房山的惠南庄泵站到河北太行山麓的漕河渡漕，从河南焦作城区段到荥阳的穿黄工程，到白河的倒虹吸，陶岔渠首，直到南水北调的取水口湖北的丹江口水库加高后的大坝,你在这条横亘于南北中国大地上的工程走完,你会感到这个国家为了某种设想中的福祉是无所不能的,什么也拦不住她。发展是硬道理,的确是一句基于中国的伟大的话语。物质上去再说,经济上去再说,这些不上去,一切知识分子书斋式的玄想,包括形而上的解构质疑就应止于某些形而上,正如让福柯止于福柯,书斋止于书斋。这一点当我乘电梯犹如进入地心般的进入孤柏山圆形竖井,来到黄河之底,在尚未完全竣工的高科技的钢筋水泥世界,遥看黑暗隧道的对岸之光感觉尤深。

这便是赫赫有名的穿黄工程,它被称作南水北调中线"咽喉工程",它居然不是一条隧洞,而是两条隧洞,一条运行,一条备份,每条长4 250米,其中过黄河隧洞长3 450米,邙山隧洞段长800米,在黄河底部最大埋深35米,最小埋深23米。我站在直径七米可并排跑三辆车的钢筋水泥隧洞一点也感觉不到上面滚滚黄河的存在,而且我知道很快南来的长江水将穿越隧洞北上,与东流的黄河水构建出十字交叉水立交奇观。我觉得很科幻,有种很不真实的感觉,我甚至觉得长江的长度是否应重新计算?长江流到北方了,流到北京了,甚至流进密云水库,怀柔水库。据说2014年南水北调工程全线竣工输水后,北京每年将得到十三亿立方的长江水,相当于现在密云水库的库存。那时北京的缺水将大大缓解,不仅如此,更令人兴奋不已的是,北京的大大小小的河流也将得到补给盈满漂漂亮亮的长江水,某种意义,北京将不仅属于海河领域,也属于长江流域了。多少年来你到北京郊区走走,北京有多少条干河?据一项最新调查显示北京有大小河流一百三十多条,这些河若盈满了水将是怎样情景?我们还没到怀疑工具理性的分上,到调水成功之后享着大小河流形成的绿树清风再怀疑也不迟。我们需要遁构机,特别需要德国的遁构机,哪怕它再强大,再精确,再不可一世,再寒光闪闪我们都需要。发展是硬道理,盾构机是硬道理,穿黄是硬道理,虹吸与竖井是硬道理。现在就是要硬,直到硬得让全世界瞠目，直到我们可以邀请世界一块软的时候。或者世界邀请我们。软的资源我们源远流长，有的是，这点汤因比早就看到了，他把世界的未来寄希望于古老中国文明——儒释道——几千年与自然和谐相处。这当然不错，但是一切都要等到我们与世界的时差调整过来之后。

泰州·答问

公元 1298 年，7 月或者 9 月——这无关紧要——意大利旅行家马可·波罗在对热那亚那场战争中被俘，关进了热那亚监狱。马可·波罗与比萨作家鲁思同监，他们年龄都已不小，两个同监犯闲来无事，神聊度日，马可·波罗向鲁思不无炫耀、不无添油加醋讲述了他漫长得有些可疑的中国之旅。此前马可·波罗曾留居中国十七年，受到过忽必烈汗的接见，在中国扬州和其他一些地方做过官。马可和鲁思出狱后，两人合作完成了《马可·波罗游记》，据比萨作家鲁思信誓旦旦地在文中说，马可是这样描述泰州的：泰州城不大，但各种尘世幸福极多，有许多船舰，大河上帆樯林立，有极多的走兽飞禽可供野味……显然，泰州作为一个水城给马可·波罗留下了强烈的印象，或许比他的家乡威尼斯感觉还要好得多。不过极多的"走兽飞禽"似乎又解构了泰州作为一个水城的印象，那应是一种原始而生动的景象,更接近草原或森林地带。飞禽还好说,但是什么样的走兽呢?显然不是指家常的猪牛羊,否则不能称之为野味。类似的疑点在那部《马可·波罗游记》中并不鲜见,或许这是马可在狱中神聊的结果?或许当年马可已经老了,某些他到过的城市发生了叠加?或者为了证明东方的传奇效果。

——或许马可从没到过中国。那不过是一种神聊,一种道听途说。不过是把一切都安到自己的头上,显得更真实,是盛行于欧洲中世纪的叙述策略,它与同时代我们的书场还不太一样。在我看来,鲁思并不是作家,真正的作家应该是马可·波罗。鲁思无疑参与了想象,但同马可·波罗相比,他只是个记录者。

当然,你有理由怀疑《马可·波罗游记》的真实性,而且你也应该听出我刚刚谈到马可·波罗的某种口吻。我用了"聊天"、"炫耀"、"添油加醋"这样一些词汇,说明我对那部游记同样有挥之不去的疑虑。是的,马可·波罗是否真的到过中国,学术界历来都有置疑,许多疑点都表明他似乎没来过中国。如果这一点最终被肯定,那么几乎可以同时认为《马可·波罗游记》事实上是一部虚构文本。但是困难之处在于:如果把这部游记定义于虚构性的文本,它所显示出的真实又远远大于被用来证伪的疑点,比如马可·波罗在狱中对泰州作为水城的描述就非常真实,即使字数上也超过了对走兽的描述。它足以证明马可·波罗的确来过中国,否则那些真实的描述来自何处?

——即使马可·波罗没到过泰州,他也仍来过泰州。

你的意思是说，马可·波罗是否来过中国这一点并不重要，重要的是他是否说出了真实，哪怕是部分的真实？

——是的。

你从未到过泰州，据说来泰州之前你对泰州一无所知，如果不是王干（江苏人）的邀请，你甚至不知泰州在江苏。就算有王干的因素，你对泰州还是一片茫然，据说还是临行前你才查了一下地图，发现泰州毗邻扬州，你一下想到"烟花三月下扬州"。你借助扬州想象了一下泰州，感觉不错。你认为当时对于你用扬州来诠释泰州就可以了，但实际上你也并没来过扬州。你的想象主要是和李白那句诗有关，那句诗让扬州千古流传，妇孺皆知，成为沉淀在中国人血液里的重要的文化因子。的确，"烟花三月下扬州"这七个字让人浮想联翩，随着脱口而出，眼前便展现出了一派烟雨楼台画舫佳人的南方景象。你认为泰州既然毗邻扬州，应该大体上也差不多，为此你感到愉悦。但很快，你又觉得这种愉快并不可靠，为什么？

——这是文化基因所引起的瞬间幻觉所致，它构成了潜在的文化思乡症。某个时候，一碰到某句诗，我们便不由得想起古中国的景象，因为我们从小就被那些古典诗句塑造。但事实是古老的中国已不复存在，某种意义上的中国只存在于文化之中，而不存在于现实之中。我说过我没到过扬州，但是假如我真到了扬州，根据以往的经验，我认为我多半会相当失望，更何况我需要借助扬州来想象的泰州？实际情况是：当我还没移开地图，愉快已经消失，我忽然想起许多年前的一幕情景，确切地说十五年前，我曾到过苏州、无锡、常州,在我看来它们不仅仅是地名,也是中国南方的文化符号,但十五年前它们让我非常失望。那时的苏、锡、常虽经济上生机勃勃,一派繁荣,但城市景观杂乱无章,毫无特色,到处是乡企厂房,铝合金门,机动车,劣质马赛克的房子,雨锈斑斑的玻璃墙,我几乎被一辆摩托车撞倒。我觉得到了虎丘或拙政园可能会好一点,结果在穿越了大面积的杂乱无章的时尚建筑后,拙政园并没给我带来愉快之情,相反它像标本一样被夹在无限大的杂乱无章之中。正是在这个意义上我否定了我的愉快感觉,我对泰州之行没有任何期待。结果到了泰州,当然出乎意料。到泰州的当晚,我们在凤城河景区的"陈庵"用餐,当整个宏大的水岸灯光、烟树朦胧、亭台楼阁、画舫桥涵分布于夜色的景深中,我觉得好像突然被空降到了时间之外的某个地方。

时间之外是什么地方?听上去有点费解。

——不是现在,肯定也不是未来,我越来越不喜欢未来,我所说的时间之外应该是古代吧。在夜色中我觉得看到了中国,我好像被空降到了马可·波罗时代,或者应该比那个时代还要早。凤城河水岸大气、宁静、优美,应该是宋朝,对,宋朝,特别是北宋,是范仲淹的《岳阳楼记》或晏几道的"落花人独立,微雨燕双飞"的时代。我想到唐人张继的《枫桥夜泊》:"月落乌啼霜满天,江枫渔火对愁眠。姑苏城外寒山寺,夜半钟声到客船。"凤城河水岸几乎制造了这种文化幻觉,简直让人难以置信设计者如此大规模的制幻能力。景区的叫法也许并不恰当,因为在我看来它不是通常的景区,它是泰州历史故有的组成部分,而且事实上,所谓"凤城河景区"也是在泰州原护城河基础上建造起来的。有原来的旧护城河框架,所以恢复旧制的水岸不生硬，不做作，水岸不是城市的补充、点缀，而是像古代一样具有环城的效果。据说从空中看，泰州护城河的分布形状像一只展翅的凤凰，因此泰州又名凤城，护城河亦名凤城河。我看到一份资料称，凤城河全长6.7千米，水域面积达到了83.8万平方米，平均水面宽约110米，呈四方形，把整个老城区包围其中，形成了一个水包城的特色空间格局。环城河畔分布了三十多个历史文化景观，一切尽显"州建南唐，文昌北宋"旧制的文化辉煌。这一切怎么能称通常的景区呢？水岸就是中国曾经的存在。

我注意到了你当时惊讶的神情，我记得当时有人打开窗子，你们一下看到外面的夜景，好像突然看到了仙境，纷纷放下杯盏，到了外面。市政府副秘书长、景区管委会主任刘宁现场介绍景区的灯光设计，讲了怎样邀请了全国五大灯光专业设计公司对凤城河两岸做灯光设计，怎样聘请全国各位专家选定设计方案。你当时啧啧称叹，并且好像有点魂不守舍口中念念有词。能说一下你那会儿念念叨叨的是什么？

——陈逸飞。中国遗韵。不断重复陈的一幅画的名字。

《浔阳遗韵》？

——是的，但我当时念叨的好像是《南浔遗韵》，后来才知道错了，应该叫《浔阳遗韵》。

这倒无关紧要，关键你的感觉是对的。

——刘介绍得也很好。刘看上去年龄不大,但满头华发,很有风度,不像现代官场上的人,像古代的士大夫。当我们这些"新散文"作家后来在石舫上讨论"新散文十年"时,刘的发言让我惊讶。"新散文"即使在文学圈内也是小众概念,正如"新小说"概念一样。刘是官场中人,非文坛中人,但在听完我们如此"专业"的讨论后,他的发言竟然一点不"隔",好像此"道"中人一样。他总结说:现实的复杂性和价值观念的多元性导致了散文写作不可能再像过去主题单一,主题不能单一,形式自会被打破。这话说得多好,就算是总结别人发言,但关键他听懂了,理解了,这非常不简单。就这点而言他比许多散文家不知强多少。刘主政景区不过短短两年,凤城河差不多发生了时光倒流的变化,刘同样是一道风景。我认为像许多历史掌故一样,刘会因为创建凤城河水岸被泰州记住。历史上泰州记住了不少有作为的士大夫,这里是文人士大夫荟萃之地。前面提到的范仲淹和晏殊就是如此,据说范、晏都在泰州做过官,后来都做到了宰相。比如重修的望海楼后面有一座"文会堂",宋式歇山五开间建筑,恢宏大气,堂内东西两侧墙壁各有两块大型青石浮雕,左侧是"五贤唱和",右侧是范仲淹与滕子京唱和的场景。范、滕友情交厚,当年范仲淹在泰州监西溪盐场,滕子京任泰州军事通判,两人时有唱和,滕子京取"以文会友"之意,在署内修筑了"文会堂"作为唱和处所,文会堂成了士大夫文人荟萃之地。

似乎还应提到孔尚任。孔也在泰州做过官,你们这些专业文人,散文家或小说家每天就餐的"陈庵",孔尚任曾在此居住,并在这里完成了传世之作《桃花扇》的写作。孔尚任在泰州做官做得很有趣,甚至是中国历史上最有趣的官。孔是山东曲阜人,孔子的六十四代孙,康熙南巡时,被荐举到御前讲经，大受赏识，由布衣一跃而成了国子监博士。1686年秋天，孔以一个小小的学官出任钦差大臣，来泰州协助工部侍郎孙在丰治理淮南七邑的水患。孔尚任初到泰州时，怀着感恩图报的心情，拯民于水火的愿望，后因官场治水方案发生分歧，孙在丰的治水方案被否定，受到降级处分，孔尚任也因此悬置于泰州。孔先后由风光的州署迁居了五个地方，越迁越冷清，竟至被迫迁至废庙陈庵。当时的陈庵破败不堪，只剩下一座"藏经楼"与两侧厢房，连围墙也没有。栖身于破庙之中，孔尚任出无车，食无鱼，甚至一日三餐难以维持，只好减去中午一餐。最后竟然一天只吃一顿，最后这位钦差无奈之下只有向别人索米、乞米、告贷，当掉"朝披夜复足"的老羊裘以支付仆人的工钱。有孔尚任诗为证："自顾披裘人，不合养群仆，环我素衣裳，灯前苦迫促，抱裘典千钱，割爱亦云毒。"（《典裘》），你说他的官做得有趣没趣？

——非常无趣。

孔的官做得一塌糊涂，甚至有别他的先祖孔子，简直是官场之谜。再怎么说，孔尚任也是个皇帝点的治河钦差，再受冷落何至于此？显然是孔自己的原因，或者要不就是写《桃花扇》写的？

——这可以肯定，他写《桃花扇》肯定把脑子写坏了。

就算不提《桃花扇》废了孔的仕途，他那份清苦和执着对你们这些文人作家有什么启示没有？

——你最好别跟我提这个。

为什么？

——当世作家有资格谈这个吗？有一个算一个。

包括你？

——包括。

道德文章是题外话，还是那句谚语说得好：让上帝的归上帝，恺撒的归恺撒。"新散文论坛"落户石舫，并在石舫召开了非正式会议，而石舫就坐落在陈庵西侧。石舫曾是史上记载的"孔尚任观戏"的地方，《桃花扇》曾在此首演，而今"新散文论坛"落户石舫有什么特别的意义吗？

——没什么特别意义，仅仅是偶然。

新散文在看待风景——比如具体看待凤城河景区——与传统散文有什么不同？如果让你写一篇关于这凤城河景区散文的话？

——新散文主要是思维方式不同，思维方式不同会给相同的事物带来不同的发现、视角、感觉、情绪，以及表述上的不同。不同并非易事，事实上并不存在天然的不同，没有锐意出新就没有不同。

虚构是散文内部一个讳莫如深的问题，每个写散文的人都有无法遏制的虚构的冲动。但虚构天然是小说的权力，是散文与小说的分水岭，因此传统散文从来对于虚构问题要么讳莫如深，要么大声拒绝承认，总之，认为"虚构"是散文的红字，散文的耻辱。而新散文不仅公开倡导虚构是散文的权力，而且标榜是自身的主要特点之一，这种姿态是出于叛逆吗？

——多少有叛逆的因素，但不是主要的。虚构是人类的天性之一，在这个意义上，禁止散文虚构就如同禁止天性一样荒谬。第二，散文的虚构与小说的虚构完全不同，小说是故事形态的，散文是精神形态的。在新散文看来世界是精神的碎片，因此散文无论是否以虚构的形式重组或构筑这些碎片都是真实的，就精神而言，无所谓虚构或非虚构。刚刚张锐锋、祝勇所说"散文的虚构主要是修复性的虚构，就像修复一只残破的陶罐一样"，我认为也非常准确。第三，无论承认也好不承认也好，散文的虚构性是一个自古而然的事实，既然这是事实，为什么要遮遮掩掩而不把它作为一个散文的天然的权利呢？

散文自古而然存在着虚构，这个判断是否过于自信？

——如果范仲淹的《岳阳楼记》是虚构之作，这还不够自信吗？

《岳阳楼记》是虚构之作?!

——当然。范仲淹并没到过岳阳楼，但他却写了《岳阳楼记》，这难道不是虚构吗？

范仲淹没到过岳阳楼？这简直是新闻。

——谁都有孤陋寡闻的时候。应该是1046年，7月或者9月——这无关紧要——范仲淹在邓州做官的唱和老友滕子京邀老友为其形象工程岳阳楼写一篇《岳阳楼记》。滕原本想要范的生花妙笔记下重修后的岳阳楼的空前壮观的规模形制，以显示自己的政绩。可结果范对重修后的岳阳楼只以一般的"增其旧制，刻唐贤、今人诗赋于其上"寥寥数语敷衍之，且连登临岳阳楼所观之景也以"前人之述备矣"一笔带过。作为散文大师和滕子京的好友，范仲淹竟然不顾友人所嘱，也不顾这类记物体散文的体裁特点，不仅对岳阳楼的盛景不加记述，反而将其写成了一篇类似登楼赋的借物咏怀的抒情散文，并且还能使友人满意，使历来的研读者对其文题不符一无所察，原因何在？奥秘何在？

范没到过岳阳楼！

——是的，范没有见过重修后的岳阳楼。不仅当时未见，就是此前此后都没有到过岳阳，更不用他说见过洞庭湖了。范对岳阳楼和洞庭湖的了解是滕让人送来的《洞庭晚秋图》和前代名家有关洞庭湖和岳阳楼的诗文，因此他只能避实就虚，扬长避短，将文题不符巧妙地掩饰起来。《岳阳楼记》开宗明义点明友人嘱托自己作文，却不说自己不记岳阳楼是因为没有见过岳阳楼，而是"前人之述备矣"，有前贤的诗文，自己再记自然属于多此一举。滕没有文集传下来，但他为求《岳阳楼记》而写给范仲淹的信保存在方志里面，信的名称叫《求记书》。《求记书》的最后一段话很关键："谨以《洞庭秋晚图》一本随书赞献，涉毫之际，或有所助。"滕不但在信中详细介绍了岳阳楼的历史和现状，还附送一幅图供范仲淹参考，这明摆着没有要求范仲淹亲自来一趟岳阳的意思。滕的这种做法，在宋代也是常见之事。滕在岳州除了请范仲淹写《岳阳楼记》以外，同时请了好友尹洙写《岳州学记》，请了欧阳修写《偃虹堤记》，时间都在庆历六年，即1046年，7月或9月——这无关紧要。范仲淹、尹洙、欧阳修三人的文章都求到了，但书信往来均证明三人均未到过岳阳。范仲淹未到过岳阳、洞庭湖，却在《岳阳楼记》中写有："予观夫巴陵胜状，在洞庭一湖。衔远山，吞长江，浩浩汤汤，横无际涯……登斯楼也，则有心旷神怡，宠辱皆忘，把酒临风，其喜洋洋者矣……不以物喜，不以己悲；居庙堂之高则忧其民，处江湖之远则忧其君。是进亦忧，退亦忧。然则何时而乐耶？其必曰'先天下之忧而忧，后天下之乐而乐'乎。噫！微斯人，吾谁与归？"如此情景交融，情真意切，《岳阳楼记》是否虚构之作还重要吗？虚构减少了一丝一毫这篇千古佳作的价值了吗？

你这样说让我想到刘宁主任介绍的重修望海楼的相似情况。凤城河核心景区望海楼重修于2007年，刘宁主任代表泰州市人民政府约请范仲淹第二十八代孙范敬宜（《人民日报》前总编辑）撰写《重修望海楼记》。范敬宜先生没来过泰州，因为身体原因也没为撰写《重修望海楼记》亲临泰州。据刘宁主任介绍，他到北京带给了范先生一些泰州和重修望海楼的有关资料，范先生正是根据这些材料写下了激情澎湃的《重修望海楼记》。范敬宜先生虽没有登上望海楼，却也与其先人范仲淹"登斯楼也"有异曲同工之处："予登乎望海一楼，凭栏远瞩，悄然而思：古之海天，已非今之目力所及；而望海之情，古今一也。望其澎湃奔腾之势，则感世界潮流之变，而思何以应之；望其浩瀚广袤之状，则感孕育万物之德，而思何以敬之；望其吸纳百川之广，则感有容乃大之量，而思何以效之；望其神秘莫测之深,则感宇宙无尽之藏,而思何以宝之;望其波澜不惊之静,则感一碧万顷之美,而思何以致之;望其咆哮震怒之威,则感裂岸决堤之险,而思何以安之。嗟夫,望海之旨大矣,愿世之登临凭眺者,于浮想之余,有思重建斯楼之义。"未到泰州而"登斯楼也",且一连"七望"大海,其情真意切、比兴言志的确已无关乎是否来过泰州。从这里也可看出,散文的虚构的确和小说不同。而范先生之前尚有一插曲,原本泰州方面邀请了余秋雨先生撰写《重修望海楼记》碑文,余欣然允诺,写了《望海楼新记》。余年富力强,到了现场,但据说因种种原因,余的现场望海之作被泰州方面退回,因此才复求范敬宜先生。余倒是没虚构,却被退回,十分有趣。虚构与非虚构是个过于复杂的问题,特别是想到《马可·波罗游记》之马可·波罗可能并没到过中国,问题就更加复杂。那么最后一个问题,关于我们之间的谈话你认为是虚构的,还是真实的?对话者是谁?他真的存在吗?还是另一个你?

——我并不存在,正像你不存在,同时我们又都存在。

这就是散文,或新散文?

——或者也是关于泰州的散文。

散文可以是任何事物?散文即自由?

——是的,是。

第三辑
——
肖像

世纪老人冰心

大约是在三四月间,我曾给冰心老人去函,约请老人给本报文艺副刊《地平线》写稿。我从未见过冰心老人,也想象不出现在老人怎样写作,谁来照顾她的生活。她已88岁,与本世纪同龄,但还孜孜不倦地撰写文章。

我给老人写信不久,就听说冰心老人身体有所不适,心说真不是时候,给老人增加了负担。

这事搁在一旁,时间一长也竟淡忘了,以致前几天看到这封信时,我竟一时未能记起,糊涂地读到最后,落款竟是冰心!

冰心老人的信是七月底写好并寄出的,而报社在此以前迁到新址,她的信寄到原址而延误至今才收到。老人寄出的信两个多月竟未得到任何回音,这在她大约是从未有过的事!原谅我吧,冰心老人。

一望而知，冰心老人的信不是写给我个人的，而是写给你们——亲爱的读者的。当然，我也是读者。我觉得，联系到当今商品经济对知识界的冲击，联系到脑体倒挂，联系到学生不安心读书、教师不安心教书，以及大学生、研究生退学经商等许多人对此已见怪不怪、甚至麻木不仁的现象，冰心老人的疑问的确发人深思，而冰心老人的精神尤为可敬！

附：冰心的信

民庆同志：

您的信早就收到了，信债文债太多，迟复为歉。

我没有文章题目，也未读过"人才报"。我倒有一个问题，想请读者想想再回答。

我从小读书，老师说："士"为四民之首，所谓之"士"，当然指"读书人"了。现在都讲"无农不稳"、"无工不富"、"无商不活"，无"士"呢？没有答案，我也说不出来，请您在"人才报"上问问读者们吧！

匆匆，祝

撰安！

冰心

七·廿二·一九八八

1979年的巴金

1979年3月28日，在我的日记本有这样一段记载："上午来到劳动人民文化宫听了一场关于巴金及其作品《家》的报告，是由中国人民大学张慧珠老师主讲的，很受鼓舞和启发。作家巴金是一个非常热情的人，这使我更深刻地体会到，作为一个作家必须有充分的热情，只有这样才能关心生活，观察生活，探索生活。"

那年我二十岁，刚进入大学，日记中还作了这样的记录：

一直以来对于巴金的作品一般有三种意见：1. 既指出了巴金作品政治思想的局限性，同时也肯定了他的优点；2. 过多地看到作品中的优点，回避作品中的缺点；3. 否定巴金的作品，认为巴金作品中的人物越进步越革命就越反动，因为他们都是无政府主者。张慧珠老师介绍了无政府主义与巴金的关系："三十年代巴金确实接受了无政府主义思想。无政府主义——否定国家，否定民主集中制。俄国的作品主要是劝贵族阶层起来背叛自己的家庭，宣扬无政府主义的不怕死精神，而巴金主要接受了这种思想。"

日记还作了很多笔记摘要，主要是对作品的具体分析，基本没有了意识形态色彩。这里有两点值得注意，一是值得历史回顾，就是说，在1979年谈论巴金先生不可避免带着那个刚刚解冻时代的桎梏，尽管张老师否定了对巴金的全面否定，但实际上仍坚持了传统的对巴金进行政治思想的度量，也即所谓的"无政府主义"的思想局限性。显然这与报告主旨不符，是一些废话，但是必要。因为不说那些废话就不能或不好谈论想要说的巴金，显然是一种叙事策略。我不认为这是张老师个人的叙事策略，类似的叙事策略在我们二十四年的生活中比比皆是，它看上去十分荒唐，但我们也习以为常。我们叙事，同时被叙事，就如张慧珠老师那样，至今如此。

另一点值得我个人注意，1979年的巴金，无疑对我构成了影响。从那篇日记来看，真正影响了我或许主要还不是巴金先生的作品，更为重要的是巴金先生与生活或世界的联系，是对生活强烈的关注，对生命不竭地追问，"关心生活，观察生活，探索生活"，而这一切都须生命的热情为前提。

二十年了，如果要我对日记或对巴金先生说一句话，我可以说：我是这样过来的。我后来的日记是证明，我的生活是证明，还有我的书。巴金先生迎来百岁华诞，灯亮着，让人欣慰，向老人致敬。

等待莫言

2018年《十月》第一期发表了莫言新作《等待摩西》，此前因为一些缘起对莫言也有等待性质。莫言获诺奖后缄默了五年，人们等待了五年，莫言会以什么样的文字重返公众的视野？这是一个巨大的悬念。众所周知，莫言是第一个获诺贝尔文学奖的中国作家，不要说作品本身的意义，就是结束了一年一度中国人的焦虑，本身就意义重大。接下来一个人获了诺奖后还怎样写作？这有点像一个人去了月球后还怎样生活，也是世界性的问题。

去年八月微信圈突然传来《收获》将发表莫言新作，后来证实是《人民文学》首发，不管谁首发都让《十月》有种踏空的感觉。我认为莫言的首个作品应发在《十月》上。因为莫言的获奖代表作品《生死疲劳》便发表在《十月》上。看到消息的当天，我便给莫言写了邮件，莫言当天回了邮件，允诺稿约，心里算有了些底儿。但等了几天没有动静，不太放心，恰好我刚出了一本写北京七十年代的散文集《北京：城与年》，作品往来往往是最好的催稿理由，于是写邮件问莫言书寄到单位还是家。其实这是不用问的，但是要问，这便是"往来"。信中最后坦陈"寄书是幌子，期待大作是真"。莫言给了地址，并说记着稿子的事。但我并未马上寄书，我想如一段时间还不见稿子，寄书时附言又是催稿的由头。做编辑不容易，老得惦记别人，还得比较艺术。结果书还未寄出，9月23日收到莫言短信，告知稿子已发我信箱。回家打开信箱，清晰地看到一个短篇：《等待摩西》，以及一首诗《高速公路上的外星人》。

大大松了一口气，说真的，并没马上看，当时最大的感受是卸下一个重任，感谢莫言。非常喜欢这个题目，一看题目就有种发光的直觉。摩西是何等人物？仅次于上帝。果然，在微信朋友圈披露了小说题目后上海的吴亮先生立刻发论："很有悬念，又是摩西，又是等待……险啊。"我回："险得不可思议，却力敌千斤闸，老莫真的神力。"邱华栋说："蛋落在《十月》的筐里了。"仅凭题目大家便有此敏感，非同道不能如此。

确实，摩西是一个宗教人物，一个先知，一个经历过大苦大难的人，一个回归信仰的人，一个带领以色列走出埃及的人，这个先知的繁复程度同样仅次于上帝，堪称西方文化之渊薮。莫言通过《等待摩西》把这一西方文化符号稼接到东方，且是无缝儿对接，又异趣盎然，读完感叹莫言的天才。我以为也只有莫言能处理这一如此"险"的题材。感慨系之，第二天在办公室给莫言敲微信。"莫言老师：早晨读完《等待摩西》——您完全不需要恭维，我的第一反应：我看到一个伟大的短篇。叙事技巧不用说——也极高超，但这是可学的；关键是一种大的情怀，一种大的精神视野，一种中国现实、中国氛围、中国的讲述传统与以基督教文明为基础的西方文化如此自洽、水乳不可分的融合；大悲悯，大善恶，东方的、西方的——天作之合。再一个关键是它如此落地,如此中国方式,中国现实,真的,我是心服口服。我自视并不低,但这种融合能力让我叹服。题目也非常好,恰如其分。同时还有一种轻的东西:浪漫,风趣,颠覆,元小说的后现代调性。这个小说是一种照耀,好小说都是照耀,但这是更广阔的照耀。某种意义我个人更感谢这篇小说,我看到我的哪怕微弱的可能。谢谢,我也代表杂志向您致谢,感谢您给了我们这么重要的作品!"

没想敲这么多,也没细想要说什么,却一发不可收。一会儿莫言便回了信:"宁肯兄,借用前人一句话:人生得一知己足矣,斯世当以同怀视之。"说真的,知己不敢当,我只是觉得作为同行读懂了莫言,不仅仅作为编辑。写作者的眼光与编辑的眼光无论如何还是有所不同的,即便激赏也有所不同。莫言归来,既是过去的莫言,又是新的莫言,小说内在张力很大,又写得松弛,举重若轻,后者是过去莫言少有的。这个跨度需要精神上的高度技巧,甚至蜘蛛吐丝一样灵巧。当然更需要一种叙事态度,事实上有时是态度产生了技巧。

小说中的柳卫东原名柳摩西,"文革"改为柳卫东,历经五十年沧桑又改回柳摩西。"文革"改名,多有所见,俗不可耐,本身荒诞而又魔幻,写时难有新意,莫言却在大朽之上化出神奇,看似云淡风清,随意腾挪,却概括出大历史,大寓意,很像巨蜘吐丝搭网,几下格局就有了。如果说柳摩西是刀锋,她的妻子马秀美就是刀身,没有刀身哪来刀锋?把刀身写好,写得有力,刀锋才有力,身有多长锋有多尖,莫言将马秀美的等待写得极其出色,锥骨动人,且像谜一样,她的等待某种意义就像一部《圣经》。柳卫东莫名失踪三十年,再次出现对小说是巨大考验。如果说写得一波三折算经受住考验,那么柳卫东荒诞而又幽默的身份则独属莫言的设计:出人意料,十分喜剧,让绷得很紧的悬念化莞尔,再次起到举重若轻甚至解构的效果。

小说的叙述者非常接近莫言，这使得小说具有了至关重要的"态度"，这"态度"几乎具有了非虚构的特点，好像一种纪实。甚至同时在文中谈及这篇"小说"写作的困难，具有了元小说的特点，对小说再次拆解。前面提到的整体叙事风格松弛，云淡风清，有如拂尘在身，正好来自上面两个特点。这是归来的莫言明显变化，有人或许不适应莫言这种变化，认为莫言复出后的这批小说不够文学，有戏说味道，表面看是样，实际暗渡机心，完成了一次嬗变。最后也是最值得一提的是这部小说的结尾：神秘失踪三十年的柳卫东回到家——基督信仰者妻子马秀美的家——名字改回了小时的柳摩西，这时家里的小院石榴树掩映，白云飘过，阳光融融，柳摩西在教友中的身影时隐时现。"一切都很正常，"小说最后写道，"只有我不正常，于是我退出了小院。"小说到此结束了。这一笔有如"八大"最后的点睛之笔，怪诞又轻松，张力太大了。小说中的叙述者自始至终都是正常的，代表着理性：多少次回乡，多少次打听、寻找，及至非虚构的表征与元小说的手法都代表着理性结构，代表着正常，但是最后这一切却是不正常的。这种颠覆是致命的，却又是属于文学的。在我看来好的短篇小说应该是一张拉满的弓，最后箭射向目标，取得目标，但更好的小说是颠覆了这个目标，小说关闭又敞开，一如关上一扇门又打开了一扇窗。透过窗户我们又能看到什么？

说起来，与莫言第一次见面已快二十年。2001年春天，或秋天，我记不太清了。当时我还在一家行业报工作，《收获》的钟红明来北京组稿，与我约了见面时间，后来因为时间紧把与我见面的时间与莫言拼在了一起。钟红明给我发来了地址，我们先在平安里的莫言家门口见了面，然后进了莫言家。莫言住在胡同里的单元楼。周围是低矮的四合院，那几座楼高出来，这在北京的胡同尽管有但也还不太多。是砖混的老楼，不算高，四五层，莫言住的一个两居室（或三居?）不论两居三居，莫言的书房只占了一小间的小部分，看上去逼仄，满满当当。除了书还有一些日常杂物，没有沙发，不可能有放沙发的地儿。莫言坐在电脑后面，电脑桌靠近阳台，差不多与阳台连在一起。桌上堆着书，纸笔，便签，烟盒，满是烟蒂的烟缸，拆开与未拆开的各地寄来的杂志，摞在一起，上面落着烟灰。电脑隆起于杂物中间，由于看到的是背部，莫言在电脑后是正面，感觉很奇妙，像是在柜台外面。我们坐在电脑桌与墙形成的过道，由于阳台门开着或者打通就没有门，阳台也不大，我一直有一种印象：莫言在阳台上写作。一个作家与一个很小的杂乱的空间，简直像一个钟表店复杂的空间。钟表匠坐在他的世界里，终年与时间打交道，修理时间，或创造时间，与街上的市井又有着千丝万缕联系，而一个年深日久的小说家也差不多就是这样，或者就该这样。

到莫言家已是临近中午，坐了没多一会儿莫言带我们到下边去吃饭。莫言已订了家对面的谭鱼头，夸那家店好。莫言请朋友大体都在这家店。平安里是个热闹地界，老北京与现代都市混杂，虽然不兼容，但时间长了也有某种强行扭结在一起的自恰，因为不管老的新的建筑都打上了时间烙印。时间是通行证，是法则的法则。机动车自行车三轮车在路中央搅在一起，车水马龙，过马路不容易，莫言显然走惯了也得躲躲闪闪，险象环生（多年后在京师大厦莫言展示了手腕上的膏药，便说是前几天骑车从胡同口出来，被一个骑车的打工妇女一下撞上，他本骑得很慢，但打工妇女骑得很快，一下撞上了，手腕受伤），我们顺利地躲过各种车辆，到了有明显牌匾的谭鱼头。在二楼，包间的窗子临街，稍欠身即可见街上的车流人流。刚点完菜或者还没点，或点到一半，也不知怎么说起了格非，莫言当即打电话给格非，让他过来。我不知道格非住什么地方，那时格非好像博士毕业刚到清华大学任教。莫言对我和钟红明称格非是中国最有学问的作家，读书最多，不长时间格非就到了。席间说到作品翻译，莫言告诉格非，法国有个文学活动，他们可以一起去，法国方面会给格非发邀请（莫言作品在法国翻译得最多、最早，影响也最大，一般认为莫言获奖是葛浩文的翻译起了决定作用，事实上是法国的诸多译本起了重要作用，莫言在斯德哥尔摩领奖时瑞典王后告诉莫言她读的就是法文译本，评委也大多读的法文。葛浩文有作用，但不是主要作用），那天还谈到了王朔，我认为王朔读书不多，莫言说王朔其实读书很多，对王朔评价很高。

那次见面虽留了联系方式，却联系不多，仅有少量信件往来，一晃过了十多年没见。那十多年正是诺贝尔文学奖折磨中国人的十多年，一是猜中国人谁会获奖，一是中国人会不会获奖。后者争论很大，引申而来的是对中国当代文学的的批评，以至出现了顾彬"中国文学垃圾说"，影响甚大。种种原因，我个人也觉得中国离诺奖还有距离。到了2012年9月，偶然网上看到一篇李欧梵写莫言的文章，分析了莫言的价值与大世界的分量，感觉莫言真有可能获奖，甚至或许就在今年。这种直觉一时非常强烈，换句话说莫言获不获奖都已到了水准。李欧梵的文章学术性强，媒体层面影响很小，网络时代理性声音往往是这样。倒是顾彬时时掀起狂澜，似乎总是有众多的人托着他举着他游行，灌他酒。

那年正好有家外国版权代理公司要代理我的作品，希望有一些当代同行对我的评价。我给莫言写了信。我是2012年9月6日上午8点40写的邮件，10点钟莫言便回了邮件："宁肯兄：我在高密。几句话的确很难概括你丰富多变的写作，但还是写几句供你参考：宁肯的作品将尖锐的政治批评与深刻的人性解剖结合在一起，将瑰丽的边疆风情与喧嚣的都市场景联系在一起，将现实的无奈生活与对理想人生境界的苦苦追求融为一体，更为重要的是，他用丰沛的想象力和博取众采的胸怀，创作了属于他自己的故事和文体。"莫言对我作品的了解与评价都让我惊讶，同时感到莫言的某种愉快。

　　果然，2012年10月8日晚，莫言获奖的消息传来，莫言一锤定音终结了一年一度折磨国人的吵吵。这是一个伟大的时刻。我也特别愉快，预感被证实。消息传来我正在《人民文学》组织的南水北调采风团路上，之前在大巴上人们就进行了最后的猜测。王刚说昨晚梦见莫言获奖，但莫言请客却没请他很是郁闷。王刚、邱华栋为此写了精彩文章，提到这件事。我向莫言发去了祝贺。

　　莫言消失了一样，无声无息，显然他关闭了所有信息。2013年11月下旬我见到了莫言，在《十月》创刊三十五周年纪念会上。我代表《十月》向莫言发出邀请。那是一次盛会，文坛很多名宿都来了：张洁、王蒙、张贤亮、铁凝、张承志、贾平凹、陈世旭、梁晓声、池莉、方方……人们百感交集，据说中国作协也难开这样全的会了，那是一次历史的盛会。许多多年未见的人见到了，一言难尽，寒暄、拥抱、握手，拉着手不放，合影。每个人都是历史，是历史与历史合影。莫言是一个结果，这结果不仅是莫言的，也是中国文学的，那天人们感到这种东西。

　　尽管拿到了《等待摩西》《高速公路上的外星人》，我还是给莫言寄去了《北京：城与年》，并附了短笺。已不关稿子的事，而是请莫言为我的新书房题写斋名。自从前年在顺义有了新书房，一直想让莫言题个斋名。我知道现在让莫言题字不太容易，书寄出的时间有点长了，差不多忘了此事。我想莫言的沉默也完全说得通，尽管只是题斋名，与讨字有所不同，但也不容易。10日26下午接到莫言短信，告之斋名已题好，并告知了微信号。我觉得莫言了不起。彼时我正骑着车在路上，赴捷克翻译家李素、爱理饯行的晚宴，地点在玛吉阿米。这会儿李素正在译我的《天·藏》，赵雪芹特别安排了西藏风格的餐厅让李素多少体会一下西藏风情。正值北京"十月文学月"，十月文学院有个外国翻译家在北京的驻留计划，邀请了李素、爱理。北京十月文艺出版社编辑赵雪芹具体负责这项目。赵雪芹跟莫言很熟,她曾是《丰乳肥臀》的责编,多有往来,手中有多幅莫言的字。到玛吉阿米(北青店)还早,坐在厚重藏式装饰风格的原木椅上,加上了莫言的微信。很快便连上了,莫言将题写的斋名立马发过来,瞬间,有辉煌感。色调,字体,与玛吉阿米厚重色调竟有点相似,仿佛有佛光照耀。整体的黄色调中"琴湖斋"三字古奥,厚重,活跃,与莫言以前的墨迹颇不大一样。首先不是行书,过去多见过莫言左书,随性自在。这次一笔一划,每笔都压得住,哪怕随性的地方也稳稳当当。体操运动员最终是要站住的,字也要站住,立定。

酒量颇好沉默寡言的汉学家爱理恰好也是莫言的译者,他翻译过《丰乳肥臀》、《酒国》,又与莫言有关,看到莫言的字挑起大拇指。李素与爱理是琴瑟,总之各种与莫言有关的缘起今天偶然地在这儿交汇,似乎莫言主导着什么。我把赵雪芹的微信名片发给了莫言,不一会他们也连上了。关于这幅字,微信上莫言要我到北师大来取或他给我寄来都行。当然是去取,取时邀莫言小酌。莫言说下周找个时间,等他通知。午夜,回到家中,酒的感觉颇好,醺然中写下一条微博并上了图片:"今天收到莫言为我的新书房题字:古奥,幽默,自性。幽默是最难得的,这字越来越接近莫言。"很快微友书道中人归朴堂先生评:"以楷写隶"。又把微博转到微信上,第二日晨酒醒锁上微博。

30日是周一,一早莫言便发来微信:明晚是否有空,如可,请到京师大厦一聚。"随后与莫言订下了具体时间:晚上六点。莫言又发来房间号:京师大厦二楼968号房间。我想莫言大概在京师大厦开会,这是房间号,遂微信请莫言帮我订京师大厦餐厅的包间。莫言回说刚发的就是包间号。难道不是开会?

还真不是开会,这就是他订的地方。我准备请莫言的好友李亚作陪,告诉了莫言。莫言问赵雪芹是否愿来？莫言就是莫言，这也正是接下来我要提议的。第二天晚六点前我到了京师大厦二楼968，赵雪芹，李亚，已等待莫言。李亚说莫言对你真是好，现在很难要到莫言的字。李亚也是我的朋友，小说写得既民间又颇现代，是我欣赏的作家。正谈着《生死疲劳》，莫言在服务员引领下到了，气色很好，紫色夹克，毛背心，衬衫，戴一顶深色帽子，与赵雪芹拥抱，也多年未见，非常亲切。莫言说：当年你还是少女，现在……莫言没继续说，赵雪芹说现在变老了。现在是少妇，莫言笑道，然后从皮包里拿出了字。

说实话莫言也老了，或者我们都老了，时光就是这样，是公平的。经过2013年《十月》那次纪念会我就觉得中国文坛老了。年轻人虽也顶上来了但没这拨人势大，而且老了势还这么大。历史的运动有时就是这样，开始大后面也大，一如今晚的主题是书法书道是必然的。见到真迹，就在莫言手上，人字相证，既身外又一体。真迹整体感盎然有道，有种扑面而来的东西：古奥，幽默，自性。我提到了那晚微博上写到的，莫言说用幽默形容很新鲜，很有意思。我这是直感，不专业，我说书家归朴堂先生的"以楷写隶"可是行家。莫言品了一下这四字，仿佛说中了自己的感觉，十分认可。的确，这幅字有种混合的楷隶风格，庄严又浪漫。

服务员倒茶，莫言与这儿的服务员很熟，叫住服务员："今天我买单，谁找你买都不行，听见了没有？要是买了我可……"大家笑。莫言不但写了字，还要做东请饭。有这样送字的吗？一系列缘起如此深刻，根本无法用世俗的东西概括，因此感觉才特别不同。同时又特别生活化，特别真性情。那么一个人的神性也一定是建立在最普通最生活化之上，就是说始终从根部泛上来，并不来自天上。莫言是有着大地深深根性的人，他的作品他的人都显示着这点。很多人成了事根性没有了，或者变味了，或面目全非，似是而非。唯莫言，始终如此完整。

莫言还请了书法家**魏彪**先生，**魏彪**要迟一会儿才来，我们先小酌起来。我带来了"十月酒"，是《十月》与四川宜宾李庄合作的一款文人酒，类五粮液。魏彪是莫言以前部队的同事，书篆均了得，席间莫言讲了这位书法家痛批自己字的逸事。魏彪到了后，自然再次展示莫言的字。魏彪评点：从整体感，结奏感，布局，用墨，笔触，直到落款，钤印。完全技术派，结论是又有进境。莫言也说这是南京回来写的第一幅字，不知南京对莫言有什么意义。然后举字合影，留念。我后来才忽然明白，邀书法家朋友来也是莫言重视这幅字。同时如此谦逊，虚心向技术派求教，这在文人字中也不多见。

文人字多自性，莫言看起来也如此，但事实并非如此。

这幅字也应是等待莫言的内容之一。

于是之的远虑与近忧

他正在和一名人事干部谈话,关于一个出国进修人员各项政策和种种待遇问题。一叠零乱的文件摆在他面前。他看上去有些茫然。户外阳光很好,但房间里的光线却显得昏暗,以致在我刚刚走进这个房间时竟觉得一切都那么不对劲,是那件老式的棕色办公桌椅太陈旧了?还是那对沙发有了年月?其中一个坐上去很不舒服,简直吓了我一跳。待坐定后,我发现这房间所以昏暗还另有缘故,于是之背后的墙皮剥落了一块,露出一小片浑浊的潮色。

人事干部好不容易走了,可是此后至少又有四人打断了我的采访。事情不大也不小,诸如住房、调资、评职称、离退人员待遇、要求增加福利等等,应接不暇。艺术家于是之不能不管,他现在是"官"了,是北京人民艺术剧院的副院长,每天从早到晚坐办公室,处理处理不完的大大小小事情，回到家后精疲力竭。于是之今年正值花甲之年，头发都白了，工作起来很努力，也很吃力——当了副院长后得了冠心病。

"那么，您还演戏吗？"我怕问这问题，但还是要问了。于是之摇摇头，抽出一支烟，几乎一支接一支。动作很慢，脸色异常深沉。还是换个话题吧，就问："您当了副院长后一定有很多体会吧？"一语未了，于是之的表情立刻生动起来。

"体会，"他说："一句话，就是一个内行变俩外行。"

先别说这话我听得糊涂，就眼前于是之这副表情，立刻把我的感觉提高到了审美的高度：这眼眉，这语气、这情态，多么熟悉而又亲切，真是久违了，戏如人生。这是生活，还是舞台？我仿佛重新发现了我们的艺术家。

"原来我排戏演戏不算个内行吧，一干管理工作就成了外行。干了一段时间管理原来的演戏渐渐生疏了，本来我是内行也变成了外行……你说这是不是一个内行变俩外行？"

原来如此，不愧是于是之的表达方式，即是戏言，又发人深省。接下来于是之又说道："尊重知识分子，尊重人才，不是给个官当就算重了，关键在发挥他们的专长，施展他们的才华。干部专业化、知识化并不等于知识分子当官。官并不是那么好当的，管理是一门艺术。"说到这儿于是之忽然又戏言道："如果再'尊重'我一点，给我个县长当，我非把那县弄乱了不可。"我们大笑。

访问于是之不啻是一种享受，然而由此我也深深地感到遗憾，像于是之这样一个造诣高深不可多得的表演艺术家，整日蹲在又热闹又冷清的办公室，是否对他过分"尊重"了呢？现在于是之不用说再登台演戏，就连关心一下业务——审阅剧本都难以抽身，

"还有，"于是之道，"好多该读的书都没时间读，那样多戏剧的新理

论、新观念涌了进来，你不读、别人读。那么，别人写出的剧本你怎么能决定上演或不上演呢？从来都是知识量大引导知识量小的呀……"于是之陷入了沉思。

看着这位艺术家默不作声的样子，我的惋惜之情不禁油然而生，为艺术家，也为广大观众。如果说于是之的近忧委实令人同情，那么他的远虑则叫人深感不安。毋庸讳言，时下话剧事业不景气，原因方方面面，一言难尽。就拿青年话剧人才来说，于是之更是感慨系之。特别说起成才年龄，于是之颇为动情地说：

"我们现在成才的年龄太晚，四十岁的教授还称之为青年教授，这是很不正常的。"是的，这的确不正常，固然这里面有其历史原因，然而就目前来说，我们成才的年龄又提前了多少呢？不利于成才的因素还很多，而且新问题还在不断地产生，价值观念的改变对艺术和艺术人才的冲击不可低估。于是之说，现在有些省市的剧场变成了舞场，一些刚刚崭露头角、小有名气的青年演员，二三十岁，正是出成绩的关键时期，却被各种名目的晚会、演出以金钱作为诱惑拉出去，严重影响了他们的艺术追求，"如此下去，不用说他们何时成才，简直是把他们毁了——毁人呀！"于是之痛惜地摇摇头，"这关系到中国话剧事业的前途大计。"于是之的表情甚为严峻，宛若一尊雕像，那样看着我，就像在舞台上。两手摸摸索索，抽出一支烟，点上，仍然望着我——不，这时我猛然感到于是之的目光是那样深邃、悠远，并且弥漫着一种只有原野才具有的苍凉之色。他不只是看着我，他仿佛是在凝睇深思着整个世界……

"话剧事业不景气这也是一个世界现象，"沉默半晌，于是之平静下来，"我想问题的关键还在于面对电影电视的冲击，话剧如何发掘保持自己的特点。《狗爷涅槃》受到观众欢迎，有人就想把它改成电影，我说不行，一变成电影，原来的味道就会全变了。《狗爷涅槃》时间上跨度大，同时又很凝练，语言上恰当而充分地发挥了话剧特点，耐人咀嚼，留给观众完成的东西很多，如果变成电影的叙述语言，就很没意思了。换句话说电影的特点代替不了话剧的特点，反过来更是这样。所以说话剧艺术要想在各种艺术的竞争中站住脚，必须保持并且不断发展自己独有的特点。当然这又是极不容易的。"

说到这于是之又一次陷入了沉思，而我这时一方面感慨于是之对艺术的孜孜以求，一方面也在思考另一问题：像于是之这样一个难得的艺术家为什么不能让他集中全部精力钻研艺术规律呢？我们姑且不论他的"近忧"对他本人有何影响，就是对需要他的广大观众，对话剧艺术目前面临的种种艰辛也是委实令人遗憾的！是的，遗憾，自打我一走进这间似是而非的办公室我就产生了这种模糊而又强烈的直觉。

不知不觉，时间已过去两个多小时，于是之谈的问题很多，有些也很尖锐，绝非这样一篇小文所能容纳得了的。而这位卓越艺术家的风采神韵，尤其是他那副独有的"入定"了的悲悯表情，则更是拙文难以略呈一二的。要告辞了，于老显得很累，站起来，颤颤巍巍地伸出了手。我握住于老的手，半天竟没想出一句像样的告别的言辞，我只在心中默默念：愿我们的艺术家在花甲之年珍重身体，为了自己，为了艺术，也为观众。

大地守望者苇岸

我知道《瓦尔登湖》很晚，那已是1997年的8月，在《大家》编辑部，海男谈起散文写作时，提到了《瓦尔登湖》。我还记得海男描述此书时那种赞赏的情景，大意是梭罗的语言在现实和自然界如鱼得水，世上的一切都不过是语言的材料，等等。我不知那时《大家》正准备发起一场"新散文"写作运动（它的推动者是海男、韩旭、马非诸人）。从后来新散文的写作面貌看，《瓦尔登湖》无疑是这场运动的重要背景之一。

时隔一个月第二个跟我谈起《瓦尔登湖》的人是散文家苇岸。文坛如此推重《瓦尔登湖》，我全然不知。也难怪，我已告别写作多年，若非1997年初天才歌手朱哲琴的《阿姐鼓》，至今我恐怕仍在另一途中。我是到过西藏的人。《阿姐鼓》一举击穿、甚至引爆了我，将我这个已充满业报的东西从精神上拿回西藏，重新剃度。我回到已经陌生的写作上来。我所在的公司管理开始荒疏，差不多完全靠惯性自转。这时我对文坛已恍如隔世，"不知有汉，无论魏晋"，以致当有一天苇岸突然把电话打到我家，我对他的名字竟毫无反应。（海男是我那次出差昆明才认识的）。苇岸打电话到我家是因为散文家史小溪的缘故。小溪要来北京，准备住在我家，因行程复杂，到京具体时间定不下来，他写信给苇岸告诉了我家的电话。小溪是 1992 年以来我与文坛唯一的一丝联系，他时而来封信，偶尔提及一下我当年的写作。

小溪迟迟未来，我也把这件事忘得一干二净。一日在前门一家书店偶然看到一本《蔚蓝色天空的黄金》，书名有点怪，一看编者署名是苇岸。莫不是前些天打电话的苇岸？翻开书，编者在昌平任教，没错，我买下这本书。这是一本"新生代"散文集，集中选了十位 1960 年代出生的中国代表性散文家，都是陌生面孔，一个我都不认识。1997 年我又认识谁呢？

《蔚蓝色天空的黄金》收了苇岸的《观察者》、《大地上的事情》、《一个人的道路》等文。我先读了《观察者》和《一个人的道路》，还未读他的名作《大地上的事情》就迫不及待给苇岸拨通电话。我告诉了他我读了《一个人的道路》的感觉。我们结识了，约好我去昌平拜访他。我不知道别人如何评价《一个人的道路》，这篇不长的自传震动了我，这是《阿姐鼓》之后对我的又一次震动。如果说《阿姐鼓》是对心灵的一次引爆，那么《一个人的道路》则不啻是对灵魂的一种切入和照耀。这种照耀不是在强光之下，而是在太阳升起之前或刚刚落下之后，这时蓝色山脉还未消逝，或者刚刚升起，在"华北大平原开始的地方"，一个人讲述着自己洗尽铅华的一生。我真的似乎看到了他，听到了他，他语速缓慢，文字纯净、朴素、深远，世上竟有这样的心态和文字！我的心也静下来，感觉脱去了一身的浊气。

我去了昌平。昌平真是个"天明地静"的地方，我看到了山脉、河流、京密引水渠的烟波。(一年后我、苇岸、诗人高井曾一同于夕阳中畅游此渠,苇岸夏季常独自到渠中游泳,漂泊,他的寓所距此仅一公里,高井曾称此渠为"瓦尔登湖的水渠")我见到了苇岸。苇岸个子很高,身材谦逊,一身浓重北方人的书卷气使人想起俄罗斯作家的某种气质。我想起了蒲宁、普里什文和电影中的高尔基。这是我见到苇岸的第一印象。我们谈得很投入。像这样与人倾心愉快地谈论文学和写作,是我多年来第一次。我觉得过足了瘾。我记得我特意到他的书房看了一下,因为在《观察者》中我读到这样的文字:"在我阅读、写作面对的墙上,挂着两幅肖像,他们是列夫·托尔斯泰和亨利·戴维·梭罗。由于他们的著作,我建立了我的信仰。我对我的朋友说,我是生活在托尔斯泰和梭罗的'阴影'中的人。"我看到了两个伟人的肖像。苇岸送了我他的一本书:《大地上的事情》。我认真拜读了他的书,这里我愿引用我当时的第一感受(给苇岸的信):"你和你的作品近日一直在我头脑中,我想对你说什么,但又不知能说什么,我理不清脑子中的头绪,但有一点我可以告诉你,我见过各类人,但从未见过你这样的人。或者可以这样说,你所拥有的正是我所缺乏的,你震撼了我。""你的书我全部看完了,看了不只一遍,你主流性创作《大地上的事情》更是看了多遍,我知道这是多么独特而成功的写作,这仅是一生写作的开端,它的成功之处在于它的纯粹的写作、它的写作心态;在于作家面对人以外世界、对生命和人的追问和思考。字字千斤,我感到了它短小形式巨大的力量。《放蜂人》是完美的写作,但它的感人力量已不能用完美来概括。它是有着充分素质准备可遇而不可求的写作。你是有着世界文学视野的人,因此自然会在世界文学视野中写作,这篇文章放入任何一个世界级作家的文集中都是上乘之作。"

这是一个初读苇岸散文人的记录,觉得是个人感受性的文字,别人未必这样看。但前不久出差沈阳与散文家包尔喜·原野通电话改变了我的看法。原野因为一件与我有关的不愉快的经历电话里火气很大,但说到苇岸,钦佩激赏之情溢于言表,他称苇岸为"梭罗二世",说苇岸是最好的散文家,他的作品虽然量不大但重要的是他写出了最好的作品。我认为原野的话反映了所有诚实读者的第一感受。苇岸作品写得冷静,读者读来却十分激动,由不得要击节赞叹,这是苇岸散文魅力所在。

古人说"文如其人",这话在一般意义上用在苇岸身上已非常贴切。但我觉得仍然不够,于是倒过来一想,"人如其文",觉得才真贴切了。我想说的是,人与文的统一苇岸做到了极处。通常人与文的分离是普遍现象,正如人常常言行不一,是一种客观存在,是人类天生的弱点,谁都会以此原谅自己,并不以为过。但苇岸却不这样看,他是个极认真之人,并且对所有人都抱有美好愿望。苇岸说:"我希望我是一个眼里无历史,心中无怨恨的人。每天,无论我遇见了谁,我都把他看做刚刚来到这个世界的人。"(引自《一个人的道路》)这是一个多么天真的目光,婴儿般的目光,但不也是上帝的目光?这目光一旦进入作品会怎样?无疑会形成一种照耀。我读苇岸之所以感到照耀,正是因为《大地上的事情》布满了这种神奇的目光。苇岸的一切语言都被这种目光深深地打量过。

写作是一份孤独的事业,没有朋友的写作就更加孤独,这点我在1992年以前的十年写作生涯中体会非常深,苇岸在许多场合叫上我,在他朋友的画展,在诗歌朗诵会,在北大,在诗歌酒吧,在他家的聚会,很快我结识了许多北京写作圈的朋友。我认为这是非常重要的帮助,它坚定了我的写作信念。正是在这期间我完成了我的《沉默的彼岸》的写作,并把初稿给了苇岸。苇岸看后打来电话,说是情不自禁打电话,说我做公司实在可惜了。我决定辞去公司的职务,并同苇岸商量过这件事。去年3月终于如愿以偿。苇岸是一个富于感召力的人,应该说我是在苇岸影响下才走出这决定性的一步。我失去车、手机以及所有的职务之便,我还原为一个人。我曾存在过的人。

我敬重苇岸。我们接触频繁，一起去美术馆看画展，逛三联书店，去一个叫"菲菲"的饮食店喝茶。这个店就在三联边上，是苇岸通常进城会朋友的地方。在这里苇岸曾把我介绍给诗人林莽和评论家刘福春。在"菲菲"我们经常谈的是梭罗。梭罗对于苇岸有着不同寻常的意义，那时候他正准备给《世界文学》写一篇叫做《我与梭罗》的文章。《读书》和其他媒介上有人撰文对"梭罗热"以及梭罗本人提出浅薄的质疑，苇岸对这种文章很有看法，我说物极必反，总有人站出来出风头，写一些反调文章，这种无聊文章和猥琐文人大可不必理他们。但苇岸认为不能置之不理，于是以书简方式写下了《梭罗意味什么》（致树才），发表于《中国文化报》、《美文》。稍后又写了《艺术家的倾向》（致宁肯），发表于《光明日报》和《美文》，文章结束时他有意提到我的《沉默的彼岸》，给予精当的评价。我知道他的用心，他希望我的作品有所反响。

苇岸待人诚恳，乐于助人，特别是对写作者他抱有一种一般人难以理解的情操，他说："即使今天，如果我为诗人和作家做了什么，我仍认为，我不是或不单是帮助了他们，而是帮助了文学本身。"他对食指（郭路生）的帮助最能反映这种情操。一代先驱诗人食指长期住在沙河精神病院，沙河相对说距昌平不远，苇岸因此认为自己负有某种当然的责任（谁又认为他一定有这责任？）。他定期去看他，聊聊天，带去食品，书报，请他到外面饭馆吃一顿，改善一下伙食，几年就这样坚持下来。都说与诗人交往最难，而苇岸似乎与诗人有着不解之缘，他的笔名与北岛有关，他与已故诗人顾城和海子过从甚密，当今最活跃的诗人与他有着良好的交往。

文学是苇岸的宗教，他的虔诚、热忱、充满爱和庄严让人感动，他没有丝毫的调侃、狷狂、作势、言不由衷，他是当今市井习气、后现代语境中的一道风景，一座孤岛，是当今文坛真正的"另类"。他的寓所是书籍和写作的殿堂。读书和写作是他生命的全部方式,就其纯粹性而言,我无法不想到博尔赫斯的写作。然而,从精神和生命态度上他更接近于梭罗。博尔赫斯在书中玄想,制造迷宫,苇岸决不,他的写作始于户外——观察,爱,追问,悲悯自然界中的弱小,爱土地,爱那些初始的事物:像树木,草,光线,农事。

苇岸的写作不仅没有玄想、迷宫,有时甚至像十九世纪自然科学家那样严格,为写关于二十四节气的散文,光是户外观察他就用了一年时间。1998年初他在他居住的小区东部田野选了一个固定的基点,每到一个节气都在这个位置,面对同一画面拍一张照片,形成一段笔记,时间严格定在上午九点,风雨无阻。这一固定点我还有另外一些人都曾要苇岸引领前去观瞻。去年底苇岸开始了这一季《大地上的事情》后,又一重要的我愿称为"大地上的写作",如今我们已看到立春、雨水、惊蛰、春分、清明、谷雨等篇章。

因为二十四节气,1998年苇岸没有像往年去外省旅行。苇岸有假期,这以前每逢假期他都要自费乘火车或汽车远行(我觉得汗颜)。他已走过黄河以北中国所有省区。他的《上帝之子》和《美丽的嘉荫》是这些旅行结出的优秀的果实,请允许我最后引用这两篇作品的片断:

……两个孩子,徒手赶来一只高大的公羊,走进屠场。血腥气息的突然刺激,使公羊警醒。它本能欲退,一个孩子伸手一拦,又使它恢复了镇定。它走到悬挂同胞尸身的横梁下,一个屠师猝然将它扳倒,头扭向血坑,然后操刀。它没有踢蹬,没有挣扎,甚至没有哀叫,它承受着,大睁柔弱的、涵义深远的眼,阵阵抽搐的壮硕身躯,渐渐平静。新疆的这幕,刻进我的脑子,我终生难忘。它时常让我想起人类尚未放弃的一种脆弱努力。——《上帝之子》

嘉荫，这是一个民族称作北方而另一个民族称作南方的地方。站在黑龙江岸，我总觉得好像站在了天边。对我来讲，东方、西方和南方意味着道路，可以行走；而北方则意味着墙，意味着不存在。在我的空间意识里，无论我怎样努力也无法形成完整的四方概念。望着越江而过的一只鸟或一块云，我很自卑。我想得很远，我相信像人类的许多梦想在漫长的历史上逐渐实现的那样，总有一天人类会共同拥有一个北方和南方，共有一个东方和西方。那时人们走在大陆上，如同走在自家的院子一样。——《美丽的嘉荫》

这些文字不用我多说什么了。苇岸漫游四方，守望大地，沉思默想。他本质上是个行吟诗人和浪漫主义思想家。他属于十九世纪。某种意义，正像某些物种，他在我们这个物质时代已显得那样稀少，但事实上又凝结着人类最后的希望。

还乡

  1999年5月19日,病中苇岸溘然长逝。5月23日上午9时30分,朋友们来到昌平为苇岸送行。诗人林莽致词,泪湿衣襟,散文家冯秋子拿着各地来的唁电,泪流满面。诗人黑大春朗诵了一首给苇岸的旧作。树才朗诵了雅姆的诗。雅姆是苇岸生前喜欢的诗人,苇岸患病期间曾要诗人树才专门译了雅姆的十四首祈祷诗,苇岸希望在他的遗体告别仪式和骨灰撒放大地上时,听到莫扎特的《安魂曲》、树才朗诵雅姆的祈祷诗。致词和纪念仪式持续了40分钟,人们手持鲜花,向苇岸遗体做最后告别。十点三十分,遗体火化。在京及从外地专程赶来的六十多位诗人、散文家、学者参加了遗体告别与骨灰撒放仪式。午时,汽车载着苇岸的骨灰,向北京昌平北小营村驶去。苇岸生前遗愿不要墓地,不留骨灰,骨灰撒在他出生地的麦田、树丛和小河旁。

北小营村是苇岸的出生地，1960年苇岸出生于此。苇岸在《一个人的道路》中曾这样描述他的家乡：这座村庄，位于我所称的华北大平原开始的地方。它的西部和北部是波浪起伏的环形远山，即壮美的燕山山脉外缘。每当日落时分，我都幻想跑到山顶上，看看太阳最后落在了什么地方。那时村子东西都有河。村里井也很多，一到夏天，有时用一根扁担就能把水打上来。每年，麻雀都选择井壁的沿隙，做窝生育。雏雀成长中，总有失足掉进井里的。此时如果挑着水桶的大人出现，它们还有获救的可能。

北小营村像苇岸生前描述的那样朴素、大方，富于北方五月乡村大地的饱满与生机。麦浪如烟，正值盛季，田垅下的小河生满碧草，树木，底部清水涟涟。看到他的家乡、麦田和水源，苇岸的选择是对的。这是典型的北方乡村，具有季节全部的朴素、美和一切感人的东西，这是世界共有的北方乡村。这里初始的元素性的自然乡村风貌具有经典和永恒性质；这是人类的家园，它产生了《大地上的事情》不是偶然的。莫扎特适合这里，雅姆适合这里，梭罗和普里什文适合这里。朴素的北小营村从来没来过这么多人，这么多车，但村子并未受到打扰，她默默地接纳了她的儿子：大地之子回来了，他应该回来。

正午时分，骨灰开始撒放。诗人树才站在高高的田埂上，下面是小河和树丛，莫扎特的安魂曲低回于田野上，树才朗诵雅姆。诗人王家新面对五月盛季的麦田，朗读了他写给苇岸的最后几句话。昨天他专程进山为苇岸采撷了芦苇，他静静的泪水和诗人的声音如一曲大地流淌的挽歌。苇岸的骨灰合着花瓣、阳光、溪水、诗歌和音乐进入麦田，融入土地。麦浪滚滚，瞬间。苇岸似乎变成了大地的麦浪，麦子的年龄正像苇岸的年龄。苇岸没有死，他活在大地之上，他会年年生长。长长的队伍排成一线，人们手持花瓣，走在长长的田埂上……诗人西川无限感慨，他一定是看到了什么,才几乎是愤怒地说:写作不是件好事情,写作就像个黑洞!西川曾痛失好友海子、骆一禾。毫无疑问,他还会不断失去。

这是一个如此悲观而又深具古典精神的葬礼。一个人离开土地,后来又强烈地回到土地。苇岸走了,年仅 39 岁。散文家张守仁说,苇岸是以少胜多的散文家,他继承着《瓦尔登湖》的作者梭罗、《林中水滴》的作者曾里什文的传统,致力于描绘生机勃勃的大自然的生活,是不可多得的大自然的观察者、体验者、颂赞者,他的离去,是艺术散文的一大损失。评论家楼肇明先生说,苇岸的主要贡献是《大地上的事情》,在这个喧嚣的工业文明社会里,很少有人关注自然生态,苇岸是其中优秀的一个。

王家新认为,称苇岸散文家是不恰当的,他本质上是个诗人。诗人邹静之早在 1995 年造访苇岸时,就在苇岸寓所留下这样的诗句:

读你时
心里刻满了字

一个赢得诗人尊敬、在诗人心里刻下字的散文家,世上有多少呢?我们应当深深感谢北小营村,感谢那片土地。我相信,我们对北小营村的敬意是持久的,甚至是永恒的。

记忆，北岛，一次未谋面的造访

大约是 1981 年或稍晚些时候，我曾拜访过一次北岛，虽然未能谋面，却烙印在记忆中。回忆那次拜访，想起许多旧事，一晃 20 年了。一直想就此写点什么，又觉没能谋面总是十分缺憾，说什么呢？但每每看到象罔与罔象有关北岛诗歌的帖子，又总是心有所动，往事如烟。

至今，我对北岛怀有一份深深的敬意，20 年没变。

或者说时至今日，我仍没走出也不想走出北岛的影子，我愿始终被我们这位时代的伟大诗人所笼罩。我最终没成为一个诗人，但北岛始终在我浅陋的文字生涯中存在。我这样说是因为总觉得北岛之于我的意义与别人有所不同，这主要是我与北岛这名字相遇时，基本处在一种话语蒙昧的状态，是北岛一下使我走出了一个旧时代。想想 1980 年以前中国的语境，说北岛的语言如剑破长空当不为过分。

我是1979年2月进入大学的,那年我20岁,之前基本处于后文革时期的文化野生状态,没受过系统纯正的人文教育,虽然因"野生"有一种原始的自由感,但整个意识形态、日常话语还是旧时代的,仅凭幸运和一点小聪明在特定时代由一个街头混混脱颖而出,进入了大学。毫无文化根底,但又凭骨子里的野生嗅觉与北岛的诗歌相遇,一拍即合,如同从不知肉味的狗突然寻到了陌生的骨头,那种根性的兴奋无以复加,尽管读不懂北岛,但闻懂了,从此再也不能忍受旧有的草食,整个思维与语言系统仿佛一夜之间蜕变,野性非但没改,反而插上了新的意识形态的翅膀,激进而贫乏地飞翔起来。

需要指出的是,北岛、江河在1980年前后是一种十分孤独的崛起,只引起了部分青年的共鸣,不但不被官方话语认可,甚至绝大多数在校读书人也不认可,他们仍止于被过滤的鲁郭茅巴老曹的文本,喜欢诗的人比较好的也仅止于艾青。当我把北岛江河的诗带回来,我周围的许多同学对北岛江河竟嗤之以鼻。

之前班里写诗的人很多,我也写,但还是过去的语言系统,但触到北岛之后,我的诗风大变,变得异常冷峻而富于色彩和想象力,让我周围人震惊。正是通过我的变化,北岛一批诗人开始在我所在的走读大学渐渐盛行起来,《今天》被广为阅读。北岛在我心中的地位可想而知,可能正是我对北岛的倡导,使我结识了本校一位《今天》外围的人,他与《今天》有些接触,并知道北岛的住址。我渴望一见北岛,我心目中的诗歌英雄。在经过多次酝酿与迟疑,我们终于决定去造访北岛。

北岛那时住在前门东打磨厂胡同的一个大杂院里,我记得那是晚上七八点钟,我们一共四五个人,骑着自行车,到了东打磨厂,找到北岛住的院子。虽然我们那时都住在很深的院子,但那次感觉北岛住的院子似乎更深,院套院,走了好几重院子,不时向街坊打听一下赵振开住在哪?按最后一次打听的街坊所指,就在眼前了,正对着我们的两间房,亮着灯,里面有人说话,无疑在家呢!

我们敲开了北岛的房门,里面烟气腾腾,一屋子人,出来一个人问我们找谁,引我们去的人报出自己的名字,介绍了我们,说是来拜访北岛的,显然对方知道带我们来的人是谁。但是北岛不在,并告知引我们来的人说是"去邵飞那里去了"。邵飞是北岛的妻子,那时似乎还是北岛的女朋友,这样一说,是告诉我们北岛确实不在,带我们来的人知道邵飞是谁。北岛不在,我们不便进门,只好又失望又轻松地离开。

这是我唯一一次对北岛的拜访,此后还有一些机会,我都放弃了,我觉得我拜访过他了,表达了我对他的崇敬,这就够了,我不一定非要结识我心目中的英雄。20年来,我认识了许多北岛的朋友,但始终没见过北岛。英雄是一股气,只要这股气长存于心中,我认为是同样的,而且也许可能不无好处。不管后来周围有些人怎样议论北岛,说到一些情况,但北岛在我心目中始终是当年的北岛,不变的北岛。

我今天说出来,了了一桩心愿,但仍不轻松。

因为我觉得路依然漫长,而许多人,包括我已不再年轻。

我想我应该谢谢象罔与罔象,一个如此执著的人,一个许多年前的情结仍在延续,让我在这纷嚣的当下感到并不孤立,一切都不会终结。

张艺谋、王朔及其他

迄今为止,张艺谋、王朔对现今影视界的冲击尚无人可比。二人是那样不同,一个是纯粹意义的导演,一个是身份复杂的作家(编剧、策划、原著、经纪人);一个是电影界的独行侠,一个是电视(还有电影)界的混江龙;一个沉默得无懈可击,一个猖狂得全无忌惮;一个是内力深厚,一个是邪异猴拳。可以喜欢前者,指嗤后者,或者相反,但必须承认,相对于时代,他们作为个人的存在同样都达到了某种不同寻常的深度,他们内心的超越使他们无法一般地循规蹈矩地阐述自己,要么永远沉默,只是耕耘,始终不出一声;要么目空一切,放浪妄言。

张艺谋来自中华文化腹地,一个秦俑式的人物,一个沉埋了数千年的现代人,内心蓄积了巨大、浑厚、久远的悲剧意识,一出世便如牛负重,在贫弱荒凉土地上,低着头,憋足劲,一声不吭,一步一个厚重惊人的脚印:《老井》、《红高粱》、《菊豆》、《秋菊打官司》……不仅中国,全世界都听到了他的脚步声——是的,这是大国的声音。文章、报道、闪光灯包围了他,但却很少听到他侃侃而谈的声音。我们不知道他对电影、自己、别人的评价或看法,他几乎是在异乎寻常的沉默中完成着他拓荒牛般的工作。也许他不用或无法开口?如果这不是出于故作深沉,那就一定是出于数千年的孤独。作品是一种表达,沉默同样是一种表达。

另一个极端就是王朔了。某种意义上王棘手得多,王是中国文化中一个罕见的现象。《顽主》、《渴望》、《编辑部的故事》、《过把瘾》、新近的《阳光灿烂的日子》,还有许多,都与他有重大干系。他本人的机锋像他的作品一样刺耳,甚至更甚。他有实力,不是一般的实力,他所认同的东西同他所面对的东西不成比例,要超越光凭作品是不完全的,他要采用非常的机锋和话语实现他对旧人格的反动,新人格的认同。他嚣张、放肆、刻毒、招惹甚至玩弄对他的愤怒和仇恨,并且窃笑,其本身就具有演示意义。他是我们温和文化的逆子,他贯于把他有价值的理性寓于毒蜘蛛般的非理性之中,因此也才那样的令人不快,但又好像奈何不得他。影片《阳光灿烂的日子》中,他看似随意装扮的顽主形象,其挑衅意味简直无以复加。常常,我们不知该怎样面对他,受不了他,可他又提供了一部部别人无法替代的作品。试想,王朔如果不是这样彻头彻尾,还会有称之为王朔的作品吗?由此我们看出了个性的价值。

个性,特别是具有文化意味的个性对创造实在是太重要了。我们有过个性极品的时代,魏晋文人风骨即是。只是这样的时代在我们厚重畸形的人文史上实在是难成比例。痛失个性曾使我们民族乃至整个文化的活力、创造力渐次式微,以致我们要重新崛起就必须溯源直上,跳过若干朝代,甚至跳过千年才能寻找到我们民族文化活力的本源,比如到春秋或魏晋时代。我们有诸子百家,有魏晋风骨,就不能说我们民族的个性是沉闷的缺乏亮色的。从这个意义上说,张艺谋、王朔二人的个性具有特殊意义。张、王之所以能对新时期影视产生持续重大的影响,无疑与他们卓然的个性以及这种个性所涵盖的重大文化背景有关。个性是艺术活动的生命和源泉,首先是个性化的人,然后才是个性化的作品,个性繁荣了,艺术的繁荣才成为可能。

卡琳印象

一个西方人真正进入中国人的生活,事实上也是很难的,就像中国人到了西方国家,即使拿了绿卡,生活仍然是很表面的。《洋妞在北京》也许考虑到这点,所以在不太有把握地让美国姑娘路易斯进入中国的生活的同时,加入了喜剧色彩,增加了可视性。但也带来了一些问题,该剧喜剧因素的介入同样具有表面性,因而消减了剧中东西方文化冲突这一命题的魅力,它说明了无论何种有魅力的题材,表面化都不能满足观众,人们需要的是表象后面的东西。

有趣的是剧中的洋妞没能在剧中具有说服力地介入中国人的生活,却在剧外进入了中国人的生活。卡琳,一个在中国留学的德国姑娘,路易斯的扮演者,对该剧的评价寥寥数语,却对拍摄过程侃侃而谈。我在北京中医学院见到了这位德国漂亮的留学生。卡琳说,如果不是参加电视剧的拍摄，整天呆在校园里，她不可能了解中国。"德国人太不了解中国，科尔不了解中国，德国大使馆也不了解中国。"卡琳的表达显然是典型西方式的，非常直率，言外之意她已很了解中国。卡琳有一定道理。卡琳在拍摄过程中亲历的中国文化的独特性以及东西方文化的差异，我以为比电视剧更具接近性，可能也更具观赏性。在紧张艰苦的拍摄中，卡琳病了。她学的是中医，教授给她开了方子，到药房抓了药。晚上在拍摄地的四合院，在深秋的昏黄灯光的堂屋，男主角生着炉子，找来药锅，倒水、入药。热气和药香以及火光透过热气映照的脸，让卡琳看呆了，泪就流下来，卡琳觉得太神奇了，简直觉得自己是生活在古老的充满实感和幻觉的东方童话中。卡琳说在欧洲这是无法想象的，甚至大欧洲的中世纪也无法想象。最初我以为她说的是剧中的情景，卡琳说不是。卡琳的激动的确触及了中国文化（四合院）某种既朴素又纯粹的东西。

拍戏使卡琳见识了中国四合院的文化：门挨门，户挨户，低头不见抬头见，密切的居住环境既规定了人情人性的丰富性，也规定了伦理习俗的统一性，既复杂又单纯，这一切怎么就能结合在一起呢？卡琳说：邻里相处得好当然动人了，但如果出现了矛盾发生了冲突可怎么相处呢？照卡琳看来那就必须分开，必须独立出来，个人是中心，不必非得互相依存。这是西方人的线性逻辑。如果说欧洲文化是一种对立的文化、逻辑的文化、孤独的文化，那么中国文化则可说是一种调和的文化、圆通的文化，孤独不被看重，依存是天理，是永恒，没有什么不可调和的。习惯了在矛盾中相处，在相处中解决矛盾，在这个意义上四合院成为中国文化活的标本，这也正是令卡琳着迷又不解的地方。

卡琳见识了各式各样的中国人，有愉快的时候，也有不愉快的时候，哭过许多回。有一次，拍摄间隙，卡琳吃起巧克力，管剧务的大妈见了说，卡琳不要吃了，你可比刚来时胖了。卡琳一下给气哭了。她们关系很好,她不知哪点得罪了大妈,以致大妈如此非礼。在她的文化中随便说一个女士胖了是极不礼貌的行为。

卡琳深切地体验到东西方的差异,有的能接受,有的不能。卡琳发现中国人并不总是含蓄、内向、爱面子或给人留面子,相反,更多的时候中国人是很随便很直截了当很开放的。卡琳说,中国的开放程度远远超出了欧洲人的想象力,许多方面同中国比较起来现在的欧洲倒是保守得多。

如果在美国卡琳感到欧洲的保守,我不会感到惊讶,她居然在中国感到了欧洲的保守,这同样超出了我的想象力。卡琳很健谈,很敏锐,交了许多朋友,经历了许多事情,在中国仅仅一年的光景,她已从医学领域进入到了经济文化交流领域。她说中国给了她欧洲无法给她的活力、机遇和广泛的可能性,而我想说的是,她的深度、敏锐、真实性远远超出了她在《洋妞在北京》所扮演的角色。

陈村去找史铁生

一直觉得见过史铁生。大约十年前一个延安的朋友来北京,谈起史铁生,说要带我去见他,说就住在雍和宫附近,几乎就要去了,最终我还是犹豫没去。史铁生身体不好,访客多,我想就在心中保有一份尊敬吧,一样的。那时觉得《我的遥远的清平湾》像天籁。一晃十年,1999年散文家苇岸身患绝症住在协和,我去看他,在病房见到诗人林莽,忽然说起前不久刚去医院看过史铁生,非常忧虑,怕是噩耗不久就要传来。而且,史铁生透析费非常高,几乎难以为继。不久苇岸辞世,我一直隐隐担心哪天史铁生噩耗传来,想去看他,觉得无法面对。

几乎目睹了苇岸的辞世过程,如此平静,又那样恐惧而不可思议。

我拥有健康,但面对死亡我脑子一片空白。

我没有悲伤,我不懂得死亡是如何引起悲伤的,我只有茫然。

至今茫然，死对我是一件不可思议的事。

有些人拖着死亡的阴影度过许多年。说到史铁生我就觉得在这种影子里。他后来的作品几乎就是死亡的投影，如此明净，似乎是一个摆渡的人，在两界安详地过来过去。他平静地关注死亡的本质，有史铁生的关注，我们的文学增加了一种不可多得的底色，这一直是我们所缺少的。

陈村的《去找史铁生》像两个世外之人在谈论某种秘密。与生者无关。

但怎么能说没关呢？

两个人方式不同，如此默契。

余华：一种可能

2001年初，余华偶然来到陈村主持的"躺着读书"论坛上发言，那时他的《活着》《许三观卖血记》正给他带来前所未有的声誉。但"躺读"一些人对这两部作品持有异议，我也是其中之一。余华那时刚好在别处有一篇谈及阅读和写作的文章，我看了很是吃惊。他在那篇文章中说："最近重读卡夫卡心情已完全两样，根本读不进去，现在有谁还读经典大部头？"这的确是一种时代潮流，别人说还可以，但余华说让我惊讶。我在"躺读"直言不讳地问余华："你的衰变让人吃惊，什么东西总是将看起来很有希望的中国作家击倒？异类质地为什么总是最后归于同化、短命与平庸？你的内心究竟发生了什么？如果中国最有可能的作家还是不能免于宿命，是否这个民族真的缺乏抗体？"这件事过去五年多了，现在《兄弟》颇多负评，我看了一半，放下了。现在看来，余华的衰变是从《活着》和

《许三观卖血记》一路下来的，到了《兄弟》变本加厉，并不奇怪。余华的现象很值研究，下面是原贴和余华的回答：

2001-03-21 22：16：56：榕树下"躺着读书"

余华：我曾认为你是个均衡的作家，我指的是血性与智性在你身上体现出了可贵的均衡，是你超出苏童、马原、格非诸人的地方，后者各有所执。你的均衡集中体现在收获上《呼喊与细雨》（与你的主要中短篇一脉相承），回忆性的童年视角，智性的布局，饱含生命张力。此后出现了变化，小说观念一退再退。如果仅出于操作策略（我一直这样认为）当然是成功的，它们不差，并使你获得了生存的安全感，但显然时间长了些。近来读你的一些言论，让我吃惊，让我感到中国人真的不能彻底吗？什么东西总是将看起来很有希望的中国作家击倒？异类质地为什么总是最后归于同化、短命与平庸？你说最近重读卡夫卡心情已完全两样，根本读不进去（这是真话?）现在有谁还读大部头（读精神?），你都如此，你的衰变让人吃惊。你的内心究竟发生了什么？如果中国最有可能的人还是不能免于宿命，是否这个民族真的缺乏抗体？我们毫无关系，今后也不会有什么关系。我是你的读者，仅此而已。

余华回复：

宁肯：文学比任何一个人都要年长。这就是我为什么面对不同的事物，只能去寻找不同的方法。在文学面前，我只是一个孩子，而文学是一个成年人，我只能听从它的使唤，而无法使唤它。

余华 2001-03-21 23：20：11

余华的回答尽管含糊不清，但我当时觉得还是有深意的，他能面对质问而回答说明内心有所考虑、仍有力量。现在回过头来看却是怯弱与被击倒的征兆。不过，说句实话，在当今中国作家中我认为余华仍是最值得期待的，他毕竟写出了《呼喊与细雨》那样伟大的作品，无论现在他如何对《兄弟》狡辩在我看来都是"孩子式"的狡辩。余华何时能以成熟的姿态回到自己的"青春期"？

独行者

第一次见曾哲是在一个会上，有四五年了，那时我刚返回文坛，或者也从未踏上文坛。我记得这家伙脸黑，宽，一头银发，不说话，很有质感，但眼是朦胧的，给我的感觉离人很远，好像他在旷野或某个高地上注视着会场。那个会他自始至终也没说一句话，我很想听他讲点什么。我刚参加北京作协活动，人很生，很多人不认识。现在我已忘记那是个什么会，参加的人有谁，但我记住了曾哲。我记住的他不是傲慢，就是一种悠远。那种悠远让我产生了某种蒙太奇的东西，比如高原，经幡，河流之类。通常有两种情况有这样的表情，一种是对圈子中的人太熟了，虽端坐，却在别处。一种是像我这种圈外的生人，谁都不认识。的确，我那时知道谁呢？别人对我更是如此。包括曾哲，我对他一无所知。后来听说他写过《呼吸明天》，一个诗化的长篇，和我对他的印象比较相符。（我刚在网上看到一个贴子,题目叫《夜读琐记》,作者不详,提到曾哲:"在我近来阅读的长篇小说中,有两部值得引起重视,一是北京作家曾哲的长篇短体漂泊小说《呼吸明天》……《呼吸明天》空灵凝重,出世脱尘,以流浪的'我'在荒原大漠高寒山地的际遇为主线,写出自我放逐追求精神空间的都市流浪汉的心灵,写出了边地各色人物的善良与忍耐,曾哲让人想起艾芜的《南行记》,又用考究的形式把诗意引入长篇小说之中。")

我没想到后来我们那样熟,熟到沉积下来的印象又厚又杂。我们朝夕相处的日子难以尽数,在石家庄、在武夷山、在婺源、在土耳其、在北欧小镇,甚至在尼罗河与波罗的海的船上。每次,不管在哪儿我们都在一个房间,每次的房间钥匙都恰好满足了我们。我们都吸烟,喝酒,喜欢正餐之后到外面小酒馆喝大杯的啤酒,有时啤酒贵得让我们龇牙,但是喝,出来干嘛不喝呢?没有哪种写作不是寂寞的,伏案一天或长年累月,人已丧失现实感,出来多好呵,喝吧。我们都已是中年,聊天内容有时会重复,有时曾哲问我:这事我跟你讲过吧?有时曾哲提醒我,这事你跟我讲过了。即便如此,我们仍兴致不减。

我们都算阅历丰富,我曾有过西藏的经历,觉得这辈子富得不得了,但曾哲长期的漂泊简直不可理喻,这家伙太丰富了,一开口就像我写的小说一样,而我是虚构,他完全是自己实打实的经历。我还记得第一次是在石家庄,我们在一个房间,他讲1989年后的第一次漂泊,讲他那年走了一年多,十几个省,讲他的传奇,饥寒交迫,人瘦得像根棍儿,待回到北京,他在文化馆工作的哥们抱着他大哭,因为他的样子太惨了,像照片一样,甚至像一种幻觉。这家伙吃尽苦头,但也走野了,根本不适应都市的生活,不久又出发了。他跟我讲西藏,讲雅江,讲墨脱,讲行走中的各色人物,讲沼泽地,讲一次他身上爬了二百多只蚂蟥,他带的三条狗有两条被蚂蟥吸干血死在路上,一条到了目的地头一扎也死了。那时民间已有行走之风，常有报端披露，而曾哲从来都刻意隐去自己，不报道，不见光。但是几乎所有行走人士都知道他，他们到北京总要见他，其中就有余纯顺。曾哲知道余纯顺至今人们还不知道的许多东西——那是多少有些可笑但也是惊心动魄的民间人性的东西。曾哲不仅以行走最早在民间著称，也因为经验丰富，结交甚广，处处都有朋友，不少行走人都打着是他的朋友而在途中受惠，因此曾哲在行走江湖颇受敬重。那种江湖听起来几乎有点像评书，其中的是非、恩怨、种种传奇，颇有传统与现代并存的民间文化内涵，那是一种值得探究的亚文化，而曾哲很长时间是那种亚文化的中心人物。

这里我要简单披露一点曾哲与余纯顺的一点过节——曾哲爱同意不同意。实际也不是什么过节，就是一个外省行走的兄弟到北京找曾哲，述说余在一次行走中不太仗义的行为。不久曾哲在电话里骂了余纯顺，并与之绝交。不过余纯顺在最后一次声势浩大的穿越罗布泊之前，还是不太放心地找曾哲做了咨询。曾哲回答余纯顺的不太多，或者不够热情。余纯顺死了，曾哲为没认真对待这件事，没有阻止余纯顺颇为后悔。曾哲独自走过罗布泊，他不同意余纯顺以那种大张旗鼓的方式穿越罗布泊，那样心态很不好，同时也更不屑余纯顺被媒体操纵或操纵媒体——这种情况通常总是双向的。在曾哲看来，行走完全是一种个人行为，一种生命的方式，其中包含了对自身和大自然高度的直觉与警觉，这是行走的意义所在，而不应该成为一个被镜头控制至少是被干扰的公共事件；行走即体验，而不是其他，不是以生命做赌，这是曾哲作为一个作家与许多行走人的不同。

曾哲的警觉我多少有点体验。在丹麦，在转了一大圈北欧之后我们的旅途已近尾声，非常疲惫，到哥本哈根已是当晚九点。我们住在远离市中心的一家旅馆，离海滩不远，不过要是走路也不算近，大体要二十分钟。因为我们在丹麦停留得短，第二天就要离开，我决定去海滩转转。整个北欧之旅那是我唯一一次单独行动,极光之下的海滩非常漂亮,让人流连忘返。我甚至下了海,在永远不落的夕光里一支接一支吸烟。回到房间已快十二点,房间没人,过了一会曾哲回来了,一见我长出了口气。曾哲去海滩找我了,问我怎么没看见我。我走了一个多小时后他开始不放心我,还给李青和徐坤打电话,表示了担心。李青认为这么近不会有事,让他别急,再等等。但是他急,决定去海滩找我。他在海滩转了半天,比我去的地方还多,回来路上又走了其他几条街。我说没事,我还能有什么事?我觉得曾哲有点过敏,连团长李青都觉得没什么,曾哲一个常年行走的人,一个面临过无数危险和生死的人,却在风景如画的丹麦为我担心。这里的仗义不必说,责任感也不必说,还有深层的东西。那就是,一般认为漂泊的人都是很粗犷的,其实正相反,越是经历太多危险和意外的人越是对危险和意外敏感,越是相信什么事都可能发生。这种人虽然从不担心自己,却往往异乎寻常对别人的安全不放心,很多意外和遗憾的往事都会浮上心头。

这是另一面的曾哲:自信,但担忧别人。

曾哲在文坛上也是一样,一直低调,多年默默"行走",不事张扬,别人爱怎么炒就怎么炒。他曾两度摘取老舍文学奖,也获过其他一些奖,但多年来批评界每年可疑的"总结"与"盘点"鲜少提到他,更不用说专论。他从不是热门作家,就像他从不是热门行走人。他的书出来从不像许多人那样到处送人,找人写评论,或与媒体打得火热。甚至他的书连朋友也不送,我至今没他一本书,不知道这家伙怎么想的。我没完整地读过他的东西,事实上我也很少读当下人的东西,但是碰上曾哲还是要读一些的。曾哲的小说与聊天讲故事时的口气颇有不同,虽仍是口语,但是一种内心的口语,简洁,硬朗,有一种罕见的很犟的气息,几乎强迫你纳入他的叙述节奏。他的内心有一种岩石般的东西,正如他内在的性格。写作中这种性格坦露无遗，简直霸道，无论描写、叙述、对话都斩钉截铁，准确，充满张力。我不想提到海明威，因为完全不同，但是他的张力、氛围与节奏的确又有一种中国式的经过多年淬火修炼的强硬，按照他的节奏阅读，你甚至觉得他是可怕的。尤其最近读他的"帕米尔系列"小说，那种类似打铁的风格已近极致。曾哲在行走中建了两所小学，一所在云南独龙江，一所在新疆的帕米尔高原，两个地方他都待了很久，这使他的写作更加坚实有力。

这里我愿引用《帕米尔案件》的开头，可见一斑：

他说，是匹马。
我问，什么马？
说这话的时候，我和那孜勒别克老汉头顶头，歪躺在地毯上。之前，在帕米尔高原，我俩刚刚骑了十三个小时牲口。话都不想说，浑身的骨头，像散了架一样，七零八落。

干净，硬朗，没有任何书卷气，甚至一般文人不太习惯。

但是曾哲就这样叙述，一贯如此。在曾哲的小说中很难看到翻译小说的影子或回声，他一旦成精就是彻头彻尾中国人的精，而我相信他会成的。

黑梦

1982年，我记得是早春的时候，我接到了赵丽宏先生的来信。那是我投稿生涯中第一个编辑也是知名诗人给我来信。赵丽宏在《萌芽》做诗歌编辑，他信中说看了我的诗感觉有基础，只是写圆明园的诗较多，让我再寄一些别的。那时我写诗已有几年，广泛投稿，颗粒无收，希望结识诗人、编辑，可一直没有门道。赵丽宏的信在我周围写诗的同学中产生了轰动。当时我所在大学有个诗社，十几个人，名叫"陶然诗社"，因为大学离陶然亭很近，那里解放前就文人荟萃，因此得名。我们诗社的人经常到陶然亭活动，有时还发生爱情。不过也有人背后恶言戏语，管我们叫"牛街诗社"。我们学校离牛街更近，一街之隔，那时诗歌多么神圣，如日中天，每个人都觉得是在太阳上阔步，叫我们"牛街诗社"，简直想掐死那个人。

我们诗社人员传看赵丽宏的来信，个个目光如炬。不久我又寄去了几首诗。我记得是五月，赵丽宏再次来信，说我的诗将在六月号（《萌芽》）发表。赵丽宏信中甚至提到可以赶在我毕业之前了，这句话让我感动，并且意义非凡。它不仅是一个人文学道路的标志、大学四年写诗的纪念，以致对毕业分配产生微妙影响。事实也是如此，毕业，我分到了北京近郊大红门一所中学教书，尽管也是乡村，周围四个粪坑包围着学校，不管刮任何一个方向的风都是满灌，几乎不能做深呼吸运动，尽管如此，我仍是幸运的。我那时是班里为数不多的应届生，二十出头，班里更多是像陈村那样的知青，像我一样的人统统分到了远郊县，年轻嘛，因此我对着任何一个方向的粪坑都感到知足，那首诗起了作用。

此后我又写了七八年诗，成绩平平，愧对赵丽宏先生，因此没什么联系，但是心中的感激始终如一，文学梦越做越深，越做越黑，独自远行，去西藏，去雪山草地，蓬头垢面，疯疯傻傻，心中却想着诗歌。在西藏一待就是两年，不知有汉，无论魏晋，一个人偏离了整个世界，唯有诗歌。从西藏回来，由于氧气过多，整天头昏，离地三尺，看所有人都是芸芸众生，拿起笔来就好像飞天在云上写诗。直到1989年，我三十岁，一切都戛然而上，人说三十而立，我是三十而蜕，直到现在我还记忆犹新那年蜕壳的痛感，类似一次死，至今我甚至收藏着那具诗歌的壳子。

1997年，我第一次有机会到上海，上海对我来说意味着赵丽宏。我们早已失去联系，即便赵丽宏的散文时常出现在我后来流落到的中国环境报上，我念着这个人，向编辑打听这个人，也没再联系。我已不是文学中人，我的"壳子"已成为标本，就像我书架上尘封的书。我干的是广告，那几乎是诗歌的敌人。但奇妙的是诗歌可不是广告的敌人，十年诗歌一旦卖给广告，真是风情万种，俨然一代红粉。我成了广告公司经理、北京广告协会理事，这次到上海就是参加中国广告协会年会。开会是扯淡，我主要想拜访一下赵丽宏先生，表达多年的感激。

但是这种表达是困难的。到了上海，我打通了赵先生的电话。赵先生还记得我，这使我非常激动。我说了现在的情况，到上海参加广告年会。我记得非常清楚，赵先生问我开几天会，我说三天，赵先生说那就三天之后见面，之前再打个电话。我不好说开会是扯淡，我想立刻见到先生，但是我无法说出。挨到第三天，上午我打了电话，约好下午五点，届时再通个电话。我认真选购了礼物，十几年的念念，心里惴惴。五点钟准备出发，拨通电话，一个男孩子的声音，说先生不在。我多少有些奇怪，问去哪儿了，说不知道。过了十分钟又打了一次。五点半又打，直到六点钟打了最后一次。我已经过分了，不能再打了。我带着礼物回到北京，我想赵先生对我是客气的否定，只是太客气了。

这年终，我寄给了赵丽宏一张新年贺卡，写了一段话，具体不记得了，写得相当暧昧，几乎用了诗的语言，大意是我不会罢休，至于什么不罢休也没说清，因此看上去倒像是威胁。当然不是威胁。我要回到文学上来。事实上，当我从卖给广告的第一天就想着从良的事，日日梦魂牵绕的仍然是初恋的那段文学梦。那是一段黑梦，窦唯有一首歌叫《黑梦》。我记得听这首歌就像听《阿姐鼓》一样让我老泪纵横。我已快四十岁，我的阿姐从小不会说话，在我很小的时候离开了家，从此我就天天天天地盼。我的梦也不会说话，也是天天地盼。人到中年，一切都无可留恋。我退出广告公司，回到1982年，回到那首诗，我的处女作《积雪之梦》，那是赵丽宏老师发表的，我还留着他给我的信。二十年了，今天在陈村兄的菜园见到赵老师，多像一次温暖而又百感交集的旅行。

咀嚼八十年代

任何一种现象浮出水面,绝不仅仅是它露出的部分。查建英的《八十年代访谈录》几乎突然性地成为热门话题,但它不过是冰山的一角。八十年代成为被关注的历史自有其内在动因,它看起来离我们越来越远,实际上正以另外的方式越来越走近我们;它是一个断裂的历史,曾被九十年代分离出去,现在回忆是否要重新试图弥合?至少,在我看来,经历过那个年代的人都已老之将至,已无法不缅怀它。《相府胡同19号折叠方法》成书于三年前,虽然新近才问世,但足以说明历史的冰山一直在潜行运动,现在不过是正式浮出水面。

走进这部小说,八十年代气息纷至沓来。小说的男女主角是那个时代一对典型的年轻恋人,让人想到五四时期的青年男女。江垒和夏帆处于热恋中,但是遭到夏帆母亲的反对,夏帆偷了家里的户口本与江垒在相府胡同19号的一间平房举行了简单而又理想的婚礼。夏帆母亲找到小院来理论,要把女儿强行带走,愤怒的江垒打了夏帆母亲,轻而易举地保住了自己的婚姻。这里颇有些吊诡,五四的主题在经过巨大历史变迁和时间跨度之后似乎重现于八十年代,不过主题虽然相同反抗的方式却甚为有趣,比如偷户口本的情节——多少对轮回式的主题有戏谑的味道。如果这还不明显,那么江垒打了夏帆母亲一记耳光几乎就可以说是当代愤怒青年对历史主题重现的极大的不耐烦。而从另一方面说,这种暴力是否又是一种文革的遗风?夏母粗俗,江垒粗暴,双方没有任何传统的斯文可言,纲纪土崩瓦解。这同五四颇有些不同。历史不会简单地重复,它总是带有特定的承袭和机缘。从这个意义上说,八十年代并非理想的天堂,它像五四一样有可圈可点的地方。

同样像五四时期,爱情的矛盾在这部作品里也是时代的矛盾。江垒与夏帆婚后出现了平静而又深刻的矛盾,夏帆想出国,江垒不想,江垒更想在自己的土地上施展政治抱负,而夏帆不过是被出国潮裹挟。出国是八十年代一个突出的时代特征,其原因这里不必多说,我感兴趣的是他们的矛盾并非是日常生活中的矛盾、个人化的矛盾,而是受到了社会进程的巨大影响。也就是说八十年代虽然是一个充满理想主义精神的时代,但真正多元个性化的生活仍未建立,这反过来说明那种理想精神的根基仍然十分贫瘠,人的选择性仍然十分狭小。八十年代就是这样,因为它脱胎于贫乏的六七十年代。小说围绕爱情主线描写了北京特有的院落社会情态,相府胡同19号是个三进院落,后院住着上层人士即老干部,中院住的是知识分子,前院是平民,三者既分隔又联通,可以看做是八十年代中国社会的缩影。这部分最有趣的是对中院知识分子的描写,展现了中国知识分子在权力与平民之间摇摆、算计、谨小慎微、两头不得好的夹缝地位。

如同当年许多诗人活跃在平民小院,小说中的一个很重要的角色是一个名叫骡子的诗人。他住在院子以外,由于很早就从中院的知识分子家庭的江垒那里得到了书籍,得到文化滋养,在八十年代初成为一个颇具代表性的诗人。骡子嗜诗如命,没有工作,为人单纯,天赋很高,几近神经质,让人想到诗人海子。但是他不叫"海子"而叫"骡子",据作者交代是因为不能生育而得名,显然作者在这里有一些别的用意,或不妨说隐喻。作者老周本身就在那个时候写诗,是参与了《今天》诗歌活动的诗人,对那个时代的诗歌有着复杂而痛切的记忆。现在我们回过头来看,八十年代的诗歌是否孕育了九十年代乃至今天的诗歌呢?事实上海子之死已经预示了那个诗歌时代的结束,而"骡子"的含义是否有这种惋惜?我们不得而知。但是从小说的结尾看,相府胡同拆迁,原来分属不同院落的树木现在变成一片相互靠近的树林,已让我们感到八十年代某种悲剧性结局的意味。

八十年代已经远去,现在是该咀嚼它的时候了。

日常物品与中年写作

通常，一部长篇小说的阅读快感来自一个好看的故事，好看的故事既可以是浪漫的或尖锐的，也可以是某种人生态度影响下的日常生活际遇，后者因为更见写作者的功力，往往较之前者更加耐读好看。魏高翔的长篇新作《垂直的舞蹈》或许就是这样一个例子。

小说以第一人称的方式展开，"我"是一个有过多年婚姻的中年男人，离婚后差不多过着离群索居的生活，有一份模棱两可的工作，是一个在公司里或权力社会无足轻重可有可无的小人物。小说一开始就说："无论是在公司还是在学校，或者在个人生活中，我都处在那种不太重要的位置。我总是处在事物的表面、事物的角落、事物的边缘、事物晦暗不明的部分。""我"对此也安之若素，因为从人生态度上他不承认自己具有某种权力，同时更重要的是也不愿接受任何权力的束缚，不愿处于体制的任何一个层面上,因此他的处境与其说是消极被动的,不如说是深刻自觉的。

"我"被描写为一个"文学爱好者",多年来痴迷于写作,并且认为只有一本书才能使自己毫无意义的人生获得拯救,说自己的"未来只有一本书那么宽",但是却从未有作品发表,因为他深知自己其实就像加缪小说《鼠疫》中的格朗一样根本没有写作的才能。那么他写作的动力又是什么呢?"我"对此解释道,他写作的秘密武器就是无所事事。无聊使他不得不进行创作,而且也只有写作才能使他从百无聊赖的苦闷中解脱出来。因为这种写作好像毫无希望,反倒可以写得十分个人与随意。有一次他对朋友说,他要写一部关于日常物品的小说,因为他发现日常生活中的物品和人的关系并非如电视广告和人们想象的那样。他开始从曾经使用过或正在使用的物品入手,比如电视、电扇、玻璃杯、洗衣机、抽屉、火烧、蘸水笔等等。他真的这样做了,结果发现物品中沉淀着一个人至为丰富的生命、回忆、情感与体温。

小说的故事线索仍然是一个爱情故事,是由对"我"的一本室内攀岩笔记的回忆与重写开始的。"我"一边引用,一边回忆,一边重写。这些笔记与重写,互相引发,互相映照,读来颇有几分意趣。在对笔记的回忆与重写中,作者开始叙述"我"与珊珊的邂逅,一个年龄悬殊的爱情故事。这段爱情相当普通,并无离奇之处,所有叙述却藉此展现了一个中年男人对爱情与婚姻的种种心态与思考。中年男人在与攀岩女孩的交往和相爱中,获得了极大的幸福,但是面对女孩对婚姻的拒绝却一筹莫展。故事发展到后来,当女孩终于答应他的求婚时,中年男人又开始迟疑,"我"担心以往的生活被打乱,自由受到种种可能的限制。尽管"我"过着孤独不堪无所事事的生活,但那却是他内心深处的选择,而咀嚼生命中孤独的况味对他来说早已习以为常。最后他终于发现一直以来他单身生活求婚而不得的困境正好是他唯一可以接受的生活。小说快要结束的时候,他向年轻的女友珊珊提出了拜访式的婚姻建议:相爱,但保持各自独立的生活空间。就这样,原来尴尬苦恼的困境就此转化为一种别开生面的出路。

小说无论在人生态度与叙述风格上都明显地带有中年写作的特征,即理性的、非抒情的、关注日常生活、动用尽可能丰富的叙事手段来表达当代人复杂多变的意识和经验,文本驳杂,叙述娴熟。小说融入了散文、随笔、甚至文论等不同的文体特征。我们可以看到,作者的诉求不再指向欲望化的场景、当代奇观或旧有的意识形态,而是通过日常生活的场景直指当下的生存,诚实而不花哨地刻画出富于深度的内心体验。

危险的美感

杨葵把《蔷薇岛屿》给我的时候，说安妮的文字成熟了，然后说到写这本书时出了点事，她的父亲去世了。我一直埋在文字里，对世界迟钝，置身世外，虽然想到一些人，但也仅是一些美好的距离而已。书做得很素静，小巧，但搁在手里还是感到沉甸。一本写给父亲的书奠定了一个人文字生涯的一种坚实，同时也觉得她更危险了。

她的文字一直在死亡的边缘上，这次她穿越了。

她的触摸、尖锐、与死亡的难解难分，让我吃惊。她的文字与手指已无法分开，就像婴儿与母体无法分开，死的仪式一如生的仪式。最后还是断开。这是我们与世界真实的关系。我想这之后她已无所畏惧，因而也更加孤独。没人能安慰这样的灵魂，因为她已在极限上。只有对峙，注视，并如她一样孤立，沉默。

她是个天生的写作者，面对死亡也是如此。想想也是，对有些人除了文字，还有什么办法对付死亡？酒，毒品，群体，互相靠近，呼吸，这都是办法。唯独文字不是办法，因此她使用了第三人称，让自己分离出一个"她"这使她获得了上帝一般的依靠与勇气，这已不是技巧，或者是必然的技巧，是疼痛与难度的天选。

而且，她把死亡放在了旅途上。这是"一个人"面对世界之后的回忆，行走，是在路上，"在别处"的不断回归，是一种与生俱来的叛离、拒绝、哭泣与孤注一掷的攀登。

危险的美感。恰如其分。这是一个人的写照。

静之的戏

这几年,看了静之的四个戏,话剧《莲花》、《操场》,歌剧《西施》,以及新近的歌剧《赵氏孤儿》。每个戏都有强烈的现场感觉,有许多话想说,之后时过境迁渐渐平复。静之比我大,过去在诗人圈大大小小的人都叫邹静之,静之,叫惯了,还这样叫吧。这次看《赵氏孤儿》,又让我想到前三个戏,还是有许多话想说,过去说了就不写了,这次写了再说。得写下来,因为有意义。

前三个戏许多具体情景已忘了,好几年了,但感觉仍在。这感觉是一种抽象的东西,不是由哪个戏具体产生的,而是整体的一种东西。这东西是什么?说不清道不明,笼统说可能是一种文化感,或曰厚厚的文化感。这种感觉在别人那里是没有的,唯看他的戏会有强烈的感觉。文化,或者说中国文化的脉络,在中国基本是断裂的,体现在每个人身上是斑斑驳驳的。有些人,甚至所谓大腕,很有才,作品也惊人,但你看不到文化,看不到根系,看不清他的来龙去脉,如果稍稍往深里刨一刨就发现他很浅。浅造成许多问题。这几乎是文革后整个一代才子佳人的问题,许多腕后来发生了许多让人惊讶的各种问题,或变异,没什么惊讶的,就是浅。所以静之的东西特别让人感喟,特别的让人反思一些东西,好像他没经过文革,没有过贫困。静之的文化感显然不仅是中国的,也有西方的,这两者结合得非常自然,浑然,可谓东方的气派、厚重,又是人类普适的灵魂。当然,不能说静之已做得完美,做得很好,但在他身上确实清晰地显示出两种文化的融合与传承,接续了二三十年代中国优秀文化人的探索。文革后的文化断裂在静之的作品中得到了修复,这或许是静之最重要的贡献。才气不仅仅从天赋中生长出来,而且从文化中生长出来,静之的戏让人看到这种可能。

文化感之中每个戏又很不同,题材不同,年代不同,思考不同。《莲花》的背景是1949年以前的北京,有浓重的京味,且与收藏与古董有关,从语言到世情都是中国气派,中国味道。但形式是倒装的,四三二一的幕次,主题也是现代的人性的批判,是五四传统。这个戏倒着来,最后竟然让人产生了回归本真的幻觉,感喟美生于匮乏与贫穷,死于丰足与富有,甚至将要丰足富有还没丰足富有就足以把生于匮乏贫穷的美摧毁。这个思考是有力的,将批判——物质与人性的关系又向前推进了一步。

《操场》是一部现代戏,当下的戏,因为涉足这个戏很深(做过剧本的责编,反复看过剧本,提过一些意见)有太多的话想说,又有深刻的语塞之感。《操场》表现的主题是"精神痛苦",既是时代的痛苦,也是人性本身的痛苦。所谓时代之苦,是指一个人面对时代的无力感,一种软弱的痛,深深的无法言喻的痛,一些很细微的东西也会刺痛自己,比如拖鞋发出的类似鸟的叫声也会引起一种烦躁性的痛苦、一种深藏在记忆中的伤痛。而人性本身的痛苦则源于精神出口被堵塞之后（时代的痛苦被梗阻），欲望被打开了许多出口，人面临的种种选择。某种意义，人性本身的痛苦是选择的痛苦，即欲望、选择与伦理的冲突。特别当这种痛苦与时代的痛苦交汇，痛苦就变得异常诡异复杂，以至身非是我，人变得像蝇眼一样分裂，辨不清自我，非常痛苦。这时候甚至需要用死者来观照自身，否则痛苦无以释怀。因此，《操场》这部戏惊人地出现了"死者"的角色，出现了生者与死者的大段的对话，整场的对话。死是痛苦的极致，也是痛苦的平静，死者讲述痛苦有一种彻底性，因而对生者的痛苦有一种彻底慰安。换句话说，生者在死者那里得到了释放与解脱。死者的出现加重了整部戏的精神痛苦的悲剧感，对话也更富诗性和形而上色彩。在这个意义《操场》较之静之其他的几个戏是一部更为复杂、更有中国特色的又是西方的存在主义戏剧，是一部灵魂戏，境况戏（萨特强调存在、境况，写过《境况种种》）可以说既西方又中国，因此《操场》的"文化感"也异常沉重、厚重。如果我对这部戏还有什么不满足的话，就是"死者"这个人物出场得稍晚了，应该提前，再提前，甚至一开始就在舞台的角落出现，或以画外音的方式无所不在。要让他像贝多芬"命运在敲门"的音符一样，一开始就一锤定音，不断重复，加深，贯穿全剧，直到最后的场景：生者拿起死者的手机接听，说话，那样前后呼应就更精彩了。

值得一提的是《操场》的时空很现代，舞台上有一个大钟，演员可以拨动时针，让时间倒流，空间流转。时光回放，生活可逆，是人的潜意识之一，舞台上展现这种可能很击中人。显然，这种戏剧的时空观受到西方影响，又在中国世俗化了，本土化了，结合得非常好。此外《操场》这部戏故事套故事，这并不新鲜，新鲜的是故事是一个假故事，如此感人的故事竟然是假的，其颠覆性和解构性也是主人公老迟痛苦的原因之一。因为价值没了，崩解了：没有了价值观人将何以自处？与虫蛭蝼蚁有何区别？

那么怎么会导致这种情况？剧中虽没给出说明，却让人想到时代的变迁，时代的痛苦。《操场》是当代中国的缩影，更是中国人心灵的缩影，它的阐释空间是巨大的。可惜我们的时代太快，容不得人们思考，更容不得人们对思考进行思考。《操场》已成过去，何时再演呢？

《西施》与《赵氏孤儿》是严格的西洋式的歌剧，我不懂歌剧，只能从剧情上欣赏。这两个剧都有过去的故事蓝本，可谓耳熟能详。那么以歌剧的方式重新演绎，显然静之会加入自己的东西。《西施》是一年前看的，给我印象最深的是它的悲剧性结尾。剧中的主角不再是越王，而是西施，西施开始无疑是一个为国献身的英雄，但越王取得权力之后，她的献身在权力面前变成了耻辱。这是静之个人对历史的建构，权力的解读，显示出对权力最本质性的质疑与批判。可概括为从人性角度批判权力，从权力角度批判人性。这一主题到了《赵氏孤儿》成为背景，在这一背景下演绎了一场惊心动魄感人至深的人性大戏：为拯救一个婴儿和一个城市的婴儿，一个只想过日子的平民如何变成了一个有担当的人，以及围绕他产生的各种有担当的人（这在我们当下犬儒麻木的现实有相当的震撼）。看过这个戏许久不能平静，我在第二天的微博上记录了一些直感：

"昨晚（6月21日）与女儿宁非在国家大剧院看静之的歌剧《赵氏孤儿》，音乐，歌词，舞美，场面，节奏，隐喻，指涉，精神、价值观、文化积淀，唱腔，演员的状态都非常震撼，难以言表。这是文化的正典，正见，且是当代人的重构，在当前有特别的意义。从最深处清理我们的精神，寻找我们的根，感到一种久违的水脉。""这是闺女用手机拍的照片，不让带相机。许多次感动，摇篮曲美之如泣，让人从内心深处潸然如溪，从没听过这么好的有历史内容又如此单纯的摇篮曲，是我们中国五千年的摇篮曲，苦难，单纯，美，五千年的童年依然是那么美，没有老，有再多的苦难也没有，摇篮曲让我们好像永远都可以重新开始，走向苦难。""这是一个拯救一个婴儿和一个城市的婴儿的故事,做成歌剧太好了,太适合了。比之《拯救大兵瑞恩》我们的故事是多么的超前,又永恒。以新的形式、建构清理我们的文化、我们的正典,意义非凡。不用指出坏的东西,弄出好东西就会照出坏东西。略萨给予我的,与这部歌剧给予我的是相同的。""《赵氏孤儿》有鲜明的诗剧的特点,《西施》也是,语言上用了许多意象方式和味道方式,这是诗的,意会的,发散的。当然也是不完全确定的,这对有些观/听众或许成为一定的障碍,但这障碍是值得的。"

支撑此剧的显然不再是对历史的批判与反思,而是对中国文化中一种固有的伟大的价值观的讴歌——既携带着文化也携带着普适的价值观。过去我们要么有文化没有价值观,要么有价值观没文化,这个剧两者的结合具有世界性。这是一个东方大国理所应当拿出来的,理所应当对世界的贡献。这个戏较之前三个戏,心态上有所变化,更倾向于正典的建设。但绝非呼应流行的意识形态,没任何的缝迎,取媚,邀宠,这样的人不是大有人在比比皆是吗?甚至有的人称得上很"优秀"。这部戏不是这样,这部戏伟大的人性是产生于暴力基础之上(戏一开始就那样惊心动魄,意味深长,让人浮想),因此是一部"独立戏剧"。它产生于作者个人对时代和文化的感受和思索,不是集体有意识或集体无意识的产物。

《赵氏孤儿》的音乐似乎比《西施》进了一步,音乐歌唱与文辞更贴切,有让人听了一下就记住的咏叹,如《摇篮曲》,真是一段伟大的音乐,伟大的歌唱,我在微博上提到它的意义,现在仍然觉得是那样:苦难,美,单纯,是这个古老民族生生不息的核儿。同时也是果实,静之得到了,真好。

如果说还有可探讨的地方,我个人觉得从剧情来说,这个剧的主题稍嫌多了一些,可能再单纯一些,或轻重处理再讲究一点更好。这个剧的主题可概括为献义，忍辱，复仇。我觉得"复仇"这个主题处理得还是重了，似乎可以再淡一些，这样前两个主题就会更单纯，更完整，更有现代意义。

祝勇印象

最早听到祝勇的名字，我还在一家广告公司，与文学已多年无缘。我清楚地记得那时我刚刚认识了苇岸，他让我重新认识了文学，我们开始交往，他到城里来我们见面，他有什么活动叫上我，其中一次是散文活动，苇岸提到了祝勇。那次活动在北大的蓝月亮酒吧，见到了许多文学界的人，主要是诗人、散文家，有几代人，可惜祝勇没来。我记得应该是1997年秋天，或稍晚一些，当时我觉得祝勇挺硌色的，这么重要的活动居然不来？我的感觉上一直留有这么一个模糊的很难准确的印象。印象就是这样，常常它是错觉的代名词，待真正见到祝勇发现是个爽快而且如此年轻的帅哥，为人非常明朗，简直可以一鉴到底。

我喜欢这样的人，喜欢看上去一鉴到底但又有极其丰富层次的人，喜欢因为这些层次或深入这些层次，而越来越感到他实际上是个深不见底的人，甚至你会消失在这些迷人的层次中。有些人正相反，看上去满脸深刻，老成持重，深不可测，实际上拿竹杆试试，很浅。这且不说，还净是石头，泥，所谓深度不过是浑浊与多种霉。祝勇与此正相反，在他身上你不可能闻到霉味的东西，阴阳怪气的东西，云遮雾罩的东西，煞有介事、忧心忡忡、角色混乱的东西。祝勇是一个很敞开的人，在北京作协，祝勇、凸凹、华栋我们经常凑在一起，一到年终总结开会，晚上吃完饭，就互相找，聊聊，谈谈，有时徐小斌和林白也会加入进来，大家主要是聊文学，聊书，聊一些现象。总之，我们都是一些敞开的人，我们互相欣赏各自的敞开，而其中祝勇是一个能够增加这种敞开亮度的人。他总是去肯定，说，对，你说得太对了，就是这样。我特别爱听祝勇这样说，因为我能感到他这样说时是洞悉了某种东西的。实际上我们经常互相这样说，这也是我们常在一起的原因。我们也争论，不可能没有，但即使是在表达异见时祝勇也是清晰的，明朗的，优雅的，一如他阐释的内容。

因为同为"新散文"写作者，我们有着更多的讨论。说起"新散文"，某种意义祝勇对"新散文"在理论上的梳理与确立功不可没。中国正经的文学流派不多，所谓"正经"是说有创作群，有理论，有自觉，有阵地，有影响，这方面朦胧诗堪称翘楚，散文界是"新散文"。"新散文"自1998年在《大家》正式登场，出现了一批迥异于传统散文的文本与作者。1999年《散文选刊》推出"新散文作品选"，配发了主持人语称："作为一门古老手艺的革新分子，新散文的写作者们一开始就对传统散文的合法性产生了怀疑：它的主要是表意和抒情的功能、它对所谓意义深度的谄媚、它的整个生产过程及文本独立性的丧失，以及生产者全知全能的盲目自信，等等，无不被放置在一种温和而不失严厉的目光的审视之下。"尽管有此经要的描述，并有文本，但当时并未新产生决定性影响。事实上直到2002年祝勇写出长文《散文：无法回避的革命》，对"新散文"进行了阶段性总结,"新散文"才真正地风生水起,引起轩然大波,被历史正式确立。此文着眼于文体,列出了长度、虚构、审美、语感等四项指标,论证了"新散文"所不同于制度散文的特质。祝勇意气风发而又不乏理性地说:"纸上的叛乱终将发生,迟早有人要为此承担恶名。但是,对于一个健全的文学机制而言,背叛应是常态而非变态,因为只有背叛能使散文的版图呈现某种变化,而不至于像我家窗下的臭水沟一样以不变应万变,这是一个无比浅显的道理。散文叛徒们与'断裂'主义者的区别显而易见:后者的利刃斩断过去,而前者的道路通向未来。"

如同国外的一些文学流派往往理论与创作集于一身,祝勇不仅是"新散文"理论的旗手,也是创作上的主将,他长篇散文《旧宫殿》体量上堪称长篇小说,是"新散文"标志性的作品,亦是他自身理论上的实践。《旧宫殿》将长篇小说的结构、语感、话语方式、解构、戏仿、互文等诸后现代观念引入散文,其文本的反讽叙事与历史本身的严酷叙事构成了相互对照与指涉,既消解又批判,既颠覆又建构,突破了单向维度,其丰富多声部的形式本身就具有强烈的当代知识分子面对历史与现实的个人姿态。个人,是"新散文"的基点,变是必须的,但无论怎么变不能离开这点,正所谓万变不离其"综"。这是"新散文"的秘密,也是一切文学流派应有的秘密。祝勇深谙于此,这也是我们关系的基础。

祝勇的写作远不止"新散文",他的写作涉及思想、学术、小说、评论、历史、艺术、旅行、电视——一出手就捧回一个"金鹰"奖。而他现在工作身份是"故宫学"学者,这是一个难描述的人,当祝勇嘱我写此文时,我有一种无从下手的感觉,我长他十岁,他已著作等身,出版的书不下四五十本。得了"金鹰奖"后我曾担心他在电视领域走得太远,毁了自己——电视可毁不了人,结果一个转身他又回到散文上。一次他跟我谈了一个想法,想写一个艺术系列的散文,用今人的文化视角比如写写王羲之的《兰亭序》张择端的《清明上河图》以及《韩熙载夜宴图》，诸如此类，问我《十月》可否做个栏目，做上一年。我觉得太好了，所谓"踏破铁鞋无觅处，得来全不费功夫"，有时当编辑就是这样，朋友交到位了，好稿子自然来了。几乎当即拍板，并大加鼓励，果不出所料，读着这些"预设"文本，不仅对祝勇的担忧消失了，而且觉得这是祝勇新的起点，至少在散文创作上是里程碑式的作品。祝勇的许多"痕迹"都体现在这个系列里，小说的，思想的，"新散文"，学问的，历史的，甚至电视的，我感到惊异，感到祝勇在"整体"地浮现。而祝勇依然是一鉴到底的清晰，然而他的清晰的层次又是让人如此的迷失，难以把握。在我看来这才是真正的深不可测，是敞开，而又没有尽头，我以为这才是一个作家的境界。

邱华栋的世界

很多年前，我不太关注文学，但已多少知道一点邱华栋。应该是上世纪九十年代初，北京有了一些新兴建筑，像建国门外的咖啡色的荣毅仁大厦，米色的长富宫，赛特，新城市风景线已崛起，加上立交桥，还有新兴的亮马河一带，长城饭店，昆仑饭店，五光十色，让我这个北京人对这个新北京有一种巨大的陌生感，异物感，很难进入理解、感受、分析、描述范畴。这是一个异质的北京，异乡的北京，身体之外的北京，接受、新鲜，又排斥，甚至恐惧。我知道它的意义，但又觉得和自己是两码事，我觉得很多人跟我的感觉一样。但是偶尔我看到邱华栋描述了它们，它们那么陌生、沉重、异物感，但邱华栋却轻松并且漂亮地勾勒了它们。那种笔触和描写是前所未有的，老舍笔下没有，王蒙、陈建功、汪曾祺、王朔笔下没有。不可能有，它们刚出现，但是被邱华栋写出了。说实话当时我简直有点嫉妒这家伙：这是我打小生活的北京，怎么让他写了？它再新也是我的。可又一想：我能写吗？我描述胡同可以，描述那些新兴的本质上是摧毁我的大家伙不可能，再放那儿多少年都不可能。

华栋后来的写作正是沿着北京的世界性走的，最近新版的"北京时间"系列四部《白昼的喘息》《正午的供词》《花儿与黎明》《教授的黄昏》均写于九十年代与新世纪头十年，均有一种世界性气息扑面而来，又感到一种让我惊讶的陌生。这种陌生不由得让我深思到两个问题，一是当初阅读这些作品为什么没有今天感觉这样强烈？那么离当下生活比较近的作品是否本身需要时间？放得旧一点反而有一种时间的香气？当然仅仅这点还不够，还要有一些其他因素，比如新视野与新的阅读的因素。这四部作品，特别是《白昼的喘息》与《教授的黄昏》让我鲜明地想到智利作家波拉尼奥，想到《2666》与《荒野侦探》。与以往不同的是，过去我们看一个作家与另一个作家因缘关系往往是由时间差决定的，比如福克纳、马尔克斯、莫言，基本差着年代，某种相似性天然被视为借鉴或学习，而华栋与波拉尼奥既是隔绝的，又是共时的，至少波拉尼奥的作品近年才介绍到中国。相似又共时，这又是北京世界性的一个表征，六七十年代甚至八十年代这种情况根本不可能，唯九十年代后。

波拉尼奥是我近年特别心仪的作家，过去我对拉美文学一直停留在魔幻现实主义那批作家，似乎他们难以超越，但是对我而言波拉尼奥终结了马尔克斯为代表的那批魔幻作家。首先，魔幻现实主义之后拉美是否还有超越性的作家？有，就是波拉尼奥。另外魔幻现实主义是五六十年代的事，离当代的语境太远，那么对当下的"当代性"文学怎么面对呢？作为与我们同时代的作家波拉尼奥走出了一条路，至少我感觉在波拉奥这里，文学又向前发展了。在如何处理当代经验上魔幻现实主义已不能给我们直接的启发，和我们不是在一个共同的"场"里，但波拉尼奥让我感到了某种共时的"场",共同的"场",启发特别直接,也特别让当代作家感到自信。让我没想到的是,时隔几年,当我重读邱华栋的北京系列,一种波拉尼奥的气息扑面而来,这也是邱华栋让我感到陌生的原因之一。

邱华栋的《白昼的喘息》写于1995年,描述了上世纪九十年中活跃在北京的一批流浪艺术家,写作时间与作品时间几乎重合,非常当下。小说讲述了这些有文学和艺术理想又放浪形骸的边缘人的生活,他们在急剧变化的都市中追寻成功,经历困顿、挫折、思索,作品洋溢着强劲而粗粝的生命气息与荷尔蒙的混乱,尽管采用了略萨的结构现实主义的手法。非常巧的是波拉尼奥的《荒野侦探》也是写了一批诗人艺术家,作品展现了现代社会里一个特殊群落——压在文学金字塔最底端、为文学崇拜充当庞大基数的一大坨无名文学青年,他们的梦想与腥臊共存、热忱与窘迫并举,小说既有惊人的文学知识吞吐量,又表现了巨大的不靠谱能量的混乱生活的全貌。

邱华栋创作于2008年的《教授的黄昏》,描述了最有代表性的两类知识分子生活,特别创意的是通过一个文学教授的眼睛来打量一个经济学教授的生活,又通过一个经济学教授的婚姻变化,折射出当代社会的往往具有颠覆性的激烈变动。这部小说的开头写了一个大型的经济学家与人文学者的研讨会,有趣的是波拉尼奥死后才出版的他的最负盛名的《2666》,同样写了几个人文知识分子,同样写了研讨会。以我的经验,会议是最难进入文学叙事的,因为它太格式化,太无趣,太让人容易昏昏欲睡,但让我惊讶的改变了我的观念的是波拉尼奥竟然把会议文件、论文、发言、场面写得生气勃勃,津津有味,也就是说波拉尼奥那里没有什么是不能叙述的,甚至对一封信的叙述对一篇论文的叙述也可以成为整章小说。波拉尼奥在叙述上有一种野性的力量,无所顾忌,没有任何清规戒律,一切都可叙述,这便是波拉尼奥的当代性,带给文学的新进展。

而我们的邱华栋在《教授的黄昏》在《正午的供词》在《白昼的喘息》甚至在反映乏味中产生活的《花儿与黎明》中，同样有一种野性的叙述力量，没有什么是华栋不敢叙述的。这里应特别提及的是《正午的供词》这部小说，它发表于 2000 年，表面上叙述了一个导演和一个女明星的故事，实际上这不过是类似许多纯文学借助"侦探"概念构筑小说一样，不过是个壳。这部小说的激进叙述行为堪称"文学的装置"艺术行为，没有什么是不能叙述的，小说将报告、文件、日记、散文、诗歌、剧本、回忆录、评论、案综、消息甚至小说本身拼贴在一起，看起来眼花缭乱，到处都是入口，又事实上是出口。当然了，对于许多读者，甚至专业读者这种野性的叙述都显得太过分了，但是如果作为一种"文学的装置"来理解，未尝不是小说道路上的一个路标。文学应该具有这样"火星探路者"的勇气，这个勇气落到邱华栋身上恰如其分。探索，创新，无疑也是北京应有的世界性，艺术在这里发生，文学在这里发生，我不能想象如果北京不能"发生"，还有哪里更应该"发生"？如果不在邱华栋身上发生还能在谁身上发生？

禅如何观照

一直以为禅是一种静观、独善的境界，一种智慧与修行的哲学与思辨，通常被划定的极小的个人范围，往往"一沙一世界，一树一菩提"，滴水见太阳，似乎不关注社会、现实、当代，特别是知识分子喜欢纠缠的一些公共问题。总而言之，一直以为禅是一种个人的境界，与现实的思想探索包括理论探索无关。对此，我对禅一方面充满个人的敬意，一方面对其不参与思想的现场感到隔膜与遗憾。禅无疑是世界性思想的源泉之一，与西方的哲学与思想有着不解之缘，早有叔本华、尼采，后有海德格尔、萨特、德里达，这些西方哲人总是能不断从禅里汲取思想，让现代哲学变得异常灵巧、幽微，又宏大。有些词，像观照、主体、自在、自由，在现代语境下非常相近，但又是多么不同。"观照"是东方的，"主体"是西方的，"自由"是西方的，"自在"又是东方的，两者在西哲不断地越界腾挪下越来越走向融合。

某种意义如果说禅是一种哲学——是如来的手掌,那么从禅汲取了思想资源的叔本华、尼采、海德格尔、萨特、德里达就是孙悟空。的确,某种角度看,他们似乎没跳出如来的掌心,但从另一角度看,没孙悟空,佛掌是什么?佛掌之大还能得以呈现吗?但问题还不在这里,问题在于我们是否有孙悟空吗?孙悟空为何总从西方而来?禅本身是无法诞生孙悟空的,或许需要双向运动,一是当代的思想者或思考者走向禅,发出禅问。从禅里汲取思想资源,一是禅或者禅者走出"一沙一世界"的静观,与现实交刃,看看是禅锋利,还是现实锋利,或者两者都很锋利,寒光闪闪,碰出思想的火花,现实因而被照亮,禅也因此在当下复活,而不仅仅是被思想者收藏的思想之器。器越用越亮,水越流越活,思想之水与器亦如是。

近读孙小宁的《观照,一个知识分子的禅问》,十分意外,正是源自上述的背景。我终于看到了中国的思想者携带着当下现实的锋利的思想向禅发出了尖锐的问,而禅没有回避、不再回避;不再"菩提本无树,明镜亦非台",不再"本来无一物,何处惹尘埃"——如此的玄机固然让人生敬,一如千年之刃隐在鞘中让人无限地玄想与敬意,但毕竟总有"十年磨一剑,霜刃未曾试"之憾。这次《观照,一个知识分子的禅问》不仅没有,而是抽刀断水,锋刃闪闪,现实与禅,两刃相交,火花飞溅。禅竟与现实一点儿不隔,不仅不隔,差不多总是以"光"的速度直取现实疑难或公案之核心,无障无碍,直心直取,形而下与形而上,世间法与出离心,如两个舞者,一来一往,让久饥的心大快朵颐。问者是著名的文化记者孙小宁,答者是台湾禅者林谷芳。多年前二人已有过一次"交锋",有过一本《如实生活如是禅》,望题生义,即可知是禅与生活的对话,虽一样精彩,在我看来还有某些方面不解渴,比如对当今公共现实的内心困惑、一个知识分子如何自处于当下？如何确立自己的立场？这次，这本书直指这些问题。

孙小宁的所有问题都是我的问题，比如当今只要成功，什么都不管，究竟是一种什么东西？修行是否意味着意义的减少？都舍了事情谁来做？在微博上是否要跟群体太过连接？如何看重大的善恶？如何"看尽道场乱象而不失道心"？自由、普世之迷思，当下知识分子的思维是否过于西方化？还有，如何看乔布斯？如何看胡兰成，如何看仓央嘉措？如何看安乐死、废除死刑？真相能否还原一个人？为什么藏族人拍宗教电影会比汉族人拍得自然轻松？书的腰封上有这样的话语："时下中国最焦虑的议题，最焦灼的话题，一个知识分子，一个禅者，一叩一应问；怎样破除一端的执著；讨论式社会；如何不死于句子，不困于概念？"我以为并不过分，是该书真实的反映，正因为真实，才有足够的震撼：禅何曾如此入世？何曾如此介入当下的现实、当下的思想？历史上似乎从未有过。面对社会公共问题、公共现实、思想界，禅一直是深藏在刀鞘里的，甚至人们习惯的它的伟大它的价值就在于在刀鞘里供人参，供人平静，最终让内心的问题化为无形。以至让人从不敢想禅要是面对了上述那些公共问题怎么办？禅能行吗？不行，或不面对我也很尊敬它，但如果真的面对了我会更加尊敬，如果它能穿透现实的迷障，澄清内心，与当代人一同思想，我的尊敬将没半点保留，没有半点遗憾，我的尊敬就是绝对的，并且是世界意义的。

读完本书，我不得不感慨，某种意义上说，这次禅的出鞘是孙小宁逼出来的，最开始禅者林谷芳依然是禅的一贯作风，并不想"接招"，并不想出刀，但是机缘已现，孙小宁与林谷芳有近二十年的交往，孙小宁深入了禅，但并没卸下知识分子的疑难，不仅没有，越来越深重。孙小宁是双向的，现实与禅深深地纠结在一起，以至林谷芳不能不回答。林谷芳回答了,回答得如此精彩。如果说我过去是通过叔本华、海德格尔、德里达感到了佛掌的辽阔,那么这次我同样感到了,我内心某种深藏的遗憾倏然消失,代之以真正的内心的宁静。

《观照,一个知识分子的禅问》的思想密度极大,每个问题每个公案都值得深究。公共的问题很容易公共的回答,但禅是个人的修行在场的回答,带着禅者的血肉,同时这血肉又是智慧,如此鲜活,在我也是前所未有的沐浴。不能不提到《和尚与哲学家》这本书,它是一个西方的思想者与东方的禅者关于世界的问答,如今我们也有了类似的书,我不知道这里面有什么缘起,但不管有还是没有,我觉得一切都是水到渠成。孙小宁在送我的书上写道:"这是我的'和尚与哲学家',希望你喜欢。"我不仅喜欢,而且欢喜。

超越现实的"巨兽"

跟李静认识很多年了,平常虽然见面并不多,但是每次只要见面,都聊得很深入。印象最深的是十年前,我们一同去了川西环线,在长途车上,我们坐在一起,谈一位叫做迪伦马特的剧作家。我在 80 年代看过迪伦马特的剧作,他的一部当时很有名的戏剧叫做《贵妇还乡》。我对这个作家印象非常深,因为这个作家的作品带有荒诞色彩,将悖论写得很有智慧。他的戏剧和一般人的戏剧不一样,有一种说不出来的味道,他在某种意义上和卡夫卡非常接近,作品所反映的人的尴尬、荒谬的处境。但是多年后,我就把这个剧作家给淡忘了。那次在车上,李静和我谈起迪伦马特,一下提醒了我,迪伦马特对我们的现实、我们的文学、我们的文学观都有现实意义。这首先表现在迪伦马特和现实之间有某种超越性的关系。我们中国作家总是深深地陷于我们的现实,有时候现实会对我们有一种规定，我们自以为表达得很深刻了，别人也会鼓励说，表达得很精彩。如果你不接触迪伦马特的作品，你会觉得已经很满足了。但是你一旦接触，就会突然发现，你还是在一个小房间里，或者你脑袋上是有一个罩子的。迪伦马特这样的作家，让人一下子意识到，我得突破这个，必须更形而上、更人类一些。其实一个作家除了完成时代交给你的责任，完成现实交给你的责任，还要完成文学本身交给你的责任。这个责任在某种意义上来说是一个更大的责任。

李静一直没忘记迪伦马特，最近她在她的一本新书《必须冒犯观众》再次谈到迪伦马特，谈到现实关怀、游戏精神与超越性，说明李静一直有一份完全属于文学的清醒，在批评家里面，能够既强调启蒙又强调游戏精神即超越性的人不多，李静是一个。《必须冒犯观众》清晰地描述了李静不是一个单纯意义上的批评家，她从一开始就有一个思想的起点，是从思想的起点进入文学的。李静的批评带有某种思想色彩，这在中国，特别是女性批评家里面非常难得。我拿到这本书跟李静开玩笑说读你这本书让我想到苏珊·桑塔格。当然不完全是玩笑，它也表明我对批评家的期待，我觉得建立在思想上的学问才是可靠的有力量的学问。有些人的才华不建立在思想上，而是仅仅建立在情绪上，思想的维度就差了一些。

我一边读李静的书，一边反思自己的创作。这本书涉及了非常多的问题，它有一个时间跨度，从2003年一直到2013年，这正好契合了我们当代文学思想发生巨变的时代，李静这本书贯穿了这个时代的很多问题，譬如说，作家和政治到底是什么关系？和现实又是一种什么样的关系？书里写到了米沃什，我们中国的作家有时候也存在两难的写作，到底是冲到政治里，还是回到象牙塔？我们当下这种现实确实不容作家忽视，如果躲到象牙塔里，这样的作家可以说是不正常的。我觉得作家首先应该是一个正常人，你感受到了什么，就应该做出你的反应，这是正常的。如果没有反应，完全回到自己的象牙塔，这是不正常的。同时是否要过度反应？是否要进行专业的反应？李静通过米沃什把这个问题说得非常清楚，让我们看到米沃什就是一个非常正常的作家，当他感到政治这个东西触及到他的时候，就会做出激烈的反抗，这种反抗代表了很多人的反抗。所以他在某种意义上也被认为是一个政治性的诗人。但是除了政治方面让他感到触动和压迫，还有很多其他的地方压迫他，他也会用诗的方式继续沿着这些问题，包括人类终极的问题，去深究。所以在某一阶段，他在政治上冲得很靠前，但是从文学的角度，他说：够了，我对政治和现实已经做出了非常透彻的文学批判，发出了我应该发出的声音，我不会一直发出这样的声音，我还有很多声音需要发。所以，我觉得这本书里的这篇文章实际上就通过对米沃什的例子分析，阐述了作家和政治的关系。

《必须冒犯观众》里还有一个我感兴趣的题目，就是关于长篇小说的话题，我觉得这也触及了一个非常重要的问题。当我看到里面出现了一个叫做"公共现实"的词语时，我非常敏感。李静这篇文章是2005年写的，而我在去年的一篇创作谈里也用了"公共现实"这个词，我们不谋而合。我过去并没看到李静那篇文章，这说明我们想到一起去了，而李静要比我早将近十年就想到"公共现实"这个问题了。我在我那篇文章里把现实分做两种，一种现实就是公共的现实，例如王立军、诸多重大贪腐就是公共的现实。另一种现实是日常生活中的现实，和每个人都有关系的。后一种现实，用现实主义的方法去创作没有问题，观察得越深入，反映得越细致，越有表现力。而"公共现实"，如果再用现实的手法去反映就不恰当了。"公共现实"某种意义就是"通俗现实"，它被所有人都关注，但是和所有人都没有直接关系，这样的现实用现实主义创作方法，写得越像就越通俗，因此作家要另辟蹊径，既要面对这样的现实，还要超越这样的现实去表达。应该说在"公共现实"这个问题上，作家与批评家想到一起了，而我们往往就需要这样共同的思考。

　　沿着这样的思考，李静在《必须冒犯观众》这本书中进一步提出某些作家，特别是乡土作家，在反映现实方面确实是达到了一种极致的境界、魔幻的境界。但是你仔细一分析，他的核心是什么呢？他的核心是权力如何羞辱我们，权力如何黑暗，还是停留在控诉的阶段。面对控诉，作家有没有主体？有没有用主体性去游戏这种东西？李静把这种东西称之为现实的"巨兽"，除了批判它你还有没可能站在某个角度上去超越它？戏弄它？就像迪伦马特或这一类具有游戏精神的作家所表现的那样？游戏精神人是有主体的，天然就超越了对象，哪怕这对像是"巨兽"。

从头说起

拿到舒晋瑜的《说吧，从头说起》，一点也不惊讶，觉得一切都这么自然而然，水到渠成。事实上倒是觉得有些晚了。当然，有些事什么时候也不晚，对有些人就是这样。舒晋瑜就是这样一个人，早也好，晚也好，一切都来得这么自自然然，纯纯粹粹。认识舒晋瑜十几年了，世道无论怎么变舒晋瑜不变，仿佛舒晋瑜除了生活在一个时代，自己还有一个时代。简直不知道她这个时代是怎么来的，每见舒晋瑜都有些时间恍惚。书业有两个记者，一个是孙小宁，一个就是舒晋瑜，不能想象书业文化少了她们两位，那样这个时代就真成了模糊一片。她们出于时代又有自己的时代，并不是坚守，而是自在。

电话里晋瑜告诉我她这本书的名字受我的去年出版的《说吧，西藏》的启发，"就叫《说吧，从头说起》"，仿佛两本书都有一个认同。对，就是时间。我写了许多年散文,被称"家"也有许多年,而《说吧,西藏》却是我的第一本散文集,这之前我大概是唯一的没出过散文集的"散文家"。晋瑜与书打了这么多年交道,对话访谈无数作家,写了无数,说到自己的书大约也有些感慨,说吧,从头说起,这是一个总结性的名字,充满时间感,我理解为什么晋瑜要给我打电话。

当然,"从头说起"还有另一个含义,舒晋瑜不是一个消息记者,一个泛泛的访问者、对话者,对一个受访者她要做许多底下功夫,许多问题都要"从头说起"。她描述的是一个人,一个作家,而不仅仅是一本书,即使是以一本书为由头,她也有一种寻根问底,"从头说起"的精神,因此每一个对话、访谈都会给读者交出一个完整的印象。除了案头功夫,舒晋瑜的现场功夫也了得,至少有两次我们对话的场地都是临时的,甚至是在运动中,一次是旅店,一次是在火车上。她一边敲字一边问你,你语无伦次,你都不知道你说了什么,但事后报纸出来你发现你竟然说得"那么好",这就是记者的功夫,这功夫不全来自现场,而是来自她对你的了解,她的日积月累,你不知道她心里要做多少东西。我觉得苏童对舒晋瑜有一个评价特别好,他说"在我印象中,舒晋瑜似乎是一个文学战地记者,她用细腻热情的笔触勾勒文学的硝烟战火,以及文学战士的精神世界"。

《说吧,从头说起》堪称当代作家地图,文学问题地图。由于受访者都是当代活跃作家,许多人贯穿了当代文学,许多文学问题都可在书中找到答案,比如先锋文学转型问题,在与格非的对话中提出来,我就特别感兴趣。舒晋瑜问得好,显然做了充分准备,格非回答得也好,清晰地描述当年先锋的发端——转型问题甚至就存在于发端之中——困境、以及为何重新认识文字,处处可以看到心路历程,以及深层的蛛丝马迹的缘由,让人感到先锋文学转型不是一个小问题,而是一个大问题,与时代、与现实、与文学传统、与读者、与市场、与个体经历有关。研究先锋文学转型可以看到太多东西，而格非应是最好的标本。就形式气质而言，先锋文学走得最远、影响最大除了马原就是格非，而格非的转型也是相当彻底的，他还会不会再转这仍是个问题，甚至是当代文学的一个悬念。这一切都可在舒晋瑜这本书找到线索，研究者可以按图索骥找到兴奋点。所以在我看来舒晋不仅是战地记者，事实上她也是一个文学的研究者，她的角度无可替代，想绕都不可能绕开。这本书只是舒晋瑜十几年文学访谈的一小部分，还有更多有待浮出水面。

转动所有的经筒

  有些文字不能一气呵成，需要慢慢地写，慢慢地想，不断停下来，然后继续。其实有时读也应该是这样，或更该是这样。赶什么呢？我不理解赶的人。即使精神活动，比如转经，你也能观察到，有的人急急忙忙，有的人从从容容，有人一口气拨完一溜转经筒，有人一个个，很慢。在西藏的时候，我不转经，但喜欢那种很慢地转动经筒的人。

  读《我转遍所有的经筒》，恍惚觉得自己在转经，而且是那个很慢地转动经筒的人。有趣的是，文中的几个主要题目交叉进行，切成若干段，重复出现，构成全书。一种巨大的交互空间笼罩着你，重复的题目如同重复的经筒分布于交互的空间，而"你、我、他"三位一体的叙述主体，讲述着同一颗漂泊的心。心如莲花打开，有许多瓣，但又是同一颗心。

  她是个苏杭女子，一个白领，却漂泊在青藏高原上。不是行走，而是驾车，以一种很现代的方式亲近自然，走向陌生。她说常常没有目的地，也不知道想要做什么，只是随性随意地在那片广袤无边的高原上漂泊着。她是主体也是客体，她常常能看到自己，由于孤独她是双重的："草原辽阔得没有边际。一条孤独的公路，起起伏伏地伸向远方，看不到尽头。过往车辆很少，大多时候，都只有我一辆黑色奇骏。在高远的天地间，显得那么渺小，渺小得如同一只甲虫，慢慢地爬行在雪山河流和金色草原之间。"

在立体的墨脱，她踩着高高低低的石头，向下，来到河边，在一块大石头上坐下，拿出一本书便读起来。一本哲学的书，尼采，河水跌宕起伏发出的轰响淹没了一切，水珠溅起，但她渐渐地忘记了在哪里。杭州，墨脱，尼采这三者怎样统一在一起？一种怎样的时空？这不是表演，无人能看见，每一步都充满危险。就算是表演，也是表演给自己看。一个表演给自己看的人是一个什么人？一个精神至上的人，绝对的人，无畏的人。她的一个同类、一个叫拉姆的汉族女孩，只是因为稍微后退了一小步，便倏忽间消失，随一块小石头掉进仿佛另一重天的澜沧江。

说没就没了。但她还是沿拉姆的足迹走来，踩危险的石头，看江水，放下书，想拉姆，想一种放慢的小石头的消失。想那匹都灵的马，老年的尼采，时而糊涂时而清晰的尼采。想坐在尼采身边的尼采的妹妹，尼采抬起头问哭泣的她，伊丽莎白，你为什么哭呢？难道我们不幸福吗？

想拉姆，尼采那风暴过后的已温和平静的眼睛。

她觉得幸福。

那时太阳挂在西边的天空，发出橙红色的光。

是她与尼采共时的夕阳。

在拉萨，她流连于那些大大小小的寺庙。有时候她远远地看着信徒们磕长头，点酥油灯，看他们口诵六字真言围着转经长廊一圈一圈地转。有时候她会在他们中间,人群像潮水一样推着她向前。虽在同一时空,她与转经人却相互视而不见,她穿着大红色的冲锋衣,但在人群中却像隐身人一样。她转动经筒,但像从另一个星球来的人。

但是她转,甚至有时会停下,再转。

她面对珠峰。以及其他四座八千米以上的山峰:马卡鲁峰、洛子峰、卓奥友峰,它们错落有致排列成一条由山峰组成的堤坝,即喜马拉雅山脉。"珠峰在前面,时隐时现。当云雾飘开的时候,看到它的形状,像是张开双臂袒露着巨大胸怀。"她在珠峰下危险地病倒,却依然凝视。她吸了氧,吃了退烧药,不敢躺下,就那么靠着,坐在黑暗里,每隔十分钟就喝一次热水,如果躺下可能再醒不过来。

她转了冈仁波齐,去了遥远阿里,西藏之上的西藏。

我也曾到冈仁波齐,只是望洋兴叹,甚至连想都没想过转山,一念都没有,我觉得根本是不可能的。我的一位友人转了岗仁波齐回来说,差点撂那,现在是重生。我曾登过拉萨哲蚌寺后面的山峰,我知道每走一步路的巨大喘息,每一个动作都是慢动作,知道类似死亡的诱惑:一闭眼就会飘起来,是多么的幸福。但是她竟然转了漫长的需要过夜的岗仁波齐,在夜晚的帐篷里,她替一个上海人写遗书,那人病得已拿不动笔,他说一句她记一句,这样的情景在这条伟大的转山路上屡见不鲜。

每个转山者都要有这个准备。

转岗仁波齐几乎是个悖论,为什么还要?

而这就是生命的神秘。

有人的生命已没了神秘,或者更多人是这样。只有少数人,或极少数人生命中还有不竭的秘密或悖论,鱼儿便是一个。她的生命里有无数个经筒,她要去转动,永远不竭地转动,永远着迷地转动,旅途是这样,写作也是这样。她的写作完完全全地体现出旅途的样子,不是通常写作的样,

—— 我的二十世纪

确切地说所谓专业写作的样。但又是真正的写作的样子。

真正的写作来源于现实,而非文本。

她的旅行是交织的,立体的,如同众多河流的交叉走向,同时永远有天空映照,是时间与空间双重的移动,绝非平铺直叙。不乏这样生活的人,但能这样写作的人少而又少,即便所谓成名作家能做到这样的也是极少数。在这个意义上《我转遍所有的经筒》让人惊奇,让人认同高手在民间。至少民间存在着高手,而好的文学生态正该如此。如同武林之外的高手不为武林存在,他们自有自己世界观、人生观。

如果说流水是感性的,河床一定是智性的,而河床与水的关系是互动的,水形成了河床,河床反过来也呈现了水,复杂的河床呈现着复杂的水,让水变得如此多姿,而这多姿也正来自语言的动力。写作,语言与结构,理论上也应是这样:语言是感性的,结构是智性的。但在更多的写作中,事实上两者是分离的,更多的是语言不错,但没有相应的河床。太多一般的不符合实际的河床充斥着写作,让世界变得简单。

《我转遍所有的经筒》的语言,简洁,质感,灵透,一如她经常坐在河边注视的水中的石头。石头独立,透亮,但周围又到处是水,波光粼粼,石子却一动不动跳入你的眼睛。换句话说她的语言是带着水的,直让你觉得她的语言不是来自笔端,而是来自水边。同时拥有相应的空间,两者相映。构成了《我转遍所有的经筒》独特的世界。

最后一个乡村诗人

现在还有乡村诗人吗?

一些功成名就的诗人,从城里搬到乡村,盖房筑屋或买一农家院,似乎已成文化时尚。如同画家一样,他们在乡村写作,远离尘嚣,面带自然气息,我不知可否称他们为乡村诗人。或者他们是精神上的乡村诗人?是诗意地栖居?我不否认海德格尔,但当我面对一个真正的乡村诗人时,我开始疑惑。

葛筱强风尘仆仆下了火车,羞怯,激动,一脸倦意,把一摞诗稿交给我,希望我写个序。我说还是请诗人写吧。他面有难色,嗫嚅着说出了他的困难。我知道他与这个城市的诗人有一些交往。我答应了。

他穿过夜晚,穿过东北平原,早晨到的,晚上又坐车回去了。

没怎么谈诗,我不太懂诗,谈得更多是他的生活。他已经三十岁,有妻女，很高的身体，但已弯曲，像一树那样弯曲。很多时候，他让我想起北方那种被风吹弯的最普通的树，杨树，柳树，而且已有一些年轮。他种地，教书，在田间或灯下写诗，用东北口音给学生念诗。他说今年刚刚收获了一垧地（十五亩）豆子，也收获了这本诗集。我说十五亩有多大？他形容了一下，说一垧地这头到那头四百多米。我说有多少垧？他说了一个数字，现在我记不清了。我记得当时在想四百米的长度，想我上中学的足球场，四百米跑道，想我见过的一望无际的田野。他是个地道的青年农民，也是知识分子，读过师范学校，分配到一个乡村小学。一个还算富裕人家的女儿嫁给了他，岳丈没别的赏他，赏给了他一垧地。他说，十五亩地他一个人铲，几十条四百米长的垧，每次要铲一个多星期。他们那地方全称叫吉林省通榆县隆山镇，那地方靠近内蒙，干旱，苦寒，劳作辛苦，大太阳，漫天的沙，不好的年景豆子种都收不回来。他写诗。他的脸黑得有灼伤的痕迹，已沉积。他写诗。

他谈到漫长的冬天，他们那儿学校暑假短，冬假长，他怎样在冬天阅读，写作，整理自己的诗集。他说诗是冬天的汗水，冬天是他美好的时光。冬天的大雪，冬天的冰河，冬天的时间，不用下地，学生也放了，他有了时间。他写诗。他说他在他们那地方已小有了名声，命运也有所改善，他已从乡小学调到镇中学，因为他的诗发表在了北京的报刊上，人们不知道他与北京的关系。他相信诗的力量，诗可以改变一个人的命运。我向他谈到海德格尔，谈到诗意地栖居，但他一句话不说。我问他是否知道海德格尔，他说知道，读过。没有表情，或者像树一样的表情。也许我不该提到那个纳粹的支持者，但我还是坚持提到了。我有一种非要提到不可的心情，我不知道我是在嘲弄谁，葛筱强，还是海德格尔？我自己？还是更多人？

我们到底该如何面对诗意？直面，还是学舌？

写诗无疑是不错的，尤其对葛筱强，因为如果设想他不写诗那他会是谁呢？他可以选择别的，但那已不是葛筱强，或者就葛筱强而言，他别无选择。一个相信诗可以改变命运的人，尽管仍可能是荒谬的，但就我所知，已没比这种相信更加可信的诗歌。读葛筱强的诗，虽然仍不可避免感到文化学舌的影子（谁也无法逃脱，我们生活在其中），但在他与土地与命运难解难分的纠缠中，同样不可避免地展示了只能属于他的无懈可击的诗句。在并不太多的挣脱中，他显示了惊人的才华：句子就是事物的本身。

葛筱强多数诗尚不成熟，较多传统抒情、乡愁与唯美的影子，较少追问与反讽，穿透与尖锐，笔者深感既定文化酒窖对一个直接与土地接触的现代人的遮蔽，我从他数百首诗中挑出这几首不可多得的诗，一方面显示了人应有的真实与才华，一方面这样的诗埋在熟透的文化中，表明了什么呢？诗人不但面临着现实的苦难，同样也面临着别人的酱缸。我们可继承的真正锐利的个人化的文化资源太少，相反的东西太多，而粗痞的泛滥，恰好是唯美与放荡一枚硬币天然相呼应的两面，我发现有多么唯美包括乡愁，就有多么粗痞并毫无底线，唯有真实难以抵达。我们缺少的除了真实，还是真实——真实的传统，真实的精神资源与真实的故乡。

如意的书写

20年前,在藏北草原,马丽华交给我一首小诗,让我谈谈感觉。诗写的什么现在大体忘记了,不过还记得其中一两个意象,如把"荒原上的地平线"形容为"大地焦渴的唇",还有"牙齿般的银峰",都是典型的西藏意象。那时她的《我的太阳》名满天下,到处都在谈论《我的太阳》。我去那曲是一个不速之客,一个陌生的"闯入者",20年后我们再见面马丽华已不记得我,那段谈诗论文的往事似乎也不存在。我提到我们还跳过舞,她也不记得,她说她不会跳舞。怎么可能呢?那是那曲文化局文娱室,是世界最高的舞会,我记得还有同样美丽的田文,她穿着红蝙蝠衫飘来飘去,像蝴蝶一样。还有诗人吴雨初,或者还有仓央加措呢。马丽华说那时到那曲的人太多了,认识不认识的人都往那儿跑,快成共产主义了。的确,我就是其中一个。八十年代,现在想想跟"五四"似的,人们为了文学到处乱跑，以至边远的西藏也成为当时的文学重镇之一。

20年前我们莫须有地谈论过诗，现在谈论她的小说应该是比较确定的，我是这部小说的责编，电话就打了无数次，面也见了几次。我对诗人写小说既信任又怀疑，通常诗人叙事要么不得要领，要么横空出世，诗人和小说家之间一般没有中间道路。诗人总是飞跃的，一旦飞跃成功，往往就是站在了某个孤立的至高点上，与所有人都不同。《如意高地》可以说又是一例。小说仍有诗人特点，结构是跳跃的，立体的，平行的，类似诗人在西藏的"造山运动"。小说主要有两条走向，一是互文地叙述了一本书中"书"，构成了一段历史空间；一是一个迷离的现实空间。两种不同的空间关系不断抬升下降，使得这部小说褶皱不断、沟壑纵横，蔚为壮观。马丽华在西藏待了二十多年，对山脉的熟悉恐怕超过对任何事物的熟悉，我不知道是否每天的山脉对她有什么启示，或者山脉已构成了她的内心的结构？

西藏的山不像内地的山，它们在高原之上给人一种立体的、并置的、平行的、交错的观念，这种观念无疑响了马丽华的小说结构，甚至也鲜明地影响了她塑造人物的观念。小说写了三个刘先生，三个刘先生既是同一个刘先生，又是刘先生的三种不同的一生，他们立体而又平行，虽然读来扑朔迷离，但仍有迹可循，有理可察。在马丽华或在西藏看来，人生不仅有一个现实中的文本，还有一个或多个潜文本。小说中就有这样的元叙述："对于刘先生人生的潜文本，你既可以把它看作是司马阿罗的安排，把不可见的平行世界里发生的事情纳入现实的视野……也可视为概念演绎：人是同一个人的不同经历及命运……拉萨的刘先生文采文弱，那曲的刘先生精致的一面被掩盖，宽厚的一面被放大宏扬了。正像橘生淮南而为橘，生淮北则为枳，环境使然。"

在我看来，诗人的结构意识绝不亚于小说家，在对人的幻觉认识上甚至有过之，然而在具体的叙事技巧和叙事意识上，诗人往往不是却步就是失之耐心而不得要领。让我惊讶的是马丽华这方面表现得颇为娴熟，小说使用了互文、拼贴、平行、元小说诸多技巧，譬如在将现实与历史置换上就有这样的技巧运用："刘先生说，眼睛困了，就地眯一会儿吧，就躺在卡垫上了。进入睡乡前他嘟哝了一句：可惜了，要是能跟前辈同行……司马阿罗关爱地瞄了他一眼，说，那就试试？这一觉非同小可，刘先生仿佛是穿过一条暗巷进入了稍嫌陈旧的天光山野中，有清朝的军队进入视线，荷枪士兵的长蛇阵渐渐清晰。阵前骑在高头大马上的不是别人，正是英姿飒爽的前辈，年岁轻轻的刘赞廷！刘先生好一阵心潮澎湃，拔足上前，边跑边喊……"还有："在时间的一端，盛夏的大太阳下，我看见比较年轻的我自己，驾着自行车从市区返家……当我把目光投向时间的另一端，秋季的夕阳中，我看见已届中年的我自己踽踽独行院中石板路上……"

如果说我对这部小说还有什么不满足，那就是类似的技巧用得还不是很充分，如果再充分一点我们的诗人就不得了。诗人的这次转型应该说是成功的，而正如我刚才说的，诗人一旦叙事成功就是非同一般的成功。有些人写什么或能写什么几乎是命定，甚至是非他莫属的，他不写这东西就永远不会出现。

凸凹的乡村哲学

凸凹成名甚早，上世纪九十年代初即以散文蜚声文坛。我最早听说凸凹的名字是在苇岸那里，具体情况，怎么听说的，都谈了什么，记不清了，但时间应是在1997年左右。那时我刚刚认识苇岸，通过苇岸我开始重新打量中国文学，这其中知道了凸凹。我知道了苇岸和凸凹都是乡村散文家，大地上的散文家，背景相似，都在北京的山脉与平原交汇的地方写作。但是直到2002我参加了一次北京作协去河北的活动，在饭桌上，我才真正认识了凸凹。我记得饭桌上还有邱华栋，我们三人的小说，邱华栋的《正午的供词》、凸凹的《大猫》、我的《蒙面之城》都入围了那一年的老舍文学奖，我记得凸凹兴杯祝酒时说，不管我们之间谁获了奖都要请客！他的话让我感动，因为我那时刚刚回到文坛上，对所有人都很陌生，凸凹那么豪爽，我心里热乎乎的。这种热乎乎的感觉使我现在想起当年举杯的情景仿佛是昨日的事情，那之后与凸凹熟悉起来。

凸凹的这本散文集要出了，嘱我写点什么，我感到荣幸。这样的嘱托一方面来自我们多年以诚相待，互相欣赏，一方面也是最近他发表了他的散文重文本《大地清明，故乡永在》，就在《十月》杂志上，我的责编。这组两万多字的散文发表出来后转载无数，反响热烈，堪称凸凹作为一个散文家重新崛起之作。读过一些凸凹早期的性情散文，印象深的是他敞露出的真诚、坦荡，特别笔端往往不时流露出隐藏的最真实的东西，因而富于震撼力。我记得有几次这种震撼差一点让我打电话给他，表达一下我的阅读感受。如果说散文以真实真情感人动人，那么凸凹早期的散文无疑做到了，并且做得十分出色，也为他赢得了应有的名声。

但散文要想长足显然仅靠真实真情是不够的，而一个散文家往往要么在这里止步，要么在这里分岔，由自发的写作转向专业化写作，也即从散文作者写作转向散文家的写作。大体上一路是读书、学问、思考、品评、进入某个文化学术领域成为文化散文；一路是小品、闲适、旅行、闲情逸致。这也没什么错，而且似乎是散文的宿命，散文的必由之路。凸凹这些年，根据我的一鳞半爪的观察，大致也在这两条路上左冲右突，也有相当的建树，但似乎并没跳出散文大的宿命，因而似乎也无大的突破。到了《大地清明，故乡永在》，经过多年左冲右突凸凹回到大地，仿佛一个多年的浪子回到故乡，开始重新发现大地，重新发现自己的故乡，重新找到自己根，找到文化的根，伦理的根，这种根上的思考构成了凸凹散文前所未有的深刻性，也构成了凸凹植根土地固有的乡村哲学。

一个人总要经过这样一个过程：清新的带着天赋才气的出发，之后步入漫长的迷惘期，苦寻期，歧路期，多数人再也找不到自己，或者说找不到自己的根基——因为很可能只是一点才气并无根基。但就算有根也不一定就能再找回自己，找回自己的人是极少的，是经过大苦的，是永远植根于自我的千疮百孔之上思考一切的人,是那些能够回到故乡的人,是那些还有故乡的人,是那些并非衣锦还乡的人。一个浪子回来了,出发时是少年,回来时已是中年,除了内心的财富,没有什么财富。而内心的财富与故乡土地所固有的财富的融合,构成了一个新的凸凹。这个中年的坐在故乡土地上思考祖父的中年人,打通了与土地的最深刻的关系,成为土地道德与土地哲学的代言人。

看看这个文本的起笔,几乎看到凸凹坐在大地上的样子:"那时的故乡,虽然贫瘠,但遍地是野草、荆棘和山树,侍炊和取暖,内心从容的,因为老天给预备着无数的柴薪,无须急……'猫冬',是山里的说法,意即像猫一样窝在炕上……春种,夏锄,秋收,三季忙得都坐不稳屁股,到了冬季就彻底歇了。因为这符合四时节律、大地就享受得理直气壮。所以猫冬,是一种生命哲学。"(《亲情盈满》)。"无须急","猫冬",这两句话既口语,又书面,显然是一个回乡的浪子坐于大地上内心的语言与经验熔铸的结果。相对于整个世界的"快","无须急""盈满""猫冬",无疑是一种中国传统的但至今仍给世界深刻启迪的哲学。

《生命同谋》写父亲终于打到狡猾狐狸但又放掉了狐狸,回到土地"浪子"以前不懂,但现在懂了:"因为他完全有能力战胜对手,但是在人与狐狸那个不对等的关系中,他尊重了狐狸的求生意志。在放生的同时,父亲也成就了他猎人的尊严。这一行为本身是藐小的,却有力地证明了,人与畜,究竟是不一样的:畜道止于本能,而人伦却重在有心。人性之所以伟大,就在于人类能够超越功利与得失,懂得悲悯、敬重与宽容。也就是说,人性温柔。这一点,再狡猾的狐狸也是想不到的,它注定是败了。但是,在尊重父亲的同时,也要给这只向死而生的狐狸送上真诚的敬意,因为它是生命尊严的同谋。"

然而,这只是凸凹思想的一个侧面。再看《人行羊迹》,则几乎是关于思想的寓言。祖父是1938年的老党员，为革命做过贡献，革命成功后让他当武装部长他不干，理由是，他尽跟羊打交道了，跟羊有说有笑，跟人谈不来。"跟人谈不来"这话是怎样的富有意味？他还说，"你们不要认为放羊就委屈了人，与其说是人放羊，不如说羊放人，是羊让人懂得了许多天地间的道理。"祖父是没读过书的。站在他的灵前，"我想，有文化的，不一定有智慧，有智慧的，不一定有喜乐。祖父的智慧与喜乐，得益于他终生与羊为伴，在大自然里行走。大自然虽然是一部天书，堂奥深广宏富，但他不刁难人，字里行间说的都是深入浅出的道理。只要人用心了，终有所得。如果说祖父像个哲人，那么，他的哲学主题就是四个字：人行羊迹。所以，在动物里，我最敬重的，是羊。"

这些还是散文吗？这是哲学，但它植根于大地深处，自然仍是散文，而且是最纯粹的散文，散文只有回到这思想纯粹性上才能获得它最初获得的尊严。最初的散文都是思想的散文，同时带着思想的泥土。凸凹的散文回到散文的原初上，一切都成为思想的材料，似乎在大地上取之不尽，用之不完。但如果当年凸凹没有从故乡出发，没走那么远的分岔的苦路，他始终待在故乡，他能写出这样有思想的文字吗？我以为是不能的，"远游"相辅相成，思想其实已经在路上，而且必须有一个在路上的过程，这样回到故乡才能发现思想，也就是说只有思想才能发现思想，只有水才能发现水，所谓水流千遭归大海，不流千遭你是找不到大海的。凸凹虽未衣锦还乡，还乡后却成为一个真正的富有者。

词语与心灵的道场

许多年前,我站在哲蚌寺一处墙边向下扔石头。我的学生告诉我,如果扔下去的石头能落在下面一块巨石上,我的愿望就能实现。巨石有二十几米远,石上有许多凹槽。我踌躇再三,不敢轻易扔下手中的石头。

如果是一般的愿望,游戏一下,成不成都无所谓,但我独在异乡为异客,一下想起我年迈的母亲。我离家时母亲身体不好,一直是我的牵挂,一旦有事,远隔千山万水,很难及时赶回。我祈愿母亲平安,但又怕石头一旦落不上会有相反的结果,而我又多想以此保证母亲平安。我发下大愿,并且相信,结果,石头真的落在凹槽里!我的学生都惊奇地向我祝贺!几个月后的一天早晨,我突然接到"母危速归"的电报,一下傻了。当时普通人还不能坐飞机,西藏又没火车,只能坐汽车,再倒火车,那时又是冬天,冰天雪地,我得多长时间才能赶到家?正当我走投无路之际,下午，电报又来了，母亲病情缓，我先不必回去。家人知路途远、我的心情，情况稍好立刻发了第二封电报。我心里一块石头落了地，感谢上苍。

读马明博居士新著《愿力的奇迹》想起前尘往事，至今仍然动容。"有愿望就有力量"，书封上这句话我感同身受，当年我没轻易祈愿，而后发自肺腑祈之，我想的确感动了什么，我想至少感动了我的母亲，我想愿望的确是有力量的。由此我也赞同作者在书中"缘来如此"一节对"诸法缘起"解释：此世间，没有一件事物可以孤立存在，有许多可见的不可见的、可感的不可感的线，它与其他事物间，有着千丝万缕的"因、缘、果"的紧密联系。那么一封电报，接下来又一封电报，你能说它们之间不存在复杂的、微妙的联系？

很难评价《愿力的奇迹》的意义，不说别人，至少对我而言，它相当于一个"文化事件"。它不是一次单纯的写作，比如一次文学的写作，一次宗教的写作，一次哲学的写作，或者一次关于九华山历史掌故的写作，总之，诸如此类吧。我在想，是什么导致了明博这样一次大规模的宏大的包罗万象的写作？我在想，愿望很可能是双向的，你发愿之时也是对方发愿之时，明博发愿去九华，九华何尝不等着明博来？无数人写九华，为什么明博的九华如此不同？是否这就是九华等明博的缘起？明博早不去九华晚不去九华，为何去年才去了九华？我想明博是在等心智成熟，等心中的九华，心中的坛城。西藏有句谚语，叫做"弟子成熟的时候，上师就出现了"，它说明了一种双向的缘起。用在明博身上便可以说"明博成熟的时候，九华就出现了"。事实也是如此，从本书来看，明博一到九华，如鱼得水，如影随形，如云履山，将文学、宗教、哲学、历史融会贯通，融为一体以至难解难分，九华成为心灵飞翔与词语流淌的道场。换句话说，九华给了明博心灵的形式与结构，使他完成了自己，也完成了九华。

这样一部大书如何开头？心的位置一上来如何摆放？同为写作中人这

是我特别关心的。所谓万事开头难,开头往往便可以看出一个人的轻重,一个人是否是自然的,自在的,如同流水一样。明博的开头果然是自在的:

> 车停下来,南泉睡眼惺忪地望着窗外:九华山在哪里?
> 我问他:你看看,这哪里不是九华山?

如此开头,举重若轻,自然,自在。

窥一斑可知全豹,这样的书,文史哲还分得开吗?古人写作,文史哲不分,追求浑然天成,后世写作越分越细,几至僵硬,以至新近人们又开始追求跨文体写作。在我看来,仅就文体而言,《愿力的奇迹》便是一次跨文体写作的有力的尝试。全书有人物,有叙事,有对话,有描写,或沉思,或禅意,或机趣,移步换景,掌故史料,信手拈来,时空也因此打开。

再举一例,"幽冥钟上,一只栖息的蝴蝶"一节:

> 一只小白蝴蝶翩翩而来,在钟旁飞舞盘旋。后来,它栖息在钟上,收起了翅膀。山风微微,它的翅膀也在微微颤动。
>
> 铜钟触手可用,内里虚空,外观坚硬,质朴庄重,一只小小的白蝴蝶在恬然安歇……蝴蝶的生命微小,短暂,活不到一个夏天。此刻,它却在庄严的大钟一角上,悠然长眠……当僧人去敲击钟时,那钟声势必会惊醒它。这不是它所期待的,也不是它所不期待的。震动,对于蝴蝶来说,只不过是一种必须接受的现实而已。届时,它将自由地飞离铜钟。
>
> 钟声的有与无,小蝴蝶根本用不着区别、判断,"无挂碍故",它

自然"无有恐怖",远离担忧、烦闷、疑虑和踌躇。《心经》上描摹的这种真正的生命状态,于我猛然会心。

感谢这只小蝴蝶,这幽冥钟。

引文至此,我想已不用我再赘述什么。

如果非说有什么不足,我以为哲学方面的背景稍小了一些。特别是现代哲学与佛教哲学之关系,如萨特、海德格尔、德里达的思想都与佛教有着千丝万缕的联系,这方面明博"信手拈来"的少了一些。不过瑕不掩瑜,相信明博会在今后修订中弥补的。

形体与叙事

大众传媒已使人类生活在一个大的玻璃房子里,透明,拥挤,趋同,无秘密可言,人与人之间的关系就像土豆与土豆或苹果与苹果之间的关系,互相关注,难有区别,又害怕区别。这时镜子式的真实往往就是虚假,因此人们越来越希望看到、发现并创造出心灵的景象,藉此与现实相对抗,穿透自己和别人的体表,看到骨骼。

在艺术家眼里满街活动的人群无异于满街活动的骨骼或残骸,挣扎的骨骼显示出真实狰狞的一面,但还远远不够,骨骼只是解散了肉体,部分地说明了问题。人们只有创造出类似梦魇的心灵图景、场景才能有力地表达我们自己和我们的世界,因此传统剧场和演出形式被突破就成为毫无疑问的,剧场成为心灵与梦魇的道场。

这时候你要想成为观众就得从剧场外的窗子望进去,你只要进入就不再是观众。所有人都是演员/观众，因此怎样称呼1999年11月25日北京人艺小剧场的《生育报告》呢？它是造型、叙事、舞蹈、音乐、聊天、日常、影像。演出海报说是一场"舞剧"，那这个词就得重新注释，或扩大到人类在内视自己时，其肢体活动事实上就是一场一场舞蹈。舞蹈是一种活动，洗头、跑动、梦游、挣扎、刷牙、缝补、床上运动，叙事中的形体语言，你能说不是一种舞蹈？舞剧《生育报告》向我们展示了这些"日常之舞"的场景。

主要演出者之一的冯德华（散文家冯秋子）介绍说，"这台作品最早始于1995年对一些有生育体验的妇女的采访和调查，年龄从90岁到25岁不等，职业涉及工人、编辑、健美教练、助产士、家庭妇女等等，以后的演员排练与训练，各人都带着自己的个人经历进入现场，声音均来自自己的体验，动作也原创于自己的身体，于是这台演出作品就形成了和'生育'、和自己有关的记录报告。"

无疑，从一开始它就与通常戏剧作品产生过程大相径庭，带有原初意义和生动的民间色彩，艺术直接取自生活源头，正像人们愿喝天然矿泉水，人们也终于看到了源头的生活。专业演员被取消，演员像刚走出森林的原木，各种经典工艺、添加剂被排除。演出从一张普通的八仙桌开始，四个妇女说话，紧贴观众，有人往桌子上倒了一堆瓜子，说话的人吃，观众也被分给瓜子或伸手抓着吃，瓜子使观众变成演员、围观者，就像街上常发生的那样。四个妇女看上去是在聊天，实际上各说各的，是日常又区别于日常，日常被离间，内部的紧张产生了。没人倾听，只说自己，无法沟通，主语者（冯德华）失望地住声，离去，独自坐在一把椅子上，面对虚空，心事重重，开始独自叙事。一个人永远像一场梦，身体就不由地转动起来，骑上椅背，形体倒置，头冲下，但叙事始终没停止，只是受到身体倒置的干扰，依然平静，即使头已接触到地面，依然向我们吃力地讲述着与"生育"有关的故事;与此同时,远处几张床上的年轻人开始活动,以哑剧或梦一般的抽象形式起床、洗头、梳头、刷牙、喷水,"人类之舞"开始,而"独舞者"似乎倒置于黎明的天地之间,像标本被挂起来。一个女孩抱着被套在舞台跑动,匍匐,后来所有人都开始跑动,人们像恐惧白天那样恐惧生活或渴望生活,每人都抱着被套,骨骼一样跑动着,无家可归,冲向观众,全都睁着毕加索绘画一样惊恐直目的眼睛。她们向我跑来,我是观众,拿着摄像机。

我被事先告知可以到舞台任何一个地方,我躲闪着。她们憎恶摄像机,憎恶大众传媒,我用镜头介入了她们惊恐万状的生活。我是窥视者,不是大众传媒,是像罗布-葛里叶的纯个人的"窥测者",我认为只有"窥视"的时候生活才展示出它真实的一面,我像她们一样。吴文光也拿着摄像机,一直在场上,在冷酷的机器设备中间,不可一世,监视着每个人的行踪,他才是大众传媒,当近两小时的演出行将结束,他的摄像机枪口似的对准了演出者,强行追逐她们,把她们恐怖的大特写面孔曝光于正面巨大影像墙体上,直到一个个把她们逼出场外,接受采访,事实上是证词。

演出是富于震撼力的,给我一种一步到位之感。我见识得太少,从未看过小剧场演出,因此无法评估它的意义和价值。作为一件演出作品,它的实验性是显而易见的,一种新的可能被提示出来,使我们获得了一种陌生的眼光来看待自己琐碎无意义的日常,我们平时隐匿的经络甚至末梢暴露无遗,我们梦中惊恐的眼睛被展示于舞台,并向我们走来。演出是民间的原初的,又是拼贴变形的,意义或许就在于此,我认为我看到了一种前所未有的演出,并感到艺术对生活的掘进在当下已的确不可逆转。

乔伊斯与卡夫卡

"在这样一个物质时代，还有一部分人在探讨詹姆斯·乔伊斯，说明我们这个时代的人并没完全被物质所吞噬，乔伊斯的文学精神仍在某个范围薪火相传。"这是笔者前不久在北大一个纪念乔伊斯的会上对记者说的一段话。那个会有点像追思会，很安静，甚至很秘密，当然，也有笑声。

举世公认，詹姆斯·乔伊斯属于小众作家。小到什么分上？据说全世界只有不多几人真正读完了《尤利西斯》，其中最著名的是心理学大师荣格。荣格甚至声称他是"少数读完这部书人中唯一读懂了这部小说的人"，评价非常高，高到就像一座山峰只有他一个人登了上去。荣格的攀登已令人生畏，而乔伊斯就更是处于神秘晦涩高不可攀的云雾之上。许多年前，作为好奇者之一，我也曾试着翻开《尤利西斯》，我对意识流的难度做了充分的心理准备，没想到的是另一个障碍又使我知难而退。我读的是肖乾先生翻译的《尤利西斯》，这部译著的附录说，《尤利西斯》采用了与古希腊史诗《奥德修纪》情节相平行的结构；尤利西斯就是这部史诗中的英雄奥德修斯，奥德修斯是他的希腊名字，拉丁文名字则为尤利西斯，乔伊斯把小说的主人公布卢姆在都柏林一天的活动与尤利西斯的十年飘泊相对应。在创作过程中，为了突出三部十八章的主题，作者还把荷马这部史诗的人名、地名或情节分别作为各部章的题目。我记得在还是上大学时读过荷马史诗《奥德修纪》，现在早忘得差不多了，为了读《尤利西斯》我是否还要重读《奥德修纪》？好吧，就算我重读《奥德修纪》，我是否能搞懂两者扑朔迷离的复杂关系？算了吧，那时我想，这部天书不读也罢。时间到了2006年，北京十月文艺出版社出版了《乔伊斯传》，我有幸读到这本书。当我读到乔伊斯在创作《尤利西斯》时曾洋洋得意地说《尤利西斯》与《奥德修纪》的对应关系足够那好事的专家研究三百年的，我突然觉得乔伊斯有点不怀好意，也许那时就有了"叙事圈套"？

《尤利西斯》于1922年出版，乔伊斯希望庞德写个书评。庞德写了，但根本没提《尤利西斯》与《奥德修纪》的对应关系，这使乔伊斯颇为恼火。庞德是乔伊斯的朋友，对乔氏步入文坛帮助很大，同时也十分了解乔氏的写作，如果庞德在书评中连一句都不提《奥德修纪》，那只能说明伟大的庞德并不认同乔伊斯的"故弄玄虚"。庞德的态度至少表明了读《尤利西斯》完全可以不必考虑与荷马史诗有什么关系。

《乔伊斯传》重新燃起了我读《尤利西斯》的欲望。读这部传记我觉得最大的收获是破除了围绕《尤利西斯》的种种迷信，其次是了解了乔伊斯这个人。《乔伊斯传》被认为是世界三大传记之一，它近千页的篇幅显然仍是小众的，让大多数读者像对《尤利西斯》那样望而却步。但是小众并不能削弱艾尔曼这部伟大传记的价值，我相信艾尔曼所说："我们至今仍在学习,仍在努力跟上乔伊斯的时代,我之所以要为乔伊斯作传,是因为那些曾经困扰着乔伊斯的东西仍然在困扰着我们的时代。"

传记给我印象最深的是乔伊斯借钱度日的故事。乔伊斯因为投身文学事业一生贫困,几乎一直过着朝不保夕的日子。乔伊斯向所有认识或刚认识的人借钱,包括向当时已是大师的诗人叶芝借钱。乔伊斯借钱从不感到脸红、不好意思,有一次,他写信给一个已跟人家借过多次钱的朋友借钱,这位朋友再也不愿借这个只借不还的朋友,称自己现在一分钱也不富余,不能再借给乔伊斯。但是乔并不善罢甘休,最后写信给这位朋友说:"如果你实在没钱借我,能否把你的外套借给我?我现在连出门的外套也没有。"乔伊斯借钱理由非常充分,那就是他认为自己是天才,别人资助天才是理所应当的——他的自信达到了让人匪夷所思的程度,因此乔伊斯即使向所有人借钱时也保持了一贯的自信、傲慢、不屈不挠,乔伊斯从未被穷困所吓倒,他甚至对贫困没有任何恐惧,对于一个天才的作家贫困算什么!

是的,乔伊斯太自信了,他认为自己的写作完全超越了前人,他的写作有着伟大的价值。这种自信在别的作家身上也许并不罕见,但像乔伊斯这样固执、这样不妥协、不顾一切坚持自己的天才与创作信念在文学史上却是极为罕见的。而更罕见的是他证实了自己的自信,《尤利西斯》一问世便受到庞德、叶芝、艾略特等大师的激赏。一个人认为自己是天才,并且在活着时证实了自己是天才,这在中外文学史上可能唯有乔伊斯。这使我想到一个不自信的极致:同样是天才的卡夫卡。卡夫卡可能是文学史上最不自信的作家,一生只发表了数量极少的作品,而在他去世时他要求友人把他所有的手稿包括《城堡》、《审判》统统烧掉。卡夫卡对友人说:"我不是燃烧着的荆棘。我不是火焰。我只是跑进了自己的荆棘丛中走不出来了。我是一条死胡同。通过写作我没有把自己赎出来。在我有生之年我都是一个死者,现在我真的要死了。一个人如果于人无补,就只好沉默。因此应该把我潦草写出的东西全部毁掉。"卡夫卡最广为人知的一句话是"在巴尔扎克的手杖上刻着一句话'我可以摧毁一切障碍',在我的手杖上应该刻上'一切障碍都可以摧毁我'"。

自信与不自信,在两端上同样写出了划时代的伟大作品,这是十分耐人寻味的。如果说乔伊斯的自信与卡夫卡的不自信有什么共同之处,我以为就是两个人都非常固执。他们固执到底,他们绝不聪明,绝不见机行事,绝不为时代一切精神物质潮流所动,绝不被各类集体无意识左右,他们只是自己,只能是自己,无论成功还是失败。一句话:他们是无畏的。

贾晓淳印象

见到贾晓淳女士我对别人说,这是一个有故事的女人。后来我当面对贾晓淳说了这句话,她只是一笑,继续对她的庄园、她那些生病的小动物做着介绍,她怎样给它们看病,喂药。有很多名贵或不名贵的犬,野生鸟类,二十几只猫,猫们满山遍野跑,我在山上草丛中见到它们的身影,有的盯着我看,我试着去抱它们,它们或者害羞,或者逃之夭夭。庄园自然、朴素、温馨,没有任何通常的现代度假设施,当我听说庄园的某个地方还养着蒙古狼和藏獒,我对庄园的某种危险油然生敬。我觉得应该是这样。这样一个荒山脚下的庄园,一个温和的沧桑女人,应该不仅仅只眷顾一些小动物。她走过很多地方,西部,黑土地,草原,她还谈到英国庄园,谈到人与自然。一些简约的元素性的概念,使她把她的庄园命名为:归真园。

我急于去看那两匹蒙古狼。狼对我来说只是一种概念，一种危险而稀世的概念。我一直认为狼与人类有着某种与生俱来的关系，甚至最终是一种共同的悲剧性的孤独。狼一直是人类的天敌，狼正在消失，狼养育过人类的弃婴。（狼孩被许多国家证明是存在过的。）

"但你什么时候听说过狗孩？"她说。

我只听说过狗的忠诚，甚至牺牲，但狗的确没哺乳过人，延续过人的童年。我见到了那两匹蒙古狼，流线型，真漂亮。我与其中一只淡黄色的对视，我们长久地对视。我看到了什么，在狼的眼睛里？我认为我不仅看到了蒙古大漠、时间的风云、孤独与悲凉，我还看到更多的无法言状的东西。后来我与贾晓淳电话里讨论了狼的眼睛，我们最终都没说清它的目光到底蕴含了什么。

我没想到当今中国已可以存在这样一个具有个人色彩的庄园。在这里我差不多处处感到人的观念的力量，每一棵树的种植，每一滴汗水，每一处建设，一片池塘，一处果园，需要怎样强大的观念的力量，特别当它们来自一个城里的知识女性？

应是上个世纪末年吧，从未成过家的贾晓淳，面对荒山想要建立一个真正意义的家，也就是我们经常描述的形而上的家园。她来到了距北京市区70公里处的顺义县荒山脚下，租赁了正面可视的三沟四梁八面坡，共200公顷的荒山，投下了300万元巨资，从此展开了她作为一个拥有三条山谷的女人的全部梦想。

拥有别墅的女人真的不算什么，拥有山谷的女人世界有多少呢？

这些荒山是近百年砍伐的结果，三年之后它们重新被一个梦想披上了简单的绿装，树苗还小，生长缓慢，但山体的破碎与风化被毛茸茸覆盖了，雨后你甚至可说认为它们有些赏心悦目了。贾晓淳说，绿化的第一年就有些鸟类前来落户，她喂它们，结果第二年鸟骤然增多，到今年已有了几十种类鸟在此落户,她说周围乡村与荒山的鸟全到她这里来了,由于早晨它们在窗外的合唱,她甚至任自己肩膀上落满了它们,每天讲述着它们的快乐。

环保既是一种观念,更是一种行为。现代艺术讲究的就是观念与行为,贾晓淳不认为自己是艺术家,但我认为她是,事实也是。当今观念艺术风行全球,环境观念越来越成为现代艺术强调的主题。观念艺术已无法用传统的艺术所涵盖,艺术越来越由心灵的典雅或高深莫测溢出到无所不在的人类行为上。某种意义环境行为最接近艺术行为,它强调主体、设计、自觉,一个三年来由观念导致的绿化荒山、重建家园的行为,无疑同时也是一个艺术过程,处处可以感到其中观念的力量。

庄园已初具规模,开始接待城里游人,让人感受到切实的返璞归真。

一切都是乡村化的,同时也是艺术化的。

一泓池水,一棵百年来幸存的老树,树下的凉椅,阴影,火红的樱桃园,阅读以及呼吸新鲜空气的人,背后的山谷,直接源自大地的食品,晚风,夜晚,星光——必须提到这里的夜晚与星光,因为如此近的星光,的确不能不让人回到自身,回到内心深处,回到人与自然这一永恒的主题。贾晓淳通过她的庄园,不仅绿化了荒山,也展现了人的回归过程。

习习如水

读习习的散文感觉像水的流动,与"行云"无关,就是细小的流水、安静的习习的绵绵的流水。比如我曾读过的《北京册页》,那种娓娓的细小的语感、语调,其形式感分明就像水在城市局部静静地反映着景物的流动,带着早晨、午后、黄昏的时光,同时具有水的质感,水的目光。习习写北京从小处开始——从鸟叫开始,是四两拨千斤,亦是水的灵动,自然就有了水的节奏:"在北京,随处都能听到鸟的叫声。早上,不急着起床,静静听上一会儿。其实,比起人来,喜鹊和乌鸦讷言得多,你一言我一语,不抢白、不慌张,中间的沉默像在思考。"前两句是平稳的流动,后句则是水流过石的跳荡,跳荡有小而耀眼的浪花,如"不抢白、不慌张",有浪花过后的沉静,如"中间的沉默像在思考"。这里内涵精湛,形式灵动,而你怎能把两者分开?就像把水和水分开?

刚才说到"水的目光",解释一下。好的散文一定是视听味触身相连相通的呈现,习习的文字除有水的节奏,自然还有水的敏感,水一样的目光。水会有目光?我以为会有,读了习习的散文你会同意我的观点。习习写北京的颜色,北京的红墙、古柏、柿子、喜鹊,这些都是典型的北京颜色,这些颜色写得分明、简括而又细腻。形容古老的红墙:"红得沉实稳妥,滤去了火苗子的虚",而平民的柿子的红与宫墙的红有冲突,所以柿子树更多栽在平常人家的四合院。"白墙青瓦,北京的院子便关了很多红艳艳的柿子树,就像关了一院子的红火。冬天,喜鹊落在柿子树上,黑和红,好看得分明"。这些不是水的映照,水的目光,又是什么?写天坛的柏树,因为年岁久长,柏树枝干便有了稠密的皱纹,叶子细碎婆娑,有宗教意味,因此每每见到这样苍老的柏树:"就无端想到孔子,老老的孔子,一开口说话,一出声音就是两千多年。"

习习是西北女人,却把北京写活了,写神了,她有一种怎样的目光?难道不是古老城池流动的目光?这目光年轻,古老,古老,年轻。而且,更重要的这不是一种男性的目光,历史的目光,而是一种女性的目光。这里面有柔软,有细腻,有敏感,那么世上还有比水一样流动的目光更柔软、更细腻、更敏感的吗?

这么柔软敏感,当然有疼痛,水一样疼痛。水会疼痛?读了习习的一些忆旧文字你会同意水也会疼痛,甚至疼得你无话可说。习习的《木器厂》即是。此文用童年的视角写父辈,写做了一辈子木匠的父亲与木头的感情:"父亲粗糙的手轻轻从那些精美的木纹上摸过去,仿佛摸过去了木头的很多东西。父亲喜欢水曲柳的木纹,我想,大约因为水曲柳常站在水边的缘故,看惯了流水,就把流水的花纹记进了心里。"因此,父亲做活:"尽量少给木头钉钉子,仿佛怕木头疼,要钉,先要用舌头舔一舔钉子头。"如此的敏感,和水有关,钉子钉在水曲柳的花纹上,如同钉在水上。

对木头都如此敏感，何况对人世之痛？她的《王家坪四号楼四单元》就读得令人唏嘘长叹，疼痛像水一样流动，缓缓的，习习的，不时有疼痛的浪花跳荡一下，然后沉静。这里不用我多说了，读者可以想象习习怎样用水一样疼痛的文字触痛往事。却没有喧嚣，只有流动，平稳，小有浪花。与其说女人是水做的，不如说生命是水做的，当然，女人的痛感代表了生命的痛感。

就散文而言，习习的文字世界是独一无二的，因为她几乎与水同一。与水同一的散文有多少？可能不止习习，可能只有习习。

德温特先生

一想起"过去的好时光"这首歌,我就无限感慨,不为大英帝国的衰落,只为我家的德温特先生。德温特先生的好时光在它一岁以前,那时它却已出落得一个翩翩少年,体阔腰长,一双碧眼,一身雪白,往夏天傍晚的草坪上一站,整个小区的草坪为之生辉。没人再看狗,都来看我家的猫,都说这猫漂亮,像个王子。别人遛狗,我遛猫,前来讨教的狗可真不少,最多时有十几只,各式各样,围着它蹿跳汪汪,而它太傲慢了,静若雪,动若风,身法之妙,可知古龙笔下的"西门吹雪"?

楼下邻居也养了一只猫,名叫依丽莎,唉,全都是因为依丽莎。一日,遛猫回来,邻居见了德温特兴奋得大叫,哇,这猫真漂亮,跟我家的猫一模一样,男的女的?叫什么?呵呵,天生的一对!于是说好哪天让它们见见面。都是妙龄,都挺寂寞的,人不能太自私。这天给德温特洗了白,施以教育,敲开邻居家的门。依丽莎已等在花架边的沙发上,也是一身雪,十分端庄,一看就是个闺秀。谁成想我们家德温特,真没出息,唉唉,一下就失了心,疯了,"嗷"的一声,箭一般冲过去,没把依丽莎给吓死!凳子给撞翻了,花也折了,窗帘也给抓掉了,依丽莎拼命地跑。这哪能是相亲,简直是未遂。

好不容易把德温特提回家。它还不高兴,赌气,不吃不喝,守着门,想出去,想依丽莎,怎么叫也不离开。夜里,特温特闹开了,一声惨叫把我从梦中惊醒。我以为发生了什么事,打开灯,但见德温特两眼放红,望着我,眼一眨,又是一声嚎叫,凄厉、尖锐、石破天惊。此后一声接一声,我相信全楼都能听见它的叫声。这可怎么办?今夜可怎么睡?必须想个法子制止它。我的脑子开始紧急搜索。您说,您这时有啥法子?急中生智,我突然想起我家的法国香水,我都受不了那味,我想猫更受不了,于是抄起香水瓶子对准德温特先生的鼻子"扑扑扑"就是三下,这着还真灵,德温特开始一愣,继而摇头,连打着嚏喷溜到床下,没声了。我估摸光鼻子它得整理会儿。

这一夜算过去了,第二天如法炮制。可第三天香水失灵了,不管你怎么喷它,它照嚎不误,嚎了整一夜。今夜无人入睡。去宠物医院吧,楼房养猫最终是这一途。我接受这样的事实,德温特也得接受。路上德温特还不服呢,可回来就踏实了。踏实是踏实了,可从此一蹶不振,完全换了一个样,像一片秋天的叶子,枯萎了。它不再是什么王子,什么西门吹雪,每天就是吃点儿喝点儿,不断打哈欠,或在地上滚儿一个,做自愉和弱智状。要么望天儿,爪儿在空中一挥一挥,逮个蚊子什么的。其实根本没蚊子。弄来一只鹦鹉陪陪它吧,它也不正经跟鹦鹉玩,只是在笼子边躺累了,才在伸个懒腰时,顺便够一够笼中的鸟儿,有一搭没一搭的。德温特没有记忆,因此也称不上有什么过去的好时光,就是活着。顺便提一下,依丽莎结果也不好,去了乡下。

—— 我的二十世纪

1999年自画像

有些面孔,比如娃娃脸对一个成年男人是危险的,很容易让他在心理上充满挑战、冷笑。当陌生人对他的年龄表示吃惊时,他不觉得是赞美,反觉得是受到了侮辱,感到愤怒。许多年来,我受够了某种夸赞和同样多的轻视,因此我是一个不愿抛头露面的人。在陌生环境,比如旅行团、会议或临时性团伙,我干脆拒绝与别人相识,两眼望天或阅读,任名片横飞,我觉得这样挺好。然而,这并不妨碍我在另一种熟悉的环境表现出足够的活跃、魄力、搞笑、甚至胡闹。我常常闹得人们哈哈大笑,四月八日这天我们单位体检,人们问我查出了什么毛病,我说什么毛病也没有,就是口蹄不太好。查肝功时我说一个同事虽然气质不好但气色特好。在办公室,我讲我们家狗(长得像杰克·伦敦)叼着我的臭袜子站在门口,特"另类"、特不服地看着我,有时它叼一黄瓜头儿像叼着一支雪茄。真COOL!我是部门负责人,但比一般同事还不严肃正经,说笑,懒散,宽松，把人当人，跟我干活愉快极了。

我从事过多种职业，泥瓦匠、教师、推销员、记者、广告人、编辑，始终对职业看得很淡，犯上、贪玩、清高、赌博、旅行、阅读、写作，内心骄傲，孤独神秘，厌恶人群又不愿脱离人群，有时我觉得我像是人群中的蒙面人。我喜欢面具。在纸牌桌上常常我与别人赌得昏天地暗，直到天亮，然后我陷于深深的孤独。我坐在电脑前敲字或者读《权力的眼睛》、《一种疯狂守护着思想》，脑袋一派茫然。我逐渐调整过来，觉得非常异样。我喜欢这种异样，我是分裂的，像两个或两个以上人活在我身上。我反对单一的人，就像反对单一的社会基础。我写得少，因为什么也不想失去，不想失去快乐，人群，天伦，渺小，日常，热闹以及热闹中另一个冷眼的我。我写作的时间少，要求自己写得精，一以当十。一个人能留存下的作品很少，我必须在这种意义上写作，我不希望在写字上浪费生命，我要腾出时间，善待生命，品味快乐，体察一个人应有的一切正常的喜怒哀乐。我认为呕心沥血，牺牲所有，不顾一切，著作等身，是一种古典的思维方式，不具普通人的意义，事实上是违反人性或另一种人权。因此我从不羡慕写得多的人，出文集或全集的人。我羡慕生活得多的人。细节永远大于抽象，大于名望、地位、权势、钱。如果这些从细节自然而来，我以为是不错的，很多事情都足以使我暂时放弃写作。有人三个月写一部长篇小说，我三年了长篇《蒙面之城》仍未脱稿，断断续续，写写停停，我不畏惧小说因此断了气、过时、被人替代，诸如此类吧，如果它的确有价值，唯一可能属于我而不可能属于别人，它会想尽办法使我回到写作上来。由于年深日久，时光荏苒，我有一种与一部长篇小说一同成长的非常奇妙的感觉。由此，我感到我是一个生长期很长的人，一切都如此缓慢，耐心，结实。我不一定要成功，但一定要健全，完整，长寿。

后记———

2000年的时候,有感于百年一届世纪更替,我写了《我的二十世纪》,发表在了2000年的《青年文学》第四期上。一晃也快二十年了,时间过得真快,彼时我还算年轻吧,四十岁出头,站在那个时间点上,瞻前顾后,并无继往开来之感,反倒凝滞于身后世纪,对新世纪颇有些迷惘。好像过往的四十年已是我的一生,未来岁月再漫长已不具生长意义。未来或许会结出更多果实,但果实无法代替过往的春天。我的春天是在二十世纪,我无限怀念她,怀念自己,怀念那些岁岁月月。直到2013年,新世纪已过了十几年,要结集一本散文,仍有强烈的旧年情绪,遂仍取名《我的二十世纪》。如今,又五年过去了,二十世纪已经远去,甚至有点缥缈了,如同一位故人的面孔已经模糊,打开本集,重心仍在过去,在二十世纪,故还是叫《我的二十世纪》吧。

本集分了三个部分:"城与年""行者""肖像"。"城与年"虽是最新写的作品却全是旧事,2017年以《北京:城与年》为题由北京十月文艺出版社出版,现悉数收在这里。说起《北京:城与年》的写作,前前后后断断续续也有八年了。自2010年写完《天·藏》后,有一个空档期,那时刚有了微博,于是以轻松的催眠般的微博方式开始忆旧,挖掘,清理早年记忆,甚至出生前的记忆,以至有那么点人类学的味道。一段早期的记忆我常常寻寻觅觅地写上十几条二十几条一百四十字的微博,既像催眠又像考古,故此我又把这一行为称之"记忆考古—微博考古"。微博,就像考古用的小铲子,小刷子,甚至探铲,用它们发掘生命的深层,一点点刷出早已忘记或完全不清晰的早年记忆。有半年时间竟清理出了七万字,回顾了从六十年代初到八十年代初这二十年间的流年碎影,出土了一大批碎片记忆,一一展陈在微博上。随着时间的推移,它们又以另一种方式开始蒙尘,这时微博又像库房一样,因为到了2012年我又开始写长篇《三个三重奏》。

直到2015年《三个三重奏》完成并出版后,又一个长篇之后的空档期,我回到微博的库房,再次抬起库房中的记忆"文物",一一地擦拭,修复,正式将它们作为作品开始写作。一年后《北京:城与年》完成,现在又放进了文集中。如果说一个多卷本的文集即是一次作品展,是作家办个展的方式,那么每个作品都有自己的"展位",于是《北京:城与年》放在了《我的二十世纪》的"展位"中。

既然说到作品展,那就多说两句。首先非常感谢上海文艺出版社,感谢谢锦女士!就像策展人对艺术家极其重要一样——其对作品的认知、价值判断、推介以及对未来的信心,怎么强调其重要性都不过分。上海文艺出版社在国内举足轻重,这次出版我的九卷本的文集让我感到十分荣幸。我跟上海有着不解之缘,第一次发表作品在上海,第一次得奖在上海,第一次在大学做总结性作品研讨会在上海复旦大学,这次出版文集又是在上海,上海于我就像天空于我,怎能说清之间的关系?

算算,如果从第一次发表作品——1982年我还在上大学时于上海《萌芽》杂志发表了第一首诗,距今已三十八年。如果算上1977年写的第一个小说习作,那么我的文学创作时间已历四十年。四十年十本书,五部长篇小说,五部散文作品,三百万字,在我六十岁即将到来之际,以文集方式展示，对我也真称得上一次历史性的个展了。遗憾是五部长篇中的已出过三个版本的《沉默之门》忽然不能放入集中，仿佛一个圆出现一个缺口。有缺口有遗憾永远是必然的，不管出于何种原因。而遗憾或缺口不从来就是一种有意味的形式？甚至永恒的形式？

　　读万卷书，行万里路，两者不可分开，对写作者尤是如此。本集第二部分是旅行。我不能想象生命中没有旅行会怎样，旅行是将自我无限分开的方式，是许多个自己与同一个自己的一种组合，旅行中你不是平时的自己同时又是，许多个自己可以像折扇一样打开关闭，旅行对自我来说是一种魔法。一些重要的旅行就是一些重要的自我，比如我的西藏之行，因为极其重要，以至关于它的文字我已单列成一本书：《说吧，西藏》。另外一个重要的自我是国外旅行，国外旅行现在当然是太平常了，甚至比国内还平常，但是在九十年代还很难得。我还记得1997年第一次出国旅行的新鲜，去的是法国，西班牙，荷兰，感觉像梦游一样。回来写了一篇长文叫《虚构的旅行》，被认为是"新散文"代表作之一，它没法不新，感受太新鲜太特别了。但凡感受太强烈的东西一定会打破常规写作，因为按常规已无法表达那种强烈与特殊性。《虚构的旅行》是这样，《说吧，西藏》是这样。后来的国外旅行就没那么强烈了，也没那份初心了。如果对比我新近写的《美国之行》《布拉格精》可以看出此时的"我"已完全不同，仿佛春天与秋天。

　　第三部分是肖像，写了许多人。其实每个人也都是自我的镜子，在这些人中也可以找到自己。这是写人的一种深层次东西，也是镜像理论的基础之一：没有他者我们就无法成为自己。我以前写的时候没注意到这一点，辑录的时候才发现其中的自己影影绰绰，也颇有另一种感慨。

2018年5月

图书在版编目（CIP）数据

我的二十世纪/宁肯著.-上海：上海文艺出版社.2018.9
（宁肯文集）
ISBN 978-7-5321-6671-8
Ⅰ.①我… Ⅱ.①宁… Ⅲ.①散文集－中国－当代
Ⅳ.①I267
中国版本图书馆CIP数据核字(2018)第130273号

发 行 人：陈　征
责任编辑：谢　锦
美术编辑：钱　祯

书　　名：我的二十世纪
编　　著：宁　肯
出　　版：上海世纪出版集团　上海文艺出版社
地　　址：上海绍兴路7号　200020
发　　行：上海文艺出版社发行中心发行
　　　　　上海市绍兴路50号　200020　www.ewen.co
印　　刷：上海天地海设计印刷有限公司
开　　本：890×1240　1/32
印　　张：14
插　　页：2
字　　数：358,000
印　　次：2018年9月第1版　2018年9月第1次印刷
Ｉ Ｓ Ｂ Ｎ：978-7-5321-6671-8/I・5317
定　　价：49.00元
告 读 者：如发现本书有质量问题请与印刷厂质量科联系　T:13817973165